을유세계문학전집 · 119

캔터베리 이야기(상)

일러두기

1. 본서의 판본은 Geoffrey Chaucer, 『*The Riverside Chaucer*』(Third Editon, Oxford University Press, 2008)를 바탕으로 작업했다.
2. 행수는 원칙적으로 원전의 행수를 따른다. 하지만 우리말로 옮기면서 행수가 달라질 수 있다. 원전에서 문단이 바뀌는 곳 혹은 문단이 긴 경우에는 내용상 구분이 필요한 곳에 행수를 표시했다.
3. 외래어 표기는 국립국어원의 외래어 표기 용례에 따르되, 역자의 의견을 반영했다.
4. 성서 번역의 경우 초서가 자유롭게 사용하고 있어 번역본도 그 원칙에 따랐다.

을유세계문학전집 · 119

캔터베리 이야기(상)

THE CANTERBURY TALES

제프리 초서 지음 · 최예정 옮김

을유문화사

옮긴이 최예정

서울대학교 인문대 영어영문학과와 동 대학원에서 중세 영문학을 전공하여 『캔터베리 이야기』를 비롯한 초서의 작품들로 박사 학위를 받았다. 교수학습센터장, 교양학부대학 학장 등을 역임했고, 현재 호서대학교에 재직하며 한국영미문학교육학회 부회장, 한국교양기초교육원 운영위원으로 활동 중이다. 논문으로 「'캔터베리 이야기'에 등장하는 어머니상 연구」, 「순결, 폭력 그리고 기독교: 초서의 '의사의 이야기'를 중심으로」, 「도덕적인 가우어, 정치적인 가우어」 등이 있으며, 저서로 『스토리텔링과 내러티브』, 『텍스트와 함께하는 영문학 개론』 등이 있다.

을유세계문학전집 119
캔터베리 이야기(상)

발행일·2022년 6월 30일 초판 1쇄 | 2023년 12월 25일 초판 2쇄
지은이·제프리 초서 | 옮긴이·최예정
펴낸이·정무영, 정상준 | 펴낸곳·(주)을유문화사
창립일·1945년 12월 1일 | 주소·서울시 마포구 서교동 469-48
전화·02-733-8153 | FAX·02-732-9154 | 홈페이지·www.eulyoo.co.kr
ISBN 978-89-324-0512-4 04840   978-89-324-0330-4(세트)

차례

제1장
전체 서문 • 9
기사의 이야기 • 49
방앗간 주인의 이야기 • 148
장원 감독관의 이야기 • 182
요리사의 이야기 • 204

제2장
법정 변호사의 이야기 • 213

제3장
바스에서 온 부인의 이야기 • 275
수사의 이야기 • 333
법정 소환인의 이야기 • 352

제4장
대학생의 이야기 • 383
상인의 이야기 • 438

제5장
수습 기사의 이야기 • 493
시골 유지의 이야기 • 523

주 • 561

제1장

전체 서문

4월의 달콤한 소나기가   1

3월의 메마른 뿌리까지 뚫고 들어가

줄기마다 물기로 촉촉하게 적셔

그 힘으로 꽃이 피어나던 때였습니다.

서풍이 향긋한 숨결로

온 숲과 들판에 생명을 불어넣어

보드라운 새싹이 돋아나던 때였지요.

젊은 태양은 양자리를 반쯤 돌았고

자연 때문에 마음 설레던

작은 새들은 모두 노래하며

뜬눈으로 온밤을 지새웠습니다.

그러면 사람들은 순례길을 떠나고 싶어 합니다.

순례자들은 외국으로,

여러 나라에 알려진 먼 성지를 찾게 되지요.

특히 영국의 방방곡곡에서

사람들은 캔터베리를 향해 길을 나섭니다.

그들이 아플 때 도와주셨던

거룩하고 복되신 순교자를 찾기 위해서 말입니다.

19 이런 계절의 어느 날,

저는 매우 경건한 마음으로

캔터베리로 순례길을 떠날 채비를 하고

서더크˙ 지방의 타바드라는 숙소에 묵게 되었습니다.

밤이 되자 그곳으로

스물아홉 명은 족히 되는

각양각색의 사람들이 들어왔습니다.

그들은 모두 순례자로서

캔터베리로 가는 길에

우연히 만나 동행하게 된 사람들이었습니다.

침실과 마구간은 널찍했고,

우리 모두는 최고의 대접을 받았습니다.

그러고 나서, 짧게 말씀드리자면, 해가 질 무렵쯤 되어,

저는 그들 한 명 한 명과 이야기를 나누고

그들과 동행하여

다음 날 아침 일찍 일어나,

함께 길을 나서기로 곧바로 약속했는데

그 이야기를 제가 지금부터 말씀드리겠습니다.

35 그런데 제가 이 이야기에 더 깊이 들어가기 전에,

시간과 기회가 있는 지금

그 사람들 각자에 대해

제가 보았던 모습을

여러분에게 들려주는 것이 합당할 듯싶습니다.

그들이 어떤 사람인지, 어떤 신분인지,

그리고 어떤 옷을 입었는지 말입니다.

그럼 먼저 기사님부터 시작해 보겠습니다.

여기에 기사 한 분이 계셨는데, 훌륭한 분이셨습니다.　　　　43

이분은 처음 출전한 그때부터

기사도, 진실, 명예, 관용, 예의범절을 소중히 여겼습니다.

주군을 위한 전쟁에서 그는 아주 용맹스러웠고,

전쟁터에 가면 기독교 국가에서나 이교도 국가에서나

이분보다 더 멀리 나가 싸우는 사람은 없었으니

훌륭한 분이라고 그는 늘 칭송받았습니다.

알렉산드리아를 함락시킬 때에도 그는 참전했고,

프로이센에서는 여러 차례

모든 나라에서 온 기사들 중

가장 명예로운 기사의 자리에 앉았습니다.

리투아니아와 러시아 전쟁에도 참가했는데,

그의 신분에 속한 어떤 기독교인 기사도

그만큼 자주 전쟁에 나간 사람은 없었습니다.

그라나다에서는 알헤시라스* 포위 전투에 참가했고

모로코에도 싸우러 갔습니다.

아야시에도, 안탈리아*와 싸워 이길 때에도
그는 참전했습니다.
또한 지중해에서 벌어진 많은 고귀한 군사 원정에도
그는 참여했습니다.
치명적인 전투에 참가한 것이 열다섯 번이었고,
모로코에서는 기독교 신앙을 지키기 위해
세 차례 마상 시합을 하여
그때마다 적을 죽였습니다.
이 훌륭한 기사는
발라트*의 주군과 함께
터키의 또 다른 이교도와 맞서 싸우기도 했습니다.
이렇게 그는 점점 더 뛰어난 명성을 얻었습니다.
68 그는 이렇듯 용맹스러운 기사이면서도 신중했고
아가씨처럼 겸손하게 행동했습니다.
평생 그 어느 누구에게도
말을 거칠게 한 적이 없었답니다.
그는 참으로 완벽한, 고귀한 기사였습니다.
하지만 그분 차림새에 대해 말하자면,
이 기사님은 좋은 말을 타고 다니기는 했으나,
옷차림이 화려하지는 않았습니다.
겉옷을 만든 천은 조악했고
사슬 갑옷의 녹이 흘러 온통 얼룩져 있었습니다.
원정에서 막 돌아와

순례길에 나선 것처럼 보였지요.

기사님 곁에는 그의 아드님인 젊은 수습 기사가 있었습니다.　　　

그는 연애에 빠진 생기 넘치는 젊은이였는데,

고데기로 방금 말아 올린 것처럼 머리카락은 곱슬거렸고

나이는 스무 살쯤 되어 보였습니다.

키는 평균 정도이고

놀라울 정도로 민첩한 데다 힘도 꽤 있었습니다.

그는 플랑드르, 아르투아 그리고 피카르디'의

기마 공격에 참가했는데

자신이 사랑하는 여성의 마음을 얻겠다는 희망으로

아주 짧은 기간 동안에도 멋진 활약을 보여 주었습니다.

그가 입은 옷에는

마치 갓 피어난 하얀 꽃, 빨간 꽃이 가득한 들판처럼

자수가 놓여 있었고

그는 온종일 노래를 부르거나 피리를 불었습니다.

그는 마치 5월처럼 싱그러웠습니다.

그의 겉옷은 짧았고 소매는 길고 통이 넓었습니다.

그는 늠름하게 말에 앉아 멋들어지게 말을 탔습니다.

그는 작곡도 하고 노랫말도 잘 지었습니다.

마상 시합도 잘했고 춤도 잘 추고

그림도 잘 그리고 글도 잘 썼지요.

그는 너무나 뜨겁게 사랑에 빠져

밤에는 나이팅게일처럼 잠을 못 이루었지요.

그는 예의 있게 행동하고 겸손했으며 시중을 잘 들었습니다.

그리고 식탁에서는 아버지를 위해 고기를 썰어 드렸지요.

101 기사는 수행원 한 명을 데리고 왔을 뿐

다른 하인을 대동하지 않았습니다.

기사가 그렇게 다니기를 원했으니까요.

수행원은 초록색 후드가 달린 코트를 입고

공작 깃털이 달린 번쩍이는 날카로운 화살 다발을

맵시 있게 벨트 밑에 차고 있었습니다.

그는 수행원답게 무기를 어떻게 다루어야 하는지 잘 알고 있어

화살 깃털이 축 처지는 바람에 과녁을 놓치는 일이 없었습니다.

그는 손에 튼튼한 활을 쥐고 있었지요.

그는 머리를 바짝 잘랐고 얼굴은 구릿빛이었습니다.

숲과 관련된 일이라면 모든 것을 알고 있었습니다.

그는 팔에 멋진 팔 보호대를 차고 있었고

한쪽 옆구리에는 칼과 작은 방패를,

다른 옆구리에는 창끝처럼 날카로우면서도 공들여 꾸민

멋진 단검을 차고 있었지요.

가슴에는 빛나는 은으로 만든

성 크리스토퍼 상이 달려 있고

초록색 어깨띠에 뿔 나팔이 있는 것을 보면

그는 아마도 산림지기였을 것 같습니다.

118 거기에는 수녀원장 수녀님도 계셨습니다.

미소를 지을 때면 아주 순진해 보이고 얌전하셨지요.

이분이 하실 수 있는 최대의 욕이라고는
"하느님 맙소사"였을 정도이니까요.
사람들은 그분을 들장미 여사님이라 불렀습니다.
미사 때 드리는 성가를 잘 부르셨고,
콧노래로도 음조가 맞게 성가를 흥얼거리셨지요.
이분은 스트랫퍼드 앳 바우 지방 방식으로
프랑스어를 유창하고 우아하게 했습니다.
파리에서 사용하는 프랑스어는 잘 모르셨으니까요.
식사 예절을 아주 잘 배워
입에서 음식을 떨어뜨리지 않으셨고
손가락을 소스 속에 깊이 집어넣어
손가락에 묻히는 일도 없었습니다.
음식을 어떻게 집어야 하는지 잘 알고 계셨고
음식 조각이 가슴에 떨어지지 않도록 매우 조심했습니다.
그녀의 가장 큰 즐거움은 예의범절을 지키는 것이었지요.
이분은 윗입술을 하도 깨끗이 닦아서
음료를 마신 뒤에도
컵에 조그만 기름 자국 하나 남지 않았고
손을 뻗어 음식을 집는 동작도 우아했습니다.
그분의 몸가짐은 정말로 품위가 있으시고
사람들을 기분 좋게 만드는 상냥한 분이셨습니다.
이분은 궁중 매너를 따라 하면서
거동이 품격 있는 존경받을 만한 사람으로 보이려고

몹시 애를 썼습니다.

142 이분의 양심에 대해 말할 것 같으면

너무나 자비롭고 마음씨가 고와서,

덫에 걸려 피를 흘리거나 죽은 쥐를 보면

엉엉 울곤 했습니다.

또 그분이 키우는 강아지들에게

구운 고기와 고운 밀가루로 만든 흰 빵과 우유를 먹이셨지요.

만약 그 강아지들 중 한 마리가 죽거나

누군가가 강아지들에게 회초리라도 들면 아주 서럽게 울었어요.

정말로 마음이 곱고 여렸습니다.

수녀님의 머리 가리개는 예쁘게 주름이 잡혀 있었답니다.

코는 잘생겼고 눈동자는 유리 같은 회색 빛깔이었고,

입은 매우 작았는데 보드랍고 붉은빛이었어요.

하지만 참으로 그녀의 이마야말로 아름다웠답니다.

이마 넓이가 거의 한 뼘은 되었으니까요.

그리고 키는 작은 편이 아니었습니다.

외투는 제가 보기에 아주 잘 만든 옷이었어요.

팔에는 커다란 초록빛 구슬들로 장식한

작은 산호로 만든 묵주를 두르고 있었습니다.

그리고 그 위에는 아주 빛나는 금 브로치가 달려 있었는데

거기에는 왕관을 쓴 A 자와 함께

"사랑은 모든 것을 이긴다"라는 라틴어가 쓰여 있었습니다.

163 수녀원장님은 또 다른 수녀 한 사람을

비서로 데려왔고 그 외에도 세 명의 신부님이 함께 있었어요.
일행 중에는 수도사가 있었는데 정말 멋진 분이셨습니다.   165
수도원 밖 재산을 관리하는 외근 수도사로 사냥을 좋아하고
수도원장님이 될 만한 정말 남자다운 분이셨지요.
이분은 마구간에 아주 좋은 말들을 갖고 있었고
말을 타고 달리면 그의 말굴레가
마치 교회 종소리처럼 맑고 크게
바람결에 뎅그렁뎅그렁 울리는 것을
사람들은 다 들을 수 있었습니다.
이 수도사 나리는 부속 수도원 원장님이기도 했는데
성 마우루스의 규율이나 성 베네딕트의 규율
이런 것들은 모두 구식인 데다 너무 엄격하다면서
옛날 것은 지나가게 하고
현대식으로 느슨한 관습을 따랐습니다.
그는 사냥꾼은 거룩한 자가 아니라는 성현의 말씀에   177
눈곱만큼도 귀를 기울이지 않았고,
규율을 소홀히 하는 수도사는
물 밖으로 나온 물고기와 같아서
수도원에 속한 수도사가 아니라는 말씀 역시
손톱만큼의 가치도 없다고 여겼습니다.
그런데 저는 그분 생각이 좋다고 말씀드리겠습니다.
왜 수도사는 공부만 하다가 미칠 지경이 되어야 하고,
수도원에서 항상 책만 뚫어져라 보아야 한단 말입니까?

그리고 왜 아우구스티누스께서 명하신 것처럼
몸으로 일하고 노동을 해야 한다는 거지요?
세상은 어떻게 구원을 받는다는 말입니까?
노동은 아우구스티누스 님이나 하시라고 하세요.
그래서 이 수도사는 힘차게 말을 탔습니다.
그에겐 날아가는 새만큼이나 빠른 사냥개가 있었는데
토끼를 쫓아가서 잡는 것을 가장 좋아했고
어떤 희생을 치르더라도 그 기쁨을 포기하지 않았습니다.
그의 옷소매에서 손목 부근은 모피로 장식되었는데
그 지역에서 가장 좋은 모피로 보였습니다.
그리고 턱 밑에 후드를 묶기 위해
아주 훌륭한 솜씨로 세공한 금 핀이 있었는데
끝부분 중 더 큰 쪽에는 사랑의 매듭도 있었습니다.
그는 대머리였고 유리처럼 반짝였습니다.
그리고 얼굴도 기름으로 문질러 놓은 것처럼 번쩍거렸어요.
그는 몸집이 상당하고 풍채가 좋았지요.
툭 튀어나온 눈동자는 머리에서 데굴데굴 굴러다녔고
마치 가마솥 밑의 용광로처럼 번득거렸습니다.
그의 부츠는 말랑말랑 유연했고, 말은 관리가 잘되어 있었지요.
그는 정말 잘생긴 고위 성직자였습니다.
그는 고통받는 영혼처럼 창백하지 않았습니다.
그는 고기 중에서도 살찐 백조 고기를 제일 좋아했고
그가 타는 말은 베리처럼 갈색빛이 났습니다.

거기에는 노는 것을 좋아하는 유쾌한 수사도 있었습니다.

활동 구역이 지정된 수사였는데 아주 근엄하셨지요.

네 개의 수도 교단에서 이분만큼 사교성 좋고

멋들어지게 말씀하시는 분은 아마 없을 것입니다.

그는 자기 돈을 들여

많은 여자들을 결혼시키기도 했습니다.

그는 자기 수도 교단의 든든한 기둥 같은 존재였죠.

그는 자기 지역 온 동네의 지주들,

그리고 마을에서 알아주는 여성들에게 사랑을 받았고

친하게 지냈습니다.

교단에서 고해권을 허락받아

자기가 교구 신부보다 더 큰 권한을 갖고 있기 때문이라고

그 스스로 말했지요.

그는 아주 마음씨 좋게 고해를 들었고

기분 좋게 면죄해 주었습니다.

그는 자신이 좋은 선물을 받을 줄 알 때에는

아주 관대하게 속죄를 베풀어 주었습니다.

가난한 수사들의 교단에 기부하는 것은

진심으로 죄를 고백했다는 징표라는 것이 이유였지요.

수사는 주장하기를, 만약 누군가 기부를 한다면,

그 사람이 회개하고 있음을 알 수 있다는 것이죠.

많은 사람들은 마음이 너무나도 굳어 버려

비록 죄를 통회한다 해도 애통의 눈물을 흘리지 못할 수 있으니

울며 기도하는 대신

가난한 수사들에게 은을 바칠 수 있다는 것입니다.

233 그의 후드 안에는 어여쁜 부인들에게 갖다줄

나이프와 핀들이 늘 가득했습니다.

그는 정말 명랑한 목소리를 갖고 있었습니다.

그는 노래도 잘 부르고 로트'도 잘 연주했습니다.

그는 민요 경연 대회에서 상을 타기도 했지요.

그의 목덜미는 백합꽃처럼 새하얬죠.

게다가 힘이 세서 시합의 우승자이기도 했습니다.

그는 모든 마을의 술집을 다 알고 있었고,

나병 환자나 걸인들보다는

숙박업소 주인, 술집 아가씨들을 줄줄이 꿰고 있었습니다.

왜냐하면 이분의 직책을 생각할 때 이 수사처럼 훌륭한 분이

그런 나병 환자들과 친하게 지내는 것은

어울리지 않기 때문입니다.

그런 가난한 사람들을 상대하는 것은

돈벌이도 되지 않고 품위도 없는 일이지요.

부자들, 식료품 판매인들 같은 사람들을 만나야 하지요.

249 그래서 이익이 나올 만한 곳이면 어디에서나

그는 예의 바르고 아주 겸손히 섬기는 태도를 보였습니다.

그렇게 덕스러운 사람은 어디에도 없을 것입니다.

그는 수도원에서 기부를 가장 많이 받아 내는 사람이었습니다.

그리고 그는 자기 구역의 독점적 탁발 권한을 위해

일정 금액을 지불하기도 했지요.

동료 수사들은 아무도 그의 구역으로 오지 않았습니다.

비록 어떤 과부가 신발 한 짝 없을 정도로 가난해도

그가 너무나 기분 좋게 "태초에"라고 말해서

한 푼이라도 꼭 얻어 낸 뒤에야 그 집을 떠났습니다.

그의 총수입은 자기 분수보다 훨씬 넘게 많았습니다.

게다가 그는 강아지처럼 깡충거리며 돌아다녔습니다.

분쟁 해결일이 되면 그는 큰 도움이 되었습니다.

그는 가난한 학자처럼

솔기가 다 해진 옷을 입고 수도원에 갇혀 사는 수도사 같지 않고,

박사나 교황처럼 보였습니다.

그의 짧은 외투는 광폭의 비싼 천으로 만들었는데

틀에서 막 꺼내 온 종처럼 봉긋한 모양이었습니다.

그는 영어를 감미롭게 들리게 하고 싶어

약간 혀짤배기소리 같은 발음을 했습니다.

또 그가 하프를 연주하며 노래 부를 때면

서리 낀 밤에 별들이 빛나듯

그의 눈이 머리에서 반짝거렸지요.

이 멋진 수사님의 이름은 휴버드였습니다.

양쪽으로 갈라진 수염을 한 상인도 일행 중에 있었습니다.

알록달록한 무늬의 옷을 입고 높다랗게 말을 타고 있었습니다.

머리에는 플랑드르의 비버 털로 만든 모자를 쓰고 있었고

부츠는 멋지고 우아하게 버클 장식이 되어 있었습니다.

그는 아주 위엄 있게 자기 의견을 밝혔고
언제나 자기 수입을 늘리는 데 관심이 있었습니다.
그는 미델뷔르흐와 오웰* 사이의 바다는
어떤 수를 써서라도 잘 경비되기를 원했습니다.
그는 외국 돈 환전에 대해 잘 알았고
이 훌륭한 분은 머리를 비상하게 굴렸습니다.
그에게 채무가 있는지 여부를 아는 사람은 아무도 없었습니다.
물건을 사고팔거나 재정적인 거래를 하는 등
자기 업무를 볼 때 아주 위엄이 있었습니다.
정말로 그는 훌륭한 사람이었지요.
그러나 진실을 말하자면, 저는 이 사람 이름을 모르겠습니다.

285 또한 거기에는 여러 해 전에 논리학 공부를 시작한
옥스퍼드 대학생이 있었습니다.
그의 말은 갈퀴처럼 말라빠졌고,
학생도 살집 없이 홀쭉했고
게다가 금욕적으로 사는 것처럼 보였습니다.
그의 짧은 코트는 천이 나달나달했습니다.
그는 아직 성직 임명을 받지 않은 데다가
성직 이외의 직위를 택할 만큼
세속적이지는 않았기 때문이었습니다.
그는 호사로운 옷이나 바이올린 혹은 우아한 하프보다는
침대 머리맡에 검은색이나 붉은색으로 장정된
아리스토텔레스의 철학책 스무 권을 더 원했습니다.

비록 그가 철학자*이기는 했지만 297
그의 금고에 금은 거의 없었습니다.
그는 친구들에게서 받은 돈을
공부하거나 책을 사는 데 모두 썼고,
그의 학비를 후원한 사람들의 영혼을 위해
열심히 기도했습니다.
그는 공부에 가장 힘을 쏟았습니다.
그는 필요 이상의 말은 한마디도 하지 않았고,
말을 할 때는 격식과 품위가 있었으며
말이 간결하면서도 요점이 있고 숭고한 내용으로 가득했습니다.
그의 언사는 언제나 도덕적 덕목과 부합했고
그는 기꺼이 배우고, 또 기꺼이 가르쳤답니다.
일행 중에는 신중하고 현명한 법정 변호사도 있었습니다. 309
세인트 폴 성당에 종종 가시곤 하던* 그분은
능력이 출중하셨는데
신중하고 매우 위엄 있어 보였습니다.
그리고 말씀도 아주 지혜로웠습니다.
그는 여러 차례
왕명으로 모든 치리권(治理權)을 위임받은
순회 판사가 되기도 했습니다.
그의 지식과 높은 명성 덕택에
수임료도, 의복도 많았습니다.*
이분만큼 부동산을 많이 사들이는 분은 어디에도 없을 겁니다.

게다가 그 부동산은 모두 별도 제한 조건이 없는 것들이어서

그가 사들인 부동산에 문제가 생길 일은 전혀 없었습니다.

이분만큼 바쁜 사람은 그 어느 곳에도 없었는데

어찌 보면 그는 실제보다 더 바빠 보이는 것 같기도 했습니다.

그는 윌리엄왕 시절부터 일어났던

연감에 수록된 모든 사건들과 판결들을 줄줄이 꿰고 있고

더구나 법률 서류를 잘 기안하고 작성해서

그가 쓴 글에서 흠을 잡을 사람은 아무도 없었습니다.

모든 법령을 구구절절 외울 수 있었으니까요.

그러나 차림새는 단출하게,

작은 줄무늬가 있는 실크 벨트를 맨 채

여러 색이 섞인 코트를 입고 말을 타고 있었습니다.

이 사람의 옷 이야기는 그만하겠습니다.

331 이 변호사와 동행하는 사람은 시골의 유지였습니다.

그는 데이지꽃처럼 허연 수염이 있었지요.

기질로 말하자면 다혈질이고요.

아침이면 포도주에 적신 빵을 드시는 걸 아주 좋아하셨습니다.

즐겁게 사는 것이 이분의 습성이셨는데,

이분이야말로 순수한 쾌락이 진정 완벽한 행복이라 믿는

에피쿠로스의 진정한 후계자이셨거든요.

이분은 집을 갖고 계셨지요, 그것도 아주 큰 집을요.

그는 자기 동네에서 성 율리아누스' 같은 존재였어요.

이 집의 빵이나 맥주는 모두 한결같이 좋은 것들이었고,

이보다 더 좋은 와인들을 쟁여 놓은 사람은 아마 없을 겁니다.

그의 집에 구운 파이가 떨어지는 때가 없었고,

고기며 생선이며 늘 풍성해서

그의 집에는 먹을 것, 마실 것이 넘쳐 났습니다.

사람이 상상할 수 있는 모든 맛있는 음식이

철 따라 나왔고

점심과 저녁 반찬이 다 달랐지요.

그는 우리 안에 살찐 꿩을 많이 키우고 있었고   349

연못에는 도미와 잉어가 가득했지요.

음식 소스가 톡 쏘는 맛이 제대로 안 나거나

식기와 조리 도구가 준비되어 있지 않으면

이 집 요리사는 아주 혼쭐이 났습니다.

이 집 홀의 식탁은 항상 테이블보를 씌워

온종일 준비된 상태로 놓여 있었습니다.

재판이 열리면 의장이 되어 회의를 주재했고

주 대표 의원이 된 적도 여러 차례 있었습니다.

단검과 실크로 만든 주머니를

아침 우유처럼 새하얀 벨트에 매달고 다녔습니다.

그는 주 재판관도 했었고 세금 감사관도 했지요.

그토록 훌륭한 지주는 그 어느 곳에도 드물 것입니다.

일행 중에는 잡화 상인, 목수, 직조업자, 염색업자   361

그리고 태피스트리 제작자도 있었는데,

모두 위엄 있고 규모가 큰 교구 길드의

제복을 똑같이 입고 있었습니다.

그들은 차림새를 모두 새것으로 산뜻하게 갖추고 있었습니다.

그들의 칼은 구리가 아니라

온통 은으로 꾸몄고, 깔끔하고 단정하게 잘 만들어져 있었지요.

그들의 벨트와 차고 있는 주머니 어디를 봐도 그랬습니다.

그들이 갖춘 식견으로 보아

그들 모두 시 의회 의원이 될 만한 사람들이었습니다.

그들은 재산이나 수입도 풍족했지요.

그들 부인들도 그 점에는 다들 수긍할 것입니다.

그렇지 않으면 그들은 분명히 비난을 받을 거예요.

'사모님'이라 불리면서

축일 전야제에서 맨 앞에 서고

왕족처럼 외투를 받들고 다니게 하는 것은

정말 즐거운 일이거든요.

379   이들은 순례 여행을 위해 요리사를 데리고 왔어요.

톡 쏘는 양념과 향신료,

그리고 골수를 넣어 닭고기를 끓이도록 했지요.

그는 런던 맥주를 어떻게 구별하는지 잘 알았고

고기 굽기, 끓이기, 석쇠로 굽기, 튀기기,

스튜 만들기, 파이 만들기 등 그 방법을 알고 있었어요.

하지만 그의 정강이에 종기가 하나 있는 것은

참으로 안타깝게 보였습니다.

블랑망제*에 관해서라면 그가 만든 것이 최고였습니다.

일행 중에는 저 멀리 서쪽 지역 출신 선장도 있었는데,

제가 알기로는 다트머스 출신 같았습니다.

그는 볼품없는 말을 어찌어찌 타고 다녔고

무릎까지 오는 모직 옷을 입고 있었습니다.

그는 목에 줄을 매고 단검을 꿰었는데

팔뚝 밑까지 내려와 있었습니다.

더운 여름 날씨에 피부는 온통 갈색으로 타 있었어요.

분명 그는 대단한 인물이었습니다.

그는 보르도에서 오면서 상인들이 자는 동안

와인을 여러 잔 벌컥벌컥 들이마셨어요.

양심의 찔림 따위는 안중에도 없었지요.

만약 그가 싸우다 이길 것 같으면

그는 싸우던 사람을 바닷속으로 던져 버렸습니다.

하지만 조류를 계산하고, 물길을 잡고,

근처의 위험물, 항구, 달의 위치, 항해 이런 것에는 정통해서,

영국의 헐에서 스페인의 카르타헤나 사이 그 어디에도

그와 같은 사람은 없을 것입니다.

그는 대담하면서도 일을 할 때는 신중했지요.

여러 차례 폭풍을 맞으며 수염을 휘날렸답니다.

고틀란드에서 피니스테레만(灣)에 이르기까지

모든 항구와 그 상태를 다 알고 있었고

브르타뉴 지방과 스페인의 모든 작은 만도 다 알고 있었습니다.

그의 배 이름은 모들린이었어요.

411   일행 중에는 의사도 있었는데

내과·외과 의술에 대해 말하자면

온 세상에 그와 같은 사람은 없을 것입니다.

이분은 천문학에 능통했거든요.

그는 자신의 천문 지식을 활용해 치료에 효과가 있는 시간에

환자를 여러 차례 돌보았답니다.

그는 행성의 위치를 계산하는 법을 잘 알아서

그 시간에 환자에게 부적을 붙였습니다.

그는 모든 질병의 원인을 밝혀냈는데

즉 열기 때문인지 냉기 때문인지

아니면 습해서인지 건조해서인지를 알았지요.

또 어디서 병이 생겼는지, 그리고 체질이 무엇인지 알았습니다.

422   그는 정말 완벽한 의사였습니다.

일단 병의 원인이 밝혀지고 환자가 아픈 근원을 알게 되면

즉시 환자에게 처방을 했지요.

그는 항상 옆에 약사들을 대기시켜 놓았고

그들은 그에게 약과 시럽을 보내 주었습니다.

이들은 서로서로 돈을 벌도록 해 주는 셈이었어요.

이미 오래전부터 이들의 우정이 생겼지요.

그는 옛 대가이신 아스클레피오스,

디오스코리데스 그리고 루푸스,

옛 대가 히포크라테스, 갈레노스,

세라피온, 라제스, 아비센나,

아베로에스, 다마스케누스, 콘스탄틴,

베르나르, 가데스덴, 길베르투스 등을 꿰고 있었습니다.

그는 식사를 절제하여

과식하는 일도 없고,

오직 영양가가 많고 소화가 잘되는 음식만 먹었습니다.

하지만 그는 성서는 잘 몰랐어요.

그는 항상 타프타 천과 실크로 안감을 댄

붉은 빛깔과 푸른 빛깔의 옷을 입고 있었지만

돈을 꽉꽉 쓰는 편은 아니었습니다.

그는 사실 흑사병이 유행할 때 벌었던 돈을

그대로 간직하고 있었습니다.

약 중에서 금(金)은 심장약으로는 최고라 여겨

그는 특히 금을 사랑했거든요.

바스 지방에서 온 부인도 한 분 계셨어요.   445

그런데 안타깝게도 이분은 귀가 약간 멀었답니다.

옷감 짜는 기술이 대단해서

이프레나 헨트의 기술자들보다 뛰어났지요.

봉헌하러 나갈 때 그녀보다 먼저 나가는 사람은

교구 전체에서 한 사람도 없었답니다.

혹시라도 그랬다가는

그녀는 무지하게 화가 나서 인정사정없었거든요.

그녀가 쓰고 있는 두건은 매우 고운 실로 짠 것이었어요.

제가 장담하건대, 일요일에 그녀가 쓰는 두건은

무게가 족히 10파운드'는 나갈 것입니다.

그녀의 스타킹은 선명한 진홍색으로

아주 타이트하게 조여져 있었고

매우 부드러운 가죽으로 만든 새 신발을 신고 있었지요.

선이 굵은 얼굴에 잘생기고 혈색이 붉었어요.

그녀는 일생 동안 정말 대단한 인물이었어요.

460 젊었을 때 연애 사건은 숫자에 넣지 않는다 해도

교회 문 앞에서 맞이한 남편만도 다섯 명이나 되었거든요.

하지만 그 이야기를 여기서 할 필요는 없을 것 같습니다.

이분은 예루살렘에도 세 번이나 여행을 갔었고,

해외여행도 여러 차례 했지요.

로마에도 갔고 볼로냐에도 갔고

콤포스텔라의 성 야고보 사원도 갔고 쾰른도 갔으니까요.

그녀는 이리저리 돌아다니는 것에 대해서는

아는 게 아주 많았습니다.

그런데 사실 이분은 치아 사이가 넓게 벌어져 있었습니다.

느긋하게 걷는 말 위에 편하게 앉아 있었는데

커다란 머리 가리개를 쓰고 있었고, 게다가 머리에는

방패만큼이나 큰 모자도 쓰고 있었습니다.

커다란 엉덩이에는 덧치마도 입고 있었고

발에는 날카로운 박차도 달아 놓았지요.

사람들과 어울려 잘 웃고 떠들었는데,

사랑의 병에 대한 치료법에는 정통했어요.

연애의 고수였으니까요.

그곳에는 선한 성직자가 있었는데

그는 가난한 교구 신부님이었습니다.

그러나 거룩한 생각과 행위에서는 부자이셨지요.

더욱이 학식 있는 학자여서

그리스도의 복음을 진실되게 전하고

경건하게 교구 성도들을 가르쳤어요.

마음씨가 자비롭고, 놀라울 정도로 부지런하셨고,

역경을 당하면 잘 견뎌 낸다는 것이

여러 차례 입증되기도 했습니다.

이분은 사람들이 십일조를 내지 않아도 파문하길 꺼리셨고,

오히려 가난한 교구 사람들에게는

본인의 수입과 헌금으로

기꺼이 베풀어 주셨습니다.

이분은 적은 것으로도 만족할 줄 아는 분이었습니다.

교구는 넓고 사람들의 집은 서로 멀리 떨어져 있었지만

비가 오나, 천둥이 치거나,

아프거나, 가기 힘든 일이 있더라도,

지위가 높건 낮건, 가장 먼 곳에 사는 사람이더라도,

지팡이를 들고 걸어서 열심히 방문했습니다.

먼저 실천하고 나중에 가르치라는

훌륭한 본보기를 양 떼에게 몸소 보여 주신 셈입니다.

복음서에 나오는 말씀에다가

"황금이 녹슬면 쇠붙이야 오죽하랴?"라는 비유를 덧붙였지요.

즉 사람들이 믿는 성직자가 타락하면

평신도들이 타락하는 것은 당연하다는 것입니다.

성직자에 대해 말을 해 보자면

똥 묻은 양치기에 깨끗한 양 떼라니,

참으로 수치스러운 일이지요.

그러니 본인이 깨끗하게 살아감으로써

자기 양들이 어떻게 살아야 하는지 본을 보여야 하는 법입니다.

507 그는 성직을 남에게 빌려주고

자기 양 떼가 진흙탕 속에서 허우적거리게 내버려 둔 채,

런던의 세인트 폴 성당으로 달려가

후원자의 영혼을 위해 기도하는 미사 사제로 임명되거나

길드의 담당 신부로 임명되려고 애쓰지 않았습니다.

그는 자기 교구에 남아

늑대가 양 떼를 잘못된 길로 이끌지 못하도록

자기 양 떼를 잘 보살필 뿐이었습니다.

그는 참된 목회자였고, 돈만 탐하는 자가 아니었습니다.

이분은 정말 거룩하고 덕이 많은 분이었지만,

그렇다고 죄인들을 경멸하지 않으셨고,

말씀하면서 으스대거나 거만하지도 않으셨습니다.

그분의 가르침은 신중하고 배려심이 있으셨습니다.

온화하게, 그리고 좋은 본을 보여

사람들을 천국으로 인도하시는 것이 그분의 일이었습니다.

하지만 좀처럼 뉘우치지 않는 사람을 만나면

그의 지위가 높건 낮건 누구이건 간에

그 사람을 즉시 호되게 꾸짖으셨죠.

이분보다 더 훌륭한 신부님은 어디에도 없으리라 확신합니다.

그는 거창한 의식이나 격식 같은 것을 바라지 않으셨고

꼬치꼬치 양심을 따지며 캐묻는 분도 아니셨습니다.

그는 오직 그리스도와 열두 사도의 말씀을 가르쳤지요.

그런데 그가 먼저 솔선수범했습니다.

이 본당 신부님 곁에는 동생인 농부가 있었어요.   529

그는 똥 더미를 엄청 많이 나르곤 했지요.

이 농부는 진짜 땀 흘리며 일하는 선량한 사람이어서

평화롭게 온전한 사랑을 실천하며 살았습니다.

그는 좋을 때나 힘들 때나 항상

온 맘을 다해 하느님을 사랑하고

이웃을 자기 자신처럼 사랑했습니다.

그는 그리스도를 위해, 그리고 모든 가난한 사람을 위해

품삯도 받지 않고 자기 힘만 닿으면

곡식 타작도 해 주고, 도랑도 파 주고, 땅도 갈아 주었습니다.

그는 자기 품삯과 재산에 대해

온전한 십일조를 바쳤습니다.

그는 소매 없는 재킷을 입고 거세한 수말을 타고 있었습니다.

또한 일행 중에는 장원 감독관, 방앗간 주인,   542

법정 소환인, 면죄부 판매인,

그리고 식품 조달업자와 제가 있었고 다른 일행은 없었습니다.

방앗간 주인은 참으로 다부진 자였습니다.

근육도 단단하고 뼈대도 통뼈였지요.

어디를 가든 그건 다 알 수 있었던 것이

그가 씨름판에 나가면 늘 우승해서

숫양을 상으로 받았거든요.

그는 어깨가 두툼하고, 가슴팍이 넓적하니 몸집이 단단했지요.

경첩을 뽑아내든지 달려가 박치기를 하든지

이 사람은 어떤 문이라도 부술 수 있었습니다.

그의 수염은 암퇘지나 여우처럼 시뻘건 색이었고

부삽만큼 널찍이 퍼져 있기까지 했지요.

콧등 바로 끝 쪽에는 사마귀가 있었고

그 위에는 뻣뻣한 털 한 줌이 나 있었는데

암퇘지 귓가의 뻣뻣한 털처럼 시뻘건 색이었습니다.

콧구멍은 널찍한데 시커멓고요.

옆구리에는 칼과 방패를 차고 있었습니다.

입은 화덕 입구만큼 컸는데

떠들어 대는 허풍쟁이에 익살꾼,

그런데 하는 이야기라고는 모두

죄악과 추잡한 이야기뿐이었습니다.

그는 방앗간에서 곡식을 훔쳐 내면서도

방앗간 삯은 세 배로 받아먹었습니다.

정말이지 황금 손가락을 가졌다고 할 수 있겠지요.

그는 푸른 후드가 달린 흰 코트를 입고 있었고,

백파이프를 잘 불어서

동네를 떠날 때면 우리 앞에 서서

백파이프를 불어 주었습니다.

법학원에 납품하는 멋진 식품 조달업자가 거기 있었는데   567

식품을 구입할 때 어찌나 지혜로운지

식품 구매업자라면 이분에게 한 수 배워야 할 것입니다.

왜냐하면 이분은 현금으로 사거나 외상으로 사거나

기회를 잘 지켜보고 있다가

항상 먼저 가서 좋은 조건으로 샀기 때문입니다.

이처럼 배운 것도 별로 없는 사람이

가방끈이 긴 사람들 여럿보다 더 머리가 잘 돌아가다니

이야말로 하느님의 공평하신 은혜가 아니겠습니까?

그는 자그마치 서른 명이 넘는 분들을 모시고 있었는데

모두 법에 능통한 전문가들이었습니다.

그들 중에는 영국의 어떤 영주의 청지기가 되더라도

(그 영주가 미친놈처럼 굴지만 않는다면)

자기 재산으로 명예롭게 빚 안 지고 살아갈 수 있게 해 주고

혹시 자기가 원한다면 절약하며 살 수 있도록 해 주고,

또 혹시 어떤 예기치 못한 상황이 생기면

그 지역 전체를 도울 수 있을 정도로

수입과 땅을 잘 관리할 만한 사람들이 열두 명도 넘었지요.

그런데 이 식품 조달업자는

이런 모든 법학원 사람들을 다 속여 먹었단 말입니다.

587　삐삐 마르고 성깔이 있는 장원 감독관이 있었습니다.

그는 수염을 더할 나위 없이 말끔하게 자르고

머리도 귀밑까지 바짝 자르고

앞머리는 사제처럼 삭발을 했지요.

다리는 길쭉길쭉하고 가는 것이 마치 막대기 같아서

종아리라고는 보이지 않았습니다.

그는 곡식 창고와 저장소를 관리하는 방법을 잘 알고 있어서

이 사람을 이겨 먹을 회계 감사는 아무도 없었습니다.

그는 가뭄 때, 비 올 때

씨 뿌린 것과 곡식의 수확량이 얼마일지 잘 알고 있었습니다.

그가 모시는 영주의 양 떼, 소 떼, 우유 짜는 암소,

돼지, 말, 가축 그리고 닭과 오리 등이

모두 이 청지기 손바닥 안에 있었지요.

그는 계약에 따라 계산을 해 주었는데

그의 영주가 스무 살이 된 이후부터 계속 그렇게 해 왔습니다.

누구도 이 청지기에게 줄 돈을 체납할 수는 없었습니다.

농장 관리인, 가축 관리인 그리고 어떤 하인이라도

꾀를 쓰고 속이려 들면 다 알아차렸으니

그들은 이 청지기를 마치 역병처럼 두려워했습니다.

초원 위에 멋지게 자리 잡은 그의 집은

푸른 나무들 그늘 아래 있었습니다.

608　그는 자기 영주보다 더 부동산을 잘 구입했고

은밀히 챙겨 놓은 재산도 상당했습니다.

그는 영주 본인의 재산으로 영주에게 주거나 빌려준 다음에

감사 인사와 함께 그 보답으로 코트와 겉옷까지 받아 내는 등

자기 영주의 기분을 기가 막히게 잘 맞추어 주었습니다.

젊었을 때 그는 좋은 기술을 익혀

뛰어난 공예가요 목수였습니다.

이 청지기는 스콧이라 부르는

훌륭한 회색 얼룩빼기 말을 타고 있었습니다.

진한 청색의 긴 겉옷을 입고

옆구리에는 녹슨 칼을 차고 있었습니다.

제가 말하고 있는 이 청지기는

보즈웰이라 불리는 마을 근처 노스포크에서 왔습니다.

그는 수사처럼 코트를 걷어 올린 뒤 벨트를 매고 있었고

항상 우리 일행의 맨 끝에서 오곤 했습니다.

또 우리 일행 중에는 법정 소환인이 있었는데

얼굴은 케루빔 천사처럼 불그스름했고

여드름투성이에 눈은 째진 모양이었지요.

그는 성질이 급하고 참새처럼 음탕했습니다.

눈썹에는 시커먼 딱지가 덕지덕지하고

수염은 듬성듬성 나 있어서

어린아이들은 이 사람 얼굴을 보면 무서워했습니다.

수은, 일산화 연(一酸化鉛), 유황,

붕사, 백연, 주석 그 어떤 연고도

그의 허연 고름이나
뺨에 턱하니 자리 잡은 혹을
깨끗하게 해 주지 못했습니다.
그는 마늘, 양파, 부추를 좋아했고
피처럼 붉은 독한 와인도 좋아했습니다.
그러고는 미친놈처럼 지껄이고 소리소리 질러 댔지요.
술에 잔뜩 취하면
그는 라틴어로만 말을 해 댔습니다.
교회법 조문에서 주워들은
법률 용어 두세 개를 알고 있었거든요.
하루 종일 들었으니 그걸 외우는 게 놀랄 일은 아니죠.
여러분도 아시다시피
앵무새도 교황처럼 '월터'라고 이야기할 수 있으니까요.
하지만 누가 그에게 다른 문제들에 대해 꼬치꼬치 캐물으면
그가 아는 밑천이 다 드러나서
"퀘스티오 퀴드 주리스?"라는 말만 떠들어 댔습니다.
그는 웃긴 놈인 데다 친절하기도 했습니다.
이보다 나은 사람을 찾기는 어려울 겁니다.
어떤 작자가 그에게 와인 반 병만 내주면
첩을 두어도 열두 달 동안 죄를 묻지 않고
완전히 방면해 줄 정도였으니까요.

652 또한 그는 남몰래 사람을 등쳐 먹는 법을 잘 알고 있었지요.
만약 이 인간이 만만한 작자를 어디에서고 찾아내면,

그의 영혼이 돈지갑 안에 있지 않는 한

부주교의 파문을 두려워할 필요가 없다고 가르치곤 했습니다.

글쎄, 지갑이 벌을 받으면 되는 것이라네요.

"지갑이 부주교의 지옥이니라"라고 그는 말했습니다.

하지만 저는 그가 거짓말한다는 것을 분명히 압니다.

모든 죄 있는 자들은 마땅히 파문을 두려워해야 합니다.

용서가 사람을 구원하듯 파문은 사람을 죽이는 것이므로

사람은 투옥 명령서를 두려워해야 합니다.

그는 자기 교구 안의 젊은이들을

좌지우지하고 있었습니다.

그는 그들의 비밀도 다 알고 있고, 조언자 노릇도 했지요.

그는 자기 머리 위에

마치 술집 표지판처럼 커다란 화관을 얹은 채,

방패처럼 케이크를 휘둘러 댔습니다.

그와 함께 멋진 면죄부 판매인이 말을 타고 있었습니다.   669

법정 소환인의 친구이자 동료인 그는

룬시발 소속으로 로마 법정에서 곧장 왔습니다.

그는 큰 소리로 "사랑이여 내게 오라!"라며 노래를 불렀고

그러면 법정 소환인은 우렁찬 베이스로 화음을 맞춰 주었는데

그 소리가 하도 커서 어떤 트럼펫 소리도

그들 목소리 크기의 절반 정도밖에 안 될 것입니다.

이 면죄부 판매인은 머리가 밀랍처럼 노랬는데

아마실 한 타래처럼 매끄럽게 달려 있었습니다.

그는 자기 머리카락을 조그맣게 가닥을 지어
어깨 위에 펼쳐 놓았지요.
그런데 하나하나 가닥을 지어 봤자 머리숱이 없었어요.
하지만 맵시 나게 보이려고 그는 후드를 쓰지 않고
자기 여행 가방 속에 쑤셔 넣었습니다.
그는 자기가 아주 최신 유행을 따르고 있다고 생각했지요.
머리는 풀어 헤쳐 놓고
테 없는 작은 모자 하나만 쓴 채 말을 타고 다녔습니다.
그의 눈은 산토끼처럼 번득거렸고
모자에는 성 베로니카 수건을 꿰매어 붙여 놓았습니다.
그의 무릎 앞자락에 놓인 주머니 속에는
로마에서 막 가져왔다는 면죄부가 가득 차 있었지요.
688 그는 염소처럼 목소리가 작았고 수염이 하나도 없었는데
앞으로도 수염이라고는 나지 않을 것 같았습니다.
이 사람 얼굴은 지금 막 면도를 한 것처럼 말끔했는데
아무래도 제가 보기에 이 사람은 거세당한 말이거나
암컷 말 같았답니다.
하지만 그의 솜씨에 대해 말하자면 버릭에서 웨어까지
이 사람과 같은 면죄부 판매인은 아마 없을 겁니다.
그는 주머니 속에 베개 커버를 하나 가지고 있는데
그것이 성모 마리아의 베일이었다고 말하거든요.
또 그는 바다 위를 걷던 성 베드로를
예수 그리스도께서 데려가실 때까지

성 베드로가 갖고 있던 돛의 한 조각을
자기가 갖고 있다고 말합니다.
그는 돌들이 박혀 있는 놋쇠 십자가도 갖고 있었고
유리 함 속에는 돼지 뼈들도 갖고 있었는데
이런 것들을 성유물이라 하면서
시골에 사는 가난한 신부를 만나면
그 신부님이 두 달 동안 벌어들일 수입보다 더 많은 돈을
하루 사이에 얻어 냈습니다.
이렇게 온갖 감언이설과 속임수로   705
그는 신부님과 사람들을 모두 바보로 만들어 버렸던 것입니다.
하지만 마지막으로 말씀드리자면
교회에 가면 그는 고매하신 성직자였습니다.
그는 교훈이나 성인전을 어떻게 읽는지 잘 알고 있는 데다
무엇보다 좋은 것은 그가 봉헌송을 부를 수 있었다는 점입니다.
왜냐하면 봉헌송을 부르면
설교를 한다는 것을 그는 잘 알고 있었고,
그는 사람들 귀가 솔깃하게 설교를 해서
은을 벌어들였기 때문입니다.
어떻게 설교하면 되는지 그는 잘 알고 있었으니까요.
그러니 그는 더욱더 즐겁고 우렁차게 봉헌송을 불렀습니다.
자, 저는 여러분에게 짧게나마   715
우리 일행의 신분이며 옷차림, 숫자,
그리고 어떻게 이 일행이 벨 지방 가까이 서더크에서

타바드라는 멋진 숙소에 모이게 되었는지 말씀드린 셈입니다.

이제 우리가 그 숙소에 묵던 날 저녁에

있었던 일들을 말씀드리고,

우리의 여행과 순례의 나머지 이야기들도 말씀드리겠습니다.

725 그런데 먼저 여러분에게 양해를 구하고자 합니다.

즉 제가 그들의 말과 행동을 있는 그대로 말하고

곧이곧대로 전달한다고 해서

저를 상스러운 사람으로 여기지 말아 주십사 하는 것입니다.

왜냐하면 여러분도 잘 알고 계시듯

어떤 사람이 했던 이야기를 전달하려면

그 사람이 아무리 막돼먹고 거침없이 말하더라도

할 수 있는 한, 단어 하나라도 놓치지 않고

그대로 이야기해야 하기 때문입니다.

그렇지 않으면 부정확하게 이야기하는 셈이 되거나

이야기를 꾸며 대고 말을 새로 해 버린 셈이 되니까요.

비록 자기 형제가 한 말이라도 그렇게 해서는 안 되고,

그가 한 말을 그대로 전달해야 하는 법입니다.

성서를 보면 그리스도께서도 아주 있는 그대로 말씀하셨지만

그렇다고 그것을 상스럽다고 하지는 않습니다.

또 플라톤을 읽을 줄 아는 사람이면 누구나 알고 있듯,

말은 행동과 같아야 한다고, 플라톤은 말씀하셨습니다.

또한 제가 이야기를 하면서

사람들을 신분에 따라 알맞은 순서대로

배열하지 못한 것도 용서해 주십시오.

그것은 여러분께서 익히 아시듯, 제가 재주가 없는 탓입니다.

숙소 주인은 우리 각 사람을 기쁘게 환영하고   747

곧 저녁 식사 자리에 앉게 했습니다.

그가 우리에게 대접한 음식은 정말 최고급이었고,

와인은 술기운이 적당하여 마시면서 기분이 좋았습니다.

숙소 주인은 참으로 인상적이었는데,

공식 석상에서 사회를 볼 만한 사람이었습니다.

그는 툭 튀어나온 부리부리한 눈에 몸집도 큼지막해서

치프사이드에서 그보다 더 나은 인물은 아마 없을 것입니다.

말도 시원시원하게 잘하고, 현명하고, 매너도 좋아

남자로서 부족한 점이 없었지요.

게다가 아주 쾌활한 사람이었어요.

저녁 식사가 끝난 후 그는 흥을 돋우며

재미나는 이야기를 시작했는데,

우리가 모두 숙박료 계산을 마치자

다음과 같이 말했습니다.

"신사 여러분, 저희 집에 오신 것을 진심으로 환영합니다.   761

정말, 거짓말이 아니고,

저는 올해 저희 집에 묵으신 분들 중에서

여기 모이신 여러분처럼 유쾌한 일행을 본 적이 없습니다.

제가 할 수 있는 한 어떻게 해서라도

여러분을 즐겁게 모시고 싶습니다.

그런데 제가 방금, 돈 한 푼 안 들면서

여러분을 기쁘게 해 드릴 한 가지 방법이 생각났습니다.

769 여러분은 캔터베리로 순례 여행을 가시는 길이지요.

하느님께서 여러분이 순례 여행을 잘하게 해 주시고,

복되신 순교자께서 여러분의 수고를 갚아 주시기를!

그런데 여러분이 가는 도중에

이야기도 하고, 놀기도 하고 그러시겠지요.

사실 말이지, 여행하면서 돌덩어리처럼 말 한마디 안 한다면

정말 재미도 없고 흥도 안 나지 않습니까?

그래서 아까 말씀드린 것처럼

제가 여러분을 즐겁게 해 드릴 게임을 제안할까 합니다.

만약 여러분께서 제 판단에 맡기시겠다고

일치단결해서 모두 동의해 주신다면,

그리고 제가 하라는 대로 해 주신다면,

돌아가신 저희 아버님을 걸고 맹세하는데,

내일 순례 여행을 떠난 뒤에 재미없어 하시는 분이 계시다면

제 목이라도 내놓겠습니다.

자, 더 이상 얘기는 그만하고, 손을 들어 찬성해 주세요."

784 우리는 길게 상의할 필요가 없었지요.

우리는 그 문제를 놓고 깊이 생각할 필요도 없다 생각했고,

더 논의할 것 없이 그의 말을 따르기로 했습니다.

그리고 그가 결정한 바를 이야기해 보라고 말했지요.

"자, 신사 여러분, 잘 들어주십시오.

그리고 제 이야기를 듣고 비웃지 말아 주십시오.

간단명료하게 요점만 말하면,

여행길이 후딱 간다 느껴지게 하기 위해

각자 캔터베리로 갈 때 두 개,

그리고 돌아오는 길에 또 두 개씩

옛날에 일어난 일에 대해 이야기하시는 겁니다.

그리고 이야기를 가장 잘하신 분께,

다시 말하자면

가장 교훈적이면서도 가장 재미있는 이야기를 하신 분께는

캔터베리 순례를 마치고 돌아올 때,

여기 이 장소 기둥 옆에 앉아

나머지 사람들이 돈을 내어 그분께 저녁을 대접하는 것입니다.

그리고 여러분을 더 즐겁게 해 드리기 위해

저도 제 경비로 함께 여행하면서

여러분의 안내자가 되어 드리겠습니다.

제 의견에 반대하시는 분은

가는 도중 저희가 쓴 모든 비용을 부담하셔야 하고요.

만약 여러분께서 동의하신다면,

더 이상 말씀 마시고 즉시 동의해 주십시오.

그러면 저도 서둘러 떠날 준비를 하겠습니다."

모두가 동의했고, 약속을 지키겠다고   810

우리는 기꺼이 맹세했습니다.

그리고 그가 동의한다면

그가 우리의 안내자가 되어 주고,

우리가 하는 이야기의 심판과 채점자가 되어 주고

또 정해진 가격으로 저녁 식사를 준비해 달라고 청했습니다.

그리고 우리는 큰 일이건 작은 일이건

그의 의견을 따르겠다고 했습니다.

그리하여 만장일치로 그의 판단에 따르기로 약속했어요.

그러고 나서 즉시 술이 나왔습니다.

우리는 술을 마신 다음

더 지체하지 않고 쉬러 갔습니다.

822   다음 날 아침, 날이 밝아 오자,

숙소 주인은 일어나 마치 수탉처럼 우리를 깨우며

모두 다 모이게 했고,

우리는 걷는 것보다 조금 더 빠른 속도로

성 토머스의 샘물가를 향해 떠났습니다.

그곳에 도착해서, 그는 말을 멈추게 하고는 말했지요.

"신사 여러분, 잘 들으십시오.

여러분이 동의하신 내용을 잘 알고 계시지요.

다시 한번 기억을 일깨워 드리겠습니다.

어젯밤과 오늘 아침 말씀이 같으시다면

이제 누가 처음으로 이야기를 시작할지 정하겠습니다.

와인을 마시건 맥주를 마시건

제 말에 거역하시는 분은

여행 경비 일체를 다 내셔야 하는 겁니다.

더 멀리 가기 전에 제비를 뽑으시지요.

가장 짧은 제비를 뽑는 사람부터 시작하는 겁니다.

기사 어르신, 제 결정이니 어르신께서 먼저 뽑으시지요.

자, 가까이 오세요."

그리고 숙소 주인이 또 말했습니다.

"수녀원장님, 그리고 학생 양반도

수줍어하지 말고 너무 고민하지 마시고요,

그냥 손을 넣고 어서 제비를 뽑으세요!"

그리하여 모든 사람이 제비를 뽑기 시작했지요. 842

그런데 간단히 말씀드리자면

무슨 우연인지, 운명인지, 운세가 작용했는지,

아무튼 진실은 이러합니다. 제비를 뽑은 사람은 기사였습니다.

그러자 모두가 아주 기뻐하고 즐거워했습니다.

여러분도 다 들으신 것처럼

이미 약속을 했고 합의를 본 것이니

기사께서 이야기를 하시는 것이 합당한 일이겠지요.

무슨 말이 더 필요하겠습니까?

이 착한 분은 자기가 한 약속을

지켜야 한다는 것을 잘 알고 계셨고

현명하고 법도를 잘 따르는 사람이었으니

상황이 이런 것을 보시고는 말씀하셨습니다.

"제가 이 게임을 먼저 시작하게 되었군요, 허!

아 하느님, 제비가 제게 왔군요.

자, 이제 출발하십시다. 이야기를 할 테니 들어주십시오."
이 말에 우리는 출발했고,
그는 정말 유쾌한 태도로
곧장 이야기를 시작했습니다.
그 이야기는 다음과 같았답니다.

기사의 이야기

테세우스가 스키티아의 무리를 정복하고
월계관으로 장식한 승리의 수레를 타고 모국에 이르렀을 때*

제1부

옛 역사에 따르면,   859
옛날 테세우스라 불리는 군주가 있었습니다.
그는 아테네의 영주이자 통치자였는데
태양 아래 그보다 더 위대한 정복자는 없었습니다.
지혜와 기사의 무공을 통해
그는 많은 부강한 나라들을 정복했는데,
한때 스키티아라고도 불리던 여인 왕국 페미니아도 정복하여
그곳의 여왕 히폴리테와 결혼했습니다.

그는 영광과 위용을 떨치며 그녀를 자기 나라로 데려오면서

그녀의 여동생 에밀리도 함께 데리고 왔습니다.

자, 이 고귀한 왕이 무장한 군사들을 거느리고

개선장군이 되어 금의환향하며

아테네로 돌아오는 장면은 이쯤에서 마치겠습니다.

875   사실 이야기가 너무 길지 않았다면, 저는 여러분에게

테세우스가 어떻게 기사도로

페미니아 왕국을 정복했는지 구구절절 이야기했을 것입니다.

그 당시 아테네와 아마존 왕국이 벌였던 치열한 전쟁,

스키티아의 아름답고 용감한 히폴리테 여왕이 포위된 경위,

이들이 치른 결혼식의 축제 분위기

그들이 귀국할 때 만났던 폭풍 같은 것들 말입니다.

하지만 이런 이야기를 저는 모두 건너뛰어야 합니다.

경작할 땅은 넓은데, 하느님 맙소사,

쟁기를 진 저의 소들은 연약합니다.

앞으로 해야 할 나머지 이야기가 엄청 깁니다.

그리고 저는 우리 일행 중 어느 누구도 방해하고 싶지 않습니다.

모든 사람이 자기 차례에 이야기한 후

누가 이겨 저녁 식사를 대접받을지 지켜보시지요.

그러니 제가 아까 멈췄던 곳에서

다시 이야기를 시작하겠습니다.

893   제가 좀 전에 말했던 이 왕이

승리의 기쁨을 만끽하며 의기양양하게 성읍에 들어설 무렵

눈을 옆으로 돌려 보니

귀부인들이 검은 상복을 입은 채

둘씩 짝을 지어 차례대로

큰길가에 무릎을 꿇고 앉아 있는 것을 보았습니다.

통곡 소리가 너무 크고 비탄에 가득 차서

그처럼 한이 사무친 울음소리를 들어 본 자가 없을 것입니다.

여인들은 테세우스가 탄 말고삐를 잡을 때까지

결코 통곡을 멈추지 않았습니다.

"너희들은 도대체 누구이기에,   905

나의 개선 행진을 통곡으로 망쳐 놓느냐?"라고

테세우스가 말했습니다.

"너희들은 내 영예를 시샘하여 그토록 울부짖는 것이더냐?

아니면 누가 너희를 해치거나 모욕하기라도 했단 말이냐?

내가 도울 수 있는 일인지 이야기해 보거라.

그리고 왜 상복을 입고 있는지도 말이다."

그들 중 가장 나이 많은 여인이

죽을 듯이 창백한 안색을 하고 기절했다가

깨어나 이야기를 시작했는데

그 모습을 보기에도, 이야기를 듣기에도 애처로웠습니다.

"운명의 여신이 승리를 안겨 주고

정복자로 살게 한 왕이시여,

폐하의 영광과 영예 때문에 우는 것이 아닙니다.

저희는 다만 폐하의 자비와 구원만을 바라올 뿐입니다.

저희의 불쌍한 처지를 통촉하여 주옵소서.

당신은 고귀한 분이시니 이 불쌍한 여인들에게

한 조각 동정심을 베풀어 주옵소서.

왕이시여, 저희는 모두 귀족 부인이거나 왕비였습니다.

924   그런데 그 누구에게도 높은 지위를 영원히 허락하지 않는

운명의 여신이 변덕스러운 수레바퀴를 돌리는 바람에

보시는 것처럼 저희 모두 포로가 되어

비참한 처지에 놓였나이다.

참으로 왕이시여, 저희는 당신을 뵙고자

이곳 클레멘스 여신의 신전에서 2주 동안 기다려 왔나이다.

당신은 하실 수 있사오니, 부디 저희를 도우소서.

931   여기서 통곡하는 이 불쌍한 여인인 저는

그 저주스러운 날, 테베에서 죽은

카파네우스왕의 아내였나이다.

지금 이렇게 상복을 입고 통곡하는 저희는 모두

그 성이 포위되던 날, 남편을 잃었습니다.

그런데 지금 테베를 통치하는 늙어 빠진 크레온왕이,

아, 이 얼마나 기막힌 일인지!

분노와 죄악으로 가득 차

사람들을 괴롭히고 폭정을 휘두르며

전사한 우리 귀족을 모욕하여

시신을 질질 끌고 가 쌓아 놓은 채

매장도, 화장도 허락하지 않으면서

모멸스럽게도 개들이 시체를 뜯어 먹게 하고 있사옵니다."

이렇게 말하고 여인들은

얼굴을 땅에 대고 서럽게 울었습니다.

"저희 비참한 여인들을 불쌍히 여기소서,

당신의 마음으로 저희의 고통을 헤아려 주옵소서."

고귀한 마음을 가진 왕은 이야기를 듣자

측은한 마음이 들어 타고 있던 군마에서 뛰어내렸습니다.

예전에는 그토록 높은 신분에 있던 자들이

이렇듯 비참하고 영락한 처지가 된 것을 보니

가슴이 찢어질 것 같았습니다.

그는 두 팔로 여인들을 일으켜 안아 주며

그들을 따뜻이 위로하고

참된 기사로서 온 힘을 다해

폭군 크레온을 징벌하겠다고 맹세했습니다.

죽어 마땅한 자 크레온을 테세우스가 어떻게 처치했는지

그리스의 모든 사람들이 말할 수 있도록 말입니다.

그리고 그는 지체하지 않고 곧바로

깃발을 휘날리며 그의 군사를 이끌고 테베로 향했습니다.

그는 걸어서도 말을 타고서도

아테네 쪽으로는 한 발짝도 떼지 않았고,

반나절도 쉬지 않고 바로 원정을 떠나

그날 밤도 길 위에서 잠을 잤습니다.

다만 그의 왕비 히폴리테와 그녀의 아름다운 여동생 에밀리는

아테네의 성으로 보내 살게 하고
자신은 말을 타고 가 버렸으니
그 이야기는 이쯤에서 그치겠습니다.

975 창과 방패를 든 전쟁의 신 마르스의 붉은 조각상이
테세우스의 크고 흰 군기(軍旗) 안에서 빛나
주변 벌판까지 모두 반짝이는 듯했습니다.
그리고 테세우스가 크레타에서 죽인 미노타우로스를 수놓은
황금색 삼각 깃발도 군기 옆에 함께 들고 다녔습니다.
기사도의 꽃과 같은 그의 정예 부대와 함께
정복자 테세우스왕은 이렇게 진군했고
마침내 테베에 도착하여 전투를 치를 들판에 다다르자
그는 드디어 진군을 멈췄습니다.

985 결말을 간략히 말하자면
그는 테베의 왕 크레온과
용맹스러운 기사답게 일대일 격투를 벌여 그를 죽였고
크레온의 군사들은 도망갔습니다.
그는 성을 공격하여 점령하고,
성벽, 대들보, 서까래 할 것 없이 전부 부숴 버렸습니다.
그리고 여인들에게 죽은 남편의 유골을 되찾아 주어
관습에 따라 장사 지낼 수 있게 해 주었습니다.
시신을 화장할 때, 여인들이 얼마나 큰 소리로 통곡했는지
그리고 여인들이 그를 떠날 때 고귀한 정복자 테세우스가
얼마나 예우를 갖추었는지 이야기하자면

애기가 너무 길어질 터이니 이쯤에서 멈추겠습니다.

이 고귀한 군주, 테세우스왕이   1001

크레온을 죽이고 테베를 점령했을 때,

그는 들판에서 하룻밤을 쉬면서,

자신이 원하는 대로 정복한 왕국을 처리했습니다.

전투에서 이긴 뒤

약탈자들은 시체 더미를 뒤지며

무기와 갑옷을 벗기느라

온 힘을 다해 애쓰고 있었습니다.

그러다가 그들은 우연히, 시체 더미에서

여러 곳을 찔려 끔찍하게 상처를 입고 피투성이가 된 채

화려하게 장식된 똑같은 문장을 지닌 갑옷 차림으로

나란히 누워 있는 두 젊은 기사를 발견했습니다.

그중 한 명의 이름은 아르시테,

다른 한 명의 이름은 팔라몬이었습니다.

그들은 완전히 살았다고도, 또 죽었다고도 보기 어려웠으나,

다만, 포고관들은

갑옷의 문장과 무기로 보아

그들이 테베 왕족이고

자매의 자녀로 사촌이라는 것을 알 수 있었습니다.

약탈자들은 이 둘을 시체 더미에서 끌어내   1020

조심조심 테세우스의 막사로 데려갔습니다.

테세우스는 이들을 아테네로 보내

죽을 때까지 감옥에서 살도록 명령했습니다.

그는 이들에 대한 어떤 포로 교환 보상금도

받지 않을 생각이었습니다.

이 훌륭한 군주는 이와 같이 일을 처리한 후

머리에 정복자의 월계관을 쓰고

군사들을 이끌고 곧장 고국으로 향했습니다.

그리고 고국에서 행복하고 영예롭게 여생을 보냈습니다.

더 말해 무엇하겠습니까?

한편 팔라몬과 그의 벗 아르시테는

번민과 슬픔에 잠겨 영원히 옥탑에 갇혀 살 신세가 되었습니다.

금덩어리를 갖다줘도 풀려날 길이 없었습니다.

1033   이렇게 날이 가고 해가 갔습니다.

그러던 어느 화창한 5월의 아침,

푸른 줄기 위에 피어난 한 송이 백합보다 더 아름답고

갓 피어난 5월의 꽃송이들보다 더 싱그러운 에밀리,

그녀의 안색을 장미에 견주면

둘 중 누가 더 아름다운지 우열을 가릴 수 없었습니다.

1040   에밀리는 늘 하던 대로

동트기 전 일어나 온갖 단장을 마쳤습니다.

5월에는 늦게까지 게으름을 부리기 어려우니 말입니다.

5월은 모든 고귀한 마음을 충동질하여 잠에서 확 깨어나

"일어나 5월의 여신에게 인사드려야지"라고

말하게 만듭니다.

에밀리도 5월의 여신에게 경배드리기 위해 일어났습니다.

그녀는 화사하게 옷을 차려입었고

금발 머리는 땋아서 등 뒤로 내렸는데

거의 1야드*는 될 만큼 길었습니다.

해가 뜨자 그녀는 정원에서   1051

마음 가는 대로 이리저리 걸어 다니며

머리에 얹을 고운 화관을 엮기 위해

흰색, 빨간색 꽃을 어우러지게 모았고

마치 천사처럼 아름답게 노래도 불렀습니다.

그런데 그 성에서 주된 감옥 역할을 하는

벽이 두껍고 견고한 커다란 옥탑이

(그곳에 내가 앞서 말한 기사들이 갇혀 있었습니다.)

에밀리가 산책하고 즐기는

정원 벽에 바로 붙어 있었습니다.

햇빛이 찬란한 맑은 아침이었는데   1062

참담한 심경의 수감자 팔라몬은

평소 하던 대로 간수의 허락을 받아

장대한 도시 전체와

푸른 나뭇가지가 무성한 정원을 볼 수 있는

높이 솟은 탑의 감방에서 일어나 서성이고 있었습니다.

그리고 그 정원에서는 싱그럽고 빛나는 에밀리가   1068

이리저리 다니며 산책하고 있었습니다.

슬픔에 가득 찬 죄수 팔라몬 역시

방 안을 이리저리 서성이며

자신의 비참한 운명을 한탄하고 있었습니다.

그는 "아아!" 하고 자꾸 외치면서

자신이 왜 태어났는지 한탄했습니다.

그런데 우연인지 운명인지,

들보만큼이나 크고 우람한 쇠로 만든

여러 개의 빗장을 빽빽하게 가로질러 둔 창문 너머로

그의 눈길이 에밀리에게 닿았고,

그러자 그는 얼굴에서 핏기가 사라지며

마치 심장이 칼에 찔린 사람처럼

"아!" 하고 비명을 질렀습니다.

1080   비명 소리에 아르시테가 벌떡 일어나

"사촌, 어디 아파?

왜 그렇게 핏기 없이 사색이 된 거야?

비명은 왜 지른 거야? 누군가가 괴롭혔어?

어떻게든 옥살이를 잘 견뎌야 해.

달리 방도가 없잖아.

운명의 신이 우리에게 이런 역경을 주셨으니 말이야.

별자리 배치에 따라

사투르누스 신의 흉계에 우리가 빠졌으니,

아무리 우리가 그러면 안 된다고 발버둥을 쳐도

우리가 태어난 그때 이미 하늘의 뜻이 정해진 것,

그냥 견디는 수밖에 없어. 그게 중요한 거야" 하고 말했습니다.

그러자 팔라몬이 대답했습니다.   1092

"사촌, 이 문제에 관한 한

너는 지금 완전 헛다리를 짚고 있어.

난 옥살이 때문에 소리 지른 게 아니야.

방금 무언가가 내 눈을 통해 가슴에 박혀

치명상을 입혔단 말이야.

저기 정원에서 이리저리 거니는

저 숙녀분이 너무 아름다워

소리 지르고 탄식한 거라고.

그녀가 과연 여인인지 여신인지 모르겠어.

아마 분명히 비너스 여신일 거야."

그러더니 그는 무릎을 꿇고 말했습니다.   1103

"비너스 여신이시여, 당신께서 이 정원에서 모습을 바꾸셔서

슬픔에 젖은 비참한 제 앞에 나타나고자 하신 것이라면

제발 저희가 이 감옥에서 벗어나게 도우소서.

그리고 만일 제가 영원한 법에 의해

이 감옥에서 죽을 운명으로 정해진 것이라면,

폭정으로 몰락하게 된 저희 가문을 불쌍히 여겨 주소서."

그 말을 들은 아르시테도   1112

정원에서 거닐고 있는 에밀리를 보았는데,

그 역시 그녀를 보자마자

그녀의 아름다움에 사랑의 상처를 입었습니다.

팔라몬의 상처가 쓰라린 만큼, 아니면 그보다 더 많이

아르시테의 마음도 쓰라렸습니다.

1117 그는 애처롭게 한숨 쉬며
"저기 저쪽에서 서성이는
그녀의 생기 넘치는 아름다움이 나를 죽이는구나.
그녀의 자비와 은혜 없이는
적어도 그녀를 보기라도 할 수 없다면
나는 죽은 목숨이나 다름없어.
무슨 말을 더 하겠나"라고 말했습니다.

1123 이 말을 듣자, 팔라몬은 화가 나서
아르시테를 쳐다보며 말했습니다.
"지금 너 진담이야, 농담이야?"
"아, 물론 진담이지, 맹세컨대 농담할 생각 전혀 없어."

1128 그러자 팔라몬은 눈살을 찌푸렸습니다.
"너는 나의 의형제요, 사촌인데
나를 배신하고 배반자가 되다니,
그래서는 명예롭지 않지.
우리 둘 다 굳게 맹세했잖아?
고문을 당해 죽는 한이 있어도,
죽음이 우리를 갈라놓을 때까지
서로의 사랑을 방해하지 않기로.
그리고 그 어떤 경우에도
너는 나를 돕고 나는 너를 돕기로 약속했잖아.
그것이 너의 맹세고 나의 맹세였어.

나는 분명히 기억하고 있고, 너도 부정할 수 없을 거야.

그러니까 너는 틀림없이 내가 신뢰하는 벗인데   1141

네가 지금 나를 배반해서,

내가 죽는 그날까지 사랑하고 모시려는 여자를

네가 사랑하겠다는 거지.

이 배신자 아르시테, 그렇게는 안 될걸.

내가 그녀를 먼저 사랑했고, 내가 전에도 말한 것처럼

의형제이자 믿는 친구인 너에게

나를 도와 달라고, 내 고민을 말한 거잖아.

그러니 너는 참된 기사로서

힘껏 나를 도와야 해.

그렇지 않으면, 단언하건대

너는 신의를 지키지 못하는 자가 되는 거야."

이에 아르시테는 매우 오만하게 대답했습니다.   1152

"내가 아니라 네가 신의를 저버린 거야.

단도직입적으로 말하겠는데, 너야말로 배신자라고.

연인으로서 그녀를 먼저 사랑한 건 바로 나야.

무슨 말을 하고 싶어?

너는 그녀가 여인인지 여신인지 모르겠다고 했잖아.

너는 성스러운 감정을 품었던 거고,

나는 여자를 사랑한 거라고.

그러니 내가 네게 사촌이자 의형제로서 내 상황을 말한 거야.

설령 네가 먼저 사랑했다고 해도,

그래 봤자 너도 '사랑하는 자에게 누가 법을 강요하랴?'라는
옛 성현의 말씀을 알고 있잖아?

1165 사랑이야말로 이 세상 그 누구에게 주어진 것보다
더 위대한 법이란 말이야.
그러니 사람이 만든 법이나 규칙들은
날마다, 모든 방식으로, 사랑 때문에 깨진다고.
뭘 어떻게 하든, 사람은 사랑하지 않곤 못 배기는 법이야.
상대가 처녀건 과부건 부인이건, 일단 사랑에 빠지면
죽는 한이 있어도 거기서 벗어날 수 없는 법이지.
게다가 네가 아무리 그녀의 사랑을 얻으려 애를 써도
그럴 가능성은 거의 없어,
그건 나도 마찬가지고.

1174 너도 알다시피, 너와 나는 감옥에 영원히 갇혀 있고,
어떤 보상금을 준다 해도 풀려나지 못할 테니.
우리는 마치 뼈다귀를 놓고 싸우는 개들처럼 종일 싸우지만
개들이 으르렁거리는 동안 솔개가 와서는
그들 사이에 있는 뼈다귀를 낚아채 가 버리지.
그러니 사촌, 여기선 각자도생해야지, 다른 방법이 없어.
원한다면 너는 네 마음대로 사랑을 해, 나도 그리할 테니.
진짜 그게 전부야.
이 감옥에서 우리는 견뎌야 하고,
각자 기회를 엿보는 수밖에 없지."

1187 둘 사이의 논쟁은 길고도 심각했는데,

시간이 있다면 다 이야기하겠지만,

이 자리에서는 요점만 말하겠습니다.

최대한 짧게 이야기를 하면,

어릴 때부터 테세우스왕의 친구이던 페로테우스왕이

친구를 만나 어릴 때처럼 즐겁게 시간을 보내기 위해

어느 날 아테네를 방문했습니다.

페로테우스왕은 테세우스를 그 누구보다 좋아했고

테세우스도 마찬가지였습니다.

이 둘의 우정은, 옛날이야기에 나오는 것처럼

어느 하나가 죽으면

다른 하나가 지옥에라도 찾아갈 정도였습니다.

물론 나는 이 자리에서 그 이야기를 할 생각은 없습니다.

그런데 페로테우스왕은 아르시테를 몹시 아꼈고

테베에 있을 때 그를 여러 해 동안 알고 지냈습니다.

그리하여 페로테우스의 간청으로

테세우스는 아르시테를 몸값도 받지 않고 감옥에서 풀어 주어

원하는 대로 자유롭게 가도록 해 주었습니다.

그런데 그게 어떤 방식이었느냐 하면, 쉽게 말해서   1209

테세우스와 아르시테 사이에 계약이 맺어진 것이었습니다.

즉 만약 아르시테가 사는 동안에 앞으로

밤이건 낮이건 테세우스 왕국 어디에서든 발견되어 잡히면,

칼로 목을 잘라 버린다는 것이었습니다.

이 조건을 완화해 줄 다른 해결책은 없었습니다.

따라서 이제 그는 이곳을 떠나

속히 고향으로 향해야 했습니다.

조심해! 그의 목이 걸려 있단 말이야.

1219 아르시테는 얼마나 슬펐겠습니까!

그의 마음에 죽음이 엄습하는 것 같았습니다.

그는 울부짖고 통곡하고 서럽게 울며

자살할 기회를 남몰래 기다렸습니다.

"아, 나는 왜 태어났단 말인가,

지금은 감옥에 있을 때보다 더 나쁘구나.

나는 이제 연옥이 아니라

지옥에서 영원히 살아갈 운명이구나.

왜 내가 페로테우스를 알았던가!

그가 아니었다면

나는 테세우스왕과 함께 남아

그의 감옥에 영원히 갇혀 있었을 텐데.

그러면 나는 비탄이 아니라 기쁨 속에 살았을 텐데.

1231 내가 연모하는 그녀의 사랑을 얻지 못하더라도

그녀의 모습을 볼 수만 있으면 그것으로 충분했을 텐데.

아, 사랑하는 나의 사촌 팔라몬아,

네가 운명의 승리자로구나.

너는 기쁘게도 감옥에 남아 있잖아.

감옥? 절대 아니지, 실은 천국이지,

운명의 여신이 네게 유리하게 주사위를 던져

너는 그녀를 볼 수 있고, 나는 보지 못하게 만들었구나.

너는 그녀 곁에 있고,   1240

너는 훌륭하고 능력 있는 기사이니

운명의 신의 변덕으로 어쩌면 우연히

네 소원을 이룰 수도 있을 거야.

하지만 나는 이제 쫓겨났으니,

사랑의 은총은 가능성이 다 말라붙었고 절망뿐이야.

땅이나 물, 불이나 공기도,

그것들로 이루어진 그 어떤 것도,

나를 돕지도, 위로해 주지도 못해.

나는 절망과 낙심에 빠져 죽게 될 거야.

내 생명, 나의 소망, 나의 기쁨이여, 모두 잘 가거라!

아, 사람들은 왜 하느님의 섭리나 운명의 신의 뜻에 대해   1251

그렇게 늘 불평하는 것일까?

사람들이 스스로 상상하는 것보다

자신의 운명을 훨씬 좋은 쪽으로 베푸는데도 말이다.

어떤 사람들은 재물을 갖고 싶어 하지만

그것 때문에 살해당하거나 큰 병을 얻기도 한다.

그리고 어떤 사람은 기뻐하며 감옥 문을 나서지만

자기 집에서 가솔 중 한 명에게 살해당하기도 한다.

이와 같은 해악은 끝도 없다.   1259

우리는 여기서 무엇을 기도해야 할지 모르는 채

그저 술에 취한 생쥐처럼 살아간다.

술에 취한 사람은 자신의 집이 있다는 것을 알고 있지만,

어디로 가야 자기 집인지는 모르고

걸어가는 길이 미끌미끌하다.

이 세상에 사는 우리도 마찬가지이다.

우리는 열심히 행복을 추구하지만,

곧잘 길을 잘못 들어선다.

1268 우리 모두 그렇다고 말할 수 있지만,

나에게는 특히 더욱 그렇군.

한때 나는 감옥에서 나올 수만 있다면

가장 기쁘고 행복하리라 굳게 믿었지.

그런데 지금 나는 행복에서 추방당한 느낌이야,

에밀리를 볼 수 없게 되었으니,

난 이제 죽은 거나 다름없고 나을 방도가 없어.”

1275 한편 팔라몬은 아르시테가 옥에서 나갔다는 것을 알자

어찌나 슬퍼하며 울부짖었는지

그 큰 탑에 그의 울음소리와 절규가 울려 퍼졌고

그의 다리에 채워진 단단한 족쇄도

그의 쓰라린 눈물로 흠뻑 젖을 정도였습니다.

1281 “아, 나의 사촌 아르시테,

우리의 경쟁에서 승리의 열매는 네 차지가 되었구나.

너는 이제 자유의 몸이 되어 테베를 거닐고,

나의 슬픔은 아랑곳하지 않겠지.

너는 지혜롭고 용맹스러우니,

우리 친족 사람들을 소집하여

이 도시를 매섭게 공격할 수 있을 거고,

그러면 우연이든 조약을 통해서든

내 생명까지도 바쳐 사랑하는 그 여인을

연인으로, 아내로 맞이할 수 있을 거야.

가능성을 따져 보면,　　　　　　　　　　　　　　　1291

너는 감옥에서 벗어나 자유로운 몸이 되었고,

더욱이 군주가 되었으니

여기 감옥에 갇혀 죽을 운명인 나보다 훨씬 유리하지.

난 한평생 통곡하며 지낼 테고,

옥살이의 슬픔과 사랑의 고통으로

나의 슬픔과 고통은 두 배로 커질 텐데.”

이 말과 함께 그의 마음속에서 질투의 불길이 일어나

걷잡을 수 없게 그의 마음을 미친 듯이 사로잡아,

마치 회양목이나 불 꺼진 싸늘한 재처럼 보이게 변했습니다.

그리고 그는 말했습니다.　　　　　　　　　　　　　1303

“아, 구속력이 있는 영원한 말씀으로

이 세상을 다스리시며

당신들의 판결과 영원한 명령을 금강 석판에 새겨 놓으시는

가혹한 신들이시여,

왜 인간은 우리 안에 웅크리고 있는 양 떼보다

신들에게 더 많은 의무를 져야 합니까?

사람도 다른 동물과 똑같이 죽고,

붙잡혀 옥에 갇히고 억류되고,

병에 걸리고, 시련을 겪습니다.

더욱이 아무 죄도 없이 그런 때도 많습니다.

1313 미래를 아시면서도 무죄하고 결백한 자를 괴롭히다니

도대체 어떻게 다스리는 것입니까?

게다가 짐승들은 마음껏 욕망대로 살 수 있는 반면,

인간은 신을 위해 자기 욕망을 절제할 의무가 있으니

저는 더 고통스럽습니다.

짐승은 죽으면 아무 고통도 없으나,

사람은 이 세상에서 근심 걱정 하며 살았건만

죽고 나면 울며 슬퍼합니다.

정녕 그것이 정해진 이치인가 봅니다.

1323 그에 대한 대답은 신학자들에게 맡긴다 하더라도

이 세상살이가 큰 고통이라는 것을 저는 압니다.

많은 진실한 사람에게 해를 끼친 독사나 도둑놈은

마음껏 돌아다니는데,

저는 여기 옥 안에 이렇게 갇혀 있어야 하다니,

이게 다 사투르누스 신과

질투로 미쳐 날뛰는 유노 여신 때문입니다.

이들이 테베 사람을 거의 다 죽이고

드넓은 테베의 성벽을 무너뜨렸습니다.

또한 다른 한편에서는 비너스 여신이

아르시테에 대한 질투와 두려움으로 저를 죽이려 합니다.”

자, 이제 팔라몬 얘기는 잠시 접어 두고   1334
팔라몬은 감옥에 남겨 둔 채
아르시테 얘기를 해 보겠습니다.
여름이 지나가고 밤이 길어지자,
사랑에 빠진 자와 포로로 있는 자
둘 다 고통이 두 배가 되었습니다.
둘 중 누가 더 괴로운지 저는 모르겠습니다.
왜냐하면 간단히 말해서
팔라몬은 사슬과 족쇄에 묶여
죽은 자처럼 감옥에 영원히 갇혀 있어야 했고,
아르시테는 발각되면 목숨을 잃는다는 위협 속에
그 나라에서 영영 추방되어
다시는 그의 여인을 볼 수 없었기 때문입니다.
자, 여기 계신 연인들에게 묻고 싶습니다.   1347
아르시테와 팔라몬 중 누가 더 비참합니까?
한 명은 사랑하는 여인을 매일 볼 수 있지만
영원히 감옥에 갇혀 살아야 하고
다른 사람은 원하는 대로 말도 타고 걸어 다닐 수도 있지만
자기가 좋아하는 여인을 다시는 볼 수 없으니 말입니다.
자, 이런 일을 잘 아시는 분께서 한번 판단을 내려 보시기를.
저는 시작했던 이야기를 계속해 나가겠습니다.

제2부

1355   테베로 돌아간 아르시테는

그의 여인을 다시는 볼 수 없어서

하루에도 몇 번씩 넋을 잃은 채 한숨을 내쉬곤 했습니다.

그의 슬픔을 간단히 결론짓는다면

이 세상이 존재하는 동안 아르시테처럼 슬픈 사람은

과거에도, 현재에도, 미래에도 없을 것입니다.

그는 잠도 못 자고, 밥도 물도 먹지 못해서

삐쩍 야윈 말라깽이가 되었습니다.

눈은 휑하게 되어 보기에도 소름 끼쳤고,

안색은 누리끼리해지고, 차가운 재처럼 파리했습니다.

그는 항상 외롭고 혼자 있었으며,

밤새 신음 소리를 내며 울부짖었고,

노래나 악기 소리라도 들으면

흐느끼기 시작해서 눈물을 그치지 못했습니다.

그는 원기가 쇠하여 사그라들었고,

모습도 너무 변해서

그가 하는 말을 들어도

사람들은 그의 말도 목소리도

알아들을 수 없을 정도가 되었습니다.

1372   그의 행동을 보면,

그는 상사병에 걸린 사람처럼 보일 뿐 아니라,

이마에 흑담즙이 너무 많아 환각에 빠진 광인처럼 보였습니다.
즉 이 상심한 연인 아르시테는
몸과 정신 상태가 모두 뒤죽박죽이 되어 버렸습니다.
아르시테의 비탄에 대해   1380
제가 온종일 말할 필요가 있겠습니까?
아르시테가 자신의 고국 테베에서
이런 끔찍한 고통과 아픔을 1~2년 겪었을 때,
하루는 밤에 잠을 자고 있는데
날개 달린 머큐리 신이 그의 앞에 나타나
기운을 내라고 명하는 것처럼 보였습니다.
머큐리 신은 잠으로 이끄는 지팡이를 손에 똑바로 쥐고
빛나는 머리카락 위에는 모자를 쓰고 있었습니다.
아르시테가 짐작하기에, 이 신은
그가 아르고스를 잠들게 할 때 입었던 옷차림새였는데
그는 다음과 같이 아르시테에게 말했습니다.
"아테네로 가거라.
그곳에 가면 네 고통은 끝날 것이니라."
이 말과 함께 아르시테는 잠에서 깨어 벌떡 일어났습니다.
"진정 아무리 고통스러워도
나는 지금 즉시 아테네로 가겠다.
혹시 죽을지도 모른다는 두려움도
사랑하는 그녀를 보러 가겠다는 마음을
단념하게 만들지 못하리라.

그녀가 있는 곳에 있을 수만 있다면 죽어도 좋다."

1399 이 말과 함께 그는 큰 거울을 들고
자신의 안색이 얼마나 변했는지,
자신의 용모가 얼마나 다른 사람처럼
변했는지를 보았습니다.
순간 그의 마음속에 갑자기 어떤 생각이 스쳐 지나갔습니다.
즉 그동안 겪은 아픔으로 모습이 이렇게 달라졌으니,
그가 신분을 낮추고 산다면
아테네에서 살아도 아무도 자기를 알아보지 못할 것이고
자신은 사랑하는 여인을
매일 볼 수 있으리라는 생각이었습니다.
그는 곧장 가난한 일꾼의 옷으로 바꾸어 입고
그의 개인 사정과 모든 상황을 아는 수습 기사 한 명을
자기처럼 천한 옷차림으로 변장시킨 뒤 그 사람만 데리고,
지름길을 택하여 아테네로 떠났습니다.

1414 어느 날 그는 궁정으로 가서
문간에서 물 긷는 일, 궂은일,
사람들이 시키는 온갖 일을 하겠다며 일자리를 찾았습니다.
그리고 간략히 결과를 말하자면
에밀리의 방에서 시중을 드는 사람이
그에게 일자리를 주었습니다.
그는 지혜로워서
여기서 일하는 모든 하인들의 일을 꼼꼼히 살펴보았습니다.

아르시테는 젊고 힘도 세서

장작도 잘 패고 물도 잘 길어 왔고,

키도 크고 건장한 체구여서

누가 무슨 일을 시키든 척척 잘해 냈습니다.

이렇게 한 해 두 해

그는 찬란한 에밀리의 방에서 사환 역할을 했는데

그는 자기 이름이 필로스트라테라고 말했습니다.

그와 같은 신분으로

궁정에서 그만큼 사랑받는 사람은 없었습니다.

그는 품행이 아주 점잖아서

궁전 안에서 그의 이름이 널리 퍼졌습니다.

그러자 사람들은 만약 테세우스왕이   1433

그의 신분을 높여 주고 품격 있는 직책을 맡겨

그의 능력을 마음껏 발휘할 수 있게 한다면,

참으로 관대한 처사가 되리라 얘기하기 시작했습니다.

이렇게 그의 품행과 훌륭한 언사로 인해

단시간에 그의 명성은 높아져서

테세우스왕은 그를 가까이 불러

자기 처소의 시종으로 삼았고

그 직분에 알맞은 보수도 주었습니다.

그뿐 아니라 테베 사람들은 그의 고국에서   1442

매년 비밀리에 그의 수입도 가져다주었습니다.

하지만 그는 이 돈을 적절하고 조심스럽게 썼기 때문에

그가 어떻게 수입이 생겼는지

의심하는 사람들이 없었습니다.

이처럼 3년 동안 그는 처신을 잘하고 업무를 잘 수행해서

전쟁이 났을 때나, 평화로운 시절이나

테세우스에게 가장 총애받는 신하가 되었습니다.

그러면 이런 기분 좋은 상태의 아르시테를 남겨 두고

이제 나는 팔라몬 얘기를 조금 해 보기로 하겠습니다.

1451 튼튼하게 지어진 어둡고 끔찍한 감옥 안에서

시름과 번민으로 고통에 시달리며

팔라몬은 7년의 세월을 보냈습니다.

그보다 더한 고통과 슬픔을 느낀 자가

과연 누가 있겠습니까?

사랑이 주는 괴로움으로 그는 미칠 지경이었고,

슬픔에 젖어 넋이 나갈 지경이었습니다.

게다가 그는 단지 한 해가 아니라

일평생 감옥에 갇혀 있어야 하는 포로였습니다.

1459 팔라몬의 고초를 영어 시로 제대로

읊을 사람이 누가 있겠습니까?

분명히 저는 아닙니다.

그러니 이 부분은 가능한 한 빨리 건너뛰겠습니다.

1462 (이 이야기를 좀 더 상세히 전하는 옛이야기들에 따르면)

이렇게 지낸 지 7년째 되는 5월 3일 저녁,

우연이었는지,

아니면 어떤 일이 예정된 때에 반드시 이루어지는

운명 때문이었는지

어쨌든 그는 이날 자정이 조금 지난 후

어느 친구의 도움을 받아

탈옥한 뒤 최대한 빨리 도시를 빠져나와 도망갔습니다.

그는 향료를 섞은 달콤한 와인에   1470

테베산 마약과 진짜 아편을 섞은 음료수를

교도관에게 먹였기 때문에

사람들이 그 교도관을 아무리 흔들어 깨워도

그는 밤새도록 깊이 잠들어 깰 수 없었습니다.

이렇게 하여 팔라몬은 최대한 빨리 도망 나왔는데,

밤은 짧고 날은 금세 밝아 와서

그는 어쩔 수 없이 두려움에 찬 발걸음으로

근처 숲으로 향했습니다.

간략히 말하자면, 이때 팔라몬의 생각은

하루 종일 그 숲속에 숨어 있다가

밤이 오면 테베로 가서

그의 친구들을 불러 모아 테세우스와 전쟁을 벌이는 데

도와 달라고 부탁하려는 것이었습니다.

즉 그는 자기 목숨을 잃거나

에밀리를 부인으로 삼거나

양단간에 결판을 낼 셈이었습니다.

이것이 그의 분명한 목표였고 뜻이었습니다.

1488   자, 이제 아르시테에게 다시 돌아가 보겠습니다.

그는 운명의 신이 함정에 빠뜨릴 때까지

자신이 얼마나 위험한 지경에 놓였는지 알지 못했습니다.

1491   낮을 알리는 분주한 종달새가

동트는 아침을 노래로 맞이했고,

불타는 태양신 포이보스가 찬란하게 뜨자

온 동녘 하늘이 그 빛을 받아 웃음꽃을 피우고

숲에서는 햇빛이 잎새에 매달린 은빛 이슬을 말렸습니다.

왕궁에서 테세우스왕의 수석 시종이 된 아르시테는

일어나 즐거운 날을 맞이했습니다.

자신이 열망하는 대상을 곰곰이 생각하던 그는

5월의 여신에게 경배드리기 위해

불길처럼 내달리는 준마를 타고

궁에서 빠져나와 1~2마일* 떨어진 숲으로 갔습니다.

1505   그런데 우연히도 그가 달려간 숲이

아까 말했던 바로 그 숲이었습니다.

그곳에서 아르시테는 인동덩굴과 산사나무 가지로

화관을 만들어 쓰고는

찬란한 태양을 향해 큰 소리로 노래했습니다.

1510   "꽃들이 피어나는 푸르른 5월이여,

아름답고 신선한 5월이여, 당신을 환영합니다.

제게도 당신의 푸르름을 나누어 주소서."

그는 부푼 마음으로 자신의 준마에서 내린 뒤

황급히 숲속으로 들어가

숲길을 이리저리 서성였는데,

그곳은 공교롭게도 팔라몬이 숨어 있던 덤불숲이었습니다.

팔라몬은 혹시 목숨을 잃을까 전전긍긍 두려워하며

아무도 자기를 보지 못하도록 그곳에 숨어 있었던 것입니다.

팔라몬은 그가 아르시테라는 것을 전혀 모르고 있었고   1518

하느님께 맹세코, 믿기도 어려웠을 것입니다.

하지만 옛말에 "들에는 눈이 있고 숲에는 귀가 있다"라더니

정말 그것은 맞는 말입니다.

사람은 항상 차분하게 행동해야 하는 법입니다.

왜냐하면 사람들은 항상 예기치 못한 일을 만나기 때문입니다.

아르시테는 자신의 말을

낱낱이 들을 수 있을 정도로 가까운 곳에

자신의 친구가 있다는 것을 전혀 알지 못했습니다.

왜냐하면 팔라몬이 덤불숲에 숨죽이고

조용히 앉아 있었기 때문입니다.

아르시테는 맘껏 산책하고 즐겁게 노래를 부른 뒤   1527

갑자기 몽상에 빠졌습니다.

사랑에 빠진 연인들은

어떤 때는 나무 꼭대기에 올라갔다가,

다음에는 찔레나무 속으로 휙 떨어지고

마치 우물의 두레박처럼 오르락내리락하며

도무지 종잡을 수 없을 만큼 기분이 변화무쌍합니다.

사실대로 말하자면,

해가 쨍쨍하다가 세차게 비가 내리는 금요일 날씨 같습니다.

마찬가지로, 변덕스러운 비너스 여신도

자기에게 속한 연인들의 마음에 그런 먹구름을 드리웁니다.

비너스의 날 금요일이 변덕스러운 것처럼,

비너스의 모양새도 계속 달라집니다.

금요일은 주중의 다른 날과 같은 때가 거의 없습니다.

1540 아르시테가 노래를 다 마치고 한숨을 쉬더니

털퍼덕 땅에 주저앉았습니다.

"아, 내 운명아, 유노 여신이여,

당신은 언제까지 잔인하게 테베를 공격하시렵니까?

카드모스와 암피온 왕족의 혈통은 이제 다 몰락했습니다.

카드모스는 테베 왕국을 세운 최초의 창건자였으며

최초의 군주였습니다.

저는 그의 혈통을 이어받은 직계 후손이지만

여기서 이렇듯 비참하게 하인으로 전락하여

저의 철천지원수의 시종으로

그를 모셔야 하는 신세가 되어 버렸습니다.

1555 하지만 유노 여신께선 그보다 더한 치욕을 제게 주셔서

저는 이곳에서 저의 원래 이름을 밝힐 수도 없게 되었습니다.

저의 본명은 아르시테이건만

지금 저는 한 푼어치 가치도 없는

필로스트라테란 이름을 쓰게 되었습니다.

아, 잔혹한 마르스 신이여, 유노 여신이여,

당신들의 분노로 우리 혈족은 완전히 말살되었고

이제 테세우스가 옥에 가두어 괴롭히고 있는

비참한 팔라몬과

저만 남았습니다.

게다가 이 모든 슬픔에 더하여,

저를 완전히 죽이려는지

사랑의 신이 불붙인 화살을 세차게 쏘아

저의 진실하고 슬픔에 찬 가슴에 박혀 버렸습니다.

저의 배내옷이 지어지기도 전에 아마

저의 죽음은 이미 정해져 있었겠지요.

에밀리, 당신의 눈길이 저를 죽이는군요!   1567

저는 당신 때문에 죽습니다.

제가 당신을 기쁘게 해 줄 수만 있다면

저의 모든 다른 괴로움은

정녕코 지푸라기만큼도 개의치 않습니다."

이 말을 마치고 그는 기절했다가

한참 후에야 깨어났습니다.

이것을 들은 팔라몬은   1574

마치 차디찬 칼날이 가슴을 꿰뚫고 지나가는 듯했습니다.

그는 분노로 몸을 부르르 떨었고

더 이상 참을 수가 없었습니다.

아르시테가 하는 이야기를 듣고

그는 죽은 듯 창백한 얼굴로

마치 미친 사람처럼

빽빽한 덤불숲에서 벌떡 일어나 말했습니다.

1580 "아르시테, 이 더럽고 사악한 배신자,

감히 내 여자를 사랑하다니, 넌 이제 내 손에 잡혔다.

그녀를 위해서 난 이 모든 고통과 슬픔을 겪어 왔어.

그런데 내가 이전에도 여러 차례 말한 것처럼

너는 나와 한 핏줄이고, 마음을 터놓는 친구로 맹세했으면서

이곳에서 테세우스왕을 속이고

이름까지 거짓으로 바꾸다니.

이제 네가 죽든 내가 죽든 결판을 내자.

너는 에밀리에 대한 사랑을 포기해야 해,

그녀를 사랑하는 사람은 나이고, 다른 사람은 안 돼.

나는 너의 철천지원수인 팔라몬이다.

비록 내가 운 좋게 감옥에서 도망쳐

이 자리에 왔기 때문에 무기 하나 가진 것이 없지만

네가 죽든지, 아니면 에밀리에 대한 사랑을 포기하든지

원하는 것 하나를 택해라. 이제 도망갈 수 없을 것이다."

1596 아르시테는 팔라몬을 알아보고, 또 그의 이야기를 듣고

마음이 분노로 이글거려

사자처럼 광폭하게 칼을 빼 들고 이렇게 외쳤습니다.

"하늘에 계신 하느님을 두고 맹세컨대,

만일 네가 사랑 때문에 병들고 미치지 않았다면,

그리고 지금 이 자리에 무기를 갖고 있었더라면

이 숲에서 살아 나가지 못하고

내 손에 죽었을 것이다.

너는 내가 너와 맺은 서약과 맹세를 들먹이는데

나는 그 맹세를 다 끊겠다.

이 바보 같은 놈아, 사랑은 자유라는 것을 생각해 봐.

그리고 네가 무슨 짓을 해도 나는 에밀리를 사랑할 것이다.

하지만 너도 훌륭한 기사이니   1608

결투로써 그녀를 차지할 권리를 결정하고 싶을 테니

내가 서약하겠다. 내일 나는 아무에게도 알리지 않고

반드시 여기로 오겠다.

나는 기사로 무장하고 올 것이며

네게 필요한 갑옷과 장구도 충분히 가져오겠다.

네가 좋은 것을 고르고 나쁜 것을 내게 주면 된다.

오늘 저녁에는 네가 먹을 음식도 충분히 가져다주고

잘 때 입을 옷도 가져다주겠다.

만일 네가 이겨, 지금 내가 있는 이 숲에서 나를 죽인다면

너는 너의 연인을 차지할 것이다.”

그러자 팔라몬도 “좋다” 하고 말했습니다.   1620

이리하여 두 사람은 굳게 서약한 후

다음 날 아침 다시 만나기로 하고 헤어졌습니다.

오, 자비함이라곤 찾아볼 수 없는 큐피드 신이여!   1623

오, 누구와도 당신의 권력을 나누지 않으려는 지배자여!

사랑과 권력은 다른 사람과 공유할 수 없으며

공유를 원하지 않는다는 말은 참으로 맞는 말입니다.

아르시테와 팔라몬은 그것을 잘 알고 있었습니다.

아르시테는 즉시 말을 타고 성읍으로 돌아가

날이 밝기 전 아침에

두 사람이 들판에서의 결투로 승패를 정하기에 적합한

갑옷 두 벌을 은밀히 준비했습니다.

그러고는 세상에 나 홀로 오듯

그는 혼자 말을 타고 갑옷을 챙겨

정해진 약속 시간에 그 숲에서

팔라몬을 만났습니다.

1637 그들의 안색이 변하기 시작했습니다.

트라키아 사냥꾼들이

숲의 빈터에서 창을 들고 서 있다가

사자나 곰을 사냥할 때

사자나 곰이 관목 숲 사이로 돌진하며

가지와 잎사귀를 부러뜨리고 돌진해 오는 소리를 들으면서

'자, 드디어 나의 숙적이 오는구나!

저놈이나 나 둘 중 하나가 죽는 거야.

내가 여기서 저놈을 죽이거나

운이 나쁘면 저놈이 나를 죽이는 거지'라고 생각하듯,

아르시테와 팔라몬은 서로 만나자

낯빛이 변하면서 싸움의 결의를 다졌습니다.

두 사람은 "좋은 아침이야"라는   1649
인사도 주고받지 않았습니다.
서로 말없이 대화도 하지 않고 곧장
마치 친형제처럼 다정하게
서로 갑옷 입는 것을 도와주었습니다.
그런 후 날카롭고 강한 창을 휘두르며
꽤 오랜 시간 서로 찔러 대며 싸웠습니다.
싸울 때 팔라몬은 미쳐 날뛰는 성난 사자처럼,
아르시테는 잔인한 호랑이처럼 보였습니다.
그들은 화가 치밀어 입에서 흰 거품을 뿜어내는 멧돼지처럼
치고받으며 싸웠습니다.
서로 흘린 피가 발목까지 잠기도록 싸웠습니다.
이런 식으로 두 사람이 싸우도록 내버려 두고
이제는 테세우스에 대해 이야기하겠습니다.
운명이란, 이 세상 어느 곳에서나   1663
하느님께서 미리 정하신 섭리를 펼치는 총집행관인데,
운명의 힘은 너무 강력하여
온 세계가 긍정이든 부정이든 아무튼 안 된다고 하는 일,
천 년에 한 번이나 있을까 말까 한 일을
어느 날 일어나게 할 수 있습니다.
참으로 이 땅에서 우리의 욕망은
전쟁이건 평화건, 미움이건 사랑이건
모두 하늘이 미리 정하신 바에 따라 결정됩니다.

1673   저는 위대한 테세우스왕의 경우를 통해 이를 설명하려 합니다.

테세우스왕은 사냥을 매우 좋아하는데

특히 5월에는 큰 수사슴 사냥을 좋아해서

사냥 옷을 입고 잠자리에 들어

동이 트면 바로 나팔수와 사냥개를 거느리고

사냥을 나갔습니다.

사냥은 그에게 크나큰 즐거움이었으며

큰 수사슴을 죽이는 것이 그의 낙이고 소망이어서

그는 마르스 다음으로 디아나 신을 섬겼습니다.˙

1683   아까 제가 말한 대로 날씨가 청명해서

테세우스는 기쁨에 겨워 기분 좋게

아름다운 왕비 히폴리테,

그리고 온통 초록빛 나는 옷으로 차려입은 에밀리와 함께

위풍당당하게 사냥길에 나섰습니다.

그러고는 수사슴이 있다고 사람들이 알려 준

가까운 덤불숲으로 곧장 달려갔습니다.

사슴이 도망칠 때면 숲속의 빈터를 통해

시내를 건너 앞으로 가곤 했기 때문에

테세우스왕은 그곳으로 곧장 말을 몰았습니다.

왕은 자신이 좋아하는 사냥개를 택해

한두 차례 수사슴을 추적할 생각이었습니다.

1696   그런데 테세우스왕이 빈터에 도착했을 때

그는 태양을 향해 바라보다가 곧

그곳에서 아르시테와 팔라몬이

마치 두 마리 멧돼지처럼 맹렬하게 싸우는 것을 보았습니다.

번쩍번쩍 빛나는 칼을 하도 무시무시하게 휘둘러

살짝 스치기만 해도 참나무를 쓰러뜨릴 것 같았습니다.

하지만 그들이 누구인지 왕은 전혀 알지 못했습니다.

왕은 말에 박차를 가해

그들 사이에 휙 끼어들며

칼을 빼 들고 소리쳤습니다.

"멈추거라. 그렇지 않으면 너희 목이 달아날 것이다.　　　　　1707

마르스 신을 두고 맹세코

누구든 칼을 휘두르면 죽음을 면치 못하리라.

너희는 어떤 자들이냐? 어서 고하거라.

심판이나 참관인도 없이

마치 웅대한 마상 시합을 하듯

여기서 이렇게 격렬히 싸우다니 도대체 너희는 누구냐?"

이에 팔라몬이 급히 대답했습니다.　　　　　　　　　　　1714

"왕이시여, 더 이상 무슨 말씀을 드리오리까?

저희 둘은 모두 죽어 마땅하옵니다.

저희는 둘 다 비참하고 가련한 포로,

이렇게 삶의 짐이 무거운 자들입니다.

당신은 공정하신 왕이시며 재판관이시오니

부디 제게 자비도, 피난처도 허락하지 마옵소서.

다만 제발 저를 먼저 죽여 주옵소서.

하지만 저뿐 아니라 제 동료도 함께 죽여 주옵소서.

아니면 제 동료를 먼저 죽이소서.

왕께서는 잘 모르시겠지만

사실 저자는 저의 숙적 아르시테이며

이 나라에서 추방당하는 조건으로 목숨을 건진 자이니

죽어 마땅합니다.

1727 그는 당신의 성문에 와서

자기 이름을 필로스트라테라고 말하면서

여러 해 동안 왕을 속였습니다.

왕께서는 그를 수석 시종으로 삼으셨지요.

그는 에밀리 아가씨를 사랑합니다.

제가 죽을 날이 왔사오니 저도 다 밝히겠나이다.

저는 탈옥의 죄를 짓고 도망한 슬픈 팔라몬입니다.

당신께서는 저를 죽여 마땅합니다.

저는 찬란히 빛나는 에밀리 아가씨를 열렬히 사랑하오니

아가씨의 눈앞에서 죽을 수 있다면 당장이라도 죽겠나이다.

그러니 왕이시여, 제가 죽기를 청하옵고 판결을 청하옵니다.

하지만 제 동료도 마찬가지로 죽여 주옵소서.

저희 둘 다 죽어 마땅합니다."

1742 이 고귀한 왕은 즉시 대답했습니다.

"짧게 판결을 내리겠다.

네 입으로 네 죄를 자백했고

스스로 유죄라 하였으니

밧줄로 묶어 고문할 필요도 없이 선포하겠다.
강하고 붉으신 마르스 신의 이름으로 명하노니
너희는 사형이다."
그러자 진정한 여성의 미덕을 갖춘 왕비가   1748
훌쩍훌쩍 울기 시작했고
에밀리와 수행한 다른 여자들도 울기 시작했습니다.
높은 신분 출신의 귀족 청년들에게
저런 불행한 일이 생기다니,
게다가 다른 것도 아닌 사랑 때문에 벌어진 싸움이 아닌가.
모든 사람들이 정말 안타깝게 여긴 것입니다.
더구나 상처가 크게 벌어져 피가 줄줄 흐르는 것을 보자
신분 고하를 막론하고 모든 여자들이 함께 외쳤습니다.
"왕이시여, 저희들을 불쌍히 여기소서."
여자들은 모두 왕이 서 있는 자리에서 바닥에 무릎을 꿇고
그의 발에 입을 맞추었습니다.
마침내 왕도 마음이 누그러졌습니다.
고귀한 마음에는 동정심이 쉽게 깃들기 때문입니다.   1761
비록 처음에는 화가 치솟아
왕의 몸이 부들부들 떨릴 지경이었으나
그들의 잘못과 그 원인을 잠시 생각해 보니
그들의 죄가 괘씸하기는 해도
이성적으로 따져 보면 다음과 같은 생각이 들어
두 사람을 용서할 수 있었습니다.

즉 누구나 자신의 사랑을 위해

할 수 있는 일을 다 해야겠지.

할 수만 있다면 탈옥이라도 감행하겠지.

이런 생각과 더불어, 여인들이 계속 흐느끼고 있으니

그들이 안쓰럽기도 해서

왕은 마음을 누그러뜨리고 부드럽게 혼자 되뇌었습니다.

1773 "그래, 죄를 지은 후 말로나 행동으로 뉘우치는 자에게

군주가 자비를 베풀지 않고,

자기가 처음 지었던 죄를 계속 짓는

교만하고 오만한 자와 똑같이 대한다면

그런 군주의 말과 행동은 사자처럼 가혹하기 이를 데 없겠지.

교만한 자와 겸손한 자를 구분하지 않고 똑같이 대한다면

그는 분별력이 없는 군주야."

결국, 그는 분노가 가시자

눈을 반짝이며 고개를 들어 하늘을 우러러보고

다음과 같이 큰 소리로 말했습니다.

1785 "사랑의 신이시여, 축복하소서.

사랑의 신은 얼마나 강대하며 위대하신지!

어떤 장애물도 사랑의 힘에 맞서지 못합니다.

당신이 원하는 대로 사람들의 마음을 움직일 수 있으니

온갖 기적의 신이라 불릴 만합니다.

1791 여기 아르시테와 팔라몬을 보라.

그들은 내 감옥에서 자유롭게 빠져나가

테베에서 왕족으로 살 수도 있었지만,

내가 그들의 원수이고

그들의 목숨이 내 손아귀에 있다는 것을 알면서도

사랑을 위해 멀쩡히 두 눈을 뜨고 여기까지 왔도다.

그야말로 어리석은 일이 아닌가?

사랑에 빠지지 않고서야 누가 이런 바보짓을 하겠는가?

보라, 하늘에 좌정하신 신을 위하여   1800

저렇게 피를 흘리다니, 제정신이란 말인가?

그런데 사랑의 신, 저들이 섬기는 그 신은

그들의 섬김을 이렇게 갚아 주시다니!

그런데도 사랑의 신을 섬기는 자들은, 어떤 일이 닥치건

자신들이 매우 똑똑하다고 생각한다.

하지만 정말 기가 막힌 일은   1806

이처럼 큰 소동을 벌이게 된 원인인 에밀리는

그녀가 내게 고마워할 이유가 없듯이

이들에게 고마워할 이유가 전혀 없다는 점이다.

열기가 끓어오르는 이 모든 일에 대해

에밀리는 전혀 모르고 있으니 말이다.

뻐꾸기나 산토끼가 모르는 것과 똑같으니, 기막히지 않은가?

하지만 경험을 해 봐야 뜨거운지 차가운지 아는 법.

나이가 많건 적건, 사람들은 바보가 된다는 것을

나도 오래전, 경험해 봐서 잘 안다.

나도 한때는 사랑의 신의 노예인 적이 있었으니까.

사랑의 고통이 어떤 것인지 알기 때문에
사랑의 괴로움에 얼마나 몸부림치게 되는지 나도 잘 안다.
여러 번 사랑의 덫에 걸렸던 사람으로서
그리고 왕비가 여기서 무릎 꿇고 간청하는 데다
내 소중한 처제 에밀리도 간청하니,
너희가 지은 죄를 내가 다 용서하겠노라.

1821 다만 너희 둘은 내게 즉시 맹세해야 한다.
즉 우리 나라에 절대로 해를 끼치지 않을 것이며,
그 어느 때에도 우리 나라와 전쟁을 벌이지 않을 것이며
온 힘을 다해 내 편이 되겠다고 말이다.
그렇게 약속한다면 너희의 죄과를 깨끗이 용서하겠노라."
그러자 이들은 왕의 요구에 성심껏 행하겠다고 맹세하며
왕에게 자신들의 주군이 되어
자비를 베풀어 달라고 간청했습니다.
왕은 그들의 청을 들어준 후 말했습니다.

1829 "왕가의 혈통이나 재산으로 따지자면
그대들은 어떤 여왕이나 공주와도 결혼할 자격이 있다.
의심할 바 없이 자네들 둘 다
때가 되면 결혼할 수 있는 고귀한 신분이다.
하지만 자네들이 이렇게 싸우고 서로 질투하게 만든
나의 처제 에밀리에 대해 말하자면,
그대들도 알다시피, 자네들이 평생 싸운다 해도
에밀리가 동시에 두 남자와 결혼할 수는 없으니

자네들이 좋건 싫건 둘 중 한 명은
두 손 들고 깨끗이 포기해야 한다.
즉 자네들이 아무리 질투하고 화를 내도   1839
그녀가 두 사람을 함께 가질 수는 없으므로
자네들 각자에게 정해진 운명을 결정할 수 있도록
한 가지 제안을 하겠으니 내 말을 잘 들으라.
자, 너희의 운명을 결정하기 위해 어떻게 하려는지 듣거라.
단도직입적으로 말해, 내 뜻은 이것이니   1845
더 이상 이야기할 것도 없다.
내 뜻을 받아들이겠다면, 이것을 최선의 방책으로 여기거라.
즉 너희들은 각자 원하는 곳으로 자유롭게 가거라,
몸값을 낼 필요도 없고, 막는 자도 없을 것이다,
그리고 오늘부터 더도 덜도 말고 정확히 1년 뒤
너희는 마상 시합을 위해 완전 무장한 기사들을 데려오너라.
시합을 통해 에밀리를 차지할 권리를 결정할 것이다.
그리고 기사의 명예를 걸고 약속하는데,   1854
너희 둘 중 누구든
내가 지금 얘기한 것처럼
자신이 데려온 1백 명의 기사와 함께
적을 죽이거나 혹은 경기장 밖으로 몰아낸다면,
행운의 여신이 은총을 베푼 그 사람이
에밀리를 아내로 삼도록 하겠노라.
경기장을 이곳에 짓겠노라.   1862

신께서 내 영혼을 불쌍히 여기셔서

내가 공정하고 진실한 심판관이 되게 해 주시기를.

이제 너희 중 하나는 죽거나 잡혀야 하는데

이것 말고는 달리 방법이 없다.

그래도 좋다고 생각한다면

너희 의견을 말하고 동의한다고 말하라.

1870   이것이 너희들의 정해진 운명이고 마지막 결정이다.”

지금 팔라몬처럼 행복한 자가 누가 있으며

아르시테처럼 기뻐 날뛰는 자가 누가 있겠습니까?

테세우스가 이렇게 은총을 베풀었을 때

그곳에 얼마나 큰 기쁨이 넘쳤는지

어찌 다 말로 전하고, 글로 옮길 수 있겠습니까?

모든 사람들이 무릎을 꿇고

온 맘과 힘을 다해 감사를 표했습니다.

특히 그 테베 사람들은 몇 배나 더 감사를 올렸습니다.

그리하여 두 사람은 희망에 부풀어 기쁜 마음으로 길을 떠나

오래된 드넓은 성벽이 있는 테베로 향했습니다.

제3부

1881   테세우스가 웅장한 경기장을 건설하기 위해

분주히 움직이며 그것을 위해 쓴 경비를 말하지 않는다면

저는 제 할 일을 소홀히 했다고 말할 수 있을 겁니다.

정말 그와 같이 훌륭하게 지어진 시합장은
이 세상 어디에도 없을 것입니다.
경기장 둘레가 1마일은 되었고
돌로 쌓은 벽을 해자가 둘러싸고 있었습니다.
경기장은 원처럼 둥근 모양이었고
60피트' 높이로 좌석이 층층이 배열되어
사람이 각 층 좌석 위에 앉아 있으면
다른 사람 시야를 가리지 않았습니다.
동쪽에는 흰 대리석 문이 서 있었고   1893
반대편 서쪽에도 흰 대리석 문이 있었습니다.
간단히 말하자면 이 지구상에,
그 짧은 시간에 그토록 대단한 경기장이
세워진 적이 없었습니다.
테세우스는 그 극장을 만들고 꾸미기 위해
나라에서 기하, 산수에 능한 사람이나
화가, 조각가를 모두 불러들이고
음식과 급료를 지급했습니다.
동쪽 문 위에는   1902
사랑의 여신 비너스에게 경배하기 위해
제단과 신전을 지었고,
서쪽 문 위에는 마르스 신을 기리기 위해
제단과 신전을 또 하나 지었는데
여기에 족히 마차 한 대 분량의 금을 썼습니다.

북쪽 담 위의 작은 탑에는
순결의 여신 디아나를 경배하기 위해
흰 설화석고와 붉은 산호로 화려한 제단을 만들라고
테세우스왕은 지시했습니다.
1914 아, 그런데 이 세 개의 신전 안에 모셔져 있는
멋진 조각, 초상화, 그 형태와 모습 그리고 형상들에 대해
이야기하는 것을 잊을 뻔했습니다.
우선 비너스 신전의 벽에서는
너무나 애처로운 모습을 볼 수 있었습니다.
잠 못 이룬 모습, 차가운 한숨,
거룩한 눈물과 울부짖음,
사랑의 포로가 된 사람들이 겪는 뜨거운 욕망의 아픔,
사랑을 보증하는 온갖 맹세,
쾌락과 희망, 욕망과 무모함,
아름다움과 젊음, 즐거움과 재산,
사랑의 묘약과 힘, 거짓말과 아첨,
낭비와 음모,
그리고 머리에는 황금빛 화관을 쓰고
손에는 뻐꾸기가 앉아 있는 질투의 여신,
향연, 악기, 춤곡 그리고 춤
욕망과 잔치 분위기,
그리고 제가 이제까지 열거해 왔고, 앞으로도 열거할
사랑의 모든 구체적인 상황들이

일일이 묘사할 수 없을 만큼
벽을 따라 연이어 그려져 있었습니다.
비너스 여신상이 주된 거처로 삼고 있는 1936
키테론산'의 모습이
사랑의 정원과 쾌락의 그림과 함께
벽 위에 그려져 있었습니다.
문지기인 나태의 모습도 빼먹지 않고 그려 놓았고
그 옛날 잘생긴 나르키소스도
어리석은 솔로몬왕도
엄청난 힘을 지닌 헤라클레스도
마법을 부리는 메데이아와 키르케도
맹렬하고 용맹스러운 투르누스도
엄청난 부자였다가 몰락하여 비참한 노예가 되었된
크로이소스도 그려져 있었습니다.
그러니 지혜도 부유함도, 1947
아름다움도, 속임수도, 힘이나 용맹, 그 어떤 것도,
비너스 여신과 권력을 공유할 수 없다는 것을
모두가 알 수 있었습니다.
왜냐하면 비너스 여신은
세상을 자기 마음대로 다스리기 때문입니다.
보십시오. 이 모든 사람들이 그녀의 덫에 걸려
비탄에 젖어 자꾸 탄식하지 않습니까.
수천 명 사람들의 예를 들 수 있겠지만

이 자리에서는 한두 명만 예를 들어도 충분할 것입니다.

1955   비너스 여신상은 황홀하게도,

나신(裸身)으로 너른 바다에 떠 있었는데

배꼽 아래쪽은 어떤 유리보다 빛나는 푸른 파도로

가려져 있었습니다.

오른손에는 키타라'를 들고 있고,

머리에는 갓 피어난 향긋한 장미 화환을

우아하게 쓰고 있었습니다.

그녀의 머리 위로는 비둘기가 퍼덕이며 날고 있었고,

그녀 앞에는 그녀의 아들 큐피드가 서 있었습니다.

큐피드의 어깨에는 두 날개가 있었는데,

그는 다른 그림에서 흔히 보듯이,

눈을 가린 모습이었습니다.

그는 활과 빛나는 날카로운 화살을 들고 있었습니다.

1967   그렇다면 이번에는

마르스 신전 벽의 그림들을 설명해야 하지 않을까요?

붉은 군신 마르스의 웅장한 거처가 있는

서리 내리는 추운 트라키아 지방의

음산한 마르스 신전 내부처럼

그 벽 전체는 폭과 길이에 가득 그림이 그려져 있었습니다.

1975   먼저 벽에는 숲이 그려져 있었는데

거기에는 사람, 짐승, 그 어느 것도 살지 않고

오직 옹이 지고 비틀리고 헐벗은 고목들,

흉측하게 보이는 삐죽삐죽한 그루터기들뿐이었습니다.

그 사이로 마치 폭풍우가 나뭇가지 하나하나를 꺾을 기세로

세찬 바람이 쏜살같이 달리며 쌩쌩 소리를 냈습니다.

풀 덮인 언덕배기 아래쪽으로   1981

번쩍거리며 빛나는 강철로 만든

강력한 군신 마르스의 신전이 있는데

길고 좁은 입구는 소름 끼치는 모습이었습니다.

입구에서 광풍이 휘몰아쳐

그 거센 바람에 모든 문짝이 뒤흔들릴 정도였습니다.

북쪽에서 빛 한 줄기가 문가로 들어왔는데

그곳에는 빛이 들어올 만한 창문이

하나도 없었기 때문입니다.

문은 모두 단단한 금강석으로 만들어졌고

모두 튼튼한 쇳덩이로

옆으로, 위아래로 단단히 잠겨 있었습니다.

거기에 신전을 더 견고하게 떠받치도록,

커다란 항아리처럼 큼직하게 만든 모든 기둥은

번쩍거리는 쇳덩이로 만들었습니다.

그곳에는 흉악한 범죄의 은밀한 계략들,   1995

불붙은 석탄보다 더 붉은 잔인한 분노가 그려져 있었습니다.

소매치기의 모습, 창백한 공포,

소매 속에 칼을 숨기고 음흉한 웃음을 짓는 자,

시커먼 연기 속에 불타는 마구간,

침대에서 죽이려는 반역의 음모,

상처에서 흐르는 피로 온통 뒤덮인 노골적인 전쟁,

피 묻은 칼을 휘두르며 위협하는

분쟁의 모습이 그려져 있었습니다.

이곳은 비명으로 가득 찬 불길한 장소였습니다.

2005 그곳에서 저는 자기 심장의 피로 머리가 피범벅이 된

자살한 자의 모습도 보았습니다.

한밤중에 못이 정수리를 뚫고 지나가

하늘을 향해 입을 벌린 채 차갑게 식어 버린 시체도 보았습니다.

신전 한가운데에는 슬픔에 잠긴 안타까운 모습으로

불행의 신이 앉아 있었습니다.

2011 또한 저는 미친 듯이 웃고 있는 광기가

불만, 아우성 그리고 맹렬한 폭력 속에

앉아 있는 것도 보았습니다.

그리고 저는 목이 잘려 나간 채 숲속에 버려진 시체,

전염병 때문이 아니라 학살로 목숨을 잃은 수천의 사람들,

무력으로 희생자를 삼켜 버리는 독재자,

아무것도 남김없이 모두 파괴된 도시,

파도 위에서 춤추듯 출렁거리는 불붙은 배를 보았습니다.

야생 곰에 찢겨 죽은 사냥꾼,

요람 안에 있는 아이를 삼켜 먹는 암퇘지,

긴 국자를 썼는데도 온몸에 화상을 입은 요리사도 있었으니,

사악한 군신의 영향을 받은 모습들이

빠짐없이 그려져 있었습니다.
어떤 마부는 자기가 몰던 짐마차가 뒤집혀,   2022
그 짐마차 바퀴 밑에 깔려 죽었습니다.
군신의 영향력은 이에 그치지 않았습니다.
이발사, 도살업자 그리고 모루 위에
날카롭게 칼을 벼리는 대장장이도 있었습니다.
또한 저는 높이 솟은 탑 위에
대단한 명예를 누리며 앉아 있는
정복자의 모습도 보았는데,
그의 머리 위에는 날카로운 칼이
가늘게 꼬인 끈에 대롱대롱 매달려 있었습니다.
율리우스, 위대한 네로 그리고 안토니우스가   2031
죽는 장면도 그려져 있었습니다.
사실 그들은 아직 태어나지도 않았지만,
마르스 신이 위협했기 때문에
별자리 배치에 따라 그들이 죽게 될 장면이
그려진 것이었습니다.
누가 살해당할지 아니면 사랑 때문에 죽게 될지
하늘의 별자리에 이미 그려져 있듯이
그들의 그림이 그려져 있었습니다.
옛이야기 하나를 예로 들면 충분할 것입니다.
그 모든 이야기를 다 하고 싶어도 도저히 다 할 수 없습니다.
무장한 마르스 신상이 수레 위에 있었습니다.   2041

미친 사람처럼 광폭한 표정이었고

머리 위에는 두 별의 형상이 빛나고 있었는데

책에서는 그 이름을 하나는 푸엘라,

나머지 하나는 루베우스라고 불렀습니다.

전쟁의 신의 모습은 다음과 같이 그려졌습니다.

2047 즉 그의 발 앞에는 붉은 눈의 늑대가 서서

사람을 뜯어 먹고 있었습니다.

마르스 신과 그의 영광에 경의를 바치며

이러한 이야기들이 섬세한 붓질로 그려져 있었습니다.

2051 자, 이제 순결의 여신 디아나의 신전으로 가 보겠습니다.

서둘러 그림들을 최대한 짧게 묘사해 보겠습니다.

벽에는 사냥 장면,

그리고 정숙한 순결의 그림들이 그려져 있었습니다.

그곳에서 저는 불쌍한 칼리스토가 디아나의 미움을 사서

여성에서 곰으로 변했다가

나중에는 북극성으로 변한 이야기가 그려진 것을 보았습니다.

그 이상은 저도 잘 모르겠지만

그녀의 아들 역시 별이라는 것은 알 수 있었습니다.

2062 거기에는 다프네가 나무로 변한 그림도 있었는데,

그림 속 다프네는

여신 디아나가 아니라 페네오스의 딸 다프네를 말합니다.

거기에는 악타이온이 디아나의 벌거벗은 모습을 보는 바람에

그녀의 분노를 사서 수사슴으로 변했다가

나중에 사냥개들이 그를 몰라보고
자기 주인을 잡아먹는 이야기의 장면들이 그려져 있었습니다.
또한 조금 더 가 보면
아탈란테가 멜레아그로스 등 많은 사람들과 함께
멧돼지를 사냥했다가
디아나의 분노를 사서 재앙을 당하고
슬픔을 겪게 된 이야기도 그려져 있었습니다.
그 밖에도 많은 놀라운 그림들을 보았지만
별로 기억하고 싶지 않습니다.
디아나 여신은 사슴 위에 훌쩍 높이 앉아 있었는데,   2075
여신의 발 주변을 작은 개들이 둘러싸고 있었고,
그녀 발밑에 꽉 찬 달이 있었지만,
그 달은 머잖아 기울 것입니다.
그녀의 신상은 반짝이는 초록 옷으로 입혀져 있었고
손에는 활을 들고 있었고, 화살통에는 화살이 들어 있었습니다.
그녀는 아래쪽으로 눈길을 주어
플루톤이 다스리는 어둠의 나라를 내려다보았습니다.
그녀 앞에는 산고를 겪는 여인이 있었는데   2083
오랫동안 산통을 앓고 있는데도 아이가 태어나지 않아
"도우소서, 제발, 당신만이 하실 수 있나이다"라고
몹시 애절하게 루키나를 부르고 있었습니다.
이 그림을 그린 사람은 너무나 실물처럼 잘 그렸는데
은화를 듬뿍 주고 물감을 사들인 터였습니다.

2089   이제 이렇게 시합장이 완성되었는데,

엄청난 비용을 들여

신전과 원형 경기장이 모든 면에서 완비되자

테세우스는 크게 기뻐했습니다.

하지만 테세우스 이야기는 이 정도로 해 두고

팔라몬과 아르시테에 대해 이야기하겠습니다.

2095   제가 앞서 말했던 것처럼

승부를 결정하기 위해

각자가 1백 명의 기사를 이끌고 돌아올 날이 다가왔습니다.

그들은 약속을 지키기 위해

만반으로 무장한 1백 명의 기사와 함께

아테네로 돌아왔습니다.

이 세상이 시작되고 하느님께서 땅과 바다를 만드신 이래로

기사도의 무용을 이야기할 때

이런 소수 정예 기사단을 이룬 것을 본 적이 없었을 것입니다.

2106   왜냐하면 기사도를 사랑하고

명성을 원하는 사람들은 모두

이 경기에 참가하기를 간절히 원했기 때문입니다.

그리고 이 기사단에 들어간 사람은 운이 좋은 셈이었습니다.

왜냐하면 그런 상황이 내일이라도 생긴다면

열정적인 사랑에 빠져 있고, 용맹을 갖춘 기사라면 누구라도

영국에서건 다른 곳에서건

기꺼이 그 경기에 참여하고 싶어 하기 때문입니다.

여인을 놓고 싸우기 위해, 오, 세상에!

그것이야말로 정말 볼 만한 구경거리일 것입니다.

팔라몬과 함께 온 자들 역시 모두

그렇게 생각하고 있었습니다.   2117

그와 함께 수많은 기사들이 왔는데

어떤 이는 쇠사슬 갑옷을 입었고

어떤 이는 가슴받이에 가벼운 겉옷을 입었고

어떤 이는 판금 갑옷 세트를 갖추어 입었고

어떤 사람은 프로이센 방패를

어떤 사람은 다리 보호대를

어떤 사람은 도끼를, 어떤 사람은 철퇴를 갖고 있었으니,

무장하는 방식은 예나 지금이나 똑같았습니다.

아까도 말했듯이 그들 모두 취향대로

무장을 갖추었습니다.

팔라몬과 함께 온 기사들 중에는   2127

트라키아의 위대한 왕 리쿠르고스도 있었습니다.

그는 새까만 수염에 남자다운 얼굴이었는데,

노르스름하면서도 붉은 빛깔의 두 눈동자는 번득거렸고,

단단한 이마 위에 눈썹까지 수북해서

주변을 돌아볼 때면 마치 괴물 그리핀처럼 보였습니다.

그의 팔다리는 큼지막하고,   2135

근육도 단단하고 힘이 있었습니다.

어깨는 널찍했고, 팔뚝은 굵고 길었습니다.

그는 자기 나라에서 흔히 하듯이
네 마리의 커다란 흰 황소가 끄는
황금 전차를 타고 우뚝 서 있었습니다.
그는 문장이 새겨진 겉옷을 갑옷 위에 입는 대신
황금처럼 빛나는 누런 발톱이 그대로 달려 있는
오래된 새까만 곰 가죽을 입고 있었습니다.
그는 기다란 머리를 뒤쪽으로 가지런히 빗어 넘겼는데
까마귀 깃털처럼 검은 색깔로 광채가 났습니다.

2145 팔뚝만큼 굵은 엄청 무거운 황금관을 쓰고 있었고
거기에는 최상의 루비와 다이아몬드 등
빛나는 보석들이 가득 박혀 있었습니다.
전차 주변에 스무 마리도 넘는 흰 사냥개들이 달렸는데,
웬만한 수송아지만큼 큼직한,
사자나 사슴 사냥용 개였습니다.
사냥개들은 주둥이가 단단히 묶인 채 그를 따르고 있었는데,
개 목걸이는 황금으로 만들었고
개 끈에는 고리가 둥글게 박혀 있었습니다.
그와 함께 1백 명의 무리가 왔는데
모두 무장을 잘 갖춘 용감한 맹장들이었습니다.

2155 역사책에서 찾을 수 있듯이, 아르시테 편에는
인도에서 온 위대한 에메트레우스왕이 있었습니다.
그는 강철로 된 마구를 갖추고
마름모무늬가 장식된 황금빛 휘장을 두른

밤색 말을 타고 있어서
마치 군신 마르스가 말을 타는 것 같았습니다.
타타르산 천으로 만든 겉옷은
희고 커다란 둥근 진주로 장식되어 있었고,
안장은 순금으로 새롭게 꾸민 것이었습니다.
어깨 위로 휘날리는 망토는
번쩍이는 불꽃처럼 붉은 루비로 가득했습니다.
곱슬거리는 머리는 고리처럼 동그랗게 말아 올렸는데
태양처럼 반짝이는 금발이었습니다.
그의 코는 오뚝했고 눈은 레몬처럼 빛나는 노란색,   2167
입술은 둥글고 혈색은 불그스름했으며
노란빛이면서도 어딘가 모르게 검은빛을 띤 주근깨가
얼굴에 몇 개 흩어져 있었습니다.
그가 주변을 둘러볼 때면 사자처럼 보였습니다.
나이는 스물다섯 남짓,
이제 막 수염이 나기 시작했고
목소리는 나팔처럼 쩌렁쩌렁 울렸습니다.
머리에는 싱그러운 초록빛 월계관을 쓰고 있었고   2175
그가 애지중지하며 기르는 백합처럼 새하얀 빛깔의
잘 조련된 독수리를 손에 갖고 다녔습니다.
그는 머리만 제외하고
구석구석까지 호사롭게 꾸민 온갖 장비로 전신 무장한
1백 명의 귀족과 함께 그곳에 왔습니다.

공작과 백작 그리고 왕들이
사랑을 위해, 그리고 기사도를 진흥시키기 위해
성대한 무리를 이루어 이곳에 모여들었다니
정말 대단하지 않습니까.
이 왕 주위로 길들인 많은 사자와 표범들이
사방에서 달렸습니다.
이런 식으로 귀족들은 모두
일요일 아침 9시경 아테네로 왔고
성안에 들어와 말에서 내렸습니다.

2190 훌륭한 기사이자 임금인 테세우스는
사람들이 시내로 들어오자
그들 모두의 지위에 맞게 숙소를 배정하고
잔치를 베풀고
예우를 갖추어 그들을 대접하는 데 온갖 노력을 기울여
신분을 막론하고 아무리 지혜로운 사람이라도
이보다 잘할 수는 없다고 생각했습니다.

2197 잔치 자리의 음악이며 서비스,
각 사람에게 베푼 선물,
테세우스 궁전의 호사스러운 장식,
식사 자리에서 누가 상석과 말석에 앉았는지
어떤 여성이 가장 예뻤고, 춤은 누가 제일 잘 추었는지
노래는 누가 제일 잘했는지
누가 가장 감동적인 사랑 이야기를 했는지

어떤 매가 홰 위에 앉아 있었는지
어떤 사냥개가 바닥에 누워 있었는지
자, 이런 것들은 다 건너뛰고
단지 저는 핵심만 말하겠습니다. 그게 최선인 것 같습니다.
자, 이제 핵심으로 들어가니 잘 들어주시기 바랍니다.
일요일 새벽, 아직 날이 밝기 전에 2209
팔라몬은 종달새의 노랫소리를 듣고
(날이 밝으려면 두 시간이 남아 있었지만
종달새가 노래했습니다.)
곧바로 일어나 경건한 마음과 힘찬 마음으로
복되고 은혜로우신 키테라로 순례길을 떠났습니다.
즉 경배를 바쳐야 할 비너스 여신에게 갔던 것입니다.
그는 비너스 여신의 시간에 맞춰 천천히
여신의 제단이 있는 시합장으로 가서
무릎을 꿇고 겸손한 태도로
고통스러운 심정을 담아 다음과 같은 기도를 드렸습니다.
"세상에서 가장 아름다우신 저의 여신이여, 2221
제우스 신의 따님이자 불카누스의 배필인 비너스 신이시여,
당신은 키테론산을 쾌락으로 채우는 분이시니
당신께서 아도니스에게 품으셨던 사랑으로
저의 쓰라린 고통의 눈물을 보시고
저의 겸손한 기도를 기억하여 주소서.
아, 지옥 같은 제 마음의 고통을 2227

말로 표현할 길이 없습니다.

제 마음이 얼마나 힘든지 보여 드릴 수도 없습니다.

마음이 너무 혼란스러워, 아무 말도 못 하겠으니

다만 이렇게 아뢸 뿐입니다.

'제 마음과 고통을 다 알고 계시는 빛나는 여신이시여,

제게 자비를 베푸소서,

저의 아픔을 헤아려 주시고 제 고통을 불쌍히 여기소서.

한평생 온 힘을 다해 당신의 진실한 종이 되겠사오며

정숙함과 늘 맞서 싸우겠나이다.'

2237　이렇게 맹세하오니 부디 도와주옵소서!

저는 무공을 원하는 것도 아닙니다.

내일 승리를 원하는 것도 아닙니다.

명성도 헛된 영광도

어느 곳에서나 칭송받는 멋진 승부도 원하지 않습니다.

제가 원하는 것은 오직 에밀리를 온전히 소유하고

그녀를 섬기다가 죽는 것뿐입니다.

그러니 어찌할지 당신께서 방법을 찾아 주옵소서.

오직 그녀를 제 품에 안을 수만 있다면

내일 누가 이기건 저는 상관없습니다.

비록 마르스 신이 군대의 신이지만,

당신은 천상에서 매우 강한 힘을 지니셨으니

당신이 원하기만 하신다면 저는 제 사랑을 얻으리라 믿습니다.

2251　저는 한평생 당신의 신전에서 예배하고

걸어가든 말을 타고 가든 당신의 제단 위에

희생 제물을 바치고 불을 지피겠나이다.

그러나 사랑하는 여신이여, 만일 당신이 원하지 않으신다면,

내일 아르시테가 창으로 제 심장을 찌르게 하소서.

제가 목숨을 잃게 되면,

아르시테가 그녀와 결혼하더라도 저는 개의치 않겠나이다.

이것이 제 기도의 내용이요, 소원하는 바이니

오, 복되신 신이시여,

제 사랑을 제게 주옵소서."

팔라몬은 기도를 마치고,   2261

온 정성을 다해

재빠르게 그리고 매우 비통한 마음으로

모든 절차에 따라 제사 의식을 거행했습니다.

지금 그 제사 의식을 일일이 말하지는 않겠습니다.

아무튼 마침내 비너스 여신상이 흔들리면서

어떤 신호를 보여 주었습니다.

그는 이를 자기 기도가 받아들여졌다는 뜻으로 받아들였습니다.

비록 그 신호가 조금 지체된다는 것을 보여 주었으나,

그는 자기 기도가 응답받은 것으로 이해하고

기쁜 마음으로 곧 집을 향해 떠났습니다.

팔라몬이 비너스 신전으로 예배하러 간 지   2271

세 시간이 지난 후, 해가 떠올랐고

에밀리도 서둘러 디아나 신전에 가기 위해 일어났습니다.

에밀리가 데려온 시녀들은

향과 예복 그리고 희생제에 필요한 모든 것을 준비했습니다.

관례에 따라 벌꿀 술을 가득 담은 뿔 그릇 등

제사를 드리는 데 필요한 모든 것을 다 갖추었습니다.

아름다운 천을 아낌없이 두른 신전에서 향을 피우며

에밀리는 마음을 공손히 하고

우물물로 몸을 정결하게 씻었습니다.

아주 대략적인 이야기 외에는

그녀가 드린 예식을 자세히 말하지 않겠습니다.

그것을 다 들으면 재미는 있을 것입니다.

좋은 의도를 가진 사람들에겐 어차피 아무 상관이 없습니다.

하지만 사람이 자기 하고 싶은 대로 말하도록

내버려 두는 것이 좋습니다.

2289   에밀리는 빛나는 머리카락을 풀어 곱게 빗고

머리 위에는 푸른 참나무로 만든

아름다운 관을 쓰고 있었습니다.

그녀는 제단 위에 두 개의 불을 피운 후

스타티우스가 쓴 『테베사』나 그와 비슷한 옛날 책에서

사람들이 찾을 수 있는 의식을 거행했습니다.

불을 지핀 후, 그녀는 애처롭게

다음과 같이 디아나에게 기도했습니다.

2297   "오, 푸른 숲을 지키는 정결의 여신이여,

당신은 하늘과 땅과 바다를 다 보실 수 있나이다.

플루톤 신이 다스리는 어두운 하계의 여왕이시여,

처녀들의 여신이시여, 저는 당신을 여러 해 동안 섬겨 왔고

당신은 제 소망을 다 알고 계십니다.

잔혹하게 악타이온을 벌하셨던

당신의 분노와 보복에서 저를 면제해 주소서.

정결의 여신이시여,

당신은 제가 애인도 아내도 되길 원하지 않고

평생 처녀로 살고 싶어 한다는 것을 아시나이다.

당신도 잘 아시듯, 저는 당신을 따르는 자로서

처녀로 남아 거친 숲에서 사냥하며 살고 싶습니다.

누군가의 아내가 되고 아이를 갖고 싶지 않습니다.

저는 남자와 교제하는 것도 원하지 않습니다.

당신이 갖고 계신 세 가지 신성(神性)으로   2312

당신은 하실 수 있으시고, 또 방법도 아시오니

여신이시여, 저를 도우소서.

팔라몬은 저를 극진히 사랑하고

아르시테도 그토록 고통스럽게 저를 사랑하오니,

제가 당신에게 기도하는 것은 오직 이것입니다.

즉 이 둘 사이에 사랑과 평화를 내려 주시고

그들의 마음이 제게서 돌아서서

그들의 사랑과 욕망, 강렬한 고통의 불길이 꺼지게 하옵소서.

아니면 그것들이 다른 곳으로 옮겨 가게 하소서.

그런 은혜를 제게 허락지 않으신다면,   2322

그리고 제가 어쩔 수 없이
둘 중 하나와 결혼할 운명이라면
저를 가장 사랑하는 사람과 살게 하소서.
아, 정결한 순결의 여신이시여,
제 뺨에 흐르는 쓰라린 눈물을 보소서.
당신은 처녀이시고, 또 우리 처녀들의 수호자 되시니
부디 저를 살피시고, 제가 평생 처녀로 살게 하소서.
제가 처녀의 몸으로 당신을 섬기겠나이다."

2331 에밀리가 이렇게 기도하는 동안
제단 위에서는 불이 밝게 타오르고 있었는데
갑자기 그녀는 이상한 광경을 보게 되었습니다.
즉 한 개의 불이 꺼졌다가 곧 다시 타올랐습니다.
그 후 곧이어 나머지 불이 사그라들더니 완전히 꺼져 버렸습니다.
그런데 그 불이 꺼지면서
마치 젖은 나뭇단이 탈 때처럼
휘리릭 소리를 냈던 것입니다.
그리고 타다 꺼진 나뭇조각 끝에서는
마치 핏방울처럼 보이는 것들이 줄줄이 떨어져 내렸습니다.
에밀리는 소스라치게 놀라
거의 미칠 지경이 되어 엉엉 울기 시작했습니다.
비록 그것이 무슨 뜻인지 알지 못했지만
너무 두려워 이처럼 울고 또 울었는데
듣기에 애처로울 지경이었습니다.

이때 디아나 여신이 사냥꾼처럼 손에 활을 들고 나타났습니다.

"딸아, 슬퍼하지 말거라. 2348

하늘의 신들께서 작정하셨고

영원한 언약으로 기록되고 확증했으니,

너는 너를 위해 근심하고 슬퍼하던 자와 결혼할 것이다.

다만 그 두 사람 중 누구인지는 말할 수 없노라.

나는 더 이상 여기에 있을 수 없으니,

어서 가거라.

그러나 네가 이곳을 떠나기 전,

나의 제단에서 타오르는 저 불이,

사랑에 관한 네 운명이 무엇인지 네게 선포할 것이다."

이 말과 함께 여신은 화살통의 화살을 흔들어

달가닥달가닥 소리를 내고는

연기처럼 휙 사라져 버렸습니다.

이에 에밀리는 소스라치게 놀라 말했습니다. 2361

"맙소사, 이것이 무슨 뜻입니까?

디아나 신이시여, 당신의 보호와 권능에

저의 모든 것을 맡기나이다."

그러고는 즉시 지름길을 통해 집으로 돌아왔습니다.

이것이 이야기의 요체이고, 더 말할 것이 없습니다.

그다음에 다가온 군신 마르스의 시간에 2367

아르시테는 희생제를 바치기 위해

난폭한 마르스 신의 신전으로 걸어가,

이교도의 방식을 따라 제식을 거행하고
비통한 심정으로 간절히 예배드리며
다음과 같이 군신께 기도를 올렸습니다.

2373 "오, 혹한의 트라키아 지방에서
영광을 받으시고 주군으로 받들어지는 강한 신이시여,
모든 땅과 모든 나라의 전쟁의 승리를
당신의 손아귀에 쥐고 계시며
당신께서 원하는 대로 행운을 허락하는 신이시여,
저의 애절한 희생 예물을 받으소서.
만일 당신께서 제 젊음이 받을 만하다고 여기신다면,
또 제 힘이 당신을 섬길 만하다고 여기신다면
그래서 저를 당신의 소유로 삼아 주신다면
비옵나니 제가 겪는 고통을 불쌍히 여겨 주소서.

2383 당신도 그 옛날
어리고 앳된 고귀한 비너스 여신의 아름다움을 누리고
당신 뜻대로 당신 품 안에 그녀를 두셨을 때
욕망으로 불타올라
저와 똑같은 고통과 뜨거운 열정을 경험하지 않으셨나이까.
불카누스가 쳐 놓은 함정에 빠져
당신이 그의 부인과 함께 자다가 발각되었을 때,
당신이 겪은 슬픔을 기억하시고
제 찌르는 듯한 마음의 고통을 불쌍히 여겨 주소서.

2393 당신도 아시는 것처럼, 저는 아직 어리고 무지합니다.

아마 살아 있는 사람 중에
저처럼 심하게 사랑의 상처를 입은 자는 없을 것입니다.
왜냐하면 제가 이 모든 고통을 겪게 만든 그 여인은
제가 살든 죽든 개의치 않을 테니까요.
그녀가 제게 자비를 약속하기 전에
저는 경기장에서 힘으로 그녀를 차지해야 합니다.
그러나 당신의 도움과 은총 없이
제 힘만으로는 이길 수 없음을 저는 잘 알고 있나이다.
그러니 신이시여, 내일 싸움에서 저를 도와주소서.   2402
한때 당신을 불태웠던 그 똑같은 사랑의 불길이
지금 제게도 타오르고 있으니
내일 제게 승리를 안겨 주소서.
수고는 제가 하겠사오나, 영광은 당신이 받으소서.
어느 곳에 가든지, 웅대한 당신의 신전에서 경배할 것이며
당신을 기쁘게 하기 위해,
그리고 당신의 막강한 기량을 발휘하기 위해
온 힘을 다하겠나이다.
당신의 신전에 제 깃발을 걸고,
제 군사들의 무기를 걸어 놓고
제가 죽는 그날까지 늘
당신의 신전에 영원한 경배의 불길을 피우겠나이다.
또한 서약하옵나니   2414
이제까지 칼도 가위도 한 번 대 본 적이 없는

제 수염과 긴 머리카락도 당신께 바칩니다.

한평생 당신의 충성스러운 종으로 살겠나이다.

신이시여, 제 쓰라린 슬픔을 불쌍히 여기시고,

제게 승리를 주소서. 더 이상 바라는 것은 없습니다."

2421 힘센 자, 아르시테의 기도가 끝났을 때,

신전 문에 걸려 있던 종과

문들이 갑자기 덜그럭 소리를 내어

아르시테는 몹시 놀랐습니다.

제단의 불은 밝게 타올라

온 신전을 환히 비췄고,

곧이어 땅에서는 향긋한 냄새가 풍겼습니다.

아르시테는 즉시 두 손을 들어

더 많은 향을 불에 넣고

다른 예식도 행했습니다.

마침내 마르스 상의 비늘 갑옷이 윙윙 울리기 시작했는데

그와 함께 아르시테는

매우 나지막하고 희미하게 중얼거리는 소리를 들었습니다.

그것은 "승리!"라는 소리였습니다.

이로 인해 아르시테는 마르스 신에게 영광과 찬미를 올리고

기쁨과 희망에 차서 작별 인사를 올린 뒤

곧장 자신의 숙소로 돌아갔습니다.

빛나는 태양 때문에 기뻐하는 새처럼

그의 마음도 즐거웠습니다.

그리고 곧 하늘에서도　　　　　　　　　　　　　　　　　2438
바로 이 기도의 응답 때문에
사랑의 여신 비너스와 엄중하고 강력한 군신 마르스 사이에
싸움이 시작되었습니다.
유피테르가 싸움을 말리려 해도 되지 않자,
마침내 이런 일을 많이 겪어 본
창백하고 냉정한 사투르누스가
자신의 오랜 경험을 통해
모두를 만족시킬 한 가지 계책을 발견했습니다.
사실 말하자면, 노인들은 큰 이점을 갖고 있는데
즉 노인이 되면 지혜와 경험이 많다는 것입니다.
젊은이들이 노인보다 빨리 뛸지는 몰라도
계략에서는 앞서지 못하는 법입니다.
비록 분쟁과 공포를 막는 것이
사투르누스의 천성에는 맞지 않았지만,
사투르누스는 이 모든 싸움을 말릴 해결책을 찾았습니다.
그는 말했습니다. "내 사랑하는 딸" 비너스야,　　　　　　2453
내가 운행하는 별자리 궤도는 너무 넓어서
세상 사람들이 아는 것보다 더 큰 힘을 가지고 있단다.
나는 사람들을 어두운 바다에 빠져 죽게 할 수도 있고
컴컴한 감옥에 가두어 놓을 수도 있지,
사람을 죽일 수도 있고, 목매달아 죽게 할 수도 있어.
불만 가득한 자들의 수군거림, 못된 놈들의 반란,

불평, 은밀한 독살, 이것이 모두 내가 한 일이야.

복수도 행하고 확실하게 벌도 준단다.

내가 사자자리에 거하는 동안에는

높은 궁전도 무너뜨릴 수 있고

성벽과 탑들을 무너뜨려

그 밑에서 일하던 광부나 목공을 죽게 할 수도 있단다.

2466 기둥을 흔들다가 삼손이 죽게 만들었고

차가운 질병, 음험한 반역, 오랫동안 꾸민 음모도

다 내가 한 일이란다.

내 별자리는 역병의 원천이거든.

자, 이제 더 이상 울지 말거라.

네가 사랑하는 팔라몬이

네가 약속한 대로 사랑하는 여인을 차지할 수 있도록

내가 힘써 주마.

비록 마르스가 자기 기사를 돕겠지만

어쨌든 너희 둘 사이에 언젠가는 평화가 와야지.

너희들의 기질이 서로 달라서

날마다 이처럼 분란이 생기는구나.

나는 너의 할아버지이니 네가 원하는 대로 해 주마.

그만 울어라, 네 소원을 이루어 주마."

자, 이제 마르스 신, 사랑의 여신 비너스 등

하늘에 계신 신들 이야기는 그만하고

가능한 한 명확하게

제가 처음 시작했던 이야기의 핵심을 이야기하겠습니다.

제4부

그날 아테네에서는 큰 잔치가 벌어졌습니다.   2483
5월은 너무나 화창한 계절이라
모든 사람들이 기쁨에 들떠
월요일 내내 창 시합도 하고 춤을 추며
비너스 신을 경배하며 하루를 보냈습니다.
하지만 내일 큰 시합을 보러
일찍 일어나야 하기 때문에
해가 떨어지자 다들 잠자리에 들었습니다.
다음 날 아침, 날이 밝기 시작하자
말이 내는 소리, 갑옷 챙기는 달가닥 소리로
주변 숙소는 떠들썩했고
승마용 말, 경기용 말을 탄 귀족들이
무리를 지어 궁전으로 향했습니다.
갑옷이며 장비들을 살펴보면   2496
금세공사가 만든 것들, 수를 놓은 것, 강철로 만든 것 등
아주 진기하고 호사스럽고 정밀하게 만들어져 있었습니다.
번쩍이는 방패, 말 투구, 말 갑옷,
금빛 나는 투구, 쇠사슬 갑옷, 가문의 문장을 새긴 겉옷들,
화려하게 장식한 옷을 차려입고 말을 탄 귀족들,

그들을 따르는 기사들과 수습 기사들,

또 그 뒤를 따르며 창에 못을 박고 투구를 조이는 사람들,

방패에 가죽끈을 매달고 조이는 시종들,

챙길 것이 있을 때마다 그들은 부지런히 손을 봤습니다.

황금 고삐를 바짝 채운 군마들은 거품을 내뿜고,

갑옷 만드는 사람들은 앞뒤로 분주하게 오가며

망치질, 끌질에 여념이 없었습니다.

종자들과 보병들은 막대기를 들고

밀집하여 걸으며 뒤따랐습니다.

2511 싸움이 시작되면 고막이 터질 듯 큰 소리를 내는

피리, 트럼펫, 북, 나팔도 있었습니다.

궁전은 구석구석 사람들로 꽉 찼는데

여기 세 명, 저기 열 명씩 모여 서서

테베의 두 기사 중 누가 이길지

이리저리 예상하며 자기 생각을 말하느라 바빴습니다.

어떤 사람들이 이렇게 이야기하면,

어떤 사람들은 "맞아, 그럴 거야"라고 하고,

어떤 사람은 검은 수염 기사 편,

어떤 사람은 대머리 기사 편,

어떤 사람은 덥수룩 머리 기사 편이었습니다.

어떤 사람은 그 기사는 험상궂으니 잘 싸울 거라고 하면서

"그는 무게가 20파운드짜리 도끼를 가졌거든."

이렇게 말했습니다.

이런저런 추측이 분분하여

해가 뜬 지 한참 뒤에도 오랫동안 궁전 안은 떠들썩했습니다.

위대한 테세우스왕은 음악 소리와 시끌벅적한 소리에   2523

잠에서 깨었지만

테베의 두 기사 모두에게 똑같이 예우를 갖추어

궁으로 모셔 올 때까지

그의 화려한 궁전 방에 그대로 있었습니다.

테세우스왕은 마치 보좌에 앉은 신처럼

자리를 잡고 창가에 앉았습니다.

그를 본 사람들은 경의를 표하고

또 그의 명령과 결심을 듣기 위해

그쪽으로 우르르 몰려들었습니다.

전령이 단 위로 올라가 "들으시오"라고 외치자

사람들은 떠들던 소리를 멈추었고,

사람들이 조용해지자 전령은

위대하신 왕의 뜻을 전달했습니다.

"모든 것을 사려 깊게 분별하시는 왕께서는   2537

이번 시합에서 목숨을 걸고 싸운다면

고귀한 혈통을 멸하게 될 것이므로,

누구도 죽지 않도록 하기 위하여

이전 방침을 수정하셨습니다.

그러니 어떤 종류의 화살도, 전투용 도끼도, 단도도

시합장 안으로 들여보내거나 가져가는 것을 금합니다.

만약 발견되면 사형에 처할 것입니다.

또 날카로운 끝으로 찌를 수 있는 단도를

옆구리에 차도 안 되고 빼도 안 됩니다.

날카롭게 벼린 창으로 말을 타고 달려가 상대를 찌르는 것은

한 번까지만 허락됩니다.

말에서 내려 자기를 방어할 때는 창으로 찌를 수 있습니다.

2551   상처를 입은 자는 죽이지 말고

경기장 양쪽에 있는 말뚝 박힌 곳으로 데려와야 합니다.

강제로라도 데려와 그곳에 있게 해야 합니다.

어느 한쪽의 대장이 잡히거나

상대방 적수를 쓰러뜨리면

시합은 끝날 것입니다.

하느님께서 여러분에게 승리를 주시기를!

자, 어서 전진하여 맞붙으라!

긴 칼과 철퇴로 마음껏 싸우라!

자, 이제 가시오! 이것이 왕의 뜻입니다."

2561   사람들의 함성이 하늘을 찌를 듯했습니다.

사람들은 기쁨에 겨워

"피 흘리는 것을 원치 않는 선한 왕께,

신이여 축복하소서!"라고 큰 소리로 외쳤습니다.

트럼펫 소리가 울려 퍼지자,

기사들은 전투복을 갖춰 입고,

싸구려 서지 천이 아니라 황금 직물이 내걸린 시내를 두루 돌아

경기장으로 들어갔습니다.

군주다운 풍모를 지닌 고귀한 왕께서 행차하셨습니다. 2569

양옆에는 테베 출신 두 기사가,

그 뒤로는 여왕과 에밀리가,

그리고 신분에 따라

사람들이 차례대로 줄지어 들어왔습니다.

그들은 시내를 행진하고

시간에 맞추어 경기장으로 들어선 것입니다.

아직 9시가 되기 전,

테세우스가 장엄하고 위엄 있게 자리를 잡고

히폴리테 여왕과 에밀리,

그리고 다른 귀족 여인들이 층층 좌석에 자리를 잡았습니다.

좌석으로 사람들이 떼 지어 들어왔습니다.

서쪽 마르스 신전 쪽 문으로 2581

아르시테와 그의 기사 1백 명이

붉은 깃발을 휘날리며 들어왔습니다.

같은 시간, 팔라몬은

동쪽의 비너스 신전 쪽 문으로

흰 깃발을 휘날리며 용맹스러운 얼굴과 풍모로 들어왔습니다.

온 세상을 위아래로 다 뒤져 봐도

이렇듯 하나같이 균등하게

양쪽 팀이 팽팽히 맞서는 경우는 없을 것입니다.

제아무리 똑똑한 사람이라도

고귀함으로나, 신분으로나, 나이로 보나,

어느 한쪽이 다른 쪽보다 우월하다고 말할 수 없었습니다.

제가 보기에는 그렇게 모두 고르게 선발되었습니다.

그들은 두 줄로 열을 지어 자리를 잡았습니다.

참가한 기사들의 수를 속이지 못하도록

기사들 이름을 하나하나 부른 후,

마침내 양쪽 문이 닫혔습니다. 그리고 큰 소리로 외쳤습니다.

"자랑스러운 젊은 기사들이여, 그대들의 의무를 다하라!"

2599   전령들은 더 이상 이리저리 오가지 않았습니다.

트럼펫과 나팔 소리가 크게 울렸습니다.

동서 양쪽에서 긴 창을 삼엄하게 겨누고,

말의 옆구리에 날카롭게 박차를 가했습니다.

누가 시합을 잘하고 누가 말을 잘 달리는지

사람들은 보았습니다.

저쪽에서는 두꺼운 방패에 부딪힌 창이 조각나며 부러져

가슴뼈에 박혔습니다.

창들이 20피트나 허공으로 튀어 올라갔고

칼들은 은빛으로 번득였습니다.

2609   잘라 낸 투구는 산산조각 났고

시뻘건 피가 용솟음쳐 뿜어 나왔습니다.

강한 철퇴에 뼈가 으스러졌습니다.

그는 사람들 무리를 뚫고 돌진하며 마구 찔러 댔습니다.

저쪽에서는 힘센 말들이 휘청하더니 나자빠져

말에 탔던 사람은 공처럼 뒹굴었습니다.

말에서 내려 부서진 곤봉을 잡고 찌르는가 하면

말을 타고 돌진하기도 했습니다.

몸에 상처를 입은 자들은

아무리 안 가겠다고 발버둥을 쳐도

말뚝으로 끌려가

약속된 대로, 거기에 있어야 했습니다.

상대편에서도 또 한 사람이 끌려갔습니다.

테세우스왕은 그들이 원기를 회복할 수 있도록   2621

원하면 물도 마시고 잠시 휴식할 시간을 주었습니다.

테베의 두 용사는 몇 번씩 마주쳐

서로 상처를 입히고

서로 상대방을 말에서 떨어뜨렸습니다.

어린 새끼를 도둑맞아 잔인하게 사냥꾼에게 달려드는

가르가피아 골짜기의 호랑이보다 더 잔인하게

질투심이 끓어오른 아르시테는 팔라몬에게 달려들었습니다.

또한 쫓기거나 굶주려 미칠 지경이 되어

먹잇감의 피를 탐하는 벤마린의 사나운 사자보다 더 광포하게

팔라몬은 아르시테를 죽여 버리겠다고 달려들었습니다.

시샘으로 분노에 차 투구를 가격하고

양쪽 편에서 모두 시뻘건 피가 흘렀습니다.

그러나 모든 일에는 결국 끝이 있는 법,   2636

해가 서쪽으로 지기 전에

힘센 에메트레우스왕이

아르시테와 싸우던 팔라몬을 붙잡고

그의 살 깊숙이 칼을 찔러 넣었습니다.

팔라몬이 도무지 포기하지 않고 계속 싸우려 해서

팔라몬을 끌고 강제로 말뚝으로 데려가는 데

스무 명이나 필요했습니다.

팔라몬을 구하러

힘센 리쿠르고스왕이 달려들었으나,

도리어 그도 말에서 떨어졌습니다.

2645   팔라몬은 끌려가기 직전에

에메트레우스에게 일격을 가하는 바람에

에메트레우스왕 역시

엄청 강한 자임에도 불구하고

말안장에서 칼 길이만큼이나 멀찍이 굴러떨어졌습니다.

그러나 이 모든 것도 헛일,

결국 팔라몬은 말뚝 있는 곳으로 끌려갔습니다.

그의 투지가 아무리 강해도 소용이 없었습니다.

그가 잡혀 왔으니

강제로, 그리고 경기의 규칙대로

그는 거기에 있어야만 했습니다.

2652   아, 이제 더 이상 싸울 기회가 사라진

비참한 팔라몬은 얼마나 처참한 심정이었겠습니까.

테세우스는 이 광경을 보고

싸우는 자들에게 외쳤습니다.

"이제 모든 것이 끝났으니 싸움을 중지하라.

나는 누구의 편도 들지 않는 공평한 재판관으로 선포하니

테베의 아르시테가 에밀리를 차지할 것이다.

운명이 정한 바대로, 그가 공정하게 그녀를 얻었도다."

즉시 기쁨에 찬 사람들의 함성이 터져 나왔는데

그 소리가 우레 같아 경기장이 무너질 것 같았습니다.

그러면 천상의 아름다운 비너스 여신은 어찌 되었을까요?　　　2663

그녀가 무슨 말을 하겠습니까?

이 사랑의 여신은 자기 뜻을 이루지 못하자 하염없이 울어,

그녀 눈물은 비가 되어 경기장에 떨어졌습니다.

그녀는 "아, 치욕스럽다"라고 말했습니다.

사투르누스는 "애야, 진정하거라.

마르스가 자기 뜻을 이루었고

그가 총애하는 기사의 간청이 이루어졌지만,

애야, 내가 맹세하건대

네 뜻도 곧 이루어질 거야"라고 말했습니다.

나팔수들은 큰 소리로 음악을 연주했고　　　2671

전령들은 우렁차게 소리 지르고 외치며

아르시테를 축하하느라 한껏 흥에 겨웠습니다.

그러나 소리를 잠시 멈추고 제 이야기를 들어 보십시오,

그곳에서 갑자기 어떤 기적이 일어났는지.

용맹스러운 아르시테는 자신의 얼굴을 보여 주기 위해　　　2676

전투마 위에서 투구를 벗고
넓은 경기장 이쪽 끝에서 저쪽 끝으로 가느라
말에 박차를 가하면서
에밀리 쪽을 바라보았습니다.
에밀리도 다정한 눈길로 그를 쳐다보았습니다.

2681 (왜냐하면 일반적으로 여자들은
행운의 여신의 은총을 받은 자를 따라가게 마련이니까요.)
아, 그것이야말로 아르시테의 기쁨의 원천이었습니다.

2684 그런데 이때 사투르누스의 부탁으로
플루톤 신이 보낸 지옥의 불길이
땅에서 갑자기 솟구쳐 올라왔습니다.
이에 놀란 말이 방향을 틀려고 펄쩍 뛰다가
넘어져 땅에 고꾸라졌고,
아르시테 역시 대처해 볼 틈도 없이
굴러떨어져 머리를 박았습니다.
그 자리에 그는 죽은 듯 자빠져 있었는데,
말안장 앞테에 부딪혀 가슴이 터져 버렸습니다.

2692 그는 석탄이나 까마귀처럼 새까맣게 변하여 누워 있고,
얼굴에는 피가 줄줄 흘렀습니다.
사람들이 가슴 아파하는 가운데
그는 즉시 그곳에서 실려 나가
테세우스 궁전으로 보내졌습니다.
그의 갑옷을 벗기고

조심스럽고도 신속하게 침대에 눕혔는데

아직 의식이 살아 있는 그는

오직 에밀리만 찾았습니다.

테세우스왕은 신하들과 함께   2700

흥겹고 성대하게 그의 성 아테네로 돌아왔습니다.

비록 이런 사고가 생기기는 했지만,

그는 사람들을 비탄에 빠뜨리고 싶지 않았습니다.

아르시테는 죽지 않을 것이며

상처도 치료될 것이라고 사람들은 말했습니다.

사람들이 기뻐하는 일이 또 하나 있었는데,

그것은 이 시합에서 심하게 다친 사람이 있기는 하지만,

특히 창에 가슴뼈를 찔린 사람이 한 명 있었지만,

죽은 사람은 한 명도 없다는 점이었습니다.

다른 상처나 부러진 팔에

어떤 사람은 연고를 바르고, 어떤 사람은 부적을 붙였습니다.

약초로 만든 약, 그리고 세이지 즙도

팔다리를 치료하기 위해 마셨습니다.

테세우스왕은 최선을 다해   2715

사람들을 대접하고 위로하며

외국에서 온 귀족들을 위해 기나긴 밤 내내

격식에 맞게 잔치를 베풀었습니다.

아무도 이것을 전투의 패배로 받아들이지 않고

단지 마상 시합이나 토너먼트 경기라고 생각했으니

패배의 굴욕감을 품는 사람도 없었습니다.
말에서 떨어진 것도 우연한 사고일 뿐이라고 여겼습니다.
항복하지 않고, 스무 명의 기사에게 잡혀
다른 사람 도움 없이 홀로 말뚝으로 끌려가면서
팔, 다리, 발끝까지 붙잡혀 질질 끌려가더라도,
또 도보로 온 종자들과 보병들이
몽둥이를 들고 그의 말을 끌고 가도
아무도 그것을 치욕으로 여기지 않았고
아무도 그를 겁쟁이라고 부르지 않았을 것입니다.

2731   테세우스왕은
시합과 관련된 모든 원한과 시기심을 없애기 위해
양쪽 편이 다 승자이며,
양쪽 모두 서로 형제처럼 대등하다고 선포했습니다.
그는 사람들에게 신분에 따라 상을 내리고,
꼬박 사흘 동안 큰 잔치를 베풀었으며
아테네에서 하룻길을 따라 나와
왕들을 융숭하게 배웅했습니다.
그들은 각자 고국을 향해 길을 떠났습니다.
그들은 가면서 "안녕히"라고 인사했다는 것만 언급하고
저는 이 전투에 대해서는 더 이상 쓰지 않겠습니다.

2742   이제 팔라몬과 아르시테에 대해 이야기할 차례입니다.
아르시테는 가슴이 부어오르고,
가슴의 고통은 날로 점점 더 커져 갔습니다.

온갖 의술을 동원해도

응고된 피는 썩어 들어가면서 몸통에 남아 있어

혈관에서 피를 뽑아 봐도, 빨아 봐도,

어떤 약초 즙을 마시게 해도 아무 소용이 없었습니다.

자연의 치유력이라 불리는 배출력도, 혹은 동물적 본능도

독을 제거하지도, 배출시키지도 못했습니다.

아르시테는 폐의 관이 붓기 시작하더니

가슴 아래쪽 근육이 독으로 망가져 썩어 버렸습니다.

그의 생명을 보전하기 위해   2755

위로 토하게 하거나 아래로 설사를 하게 했지만

아무 소용이 없었습니다.

몸의 그 부위가 다 망가진 것입니다.

자연은 통제력을 상실했습니다.

그리고 자연의 힘이 작동하지 않으니

약이여 안녕! 이제 그를 교회로 옮겨 가야겠구나!

사건의 전모가 이랬습니다. 아르시테는 죽게 되었던 것입니다.

그리하여 아르시테는 에밀리와

사랑하는 사촌 팔라몬을 불러

이렇게 말했습니다.

"이 세상 무엇보다 더 사랑하는 그대여,   2765

심정이 너무 처참해서 제 마음의 슬픔을

조금도 전하지 못할 것 같습니다.

하지만 이제 제 생명이 얼마 남지 않은 것 같으니

그 누구보다 당신에게

제 영혼의 봉사를 남기겠습니다.

2771 아, 제가 그대로 인해 그토록 오랜 세월

얼마나 고통스러웠는지요!

그런데 죽다니! 아, 나의 에밀리!

우리가 이렇게 헤어지다니요!

내 마음의 여왕, 나의 아내여!

사랑스러운 여인이여! 내 생명을 앗아 간 자여!

세상이란 무엇일까요?

사람들은 무엇을 갖고 싶은 걸까요?

어떤 순간은 사랑 때문에, 또 어떤 때는 차디찬 무덤에서

친구도 없이 홀로 있어야 하다니!

자, 나의 사랑스러운 적, 나의 에밀리, 안녕!

당신의 두 팔로 나를 부드럽게 안아 줘요.

그리고 부탁이니 내 얘기를 들어주세요.

2783 여기 내 사촌 팔라몬이 있어요.

당신에 대한 사랑과 나에 대한 질투심으로

우리는 오래전에 서로 싸우고 원한을 품었지요.

그런데 내 영혼을 인도하시는 유피테르 신을 두고 맹세컨대

특히 진정한 연인의 자질을 따져 본다면,

진실성, 명예, 기사도,

지혜, 겸손함, 신분과 가문,

고귀한 성품과 기사다운 사랑에 속한 모든 자질들—

어느 것 하나 갖추지 못한 것이 없습니다.
유피테르 신께 내 영혼을 두고 맹세코,
이 세상에 당신이 팔라몬만큼 사랑할 사람이 없습니다.
그는 지금도 당신을 사랑으로 섬기고 있고
그의 일평생 내내 그럴 것입니다.
그러니 당신이 결혼해야 한다면
고귀한 팔라몬을 잊지 말아요."
그리고 그는 더 이상 말을 잇지 못했습니다.   2798
발끝에서부터 가슴까지
싸늘한 죽음이 그를 뒤덮었습니다.
그의 두 팔에서
생명력은 이제 완전히 사라졌습니다.
심장에 죽음이 찾아오자,
고통 속에 약해진 심장에 머물던 지력마저도
힘을 잃었습니다.
두 눈이 어두워지며 숨을 멈추었으나
그래도 그는 사랑하는 여인에게 눈길을 돌렸습니다.
그의 마지막 말은
"에밀리, 부디 내게 자비를!"이었습니다.
그의 영혼은 이제 거처를 바꾸어 그에게서 떠났습니다.
저도 그곳에 가 본 일이 없어
어디로 갔는지는 말할 수 없습니다.
저는 신학자가 아니니 이쯤에서 그만 말하겠습니다.   2811

이 책의 원전에서는 영혼에 관한 언급을 찾을 수 없습니다.

영혼이 사는 곳에 대해 쓴 책들이 있기는 하지만

저는 여기서 그런 믿음들에 대해 말하고 싶지 않습니다.

아무튼 아르시테는 차갑게 식어 버렸습니다.

마르스 신이여, 그의 영혼을 인도하소서!

이제부터는 에밀리 이야기를 해 보겠습니다.

2817 에밀리는 통곡했고, 팔라몬은 울부짖었습니다.

테세우스는 에밀리가 기절하는 것을 보고

즉시 그녀를 시체 곁에서 떼어 놓았습니다.

그녀가 얼마나 밤낮으로 울었는지

온종일 말한들 무슨 소용이 있겠습니까?

남편이 곁을 떠나면

여자는 너무나 슬퍼하게 마련이고

대부분의 경우 너무 슬픔에 겨운 나머지

병이 들거나 심지어는 죽기도 합니다.

2827 늙은이 젊은이 할 것 없이

테베의 기사가 죽었다는 이야기를 듣고,

아테네 사람들은

하염없이 슬퍼하며 눈물을 흘렸습니다.

아이들도 어른들도 그를 위해 울었으니

헥토르가 막 살해된 다음

트로이로 시체가 옮겨졌을 때도

이만큼 울지는 않았을 것입니다.

사람들은 뺨을 할퀴고 머리카락을 쥐어뜯으며
애통해하며 울부짖었습니다.
여자들은 "아, 웬일인가요?
재산도 넉넉하지, 에밀리도 차지했지,
그런데 어쩌자고 죽는단 말인가요?"라고
말하며 흐느꼈습니다.
테세우스를 위로할 수 있는 사람은   2837
그의 늙은 아버지 아이게우스뿐이었습니다.
그는 세상이 변하는 이치를 알고 있었습니다.
세상은 엎치락뒤치락하며
슬픔 다음에는 기쁨이,
기쁨 다음에는 슬픔이 온다는 것을 그는 보아 온 터라
사람들에게 예도 들고 비교도 해 가며 설명해 주었습니다.
"이 땅에 살지 않았던 사람이 죽을 수는 없듯이,   2843
세상에 사는 사람은 결국 어떻게든 죽는 법,
이 세상은 슬픔으로 가득 찬 길에 불과하고,
우리는 이 세상에 왔다가 가는 순례자이다.
그리고 죽음은 세상 모든 슬픔의 종말이다."
이러한 취지로 그는 여러 가지 이야기를 더 하며
사람들이 위로받을 수 있도록
지혜롭게 사람들을 타일렀습니다.
테세우스왕은 세심하게 주의를 기울여   2853
어디에 묘지를 마련해야

훌륭한 아르시테의 지위에 어울리는

최고로 영예로운 자리가 될지 살펴보았습니다.

마침내 그는 아르시테와 팔라몬이

사랑 때문에 결투를 벌였던

향기롭고 푸르른 숲속의 그 빈터로 자리를 정했습니다.

그가 사랑의 욕망을 품고

사랑의 뜨거운 불길로 통곡하던 그곳에서

장례 예식의 불을 피우고 장사 지내기로 한 것입니다.

테세우스왕은 곧 명령을 내려

오래된 참나무를 척척 베어 낸 뒤

불이 잘 붙도록 장작더미를 차곡차곡

열을 지어 쌓게 했습니다.

2868 신하들은 발걸음도 빠르게 달려갔고,

명령에 따라 속히 말을 타고 나갔습니다.

그 후, 테세우스는 관을 짜게 하고

갖고 있던 가장 호사스러운 금색 천으로 관을 덮었습니다.

그리고 같은 천으로 아르시테의 옷을 만들어 입혔습니다.

양손에는 흰 장갑을 끼우고,

머리에는 초록 월계관을 씌우고,

한쪽 손에는 번쩍번쩍 빛나는 날카로운 칼을 들려 주었습니다.

아르시테의 얼굴에 아무것도 덮지 않은 채

테세우스는 아르시테를 관에 눕히고

듣는 이의 가슴이 저미도록 서럽게 울었습니다.

그리고 사람들 모두가 볼 수 있도록

날이 밝자 궁으로 관을 옮겨 놓았는데,

사람들이 우는 소리가 온 궁에 가득했습니다.

그때 비탄에 잠긴 테베 사람 팔라몬은　　　　　　　　　　　2882

덥수룩한 수염에 머리카락은 재로 뒤덮인 채

눈물로 온통 얼룩진 상복을 입고 왔습니다.

그러나 슬퍼하는 사람들 중에서도

누구보다 더 슬프게 운 사람은 에밀리였습니다.

고인의 신분에 맞게　　　　　　　　　　　　　　　　　　2887

장례식을 더한층 성대하고 장엄하게 치르기 위해

테세우스왕은 준마 세 필을 오게 한 후

번쩍이는 쇠로 말에 장식을 씌우고,

고인의 문장이 새겨진 갑옷을 그 말 위에 얹어 놓았습니다.

커다란 백마 위에 사람들이 앉았는데

그중 한 명은 아르시테의 방패를 들었고

또 다른 한 명은 아르시테의 창을 들었고

나머지 한 명은 아르시테의 터키산 활을 들고 있었습니다.

(화살통과 부속 장식 모두 순금으로 만들어져 있었습니다.)

이들은 숙연한 자세로 천천히 숲을 향해 행진했습니다.

이제 이 이야기를 나중에 듣게 될 것입니다.

그리스 사람들 중 가장 고귀한 자들이　　　　　　　　　　2899

눈은 벌겋게 충혈되고 눈물에 젖은 채

느릿느릿 어깨에 관을 메고 나아갔습니다.

운구 행렬은 아테네의 중심 도로를 지나갔는데

거리는 검은 조기로 뒤덮였고,

무척 높은 곳에도 걸려 있었습니다.

온 거리에 모두 똑같이 조기가 나부끼고 있었습니다.

오른편으로는 노인 아이게우스가 있었고,

맞은편에는 테세우스왕이 있었습니다.

그들은 모두 꿀과 우유, 피와 와인이 가득한

순금 잔을 손에 들고 있었습니다.

팔라몬도 큰 무리와 함께 걷고 있었고,

그 뒤로는 비탄에 빠진 에밀리아가

당시 풍습대로 장례 예식을 거행하기 위해

손에 횃불을 든 채 따르고 있었습니다.

2912 　장례 예식을 거행하고 불을 피우기 위해

많은 사람들이 수고하고 많은 것을 준비했습니다.

불붙일 푸른 나뭇단은 하늘을 찌를 듯 드높았고

그 폭이 어찌나 넓은지 스무 폭은 족히 되었습니다.

나뭇가지가 그토록 널찍하니 퍼져 있었던 것입니다.

먼저 짚 더미를 한 짐 가득 실어 놓았습니다.

그러나 불길이 얼마나 하늘 높이 치솟았는지,

참나무, 전나무, 자작나무, 포플러, 오리나무, 상수리나무,

버드나무, 느릅나무, 플라타너스, 물푸레나무, 회양목,

밤나무, 보리수, 월계수, 단풍나무, 가시나무,

너도밤나무, 개암나무, 주목에 충충나무까지

얼마나 갖가지 나무들로 장작을 만들었는지
이런 것들을 일일이 이야기하지 않겠습니다.
그 나무들을 다 어떻게 베었는지,   2924
자기들이 평안히 쉬며 지내던 거처를 갑자기 잃게 된
님프, 나무의 신, 숲의 요정 등 숲속의 신들이
얼마나 이리저리 허둥지둥 뛰어다녔는지도
다 건너뛰겠습니다.
또한 숲의 나무들을 베어 낼 때
들짐승들과 새들이 얼마나 놀라 도망을 갔는지
빛이 갑자기 들어오는 바람에 밝은 태양 빛에 익숙지 않던
땅은 또 얼마나 깜짝 놀랐는지도 얘기하지 않겠습니다.
짚 더미에 불이 처음 붙으면서   2933
세 조각으로 쪼개진 마른 가지들에 불이 붙고
그다음으로는 푸른 나무, 여러 가지를 섞은 향료,
그다음에는 보석이 박힌 금빛 천과
갖가지 꽃이 가득한 화관,
몰약과 향이 타오르며
어찌나 아름다운 향기를 풍겼는지도 이야기하지 않겠습니다.
이 모든 것들 사이에 아르시테가 눕혀졌는데   2939
시신 주변을 어찌나 화려하게 꾸몄는지,
관습에 따라 에밀리가 장작더미에
어떻게 제일 먼저 불을 붙였는지
불길이 솟아올랐을 때 에밀리가 어떻게 기절을 했는지,

그녀가 무슨 말을 했는지, 그녀가 뭘 원했는지

불길이 거세게 타오를 때

사람들이 어떤 보석을 불길에 던져 넣었는지

어떤 사람은 자기 방패를, 어떤 이들은 자기 창을

혹은 자기가 입고 있던 옷을 어떻게 던져 넣었는지

와인과 우유 그리고 피가 가득 담긴 잔을

활활 타오르는 불길 속에

어떻게 던져 넣었는지 말하지 않겠습니다.

2951 　또한 그리스 사람들이 길게 행렬을 이루어

불 주변을 왼쪽으로 세 바퀴 돌면서

함성 소리를 드높이고,

그다음에는 다시 불 주변을 세 바퀴 돌면서

창을 부딪쳐 쨍그랑쨍그랑 소리를 냈는지

그리고 여인들이 어떻게 세 차례 통곡했는지

사람들이 어떻게 에밀리를 집으로 데려갔는지

그리고 아르시테가 어떻게 불에 타 차가운 재가 되었는지

사람들이 어떻게 밤을 지새웠는지

그리스 사람들이 장례식 경기를 어떻게 벌였는지

그 경기에서 온몸에 기름을 바른 채 벌거숭이가 되어

누가 씨름을 제일 잘했는지

누가 최고 상을 받았는지

이런 이야기들은 하지 않겠습니다.

또한 경기가 끝난 후

그들이 어떻게 아테네의 집으로 돌아갔는지
이런 이야기도 하지 않겠습니다.
그리고 이야기가 너무 길어지지 않도록
간단히 요점으로 건너뛰려 합니다.
시간이 흘러 여러 해가 지나고   2967
그리스 사람들이 흘렸던 애도의 눈물은
모두 약속이나 한 듯 다 잊혔습니다.
아테네 의회에서는
몇 가지 사항과 사건을 논의했는데,
논의된 사안 중에는
몇몇 나라와는 동맹을 맺고
테베는 완전히 굴복시키자는 내용도 있었습니다.
그리하여 고귀한 테세우스왕은 즉시   2975
팔라몬을 불러오라 명했습니다.
이유도 영문도 모른 채
팔라몬은 검은 상복을 입고 슬픈 얼굴로
테세우스의 명에 따라 서둘러 왔습니다.
그런 후 테세우스는 에밀리도 불렀습니다.
그들이 자리에 앉고 좌중이 침묵하자,
현명한 가슴에서 나오는 말을 입 밖에 내기에 앞서
테세우스는 잠시 기다렸다가
자신이 이야기하려는 사람에게 눈길을 주었습니다.
그는 엄숙한 얼굴로 살짝 한숨을 쉬고 난 후

자신이 결심한 바를 말하기 시작했습니다.

2987 "하늘에 계시는 만물의 근원이며 원동력 되신 분이

태초에 사랑의 사슬을 만드셨을 때,

그 결과는 위대하고, 그 뜻은 높으셨다.

그분은 모든 것의 원인과 의미를 알고 계셨으며

사랑의 사슬로 불과 공기, 물과 흙을

각 영역 안에 묶어 두고 그 밖으로 나가지 못하도록 하셨다.

왕이시며 원동력이신 그분은

하늘 아래 이 비참한 세상,

이 땅에 난 모든 것에

생명의 기한을 정하셔서,

그 기한을 단축시킬 수는 있어도

연장하지는 못하게 만드셨다.

3000 이는 경험으로 입증되었으니,

의미를 더 확증하고 싶지 않으면

더 많은 책을 인용할 필요도 없다.

우리는 이러한 질서를 통하여

원동력이 확고하며 영원함을 알 수 있다.

바보가 아니라면

각 부분은 전체에서 나온다는 것을 누구나 알고 있다.

왜냐하면 자연 만물이 시작되려면,

완전하고 확고한 것에서

일부분 혹은 한 조각이라도 받아야 가능하기 때문이다.

그렇게 거기에서 이어 내려오다가
결국에는 썩어 소멸한다.
그분께서는 지혜롭게도 이를 미리 아시고   3011
모든 종류의 존재와 자연 과정이
차례차례 연이어 존속하되
결코 영원히 존속할 수 없도록
섭리를 만드셨다.
이것을 너희들도 쉽게 보고 이해할 수 있을 것이다.
저 참나무를 보라.   3017
처음 싹이 튼 뒤 조금씩 자라
저렇게 큰 나무가 되어 오랜 세월 살아왔지만,
결국 저 나무도 사그라져 없어질 것이다.
또한 우리가 밟고 걸어 다니는   3021
발밑의 단단한 돌도 결국에는
놓여 있던 길가에서 닳아 없어진다는 것을 생각해 보라,
큰 강도 언젠가는 마르고,
큰 도시도 흥하다 쇠하는 법.
그러니 모든 것에 종말이 있다는 것을 우리는 알 수 있다.
남녀도 마찬가지.   3027
사람은 필연적으로,
인생의 두 시기 중 한 번, 즉 젊었을 때 혹은 늙었을 때,
왕이든 종이든 반드시 죽게 되어 있다.
어떤 이는 침대에서, 어떤 이는 깊은 바다에서,

어떤 이는 너른 들판에서 죽는다.

이것을 피할 방법은 없다. 모두가 같은 길을 간다.

그래서 만물은 죽는 법이라고 말하는 것이다.

3035 그러면 누가 이렇게 만들었는가?

그건 바로 왕이시자 만물의 근원이신 유피테르가 아니던가?

진실로, 그분은 모든 것이 원래 시작된 근원으로

되돌아가도록 만드신다.

어떤 신분의 피조물이라도

이에 대항하여 싸워 봤자 어쩔 수 없다.

3041 그러니 우리 모두 감당해야 하고,

피할 수도 없는 필연은

그대로 받아들이는 것이 현명하다.

이것을 불평하는 자는 어리석으며

모든 것을 지배하시는 분께 반역하는 것이다.

또한 사람이 가장 탁월한 기량을 발휘하고

명성의 꽃이 활짝 피었을 때 죽는 것이

인간에게 가장 명예로운 일이다.

그러면 그는 스스로나 친구에게

어떤 치욕도 남기지 않는다.

늙어서 명성이 희미해지고

기사다운 용맹이 다 잊힌 후 죽기보다는

명예롭게 숨을 거둘 때,

그의 친구는 더 기뻐해야 한다.

그러니 최고의 명성을 얻었을 때 죽는 것이 최선이다.

이에 맞서려 하는 것은 아집일 뿐이다. 3057

그렇다면 기사도의 꽃이라 할 수 있는 아르시테가

합당한 모든 명예를 누리며

이 더러운 생명의 감옥에서 벗어났는데

우리가 왜 이렇게 한탄하며 슬퍼하는가?

사촌과 아내를 그토록 사랑했던 그가

이제 편히 쉴 수 있게 되었는데

사람들은 왜 여기서 불평하는가?

그렇다면 아르시테가 이들을 고마워하겠는가?

천만의 말씀. 절대 그럴 리 없다.

그들은 아르시테의 영혼과 스스로를 괴롭힐 뿐이며

마음의 위로를 얻지도 못할 것이다.

이런 장황한 논쟁의 결론을 어떻게 맺어야 할까? 3067

슬픔이 지나가면 기뻐하고,

유피테르에게 감사하라는 결론만 남는다.

그리고 우리가 이 자리를 떠나기 전에,

나는 두 개의 슬픔으로부터

영원히 변치 않을 하나의 완전한 기쁨을 이루자고 권하려 한다.

자! 여기 가장 슬픔에 잠겨 있는 이곳에서

우선 시작해 보자.

처제 에밀리, 여기 모인 의회의 제안이며 3075

나도 완전히 동의하는 바를 말하겠소.

처제가 처음 본 후부터 이제까지

그토록 온 마음과 정성과 힘을 바쳐 처제를 사랑한 기사

이 고귀한 팔라몬에게 처제가 은혜와 연민을 베풀어

그를 그대의 주인이요, 남편으로 받아들이시오.

자, 이제 손을 내미시오. 이것이 우리의 결정이오.

여성다운 연민을 보여 주면 좋겠소.

팔라몬은 왕의 형제의 아들이기도 하니

그가 빈궁한 젊은 기사라 하더라도

처제를 여러 해 동안 사모해 왔고,

처제로 인해 많은 역경을 겪었으니,

그 점도 고려해야 할 것 같소.

고귀한 자비심은 공정함을 앞서는 미덕이니 말이오."

3090 그러고 나서 그는 기사 팔라몬에게 다음과 같이 말했습니다.

"이 결정에 동의하라고

자네에게 길게 말할 필요가 없으리라 생각한다.

가까이 오라. 그리고 그대의 여인의 손을 잡으라."

3094 모든 귀족들이 보는 앞에서

그 둘 사이에 곧바로

결혼 혹은 혼례라 불리는 서약이 이루어졌습니다.

그리하여 모두 기뻐하며 음악이 울려 퍼지는 가운데

팔라몬은 에밀리와 결혼했습니다.

드넓은 온 세상을 지으신 하느님께서

값비싼 대가를 치렀던 팔라몬에게 사랑을 베풀어 주옵소서.

팔라몬은 이제 더할 나위 없는 행복을 누렸습니다.　　　　　3101
기쁨과 부와 건강을 누리며 살았고,
에밀리는 다정하게 그를 사랑했고,
팔라몬도 그녀를 아껴 주어
그들은 다투거나 질투하는 말 한마디도 안 하며
잘 살았습니다.
자, 이렇게 팔라몬과 에밀리의 이야기는 끝이 납니다.
하느님이여, 이 모든 아름다운 자들을 지켜 주소서, 아멘!

방앗간 주인의 이야기

(여기에 숙소 주인과 방앗간 주인 사이에 오가는 이야기가 따라
나온다.)

3109 기사가 이야기를 다 끝내자,
나이 드신 분들이나 젊은 사람들 모두
정말 고귀한 이야기이고, 기억해 둘 만한 이야기라고
이구동성 칭찬했다.
특히 귀족 신분에 가까운 사람들이 더 그렇게 말했다.
숙소 주인은 웃으면서 말했다.
"자, 이제 돌아가는 것을 보니 잘돼 가는 듯싶네요,
이야기보따리가 활짝 열렸어요.
그럼 다음에는 누가 이야기하는 것이 좋을까 한번 봅시다.
게임의 시작이 아주 좋았으니까요.
저기, 수도승 양반,

지금 기사 어른 이야기에 맞설 만한 이야기를
한번 해 보시지요."
그러자 술을 하도 많이 마셔 대 얼굴이 창백해져서   3120
말 위에 제대로 앉아 있지도 못하는 방앗간 주인이
예절이라고는 지킬 줄 모르는지라
후드도 모자도 쓰지 않은 채
빌라도와 같은 목소리로 버럭 소리 지르기 시작했다.
그리고 맹세했다.
"내가 그리스도의 두 팔과 피와 뼈를 두고 맹세하는데,
기사 나리의 얘기에 맞먹을 만한
고귀한 이야기를 지금 할 수 있소."
방앗간 주인이 맥주를 잔뜩 마셨다는 것을 알아차린
숙소 주인이 말했다.
"잠깐만, 여보게, 우리 소중한 동생 로빈,
더 훌륭하신 분이 먼저 다음 이야기를 하셔야 해.
가만 좀 있어 보게, 일은 제대로 해야지."
그러자 방앗간 주인이 말했다. "맹세코 그건 절대 안 되지.   3132
내가 먼저 이야기하든가, 아니면 내 맘대로 하겠어."
숙소 주인은 "그럼 이야기를 해라, 이 망할 놈의 녀석아.
이 멍청이, 넌 지금 취해서 제정신이 아니야"라고 답했다.
방앗간 주인이 말하기 시작했다.   3136
"여러분, 다들 제 말씀을 들어 보시라고요.
먼저 제가 취했다는 주장에 대해 항변하겠습니다요.

저도 제 말소리를 들어 보면 취했다는 것을 압니다.

그러니 제가 말을 제대로 못 하거나 실수를 좀 하면,

그건 다 서더크에서 마신 술 때문인 줄 알아주십시오.

저는 목수와 그의 마누라 일대기를 말씀드리려고 합니다.

학생이 그 부부를 속여 먹은 이야기입니다."

3144   그때 장원 감독관이 말했다.

"주둥아리 좀 그만 놀려, 이놈아.

술에 취해 배워 먹지 못한 음담패설 하는 것은 집어치우라고.

어떤 사람을 비방하거나 험담하는 것은

죄악이고, 아주 어리석은 일인데

거기에다 부인들 험담까지 하겠다는 거야?

다른 이야기들도 얼마든지 할 이야기가 많잖아."

3150   그러자 술 취한 방앗간 주인이 곧바로 대답했다.

"소중한 오스왈드 형님,

마누라가 없으면 바람피울 마누라도 없지 않습니까.

그렇다고 형수님이 바람을 피운다는 소리는 아니에요.

세상에는 좋은 아내들이 아주 많고,

좋은 아내 1천 명에 한 명꼴로 나쁜 마누라가 있는 법이죠.

형님이 제정신이라면 잘 알고 계시잖아요.

그런데 왜 제 이야기를 갖고 그렇게 화를 내세요?

저도 형님처럼 아내가 있지만,

소에 쟁기를 지워 놓고 어쩔 줄 몰라 하듯,

아내가 나 몰래 바람피우고 다닐까 봐

안절부절 걱정하지는 않아요.

남편이라면 하느님께서 하시는 비밀스러운 일들이나

자기 아내에 대해

꼬치꼬치 알아내려 하면 안 되는 법이죠.

아내에게서 하느님의 풍성하신 은혜를 찾을 수만 있다면

나머지는 물어볼 필요가 없단 말입니다."

자, 이 방앗간 주인에 대해 더 무슨 말을 할 수 있겠는가.   3167

그는 누구에게도 말을 조심하는 법 없이

이런 식으로 자기 멋대로 상스럽게 이야기를 했다.

그 이야기를 그대로 옮겨 놓자니 저도 참 마음이 괴롭군요.

그러니 점잖은 분들께 청을 하나 드리겠는데,

제가 여기서 어떤 악한 의도로 이야기한다고

생각하지 말아 주셨으면 합니다.

그들의 이야기가 좋건 나쁘건 간에

그대로 옮겨 놓아야 하기 때문에 그런 것뿐입니다.

그러지 않는다면, 제가 이야기를 왜곡하는 셈이니까요.

그러니 이 이야기를 듣고 싶지 않은 분들은

책장을 넘기셔서 다른 이야기를 택해 주시기 바랍니다.

왜냐하면 고귀한 주제를 다루거나

도덕적이고 경건한 이야기들이

종류별로 얼마든지 있으니까요.

선택을 잘못하신 다음에 저를 비난하지는 말아 주십시오.

여러분도 다 아시다시피,

방앗간 주인은 상스러운 사람이고
장원 감독관이나 다른 많은 사람들도 그렇답니다.
그 둘 다 음담패설을 이야기한답니다.
이 점을 생각하시고 저를 탓하지 말아 주십시오.
재미로 하는 이야기를 너무 진지하게 받아들이지 마시고요.

방앗간 주인의 이야기

3187 옛날 옥스퍼드에
돈 많은 촌뜨기 하나가 살고 있었답니다.
그는 하숙을 치고 있었고 직업은 목수였어요.
한 가난한 학생이 그와 함께 살고 있었지요.
그는 대학 과목들을 배우고 있었지만
온 관심은 점성술을 배우는 데 쏠려 있었어요.
그는 별들의 운행 법칙을 조금 아는 덕분에
학문적인 계산 방식으로 결론을 내릴 수 있어
언제 가뭄이 오고 언제 비가 올지 사람들이 물어보거나
언제 무슨 일이 생길지 이것저것 물어 오면
척척 대답을 해 주었지요.
저는 전부를 알지는 못합니다.
3199 이 학생은 재간둥이 니컬러스라고 불렸어요.
비밀리에 연애하며 즐기는 법을 잘 알았고

겉만 보면 숫기 없이 얌전해 보이지만

사실은 약아빠지고 음흉한 사람이었어요.

이 하숙집에서 그는 독방을 쓰고 있었는데,

그 방을 온갖 향기 나는 허브들로 우아하게 장식했고,

또 그에게도 감초나 생강 뿌리 같은 달콤한 향기가 났지요.

프톨레마이오스의 천문학 책과 크고 작은 다른 책들,

또 천문학에 필요한 관측기구와 계산할 때 쓰는 돌들이

그의 침대 머리맡 선반 위에 가지런히 놓여 있었어요.

그의 옷장은 붉은 모직 천으로 덮여 있고,   3212

그 위에는 멋진 하프가 놓여 있었지요.

밤이 되면 이 하프로 감미롭게 연주하는 소리가

온 방 안에 울려 퍼졌답니다.

「천사들이 동정녀에게」를 부르고

그다음에는 임금님 송가를 불렀지요.

사람들은 그의 아름다운 목소리를 여러 차례 칭찬했어요.

그의 친구들이 모아다 준 돈과 자기 수입으로

이 상냥한 학생은 살아가고 있었답니다.

이 집의 목수 아저씨는 갓 결혼했는데   3221

아내를 자기 목숨보다 더 사랑했어요.

부인은 나이가 열여덟 살이었지요.

아저씨는 질투심이 강해서 그녀를 집 안에 꼭꼭 가두어 두었어요.

왜냐하면 아저씨는 나이가 많은데, 부인은 발랄하고 젊어서,

아내가 바람을 피울까 봐 아저씨는 걱정이었거든요.

목수는 배운 게 없어서

"사람은 비슷한 사람끼리 결혼해야 한다"라고 가르치던

카토를 몰랐습니다.

사람은 자기 처지에 맞게 결혼해야 한답니다.

젊은이와 노인은 자꾸 충돌하게 마련이니까요.

그러나 목수는 이미 이런 함정에 빠지고 말았으니

다른 사람들처럼 그저 참고 지내는 수밖에 없지요.

3233 　젊은 부인은 예뻤고

몸매도 족제비처럼 여리여리하고 날씬했어요.

줄무늬가 있는 비단 허리띠를 매고

새벽 우유만큼이나 새하얀 앞치마를 입었는데

허리에 주름 장식이 달려 있었죠.

앞치마 속에 받쳐 입은 옷 역시 새하얀 색이었는데

앞뒤에 예쁜 수가 놓여 있고

칼라는 안과 겉 모두 칠흑처럼 까만 비단으로 만들었어요.

하얀 모자의 리본도 칼라처럼 까만 색깔이었죠.

머리에는 높다랗게 폭 넓은 비단 머리 끈을 하고 있었고요.

3244 　그리고 분명히 그녀 눈은 바람기가 넘쳤어요.

두 눈썹은 뽑아내어 매우 가늘었는데

야생 자두처럼 까만 빛깔에 아치 모양이었지요.

그녀는 보기만 해도 기분 좋은 외모여서

갓 열린 배나무보다 더 예쁘고

양털보다 부드러웠답니다.

그녀의 허리띠에는 비단술과 쇠구슬로 장식한

가죽 주머니가 달려 있었어요.

이 세상 구석구석 다 찾아봐도

이렇게 예쁜 작은 인형 같은 아가씨를 상상해 낼 만큼

똑똑한 사람은 없을 것입니다.

그녀의 피부는   3255

런던 탑 조폐소에서 갓 찍어 낸 금화보다 더 반짝였답니다.

노래 솜씨를 말하자면

그녀는 곡식 창고 위에 앉아 노래하는 그 어느 제비보다

더 낭랑하고 발랄하게 노래했어요.

게다가 마치 엄마를 쫓아다니는 어린아이나 송아지처럼

깡충깡충 뛰어다니며 장난을 쳤지요.

그녀의 입은 향긋한 풀이나 꿀,   3261

건초 더미 위에 쌓아 둔 사과 더미처럼 달콤했지요.

그녀는 기운 넘치는 망아지처럼 장난꾸러기이기는 했지만,

돛대처럼 늘씬하고, 활처럼 쭉 곧은 몸매를 갖고 있었어요.

그녀는 칼라 아래에 방패의 부조 장식만큼 큰 브로치를 달았고

다리 위까지 높이 올라오게 구두끈을 졸라맸답니다.

그녀는 앵초꽃이나 데이지꽃처럼 예뻐서

어떤 영주님이라도 잠자리로 데려가고 싶어 할 만했고

또 어떤 돈 많은 지주라도 결혼하고 싶어 할 만했지요.

그런데 여러분, 이야기를 다시 하자면,   3271

어느 날 이 재간둥이 니컬러스가

이 젊은 부인과 연애질을 하게 되었다는 것 아닙니까요.

그녀의 남편이 오스니에 가 있는 동안 말입니다.

학생 놈들은 아주 영리하고 교묘하게 머리를 굴리니까요.

그는 은근슬쩍 그녀의 은밀한 곳을 덥석 움켜잡았습니다.

그리고 말했지요. "만약 내 소원을 이루지 못하면

당신 좋아하다 죽게 생겼어요."

그리고 그녀의 허벅지를 꽉 붙잡으며 말했어요.

"아, 내 사랑아, 날 당장 사랑해 줘요.

안 그러면 난 죽을 거야, 아이고 하느님 날 좀 살려 주세요."

3282   그러자 그녀는 마치 편자 박으려고 가두어 놓았던

망아지처럼 튀어 일어나

머리를 홱 돌리며 말했습니다.

"아무리 그래도 키스는 안 해 줄 거예요,

자, 날 좀 놔줘요, 놓으라고요, 니컬러스,

안 그러면 소리 지를 거예요, 아휴 참,

제발 손 좀 놓아요, 점잖게 좀 굴라고요!"

3288   니컬러스가 그녀에게 살려 달라 사정하고

또 말도 그럴듯하게 하고, 하도 그녀를 졸라 대는 바람에

그녀는 마침내 그의 사랑을 받아 주겠다고 하면서

켄트의 성 토머스 이름을 걸고

그녀가 기회를 보아

그가 청하는 대로 해 주겠다고 약속을 해 버렸습니다.

"우리 남편은 아주 질투심이 많은 사람이에요.

그러니 당신이 꾹 참고 기다리면서 비밀을 지키지 않는다면

나는 분명히 죽은 목숨이에요.

그러니 정말 아무도 모르게 해야 해요" 하고 그녀가 말했습니다.

그러자 니컬러스가 말했지요.   3298

"그런 건 걱정하지 말아요,

공부깨나 했다는 대학생이 목수 한 명 속이지 못한다면야,

그 사람은 헛공부를 한 셈이죠."

이리하여 두 사람은 서로 마음이 맞아

앞에서 말했듯이 때를 기다리기로 약속했답니다.

이렇게 니컬러스는 모든 것을 제 뜻대로 할 수 있게 되자   3303

그녀 깊숙한 곳을 어루만지며

달콤하게 키스하고, 하프를 들어

활기차게 연주했습니다.

그런데 한편 다음과 같은 일이 생겼답니다.   3307

하루는 이 착한 아내가 거룩한 축일에

동네 성당에 가서

성당 일을 거들어 주게 되었지요.

일을 마친 뒤 얼굴을 씻고 나자

그녀 이마는 환한 대낮처럼 반짝반짝 윤기가 났어요.

그런데 그 성당에는

앱솔론이라는 이름을 가진 교구 성당 서기가 있었어요.

그의 머리는 금발 곱슬머리로   3314

마치 커다랗고 널따란 부채처럼 좍 펼쳐져 있었는데

반듯하게 가르마를 타서 가지런히 빗어 넘겼습니다.

혈색이 불그스름하고 눈동자는 거위 같은 잿빛이었지요.

구두에는 세인트 폴 성당 창문처럼 장식이 새겨져 있었고

빨간색 양말을 맵시 있게 신고 있었습니다.

몸에 꼭 맞게 옷을 입고 있었는데

튜닉은 전체가 하늘색이었고

아름답고 두툼한 레이스로 장식되어 있었습니다.

그 위에 걸쳐 입는 멋들어진 겉옷은

나뭇가지 위에 활짝 핀 꽃 같은 하얀 빛깔이었지요.

하느님께 맹세코 정말 그는 행복한 청년이었습니다.

3326 사실 그는 피를 뽑아 치료해 주고, 이발하고 면도하고,

토지 매매 계약서, 권리 양도 증서도 작성할 줄 알았답니다.

그는 당시 옥스퍼드풍으로

춤을 스무 가지나 출 수도 있어서

다리를 마음대로 앞뒤로 올렸다 내렸다 하고

작은 바이올린에 맞추어 노래도 불렀습니다.

바이올린에 맞추어 3단 고음으로 노래를 부르고

기타도 제법 잘 쳤지요.

3334 온 마을을 뒤져 봐도

야시시한 술집 아가씨가 있는 술집 중에

그가 즐겁게 방문하지 않았던 술집이나 주막은

하나도 없을 정도였습니다.

그런데 진실을 말하자면,

그가 방귀에 대해서는 비위가 약했고

말투에 대해서도 까탈스러웠습니다.

생기발랄하고 멋들어진 앱솔론은   3339

거룩한 축일에 향로를 들고 다니며,

교구 부인들에게 향내가 배어들도록 해 주었습니다.

그들에게 추파를 던지기도 했는데,

목수의 부인에게 특히 심했지요.

그는 그녀를 바라보기만 해도 행복했어요,

그녀는 너무 예쁘고 달짝지근하고 발랑 까져 보였거든요.

장담하건대, 만약 그녀가 쥐이고 그가 고양이였다면

그는 아마 그녀를 즉시 확 낚아챘을 거예요.

교구 성당 서기, 멋진 앱솔론은

사랑을 갈망하여

어떤 여자에게서도 헌금을 받지 않으려 했습니다.

그의 말로는 여자에 대한 예의라는 것이었습니다.

밤이 되어 달이 밝자   3352

앱솔론은 기타를 집어 들었습니다.

사랑에 목이 말라, 잠을 이루지 못하고

멋지게 연애질을 해 보려고 밖으로 나갔습니다.

마침내 목수의 집까지 갔는데

첫닭이 울고 난 직후

목수의 집 담벼락에 뚫린 창문 앞에 서서

나지막한 목소리로 부드럽게 노래했습니다.

"사랑하는 여인이여, 그대에게 뜻이 있으시다면
제발 나를 불쌍히 여겨 주세요."
기타 반주에 잘 어울리게 그는 노래했습니다.

3364 목수가 잠에서 깨어 노랫소리를 듣고는
아내에게 곧바로 말했어요.
"이게 뭐야! 앨리슨!
우리 침실 벽 옆에서 노랫소리가 들리는데, 앱솔론 아니야?"
이에 그녀는 남편에게 즉시 대답했습니다.
"맞아요, 존. 세상에 이게 웬일이람,
나도 노래를 다 들었어요."

3370 일이 이렇게 되었는데, 이제 무슨 일이 생길 것 같습니까?
매일매일, 이 멋들어진 앱솔론은 그녀를 졸라 대다가
상사병에 걸렸습니다.
밤이고 낮이고 잠을 이루지 못했지요.
그는 머리를 풀어 헤치거나
멋진 옷을 차려입기도 했습니다.
중매쟁이를 집어넣어 사랑을 호소하기도 했습니다.
그는 자기가 그녀의 돌쇠가 되겠노라 맹세했습니다.
나이팅게일처럼 그녀에게 사랑 노래를 불러 보기도 했어요.
그녀에게 달콤한 와인이며 향료를 넣은 맥주,
갓 구워 낸 과자를 선물로 보내기도 했고요,
또 그녀가 도시 출신이어서 돈을 보내기도 했습니다.
이 세상에는 돈으로 얻을 수 있는 여자가 있고

힘을 써서 얻을 수 있는 여자도 있고,

고귀한 품성으로 얻을 수 있는 여자도 있으니까요.

때로는 자신의 민첩함과 재능을 보여 주려고   3383

높다란 무대 위에 올라가 헤롯 역을 연기하기도 했지요.

하지만 이 모든 것이 무슨 소용이 있겠습니까?

그녀는 재간둥이 니컬러스를 너무 사랑해서

앱솔론은 단념하는 편이 나았습니다.

앱솔론이 애를 쓰면 쓸수록 업신여기고 바보 취급하고

그의 진지함을 오히려 웃음거리로 만들었습니다.

"교활한 놈이 가까이 있으면   3391

멀리 떨어져 있는 연인을 미워하게 만든다"라는 속담이

틀린 것 하나 없이 딱 들어맞은 거죠.

앱솔론이 아무리 미치고 팔짝 뛰어도

그녀의 시야에서 떨어져 있으니

바로 옆에 있는 니컬러스가 그를 가로막게 되는 것이죠.

자, 재간둥이 니컬러스, 어디 한번 잘해 보시죠.   3397

앱솔론은 울고불며 탄식하고 있을 테니.

그러던 어느 토요일, 목수는 오스니로 가게 되었답니다.

재간둥이 니컬러스와 앨리슨이

이 어리숙하고 질투심 많은 목수를 속여 먹기로

서로 합의를 보았습니다.

그래서 일이 계획대로 잘되면

그녀가 그의 품에서 하룻밤을 지새우기로 했답니다.

두 사람 모두 고대하고 바라던 바이니까요.

3408 그러자 조금도 지체할 수 없었던 니컬러스는
더 이상 아무 말도 하지 않고 즉시
하루나 이틀 먹을 음식을 가지고
자기 방으로 살며시 올라가면서
목수가 자기를 찾으면
어디 있는지 잘 모르겠다고 대답하라고
그녀에게 말했어요.
그녀도 그를 하루 종일 못 봤고,
하녀가 아무리 소리 질러도
무슨 짓을 해도 대답을 하지 않으니
니컬러스가 병이 난 게 틀림없다고 말하라고
그는 그녀에게 일러두었습니다.

3419 이와 같이 토요일 하루가 지나갔고,
니컬러스는 자기 방에 누워
밥도 먹고 잠도 자고 자기 하고 싶은 일을 했습니다.
마침내 일요일 해가 질 무렵이 되자
이 어리숙한 목수는 니컬러스가 궁금하기도 하고
그에게 무슨 일이 생긴 것은 아닌지 걱정이 되었습니다.
"아, 성 토머스시여!
니컬러스가 뭔가 잘못된 건 아닌지 걱정이 되네.
그가 갑자기 죽기라도 했으면 어쩌란 말인가,
요즘 세상이 얼마나 험한가 말이야,

지난 월요일에도 일하는 것을 내가 봤던 사람이

오늘 성당으로 실려 가는 것을 보기까지 했으니."

그는 하인에게 말했습니다. 3431

"자, 올라가서 방문 앞에서 소리를 질러 보고,

돌멩이로 두들겨 보거라.

어떻게 된 영문인지 알아보고 곧바로 내게 알려라."

하인은 재빨리 위층으로 올라가서

그의 방문 앞에 서서

미친 사람처럼 소리도 지르고 두들겨 보기도 했어요.

"니컬러스 아저씨, 뭐 하세요?

어떻게 하루 종일 잠만 자는 거예요?"

하지만 아무 소용도 없었지요. 3439

하인은 아무 소리도 듣지 못했습니다.

그는 벽 아래쪽에서 고양이가 들락거리는 구멍을 발견하고,

그 구멍으로 방 안을 자세히 들여다보다가

마침내 니컬러스를 보았어요.

니컬러스는 마치 초승달을 뚫어지게 바라보는 것처럼

하늘을 향해 입을 벌린 채 앉아 있었습니다.

하인은 아래층으로 내려와 곧장 주인에게

니컬러스가 어떤 모습으로 있는지 말해 주었어요.

이 목수는 성호를 그으며 말했어요. 3448

"아이고, 프라이즈와이드* 성녀님, 우리를 도우소서!

사람은 무슨 일이 생길지 한 치 앞도 모르는 법이지.

니컬러스가 천문학에 빠져 있더니

미쳤거나 발작을 일으켰나 보군.

이렇게 될 줄 알았다니까!

사람은 신의 비밀을 너무 많이 알려 하면 안 되는 법이야.

사도 신경 외에는 아무것도 모르는 자가

복 받은 사람이라고!

3457 전에도 천문학을 공부하던 학생 하나가 있었는데,

그는 앞으로 무슨 일이 생길지 알려고

별만 바라보며 들판을 걷다가

비료 구덩이에 빠져 버렸지, 그걸 못 본 거야.

그나저나, 아, 성 토머스여!

재간둥이 니컬러스가 안타깝네.

할 수만 있다면, 하늘의 왕이신 예수님을 걸고 맹세하는데,

그런 공부를 했으니 혼쭐을 내줄 텐데 말이야.

로빈, 막대기를 가져오거라,

내가 그걸 밑으로 집어넣을 테니,

너는 문짝을 들어 올리거라.

그러면 아마 공부를 그만하겠지.”

3468 방문 앞으로 간 하인은 힘을 썼습니다.

그는 이런 일을 하는 데 힘이 아주 장사라서

한 번에 문 걸쇠를 들어 올렸어요.

문은 곧장 바닥으로 쿵 떨어졌지요.

그런데도 니컬러스는 돌덩이처럼 꼼짝 않고 앉아

멍청하게 허공만 바라보고 있었어요.

목수는 니컬러스가 자포자기 상태라 생각하고

그의 어깨를 세차게 붙잡고는

거세게 흔들며 큰 소리로 외쳤어요.

"아이코, 니컬러스, 어떻게 된 거야, 자, 고개를 내려 봐,   3477

깨어 보라고, 그리스도가 고난받으신 걸 생각해 봐, 응?

내가 도깨비니 마귀니 하는 것을 다 쫓아내겠어."

말을 마친 그는 곧장 집의 사방에서,

그리고 문지방 바깥쪽에서

밤에 외우는 주문을 읊기 시작했어요.

"예수 그리스도시여, 성 베네딕트 님이시여,

이 집을 온갖 악귀에서 보호해 주옵소서.

밤의 악령으로 인해 백색 주기도문을 걸고 기도하나이다.

성 베드로의 누이님이시여, 당신은 어디 계시나이까?"

그러자 마침내 재간둥이 니컬러스는   3487

깊이 한숨을 쉬며 말했답니다.

"안타깝도다! 이제 세상은 이렇게 곧 멸망한단 말인가?"

목수는 대답했지요. "자네 뭐라고 말하는 거야? 응?   3490

자네도 땀 흘려 일하는 우리처럼 하느님을 생각하라고."

니컬러스는 대답했어요. "마실 걸 좀 갖다주세요,   3492

그다음에 아저씨나 제게 다 관련된 어떤 일에 대해

은밀히 말씀드릴게요.

아저씨 말고 다른 어느 누구에게도 말하지 않을 거예요."

3496 목수는 아래층으로 내려가서
독한 맥주를 큰 병 가득 가지고 다시 올라왔어요.
두 사람이 모두 한 잔씩 들이켜자,
니컬러스는 방문을 꼭 걸어 잠그고
목수 옆에 앉았습니다.

3501 그가 말했죠. "내가 정말 좋아하는 존 아저씨,
제가 지금 하는 이야기를 누구에게도 말하지 않겠다고
먼저 맹세해 주세요.
왜냐하면 그것은 그리스도만이 아시는 비밀이거든요.
만약 이 얘기를 다른 사람에게 하신다면
아저씨는 천벌을 받으실 거예요.
만약 아저씨가 저를 배반하시면
아저씨는 그 벌로 미쳐 버리실 거예요."
어리숙한 목수가 말했습니다.
"무슨 소리야, 그리스도의 보혈을 걸고 맹세하지!
나는 입이 싼 사람이 아니야.
내가 스스로 이렇게 말하긴 좀 그렇지만,
나는 떠벌리는 사람이 아니야.
자네가 무슨 말을 하든 간에,
아이에게건, 마누라에게건 아무에게도 말을 안 할 거야.
지옥을 정복하신 그분을 걸고 맹세하겠네!"

3513 니컬러스가 말했어요. "자, 존 아저씨,
제가 지금 하는 이야기는 거짓말이 아니에요.

제가 천문학 공부를 하려고

밝은 달을 바라보다가 알게 되었어요,

다음 주 월요일, 밤 9시가 되면,

거세게 미친 듯이 비가 올 거라는 사실을 발견했어요.

노아의 홍수도 그 홍수에 비기면 절반 정도밖에 안 될 거예요.

이 세상은 한 시간도 못 되어 다 물에 잠길 거고,

폭우가 엄청나서 인류는 다 물에 빠져 죽고 말 거예요."

목수 아저씨는 말했지요. "맙소사, 그럼 내 마누라는?   3522

그녀도 물에 빠져 죽는다고? 아, 앨리슨!"

그는 슬픔에 못 이겨 금방이라도 쓰러질 지경이 되었어요.

그리고 말했어요. "이럴 때 뭔가 해결책이 없는 거야?"

재간둥이 니컬러스가 말했어요. "아, 물론 있지요,   3526

만약 아저씨께서 제가 가르쳐 드린 대로 하신다면 말이에요.

아저씨 맘대로 하시면 절대 안 돼요.

'충고를 따라 행동하면 후회하지 않으리라'라고

솔로몬왕이 말씀하셨는데,

그건 정말 참말이에요.

만약 아저씨도 제 충고를 따르신다면

돛대나 돛이 없어도

아주머니와 아저씨와 저는 살 수 있을 거예요.

하느님께서 온 세상이 홍수로 멸망하리라고

노아에게 미리 경고해 주셨을 때,

노아가 어떻게 구원을 받았는지 들어 보신 적 있지요?"

3537 "암, 아주 옛날에 들었지" 하고 목수가 말했습니다.

니컬러스가 말을 이었습니다.

"노아가 부인을 배에 태우기 위해

그와 다른 사람들이 얼마나 고생했는지도 들어 보셨지요?'

제가 장담하는데

그때 노아는 자기가 가진 까만 양을 모두 팔아서라도

부인이 혼자 탈 수 있는 배를 마련해 주고 싶었을 거예요.

그러니 어떻게 하는 것이 가장 좋은지 아시겠어요?

이건 정말 서둘러야 되는 일이에요.

이렇게 급한 일에 대해서는 설교하거나 머뭇거리면 안 되죠.

3547 우선 서둘러 가서 집 안을 뒤져

우리 각자가 쓸 수 있도록

반죽 통이나 커다란 술통을 가져오세요.

그런데 통이 큰지 확인하셔야 돼요.

마치 거룻배 안에 있는 것처럼

우리가 그 통 안에서 둥둥 떠다녀야 하니까요.

그리고 그 안에는 하루치 음식도 넣어 두셔야 해요.

나머지는 신경 쓰실 필요 없어요.

3553 물은 다음 날 아침 9시 정도면 다 빠질 테니까요.

그런데 이 집 하인 로빈은 이걸 알아서는 안 돼요.

하녀 질도 구원받지 못해요.

왜냐고는 묻지 마세요.

아저씨가 물어도 하느님의 비밀이니 말씀드릴 수는 없어요.

아저씨도 머리가 돌아 버린 게 아니시라면,

노아처럼 큰 은총을 받으신 것만으로도 만족하실 거예요.

물론 아주머니도 틀림없이 제가 구해 드릴게요.

그러니 어서 가셔서 이 모든 것을 준비하세요.

아주머니와 아저씨와 저를 위해   3563

세 개의 반죽 통을 구하시면

그 반죽 통을 지붕 위에 높이 매달아 두셔서,

우리가 준비해 놓은 것을 아무도 알 수 없게 하세요.

그리고 제가 말씀드린 대로 다 하시고,

또 하루치 양식도 넣어 두시고,

물이 찼을 때 밧줄을 끊고 나갈 수 있도록

도끼도 하나 준비해 두세요.

그리고 홍수가 지나갔을 때

우리가 자유롭게 빠져나올 수 있게

마구간 위 지붕에 정원 쪽으로 구멍을 하나 뚫어 놓으세요.

그러면 수컷 오리를 쫓아다니는 암컷 오리처럼   3575

우리도 즐겁게 헤엄칠 수 있을 거예요.

그러면 그때 저는 '아주머니, 안녕! 존 아저씨, 안녕하세요!

홍수가 지나갔으니 기뻐하세요' 하고 외칠 수 있을 거예요.

그러면 아저씨는 '어이, 니컬러스 학생! 좋은 아침이야.

날이 밝으니 자네가 잘 보이네.

이제부터 우리는 노아 부부처럼,

이 세상에서 평생 귀족으로 살 수 있겠네' 하고 말씀하시겠죠.

3583   하지만 한 가지 꼭 지켜야 할 일이 있어요.

밤중에 저희가 배에 오르고 나면

우리 중 어느 누구도 말을 해선 안 되고,

다른 사람을 부르거나 소리를 질러도 안 되고

오직 기도를 드려야 한다는 거예요.

왜냐하면 그것이 하느님의 명령이기 때문이에요.

행위에 있어서나 서로 쳐다보는 가운데

아저씨와 아주머니 두 분 사이에 죄가 생기는 일이 없도록

두 분은 멀찍이 떨어져 계셔야 해요,

이것이 규례이니, 어서 가세요. 하느님께서 지켜 주시기를!

내일 저녁, 사람들이 모두 잠들었을 때,

우리는 반죽 통으로 기어 들어가

거기에 앉아서 신의 은총을 기다리는 거예요.

어서 가세요, 더 이상 설교할 시간이 없어요.

속담도 있잖아요. '현명한 사람을 보내면 말이 필요 없다.'

아저씨도 현명하시니 더는 말씀드리지 않아도 되겠지요.

어서 가셔서 우리 생명을 구해 주세요. 부탁입니다."

3601   어리숙한 목수 아저씨는 서둘러 내려와

"아이코, 이 일을 어쩌나" 하고 자꾸 되뇌었어요.

그리고 부인에게 이 비밀을 말해 주었어요.

부인은 이 희한한 계략이 뭘 뜻하는지

이미 남편보다 더 잘 알고 있었죠.

하지만 그녀는 두려워 곧 죽을 것같이 굴면서

"어머, 이 일을 어쩌죠, 어서 서두르세요,

우리가 도망갈 수 있게 해 주세요,

안 그러면 우린 다 죽을 거예요.

전 당신의 진실하고 참된 부인이잖아요,

여보, 어서 우리 목숨을 구해 주세요" 하고 말했습니다.

아, 사람의 감정이란 얼마나 대단한 것인지요!　　　　　3611

사람은 상상만으로도 죽을 수 있는 법이지요.

머릿속에 이미지가 너무 깊이 박혀서

어리숙한 목수 아저씨는 벌벌 떨기 시작했어요.

아저씨는 정말로 노아의 홍수가 바닷물처럼 밀려 들어와

사랑하는 앨리슨이 물에 빠지는 모습을 보는 것 같았어요.

아저씨는 울고 통곡하고 걱정에 가득 차

신음 소리를 내며 계속 한숨을 내쉬었어요.

아저씨는 나가서 반죽 통을 구해 왔고,　　　　　3620

그다음에는 술통과 다른 통을 구해 와서

그것들을 몰래 집 안에 들여놓고

남들 모르게 지붕에 매달았어요.

그는 손수 세 개의 사다리를 만들어

계단을 타고 올라가

지붕 밑의 통으로 올라갈 수 있게 해 놓고

하루를 지내기에 충분한 빵과 치즈와 좋은 맥주를

반죽 통과 술통에 넣어 두었어요.

하지만 이런 모든 준비를 하기 전에

그는 하인과 하녀에게

일을 맡기면서 런던으로 보내 놓았어요.

월요일 밤이 되자, 그는 촛불도 켜지 않은 채 문을 닫고

모든 일을 제대로 다 챙겼습니다.

그리고 곧 세 명 모두가 통 속으로 들어가

잠시 동안 조용히 앉아 있었어요.

3638 "자, 주기도문을 외우세요. 쉬~" 하고 니컬러스가 말하자,

존 아저씨도 앨리슨 아줌마도 "쉬~" 하고 말했어요.

목수 아저씨는 기도문을 외우고,

가만히 앉아 다시 기도를 올리면서

혹시라도 빗소리가 나는지 들으며 비를 기다렸습니다.

3643 하루 종일 너무 힘들었던 터라

목수 아저씨는 해 질 무렵이 되자

죽은 듯이 바로 잠이 들었습니다.

마음고생을 했기 때문인지, 아저씨는 힘겹게 신음했고

머리를 편하지 않게 두었기 때문인지, 자꾸 코를 골았습니다.

니컬러스는 살금살금 사다리를 내려왔고

앨리슨도 조용히 서둘러 내려왔습니다.

이들은 아무 말도 하지 않고 침대로 갔지요.

목수 아저씨가 누워 있곤 하던 곳으로요.

신나게 시간을 보냈고 기쁨의 멜로디도 있었답니다.

이와 같이 앨리슨과 니컬러스는

쾌락과 환락의 일을 하며 누워 있었습니다.

마침내 아침 기도 시간을 알리는 종이 울리고
교회에서 수사들이 성가를 부를 때까지 말입니다.
교구 성당 서기인 연애쟁이 앱솔론은   3657
항상 연애 사업 때문에 우울증을 겪곤 했는데
이 월요일에 친구들과 즐기며 재미있게 놀려고
오스니에 가 있었어요.
그곳에서 그는 우연히 한 수도승을 만나
매우 조심스럽게 존의 소식을 물었지요.
그러자 그는 앱솔론을 성당 밖으로 끌고 나가더니
"나도 모르겠는걸,
토요일 이후로 여기서 그를 본 적이 없어.
수도원장님이 목재를 구하라고 시켜서 나갔는지도 몰라.
그는 가끔씩 목재 저장소에 가면
하루 이틀 머물곤 했으니까.
아니면 분명히 집에 있을 거야.
아무튼 그가 어디 있는지는 모르겠어"라고 말했습니다.
앱솔론은 기쁘고 행복했습니다. 그리고 생각했지요.   3671
'지금이야말로 밤을 새워야겠는걸.
날이 샌 후 지금까지
그가 자기 집 근처에서 움직이는 걸 본 적이 없어.
일이 잘 풀릴 수도 있겠어. 그러니 닭이 울면
그 집 침실 벽에 나지막이 나 있는 창문을 살짝 두드려야지,
앨리슨에게 그녀를 향한 나의 사랑을 몽땅 고백해야지,

그럼 최소한 그녀에게 키스 정도는 할 수 있겠지.

그러면 어느 정도 마음에 위안은 될 거야.

오늘 하루 종일 입이 간질간질했는데

이게 입맞춤을 할 징조였군.

잔칫집에 가 있는 꿈도 밤새 꾸었잖아.

자, 어서 한두 시간 잠을 미리 자 두고

온밤 내내 자지 말고 놀아야겠다.'

3687 첫닭이 꼬끼오 울자,

멋쟁이 연애꾼 앱솔론은 벌떡 일어나

머리끝부터 발끝까지 폼 나게 차려입었어요.

먼저 달콤한 향내가 나도록 향료 열매와 리코리스를 씹고,

머리를 빗었죠.

혀 밑에는 사랑의 묘약 향료 풀잎을 넣고요.

그러니 이제 자기가 더 멋있어졌다고 생각했습니다.

그는 목수의 집으로 가서

자기 가슴 높이 정도로 낮게 달려 있는 창문 앞에 섰어요.

그리고 작은 소리로 부드럽게 헛기침을 했습니다.

3698 "안녕, 꿀처럼 달콤한 사랑스러운 앨리슨,

나의 예쁜 새, 나의 사랑스러운 시나몬 향이여,

잠에서 깨 봐요, 나의 연인이여, 그리고 내게 말해 줘요!

난 당신에 대한 사랑으로 어딜 가도 식은땀이 흐르는데

당신은 내 슬픔은 생각도 안 하는군요.

엄마 젖꼭지를 졸졸 따라다니는 어린 양처럼 나는 울고 있어요.

오, 나의 사랑하는 이여. 난 진정 사랑에 빠져,

진실한 산비둘기처럼 슬퍼하고

아가씨들 먹는 만큼 겨우 먹는답니다."

"바보, 천치 같으니! 창문에서 썩 꺼져요!" 하고   3708

앨리슨이 말했습니다.

"하느님께 맹세코, 당신한테 키스해 달라는 일은 없을 거예요.

당신 말고 좋아하는 사람이 있단 말이에요, 에이 참,

당신보다 훨씬 멋진 사람이라고요.

어서 가세요, 안 그러면 돌을 던지겠어요.

아, 스무 귀신이 잡아가면 좋겠네,

제발, 날 잠 좀 자게 내버려 두라고요."

앱솔론은 말했습니다. "아, 슬프도다,   3714

진실한 사랑을 이렇듯 매몰차게 내치다니!

그럼 앨리슨, 제발 키스라도 한 번 해 줘요.

예수님의 사랑을 위해, 그리고 내 사랑을 위해서요."

"그러면 돌아갈 거예요?" 하고 그녀가 묻자   3718

"물론이오, 사랑하는 여인이여"라며 앱솔론이 말했고,

"그러면 준비하세요, 곧 갈게요" 하고 앨리슨이 말했어요.

그리고 그녀는 니컬러스에게 조용히 속삭였지요.

"쉿, 조용히 하세요, 이제 배꼽이 빠져라 웃게 될 테니."

앱솔론은 무릎을 꿇고 앉아서 말했습니다.   3723

"이제 나는 어느 모로 보나 영주님과 다름없네.

이제부터 더 좋은 일이 생길 거야.

사랑하는 이여, 그대의 은총을, 어여쁜 새여, 그대의 자비를!"

그녀가 서둘러 창문을 열었습니다.

"자, 어서, 빨리 하세요,

이웃이 보면 안 되니까요."

3730   앱솔론은 입을 빡빡 씻었어요.

밤은 칠흑같이 어두웠어요.

그녀는 창밖으로 엉덩이를 쑥 내밀었고,

좋은 건지, 나쁜 건지, 어쨌거나 앱솔론은

발가벗은 엉덩이에

아주 맛난 듯 입을 맞추었어요.

그러고는 화들짝 놀라 뒤로 물러섰습니다,

뭔가 잘못된 것 같았거든요.

여자에게 수염이 없다는 것은 다 아는 법인데,

무언가 거칠고 기다란 털이 있는 것 같았으니까요.

그리고 말했습니다. "세상에, 내가 무슨 짓을 한 거야?"

3740   "깔깔깔!" 웃으며 그녀는 창문을 덜컥 닫았고

앱솔론은 슬픔에 젖어 길을 갔습니다.

"수염이야, 수염." 재간둥이 니컬러스도 맞장구를 쳤죠.

"하느님의 몸을 걸고 맹세코, 일이 정말 재미있게 돌아가네."

불쌍한 앱솔론은 이 모든 말을 다 들었어요.

그는 화가 나서 입술을 깨물며 다짐했습니다.

"내가 이걸 꼭 갚아 주겠다."

3747   그는 흙과 모래, 밀짚과 헝겊 그리고 톱밥 등

닥치는 대로 손에 잡고 입술을 박박 문질렀습니다.

자꾸 "으아!" 하고 신음하면서.

앱솔론은 말했죠. "악마에게 내 영혼을 파는 한이 있어도,

이 도시 전부를 모두 내게 준다 해도

이 치욕을 갚는 쪽을 택할 거야.

어휴, 어휴, 내가 대체 왜 그랬을까!"

그의 뜨겁던 사랑은 차갑게 식어 완전히 꺼져 버렸습니다.

그녀의 엉덩이에 키스를 한 이후

그는 다시는 여자에 대한 생각이 손톱만큼도 없었습니다.

그의 연애병을 깨끗이 치료하게 된 셈이지요.

그는 아주 자주 연애를 비난하고,   3758

매 맞은 어린아이처럼 울기도 했어요.

그는 느릿느릿 길을 건너

저비스라 불리는 대장장이에게 갔습니다.

그는 농기구를 만드는 사람이었지요.

그는 풀무에서 쟁기의 날을 열심히 갈고 있었습니다.

앱솔론은 그의 대장간 문을 부드럽게 두드리며

"저비스, 문 좀 열어 줘, 어서" 하고 말했어요.

"누구요? 누구시오?" "나라고, 앱솔론."   3766

"아, 앱솔론, 그리스도의 십자가 덕인가?

이렇게 일찍 웬일이야? 아이고, 하느님 맙소사,

무슨 일 생겼어?

또 어떤 예쁘장한 여자가 자네를 뛰어다니게 만들었구나.

호호, 내가 무슨 말 하는 건지 자네 다 알지?"

3772 앱솔론은 그의 농담에 눈곱만큼도 신경 쓰지 않았습니다.

아무 대답도 하지 않았습니다.

저비스가 짐작한 것보다

더 중요한 일을 생각하고 있었기 때문이지요.

"저비스, 자네는 내 좋은 친구지,

화로에 있는 이 뜨거운 쟁기를 좀 빌려줘.

그것으로 할 일이 있어. 금방 다시 돌려줄게."

3779 "좋아, 금이든, 자루 안에 있는 금화든 다 가져가.

난 진실한 대장장이거든.

그런데 말이야, 그걸 어디에 쓰려는 거야?"

3783 "그걸로 뭘 하든 간에,

내일 내가 얘기해 줄게" 하고 앱솔론이 말했습니다.

그러고는 쟁기 날에서 차가운 손잡이 쪽을 쥐고,

그가 살며시 들어왔던 문으로 스르르 빠져나와

목수 집 담으로 갔답니다.

그는 먼저 헛기침을 하고

아까 했던 것처럼 창문을 두드렸어요.

3790 그러자 앨리슨이 대답했어요.

"창문 두드리는 사람이 누구지?

아무래도 도둑 같아."

그가 말했습니다. "아니요, 맹세코. 나의 연인이여,

난, 사랑하는 당신의 사람 앱솔론이에요.

내가 당신을 위해 금반지를 가져왔어요,

하느님께 맹세코, 어머님이 내게 주신 반지예요.

아주 좋은 반지이고 세공도 훌륭해요.

당신이 내게 키스해 준다면 이걸 당신에게 드릴게요."

이때 니컬러스는 오줌을 누려고 일어났다가,　　　　　　　3798

일을 더 재미있게 만들어 봐야겠다고 생각했어요.

앱솔론이 자기 엉덩이에 키스를 하게 할 생각이었지요.

그는 급히 창문으로 가서,

살그머니 자기 엉덩이를

허리가 다 나올 정도로 쑥 내밀었어요.

이때 교구 성당 서기 앱솔론이 말했습니다.

"사랑하는 나의 새여, 말 좀 해 봐요, 어디 있는지 모르겠어요."

그러자 즉시 니컬러스는　　　　　　　3806

벼락 치는 듯한 큰 소리로 방귀를 뀌었어요.

그 바람에 앱솔론은 눈이 다 멀 지경이었지요.

하지만 그는 뜨겁게 달군 쇳덩어리를 준비해 가져갔고,

그걸로 니컬러스의 엉덩이를 냅다 갈겼지요.

쟁기 날이 너무 뜨거워서　　　　　　　3811

엉덩이 살갗이 한 뼘은 떨어져 나갔고

그는 너무 아파 죽을 것 같았습니다.

마치 미친 사람처럼 그는 소리 지르기 시작했어요.

"살려 줘, 물, 물, 아이고 하느님."

이 소리에 목수는 갑자기 잠에서 깨어나　　　　　　　3816

누군가가 미친 듯이 "물!"이라고 외치는 소리를 듣고
'아, 드디어 노아의 홍수가 왔구나' 하고 생각했어요.
그는 더 이상 아무 말 하지 않고 일어나
도끼로 밧줄을 내리쳤지요.
그러자 모든 것이 와르르 떨어졌습니다.
빵이며 맥주며 챙길 틈도 없이
그는 즉시 바닥으로 툭 떨어져
기절해 뻗어 버렸습니다.

3824   니컬러스와 앨리슨도 화들짝 놀라
거리로 뛰쳐나가 외쳤습니다. "사람 살려요, 구해 주세요."
높은 사람 낮은 사람 할 것 없이
동네 사람들이 목수를 구경하러 뛰어나왔습니다.
그는 여전히 기절한 채 창백하게 누워 있었어요.
떨어지면서 팔까지 부러졌거든요.
일이 이렇게 불행해졌지만, 목수는 꾹 참아야 했답니다.
왜냐하면 아저씨가 이야기를 할라 치면
재간둥이 니컬러스와 앨리슨이 그의 말을 가로막았거든요.
두 사람은 아저씨가 미쳤다고 사람들에게 말했습니다.
그가 노아의 홍수를 너무 무서워하는 바람에
망상에 빠져서 말도 안 되는 생각으로
반죽 통을 세 개 가져다가
지붕 위에 매달아 놓고
자기와 함께 지붕 위에 같이 앉아 있어 달라고 애원했다며 사람들에게 말했지요.
사람들은 아저씨가 미쳤다고 놀렸어요.   3840
그들은 입을 헤벌리고 지붕을 쳐다보며
아저씨의 불행을 조롱거리로 만들었답니다.
목수 아저씨가 뭐라고 말하든 아무 소용이 없었어요.
어느 누구도 그의 설명을 들으려 하지 않았으니까요.
사람들은 모두 맹세코 그가 미쳤다 했고   3845
그는 온 동네에서 미친 사람 취급을 받았어요.
학생들까지도 즉각 서로 동조하면서
"형제여, 저 사람은 미쳤다네" 하고 말했습니다.
모든 사람들이 이 문제를 놓고 깔깔대며 웃었습니다.
그러니 목수가 그렇게 열심히 질투하고 감시를 했어도,
목수 부인은 결국 놀아났고,
앱솔론은 그녀 엉덩이에 입을 맞추었고,
니컬러스는 엉덩이가 데었답니다.
자, 이렇게 해서 이야기는 끝납니다.
하느님께서 여러분과 함께하시기를 빕니다요!

장원 감독관의 이야기

서문

3855   앱솔론과 재간둥이 니컬러스의
       이런 우스꽝스러운 이야기를 듣고는 한바탕 웃고 나서
       각양각색의 사람들이 제각기 다른 생각을 말했다.
       대부분은 한바탕 웃고 재미있어 했지만
       이 이야기에 기분 나빠 한 사람이 딱 한 명 있었는데
       장원 감독관인 오스왈드였다.
       그는 직업이 목수였기 때문에
       마음속에 분노가 남아
       불평을 터뜨리며 이야기의 흠을 잡았다.

3864   그가 말했다. "음담패설을 하겠다고 마음만 먹으면야
       잘난 척하는 방앗간 주인 놈 눈탱이가 침침해진 이야기로
       너 같은 놈 얼마든지 되갚아 줄 수 있단 말이다.

하지만 내가 이제는 나이가 들어서,

농지거리를 하고 싶지는 않단 말이야.

풀 벨 시간은 지나갔고, 나의 풀 더미는 건초 더미가 되었으니

이 흰머리들이 내 나이를 알려 준단 말이지.

내 마음도 내 머리카락만큼이나 허옇게 곰팡이가 슬었고.

모과나무 열매가 계속 상하더니   3871

결국에는 쓰레기나 짚 더미 속에 썩듯 나도 그렇게 되겠지.

나이 든 우리들은 결국 그렇게 되지 않냐고.

썩을 때까지는 익지도 않는단 말이지.'

세상이 피리를 불 동안 우리는 항상 춤을 추지.

우리의 의지에는 늘 못대가리가 삐죽 튀어나와 있는 것이

마치 흰 머리와 초록 꼬리를 지닌 부추 같다 이 말씀이야.

말인즉슨, 우리가 기운은 다 빠졌는데

마음만은 한결같이 욕망을 탐한다는 거지.

우리가 행동으로 못 하면 입으로라도 그 얘기를 하지.

불은 꺼진 지 한참 됐는데도 잿더미를 휘저어 보는 셈이야.

우리에게는 아직도 타고 있는 석탄이 네 가지가 있는데   3883

그건 바로 떠벌리기, 거짓말, 분노 그리고 탐욕이야.

이 네 개의 불꽃은 노년에 속한 것이지.

우리의 늙은 팔다리는 힘이 없을지 모르지만

욕망은 결코 줄어드는 법이 없지. 그게 진리야.

생명의 물줄기가 내 몸에 흐르기 시작한 지

여러 해가 지났지만

나는 아직도 항상 망아지 같은 혈기를 지니고 있단 말이야.

3891 분명히 내가 태어났을 때
죽음은 곧바로 생명의 수도꼭지를 틀어 물줄기가 흐르게 했지.
그러고는 수도꼭지에서 물이 계속 흘러내려
생명의 물통이 거의 다 비어 버렸어.
생명의 물방울이 이젠 가장자리에서 똑똑 떨어지고 있는데
철딱서니 없게 혓바닥을 이리저리 굴려
한참 지난 옛날이야기나 하고 있으니
늙은것들에게 남은 것이라곤 노망뿐이란 말이야!"

3899 장원 감독관의 일장 연설을
우리 숙소 주인이 듣고 나서
그는 마치 왕이라도 되는 듯 위엄 있게 말하기 시작했다.
"그런 이야기가 다 무슨 소용이 있단 말이오?
그러면 종일 성서나 읊조리자는 말이오?
망할 놈의 세상, 장원 감독관이 설교를 하다니
구두장이가 선원이나 의사가 된다 해도 아무도 놀라지 않겠네.
자, 어서 자네 이야기나 하고 시간을 낭비하지 말자고.
보아요, 벌써 뎃퍼드요,
그리고 벌써 아침 7시 반이 지났어요.
곧 그리니치요. 악당들이 많다는 동네지요.
자, 이제 자네가 이야기할 시간이라고."

3909 장원 감독관 오스왈드가 말했다.
"여러분, 제가 저놈에게 되갚아 주고 저놈을 우습게 만들더라도

너무 언짢아하지 말아 주십시오.

힘에는 힘으로 갚는 것이 합당하니까요.

이 술 처먹은 방앗간 주인은 지금   3912

목수가 속아 넘어가 웃음거리가 된 이야기를 해 주었는데

아마 제가 목수라서 그런 이야기를 한 것 같단 말입니다.

그러니 여러분께서 허락하시면 제가 되갚아 주려 합니다.

저놈이 했던 방식 그대로 한번 이야기를 해 보지요.

저놈 모가지가 똑 부러졌으면 좋겠습니다요.

제 눈에 있는 들보는 보지 못하고

남의 눈에 있는 티끌만 보는 놈이니까요."

장원 감독관의 이야기

케임브리지에서 멀지 않은 트럼핑턴이라는 마을에   3921

시냇물이 흐르고 그 위에는 다리가 있었습니다.

그리고 그 위쪽에는 물방앗간이 있었어요.

제가 지금 하려는 이야기는 진짜 완전 사실입니다.

그곳에 방앗간 주인이 오래전부터 살고 있었는데,

그는 어떤 공작새보다 더 잘난 척하며 의기양양했답니다.

그는 피리도 잘 불고 낚시질도 잘하고 그물도 잘 고치고

술판 게임도 잘하고 씨름도 활쏘기도 잘했어요.

그는 허리띠에 선원들이 쓰는 단검을 지니고 있었는데,

휘어진 모양의 그 칼날은 매우 날카로웠지요.

또 메고 다니는 주머니엔 멋들어진 단검도 있었어요.

그러니 죽을 각오를 하지 않고서야

그 사람을 대적하려는 사람은 없었답니다.

3933 양말 속에는 셰필드산(産) 칼 한 자루도 있었어요.

둥그스름한 얼굴에 코는 들창코,

대갈통은 원숭이처럼 대머리였습니다.

그는 매사에 쌈박질을 좋아하는 건달이어서

톡톡히 앙갚음 당할 각오를 하지 않고는

그자에게 손을 댈 자가 없었어요.

사실을 말하자면, 이자는 곡식과 밀가루 도둑놈이었지요.

간교한 데다가, 훔치는 게 일상인 놈이었는데

거만한 심킨이란 이름으로 불렸습니다.

이자의 부인은 고귀하신 집안 출신이었으니

아버지가 그 마을 신부님이셨답니다.

3944 그녀 아버지는 그녀에게 놋 냄비를 듬뿍 주셨으니

그리하여 심킨은 그 집안과 연줄을 갖게 된 것이지요.

그녀는 수녀원에서 교육을 받았는데

심킨은 떠들어 대기를

자기는 지방 유지로서의 지위를 보존해야 해서

자기 마누라가 그렇게 교육을 받은 처녀가 아니었더라면

결혼하지 않았을 것이라고 했어요.

부인은 잘난 척이 심하고, 까치처럼 뻔뻔스러웠어요.

이 부부를 쳐다보고 있노라면 가관이었으니

축일이 되어 그가 후드로 머리를 감싼 채

그녀 앞에 앞장서 가면

그녀는 새빨간 드레스를 차려입고 뒤따랐는데

심킨 양말도 빨간색이었습니다.

모두 그녀에게 '마님'이라 부르지 않으면 안 되었고, 3956

심킨이 휘두르는 선원용 칼이나 다른 칼, 단검 등에 찔려

죽을 각오를 하지 않고서는

길가에서 그녀랑 농지거리를 하거나

시시덕거릴 엄두도 내지 못했지요.

질투심 많은 인간들은 늘 위험한 법이니 말입니다.

남편들은 적어도 자기 아내들이 그렇게 생각해 주기를 바라지요. 3962

게다가 그녀는 사생아라는 둥 평판이 좋지 않아서

오히려 잘난 척하며 남들을 경멸하고 비웃기 일쑤였어요.

시궁창에 고인 물에 악취가 나는 것처럼 말입니다.

그녀는 자기 가문이나

수녀원에서 받았던 교육을 생각하면

자기 같은 귀족은 남들과 거리를 두어야 한다고 생각했어요.

그들 사이에는 딸이 하나 있었는데 3969

나이는 스무 살 남짓, 그리고

태어난 지 이제 겨우 반년 된 어린 아기도 있었어요.

아기는 요람에 누워 있었는데 잘생긴 아들이었습니다.

따님은 두툼하니 몸집이 좋았답니다.

코는 들창코, 눈은 유리처럼 빛나는 회색 눈동자

엉덩이는 두툼하고, 가슴은 둥그렇게 높이 솟아 있었지요.

하지만 거짓말 하나 안 하고, 그녀 머리카락만은 예뻤어요.

3977 이 딸이 예뻐서 (외할아버지이신) 그 동네 신부님은

그녀를 자기 재산과 집을 물려줄

상속녀로 삼기로 마음먹고

그녀의 결혼에 대해 까다롭게 구셨습니다.

그의 목적은 그녀를

지체 있고 유서 깊은 좋은 가문으로 시집을 보내

그녀의 신분을 올려 주는 것이었지요.

3983 왜냐하면 거룩한 교회의 재산은

거룩한 교회의 혈통으로 물려 가야 한다나 뭐라나.

따라서 자기는 거룩한 교회를 꿀꺽 삼킨다 하더라도

자기의 거룩하신 혈통을 지켜야 한다네요.

3987 방앗간 주인은 그 지역에서 나오는

밀과 엿기름을 독점해서 찧어 주고 있어 수입이 좋았지요.

그 지역에는 사람들이 케임브리지의 솔러 홀이라고 부르는

중요한 대학이 있었는데

그 대학의 밀이며 엿기름은 다 이 방앗간에서 찧어 갔어요.

그런 어느 날 그 대학의 식품 조달업자가 병으로 앓아누웠어요.

사람들은 그가 죽을 것이라고 생각했어요.

그 덕분에 방앗간 주인은 전보다 백배는 더

밀과 곡식을 훔쳐 낼 수 있게 되었지요.

전에는 나름 점잖게 슬쩍 훔쳤다면

이번에는 아주 대놓고 심하게 도둑질을 했지요.

그러자 그 대학 학장이 화가 나서 난리를 쳤는데

방앗간 주인은 딱 잡아떼고

되레 화를 버럭 내며 절대 그렇지 않다고 시치미를 떼었어요.

그때 그 대학 솔러 홀에   4002

젊고 가난한 두 학생이 살고 있었는데

그들은 고집도 세고 장난기가 심해서

오직 신나고 재미나는 일을 해 보기 위해

학장을 찾아가 열심히 간청하기를

자기들이 잠깐만 나갔다 올 수 있게 해 달라고

그럼 방앗간에 가서 곡식 찧는 것을 보고 오겠다고 했답니다.

그리고 방앗간 주인이   4009

속임수를 써서 한 톨이라도 대학의 곡식을 훔치거나

힘으로 빼앗는 일이 생기면

자신들의 목을 내놓겠노라고까지 장담했어요.

그리하여 마침내 학장은 그들에게 허락해 주었지요.

이 중 한 명은 존이고, 다른 한 명은 앨린이었어요.

이들은 같은 동네에서 태어났는데

북쪽의 스트로더라는 곳으로

어디인지는 저도 잘 모르겠습니다.

앨린은 모든 준비를 마치자마자   4016

말 위에 자루를 실었어요.

학생 앨린과 존은

좋은 칼과 방패를 옆구리에 차고 길을 떠났지요.

존이 길을 알고 있었으므로 가이드는 따로 필요가 없었어요.

방앗간에 도착하자 존은 자루를 내려놓았고

앨린이 먼저 말했어요. "어이 시먼드, 잘 있었스라우?

예쁜 따님과 사모님도 잘 지내셨지유?"

4024 심킨이 말했습니다. "앨린, 잘 왔어.

어이쿠, 존도 왔네. 두 분이 어떻게 이곳까지 오셨는가?"

4026 존이 "심킨, 필요하면 법이고 나발이고 다 어쩔 수 없어.

하인이 없으면 스스로 하인 역할을 하는 수밖에.

안 그러면 바보지. 학자들이 말씀하신 것처럼 말이야.

그런데 우리 학교 식품 조달업자가 아무래도 죽을 것 같아.

계속해서 어금니가 아프다더군.

그래서 나하고 앨린이

곡식을 찧어 다시 학교로 가져가려고 오게 되었어.

자네가 할 수 있는 한 가장 빨리 해 주었으면 좋겠어."

4034 "물론 그렇게 해 줘야지.

그런데 밀을 빻을 동안 자네들은 뭘 할 셈이지?"

4036 "깔때기 옆에 서 있어야제.

그리고 곡식이 어떻게 들어가나 지켜봐야겠어.

나는 깔때기가 앞뒤로 돌아가며 곡식 빻는 것을

본 적이 맹세코 한 번도 없거든"이라고 존이 말했어요.

4040 앨린은 "존, 그랄 꺼라구?

그럼 나는 맹세코, 그 밑에 가서

밀이 곡식 통으로 어떻게 떨어지는지 보고 있어야겠네.

그거 아주 재미지겠네.

나도 존 니처럼 똑같이

방앗간 일이라고는 전혀 모르니께"라고 말했어요.

방앗간 주인은 이들의 순진함에 슬그머니 웃으며 생각했어요.   4046

'나를 좀 속여 보려고 이 짓들을 하는군.

저들은 아무도 자기를 속이지 못할 거라 생각하는 듯한데

저들이 철학 공부를 한다면서 온갖 속임수를 써 보려 해도

내가 저 친구들 머리 꼭대기에 앉아 있단 말이지.

저 친구들이 교묘한 속임수를 쓰면 쓸수록

나는 더 많이 훔쳐 낼 거야.

밀가루 대신 겨를 줘야지.

옛날에 암말이 늑대에게 말했듯이,

위대한 학자라고 해서 현명한 것은 아니거든.

저 친구들의 학식, 그거 개뿔 아무짝에도 소용없어.'

그는 문밖으로 살금살금 나가서   4057

조용히 때를 기다렸습니다.

여기저기 두리번거리다가 그는 마침내

학생들이 타고 온 말이

방앗간 뒤 나무 밑에 묶여 있는 것을 발견했지요.

그는 조심조심 말에게 다가가

굴레를 휙 벗겨 버렸어요.

그러자 말은 풀려나서,

암말들이 놀고 있는 늪 쪽으로

'히잉' 소리를 내며

물불 가리지 않고 냅다 뛰어가기 시작했단 말입니다.

4067 방앗간 주인은 아무 말 없이 방앗간으로 되돌아와서

자기 일을 하며 학생들과 재미나게 시간을 보냈지요.

마침내 곡식을 다 찧었고,

곡물 가루를 자루에 넣고 동여맨 뒤

존이 밖으로 나갔다가 말이 온데간데없는 것을 알게 됐어요.

그는 "도와줘요, 에구에구 어쩌나!

우리 말이 없어졌네, 앨린, 이 일을 어쩌면 좋아.

어떡하나, 어서 누구 좀 와 봐요!

큰일 났네, 우리 학장님이 타고 다니는 말이 없어졌어."

이 말을 들은 앨린은 곡식이니 가루니

이런 것들은 새까맣게 잊어버렸지 뭡니까.

머리 굴리며 하던 계산도 온데간데없이 사라져 버렸지요.

"뭐라고, 도대체 어디로 간 거지?" 그는 거의 울 지경이었어요.

4079 방앗간집 부인이 안쪽으로 뛰어 들어와서는

"에구머니나, 학생들 말이 야생 암말들이 있는 늪 쪽으로

온 힘을 다해 뛰어갔어요.

도대체 어떤 망할 놈이 말을 그렇게 대충 묶어 놓은 거야.

고삐를 좀 더 단단하게 매 놓았어야지!"라고 말했어요.

4084 존이 말했지요. "아, 앨린, 어떡하면 좋지.

너도 칼을 내려놓아, 나도 칼을 내려놓을 테니.

장담하는데, 나는 새끼 사슴처럼 날쌔게 달리거든.

제기랄, 말이 우리 둘 모두에게서 도망가진 못할 거야.

너는 도대체 말을 왜 외양간에 넣어 두지 않은 거야?

운도 디지게 없지, 아휴, 앨런, 멍청한 놈!"

재수 나쁜 학생들, 존과 앨런은   4090

늪지 쪽으로 쏜살같이 달려갔답니다.

두 학생이 간 것을 보자

방앗간 주인은 그들의 밀가루에서 반 부셸'쯤 훔쳐 내고

부인에게 그것으로 반죽해서 케이크를 만들라고 했어요.

그는 "내가 보기에는

저 학생들이 내가 하는 일을 미심쩍어 하는 것 같단 말이야.

하지만 방앗간 주인이 학생쯤은 얼마든 속여 먹을 수 있지.

아무리 배운 게 많으면 뭐 하나, 할 테면 해 보라지.

어이쿠, 말이 저리로 갔네, 애들이 장난치며 노는 것 같네.

학생들이 저 말을 쉽게 잡지는 못할걸. 쯧쯧!"

운 나쁜 학생들은 이리 뛰고 저리 뛰며 소리소리 질렀어요.   4100

"그만 가, 거기 서. 서라고, 거기 서. 조심해 뒤를 봐.

너는 휘파람을 불어 봐, 나는 여기서 잡을게!"

그러나 간단히 말하자면, 그들은 온 힘을 다해 애썼지만

밤이 되도록 말을 잡지 못했죠.

아무리 말을 잡으려 해도 말이 하도 빠르게 달려서

결국 말이 도랑에 빠진 다음에야 겨우 잡을 수 있었습니다.

4107 운 나쁜 존과 앨린은 지치고,

비 맞은 짐승처럼 홀딱 젖어 들어왔습니다.

"맙소사, 한심하기 짝이 없네.

우리는 이제 완전히 비웃음거리가 돼 버렸어.

곡식을 도둑맞았으니 사람들이 우리를 바보 취급할 거야.

학장도, 친구들도, 그리고 저 방앗간 주인까지도! 어휴!"

4114 한 손에 말고삐를 잡고 방앗간을 향해 걸어가며

존은 이렇게 한탄했습니다.

방앗간 주인은 화롯가에 앉아 있었습니다.

벌써 밤이 되어 그들은 더 멀리 갈 수가 없었지요.

하는 수 없이 방앗간 주인에게

돈은 줄 테니 하룻밤 재워 줄 수 있겠느냐고 물었답니다.

4120 방앗간 주인은 대답했어요.

"방이 있기만 하다면 얼마든지 재워 줄 수 있지.

보다시피 집이 작지만, 어떻게든 잘 자리를 마련해 보지.

우리 집이 작기는 한데, 자네들은 대학에서 공부를 했으니

논리적 주장이라는 걸 해서

단칸방을 고래 등처럼 큰 집으로 만들 수 있는 사람들 아닌가?

그러니까 이 집으로 충분한지 살펴보고,

아니면 말솜씨로 넓혀 보게. 자네들이 잘하는 것처럼 말야."

4127 존이 말했어요. "시먼드, 쿠트버드 성인을 두고 맹세컨대

당신이 농담 잘한다는 것은 원래부터 알고 있었지만,

지금 한 말은 정말 멋진걸.

이런 말이 있잖아. '사람은 둘 중 하나를 쓰게 되어 있다.

있는 것을 쓰거나, 아니면 가져와서 쓰거나.'

그런데 제발 부탁이니

먹을 거랑 마실 것 좀 갖다줘. 좀 쉬었으면 좋겠어.

물론 값은 후하게 계산해서 줄게.

빈손으로 매사냥을 할 순 없는 법이니.

자, 여기 은화를 줄 테니 자네 마음대로 써."

방앗간 주인은 맥주와 빵을 사 오라고   4136

딸을 마을로 보내고, 학생들을 위해 거위를 구웠지요.

그리고 말이 또 도망가지 못하도록 잘 매어 두었고요.

방앗간 주인집 방 안에 학생들을 위한 침상을 만들고

침대 시트와 담요를 보기 좋게 펼쳐 놓았는데

방앗간 주인 침대에서 열 발짝도 안 되는 곳에 있었습니다.

방앗간 집 딸은 침대를 혼자 썼지만

같은 방 안에 나란히 침대가 놓여 있었어요.

어쩔 수가 없었는데 그 이유를 짐작해 보실래요?

그 집에는 더 큰 방이 없었으니 말입니다.

그들은 밥 먹고 이야기도 나누며 즐거운 시간을 보냈습니다.

그리고 질 좋은 아주 독한 맥주도 마셨어요.

자정이 되어서야 그들은 자러 침대로 들어갔습니다.

방앗간 주인은 얼큰하니 술에 취했습니다.   4149

술을 퍼마셔서 얼굴이 벌게진 게 아니라 되레 창백해졌지요.

그는 꺽꺽 트림도 하고

목이 쉬거나 감기 걸린 사람처럼 코맹맹이 소리로 말했어요.

방앗간 주인이 자러 가자 그 부인도 따라 침대로 갔습니다.

그녀는 흥이 올라 참새처럼 조잘거리며 기분이 좋았어요.

술기운이 알딸딸하게 올라왔던 거지요.

그녀의 발치 쪽으로는 아기 요람이 놓여 있어서

흔들어 주기도 하고, 아이에게 젖을 주기도 했답니다.

4158   술 항아리 속의 술을 다 마시자

딸은 곧바로 침대로 갔고

앨린과 존도 침대로 갔답니다.

그리고 그만이었어요, 수면제 같은 것은 필요 없었지요.

방앗간 주인은 술에 떡이 되어

화통 삶아 먹은 것처럼 코 고는 소리를 냈고

앞뒤 분간을 하지 못했습니다.

그의 부인은 우렁차게 화음을 맞추어 주었고요.

10리 밖에 있는 사람들도 이들이 코 고는 소리를 들을 정도로요.

딸도 뒤질세라 부모에 장단 맞추며 역시 코를 골았습니다.

4168   이 소리를 듣고 있던 앨린이

존을 쿡 찌르며 말했습니다. "자냐?

너, 이런 노래 전에 들어 본 적 있어?

들어 봐, 엄청난 저녁 찬송이 울려 퍼지고 있지 않아?

저 몸뚱어리들에 산불이라도 붙은 모양이야.

저런 어마어마한 소리를 누가 들어 봤겠어?

그래, 운이 나쁘면 끝까지 나쁘다고들 하더니

이 긴 밤 내내 잠 한숨 못 자게 생겼나 벼.

하지만 어찌 됐든 다 잘될 거여. 4176

어이 존, 할 수만 있다면 말이지,

저 계집애 말야, 내가 좀 어떻게 해 보고 싶거든.

법에도 있듯이, 손해를 봤으면 보상을 받아야 할 것 아니야.

법에 이렇게 적혀 있단 말야,

만약 한 가지에서 손해를 입었으면

다른 것으로 변상을 받아야 한다고.

우리 곡식은 도둑맞았어, 그건 부인할 수 없는 일이지.

게다가 우리는 종일 개고생을 했어.

그런 다음에 우리 손해에 대해 4185

아무런 보상도 받지 못했으니

나는 어떻게든 다른 방법을 찾아야겠어.

에이 씨, 다른 방법이 없다고!"

그 말을 들은 존이 대답했습니다. "앨린, 조심해, 4188

방앗간 주인은 위험한 놈이야.

만약 저자가 자다가 갑자기 일어나기라도 하면

우리 둘 다 혼쭐날 거야."

앨린이 답했습니다. "난 저 인간은 눈곱만큼도 신경 안 써."

그리고 일어나서는 딸 쪽으로 살금살금 기어갔답니다.

딸은 반듯이 누운 채 푹 잠이 들어 있어서

그가 바짝 간 다음에야 알아보았으니

소리를 질러 봤자 너무 때가 늦은 셈이었지요.

그래서 결론을 말하자면, 둘은 한 몸이 되셨단 말입니다.

자 앨린, 잘 놀아 보시게나, 나는 이제 존 이야기를 할 테니.

4199 이 존이란 친구는 5분쯤 조용히 누워 있다가

스스로를 한심하다고 생각하기 시작했지요.

"원 참, 이거 정말 한심하기 짝이 없네.

난 정말 멍텅구리 바보지 뭐야.

친구는 방앗간집 딸을 품고 있으니

손해 본 대신 뭐라도 얻어 가졌잖아.

모험을 조금 한 대신에 목적을 이루었단 말이야.

그런데 나는 꿔다 놓은 보릿자루처럼 우두커니 누워 있단 말이지.

다음에 속여 먹은 이야기를 남들이 하게 되면

난 꼼짝없이 바보, 멍청이 취급 받겠지.

안 되겠다. 나도 일어나서 뭐든 해 봐야겠어.

'소심한 놈은 운이 없다'라고 사람들은 말을 하잖아?"

그는 일어나 요람 쪽으로 살금살금 가서

손으로 요람을 잡고는

그것을 조용히 자기 침대 발치로 옮겨 놓았습니다.

4214 부인이 코를 골다 그치더니

곧 깨서 화장실로 갔습니다.

그리고 돌아와서는 요람을 찾았는데

여기저기 더듬어 보는데도 찾지 못했지요.

"어머나, 큰일 날 뻔했네,

학생 침대로 들어갈 뻔했잖아!

정말 다행이야, 큰 실수를 할 뻔했어"라고 말하곤
요람을 찾으려고 앞으로 좀 더 갔습니다.
그녀는 항상 손으로 더듬거리며 찾았는데
마침내 자기 침대를 찾아 모든 것이 잘됐다고 생각했어요,
왜냐하면 요람이 바로 그 옆에 있었으니까요.
사방이 캄캄한지라
그녀는 자기가 어디에 있는지 몰랐던 것입니다.
살며시 그녀는 침대로 기어 들어가서
조용히 누워 잠을 자려 했지요.
눈 깜짝할 사이에 대학생 존이 벌떡 일어나   4228
이 멋지신 부인 위로 힘차게 올라타 버렸습니다.
이 부인께서 밤을 이토록 즐긴 것은 실로 오랜만이었지요.
그는 미친 사람처럼 거세게 깊숙이 쑤셔 넣었답니다.
그리하여 이 두 학생은 새벽녘 세 번째 닭이 울 때까지
신나는 밤을 보냈습니다.
온밤 내내 힘을 쓴 까닭에   4234
새벽녘이 되자 앨린은 피곤해져서 말했지요.
"우리 이쁜 맬린, 안녕!
날이 밝았어. 이제 더 이상 여기 있을 수가 없어.
하지만 내가 어디를 가든
내가 살아 있는 한, 난 당신 남자야."
그러자 딸이 말했어요. "아 자기야, 안녕, 잘 가요!   4240
그런데 가기 전에 내가 한 가지 가르쳐 줄게.

집에 가는 도중에 방앗간을 지나게 되면
문 뒤 바로 출입구 쪽에
네 밀가루 반 부셸로 만든 케이크가 있을 거야.
그 밀가루 훔칠 때 내가 아버지를 도와 드렸거든.
자기야, 하느님이 잘 지켜 주시기를!"
이렇게 말하면서 딸은 거의 울 지경이 되었답니다.

4249 앨린은 일어나서 생각했어요. '날이 밝기 전에
빨리 존 옆으로 기어 들어가야지.'
그러고는 손으로 더듬다가 요람을 발견했어요.
"어이쿠, 잘못했네.
지난밤에 힘을 너무 썼더니 머리가 핑 도나 보군.
제정신이 아니야.
요람을 보니 내가 잘못 찾아왔구나.
여기엔 방앗간 주인 부부가 있을 텐데."

4257 그리고 그는, 에구 스무 귀신이 곡할 노릇이네,
방앗간 주인이 자는 침대로 들어갔지요.
그는 친구 존 옆으로 들어갔다고 생각했지만
사실은 방앗간 주인 옆으로 들어갔던 것입니다.
그리고 앨린은 그의 목을 부여잡고 나직하게 말했어요.
"존, 이 얼간이, 잠 좀 깨 봐.
어서 일어나서 진짜 웃기는 이야기 좀 들어 봐.
성 야고보의 이름을 걸고 말하는데
내가 지난 짧은 밤 사이에

방앗간 주인 딸을 똑바로 눕혀 놓고 세 번이나 했거든.

자네가 겁쟁이처럼 겁에 질려 자고 있는 동안에 말이야."

"이 빌어먹을 놈아, 뭐라고?   4268

망할 놈의 자식, 이 사기꾼 학생 놈아.

하늘에 맹세코, 넌 이제 죽었다!

지체 높고 높으신 가문 출신의 우리 딸을

네가 감히 더럽혔다고?"라고 방앗간 주인이 말했어요.

그러고는 앨린의 목젖을 움켜쥐었지요.

그러자 앨린도 화가 나서 그를 붙잡고

주먹으로 그의 코를 한 대 갈겼지 뭡니까.

그의 가슴팍에서 피가 주르르 흘러내렸고

코와 입이 엉망이 된 채 바닥에서

두 사람은 자루 속에 든 두 마리 돼지처럼 뒹굴었습니다.

엎치락뒤치락하다가   4279

마침내 방앗간 주인이 돌에 부딪혀

자기 부인 위로 벌렁 나가떨어졌습니다.

부인은 이 기막힌 싸움을 전혀 모르고 있었는데

그도 그럴 것이, 그녀는

온밤 내내 존과 깨어 있느라

조금 전에 잠이 들었기 때문이지요.

그런데 자기 위로 남편이 떨어지자 놀라서 깨어났어요.

"아, 브롬홀름의 성 십자가여, 살려 주세요.   4286

주님, 당신 손에 저를 맡기나이다.

시먼드, 일어나요! 마귀가 내 위로 떨어졌어요.

심장이 터진 것 같아, 살려 줘요. 나 죽었네!

한 놈은 내 배 위에 있고, 한 놈은 내 머리 위에 있네.

심킨, 살려 줘요, 저 사기꾼 학생들이 싸우나 봐요!"

4292   이 소리에 존은 쏜살같이 일어나

벽을 잡고 앞뒤로 왔다 갔다 하며

막대기를 찾으려고 했습니다. 그녀도 벌떡 일어났는데

존보다는 이 집 살림살이를 더 잘 알고 있었기 때문에

벽 옆에서 즉시 막대기를 찾았습니다.

그런데 밝게 빛나는 달빛이 구멍 사이로 들어와

불빛이 희미하게 비쳐

그 불빛으로 두 사람을 보게 되었어요.

물론 그녀는 누가 누구인지는 분간할 수 없었고

다만 허연 것을 보았을 뿐이지요.

그녀는 이 허연 것이

학생이 수면 모자를 쓰고 있는 것이라 생각하고

막대기를 가까이 끌고 와서

앨린을 호되게 내려치려 했는데

그만 방앗간 주인의 벗어진 머리통을 때리고 말았지 뭡니까.

4307   방앗간 주인은 주저앉아 "아이고 나 죽네!"라고 외쳤어요.

학생들은 그를 냅다 두들겨 팬 다음 나자빠진 채 내버려 두곤

옷을 챙겨 입고 곧바로 말을 끌고 나가

밀가루까지 챙겨 자기 길을 가 버렸지요.

그리고 방앗간에 들러

밀가루 반 부셀로 구운, 아주 잘 구운 케이크까지 챙겼고요.

그리하여 잘난 척하던 방앗간 주인은 두들겨 맞았고 4313

곡식 빻은 품삯은 받지도 못했고

자기를 두들겨 팬 앨린과 존이 먹은

저녁값도 한 푼 남김없이 다 내주고 말았답니다.

그의 부인도 다른 남자와 놀아났고, 딸도 마찬가지였고요.

여러분, 방앗간 주인이 속임수를 쓰면 이렇게 되는 겁니다!

그러니 "뿌린 대로 거둔다"라는 옛말은

정말 맞는 말인 것 같아요.

남을 속여 먹는 놈은 자기도 속아 넘어가는 법이지요.

영광 가운데 높이 앉아 계신 하느님께서

신분 높낮이에 상관없이 모든 분들을 지켜 주시기를!

자, 이렇게 저는 이야기로 방앗간 주인에게 앙갚음했습니다.

요리사의 이야기

서문

4325   장원 감독관이 이야기하는 동안
런던에서 온 요리사는 너무 신이 나서
그의 등을 툭툭 쳤다.
"하하, 잠자리에 대해 논증이 어쩌니 저쩌니 하더니만
하룻밤 재워 준 값을 톡톡히 치렀군요.
솔로몬왕도 말씀하시기를
'아무나 집으로 들이지 말라'라고 하셨어요.
왜냐하면 밤에 잠자리를 제공하는 것은 위험하니까요.
자기 집에 누군가를 데려올 때는
조심해야 한다는 말입니다.

4335   저는 웨어 지방의 로저라는 사람입니다만
하느님께 기도합니다.

방앗간 주인이 이보다 더 기막히게 속아 넘어간 이야기를

제 생전에 들은 일이 있다면

하느님께서 제게 슬픔과 근심을 내려 주시기를!

방앗간 놈들은 남몰래 못돼 먹은 짓을 많이 하지 않습니까.

하지만 이런 이야기는 이제 그만하시지요.

제가 보잘것없는 놈이기는 합니다만

여러분께서 허락하신다면

저도 최선을 다해 이야기 하나 해 보겠습니다.

제가 사는 도시에서 재미난 일이 있었거든요."

우리 숙소 주인이 대답했다. "물론 허락하지.   4344

자, 로저, 이야기해. 그런데 쓸 만한 이야기여야 해.

자네도 페이스트리를 잔뜩 구워서 국물깨나 뽑아 먹었을 거고

잭 오브 도버 파이를 팔아

데웠다 식혔다 하면서 두 배씩은 남겨 먹었을 것 아닌가.

많은 순례객들에게 욕먹을 짓을 꽤 했을 거란 말이지.

파리가 들끓는 가게에서 자네가 상한 파슬리에다   4350

쓰레기 같은 것들로 채운 거위 고기 요리를 한 것을

그들이 먹는 바람에 고생깨나 했을 테니 말이야.

그러니 로저, 이야기를 해 보게.

하지만 내가 농담한 것 가지고 화는 내지 말라고.

농담 속에 진담이 있는 법이니."

"말씀 한번 잘하셨네요"라고 로저가 말했다.   4356

"그런데 플레밍 사람들은

'진담 섞인 농담은 잘못된 농담'이라고도 말하거든요.
그러니 해리 베일리,
비록 내가 숙소 주인에 대해 이야기를 하더라도
당신도 우리가 여길 떠나기 전에 화를 푸세요.
어쨌거나 그 이야기는 아직 안 하겠지만
우리가 헤어지기 전에 당신에게 꼭 복수할 거요.”
그러고 나서 그는 웃고 흥을 돋우며
여러분이 이제부터 들으실 그의 이야기를 시작했다.

요리사의 이야기

4365 옛날에 한 도제공이 우리 도시에 살고 있었는데
그는 식품상 쪽 일을 배우는 중이었습니다.
그는 숲속의 오색 방울새처럼 알록달록한 옷을 입었는데
짙은 다갈색 피부에 키가 작달막하고
까만 머리카락을 곱게 빗질하고 다녔습니다.
그는 춤도 아주 신나게 잘 추어서
사람들은 그를 흥청망청 퍼킨이라고 불렀습니다.
그는 마치 벌통에 달콤한 꿀이 가득한 것처럼
사랑 타령과 연애질로 가득 찬 자였으니
이 남자를 만나는 여자는 행복하기 이를 데 없었지요.
결혼식마다 나타나 노래하고 춤추고,

자기 일터보다 술집을 더 사랑했습니다.

만약 치프사이드에 행렬이라도 있으면   4377

그는 가게에서 뛰쳐나와 그곳으로 뛰어가곤 했습니다.

거기 가서 구경거리를 다 보고

춤까지 신나게 추지 않으면 돌아오질 않았고

그 주변에는 춤추고 노래하고 신나게 노는

자기 같은 무리들이 잔뜩 모였습니다.

이들은 여차여차한 거리에서 만나

주사위 놀이를 하기로 약속하곤 했지요.

그러니 그 마을에서 퍼킨만큼 주사위를 잘 던지는   4385

도제공은 없었고

게다가 그는 남모르는 자리에 가면

돈도 자유롭게 펑펑 썼습니다.

가게 주인은 회계를 하며 그것을 쉽게 알아차릴 수 있었는데

그의 돈통이 텅텅 비는 때가 종종 있었기 때문입니다.

도박하고 술을 진탕 마셔 대고 연애질이나 하며

흥청망청하는 수습공이 있으면

주인은 자기가 그 노는 판에 한 번도 끼지 않았어도

자기 가게에서 그 돈을 다 갚아야 되니,

기타나 바이올린을 연주할 줄 안다고 하더라도

도둑질과 흥청거리는 삶은 다를 게 없는 셈이지요.

낮은 신분의 사람이 술 마시고 놀면서

정직하게 살 수 없다는 것은 모두가 알고 있습니다.

4399   신나게 살던 이 도제공은

수습 기간이 거의 끝날 때까지 주인과 함께 지냈습니다.

비록 그가 아침저녁으로 야단도 맞고

때로는 동네 창피하게 악대 연주 속에

뉴게이트 감옥에 끌려가기도 했지만 말입니다.·

그러다가 어느 날, 퍼킨이 도제 계약서를 찾자

"썩은 사과는 가게 밖으로 버려야지,

안 그러면 남은 사과까지 다 썩게 만든다"라는 속담을

주인은 기억해 냈습니다.

4408   흥청대는 하인도 마찬가지여서

그 사람을 내보내는 것이

그곳 하인을 다 물들여 놓는 것보다 훨씬 낫다는 것입니다.

그래서 주인은 그에게 계약서를 주며

창피도 주고 욕지거리도 하면서 나가라고 했습니다.

그러자 이 방탕한 수습공은 떠났습니다.

4414   자, 이제 이 사람은 밤새도록 술 마시고

하고 싶은 대로 놀게 내버려 둡시다.

그런데 도둑치고 공범 없는 자가 없는 법이니

그가 훔치거나 빌려 온 것을

같이 쓰는 자가 있게 마련이지요.

퍼킨도 자기 침대며 옷가지를

노름 좋아하고 술 마시며 놀기 좋아하는

자기랑 비슷한 친구에게 즉시 보냈습니다.

그에겐 부인이 있었는데, 그녀는
남들 보기에는 가게를 차리고 있는 것처럼 보이지만
사실은 몸을 팔아 돈벌이를 하는 여자였습니다.*

제2장

법정 변호사의 이야기

서문

우리 숙소 주인은   1
빛나는 태양이 낮의 회전 주기의 4분의 1을 달렸고
그러고도 반 시간을 더 달렸다는 것을 알았다.
그는 학식이 뛰어난 사람은 아니지만
그날이 5월이 성큼 다가왔음을 알리는 날,
즉 4월 18일이라는 것도 알았다.
그리고 모든 나무 그림자가
그림자를 드리우는 나무와
꼭 같은 길이가 되었다는 것도 알고 있었다.
그러므로 그림자로 판단해 보건대
밝고 찬란하게 빛나는 태양의 신 포이보스가
45도 높이로 올라갔고

따라서 그 날짜에 그 위도라면

지금은 10시라고 그는 결론지었다.

그러고는 갑자기 말고삐를 잡아당기며

16   "여러분, 여기 계신 모든 분들께 말씀드리겠는데

오늘의 4분의 1이 지나갔습니다.

지금 하느님과 성 요한을 걸고 말씀드리오니

될 수 있는 한, 시간을 아끼십시오.

신사 여러분, 시간은 밤낮으로 사라집니다.

때로는 자느라 알지 못하는 사이에,

때로는 깨어 있으면서도 게으름을 부리는 사이에

시간은 우리에게서 스르르 도망가 버리지요.

23   마치 산에서 평야로 흘러가고,

다시는 돌아오지 않는 강물처럼 말입니다.

세네카와 다른 철학자들은

금고 속의 금보다

시간이 없어지는 것을 더 슬퍼하셔서

'재산을 잃은 것은 찾을 수 있지만

시간을 잃으면 그것으로 끝이다'라고 말씀하셨습니다.

두말할 필요 없이 시간은 다시 오지 않습니다.

몰킨이 놀아나다가 처녀성을 잃고 나면'

다시 찾을 수 없는 것과 같은 이치이지요.

그러니 허송세월하면 안 됩니다.

33   법정 변호사님, 괜찮으시다면

약속한 대로 저희에게 이야기 하나 들려주시지요.

변호사님께서 이 건에 관해서는 제 판결에 맡기시겠다고

자발적으로 동의하셨으니까요.

자, 이제 약속을 지켜 주십시오.

그러면 어쨌든 의무를 다하신 것이 됩니다"라고

숙소 주인이 말했다.

"그렇고말고요, 제가 동의했지요.   39

약속을 어기는 것은 제 뜻이 아닙니다.

약속은 채무이거든요.

그러니 저는 제가 한 모든 약속을 열심히 지킵니다.

더 말할 나위가 없지요.

다른 사람들에게 법을 지키라고 말하는 사람은

마땅히 스스로 법을 지켜야 합니다.

우리의 법전에 그렇게 쓰여 있습니다.

그런데 저는 유익한 이야기 중에

초서가 이미 하지 않은 이야기를 잘 모르겠군요.

그는 율조나 정교한 운율 같은 것에 대해서는 무식해도

그가 할 수 있는 영어로 옛이야기를 이미 많이 했다는 것은

많은 사람들이 이미 알고 있지요.

만약 그가 어떤 책에서는 그 이야기를 안 했다 하더라도   51

다른 책에서는 그 이야기들을 했단 말입니다.

그는 오비디우스가 오래전에 썼던 서신서에서 말한 것보다

이런저런 연인들에 대해 더 많은 이야기를 썼거든요.

이미 이렇게 이야기했는데 제가 왜 또 그 이야기를 하겠습니까?

57 젊은 시절 그는 케익스와 알키오네에 대해 썼고

이 사람들 한 명 한 명을 다 이야기한 후에는

훌륭한 부인들과 연인들에 대해서도 이야기했습니다.

『큐피드의 성인전』이라는

그가 쓴 두꺼운 책을 찾아보면

루크레티아와 바빌론의 티스베가

입었던 크나큰 상처,

배신자 아이네이아스 때문에 칼로 자살한 디도 이야기,

데모폰 때문에 필리스가 나무에 목맨 이야기,

데이아네이라와 헤르미오네

그리고 아리아드네, 힙시필레의 슬픈 이야기,

바다 위에 떠 있는 척박한 무인도,

헤로 때문에 물에 빠져 죽은 레안드로스,

헬레네의 눈물,

그리고 브리세이스와 라오다메이아의 슬픔,

사랑을 저버린 이아손 때문에

어린 자식들을 목 졸라 죽인

메데이아 왕비의 잔혹함이라니!

오, 히페름네스트라, 페넬로페, 알케스티스여!

이들의 부덕(婦德)을 초서는 높이 칭송하였지요.

77 하지만 친오빠에게 죄 많은 사랑을 품었던

사악한 카나케에 대해서는

단 한 마디도 쓰지 않았습니다.

그런 저주스러운 이야기는 딱 질색이지요!

아니면 저주받은 안티오쿠스가 자기 딸을 범한 후

딸을 길바닥에 내치던 장면이 나오는

티레의 아폴로니우스 이야기는

읽으려면 정말 끔찍하지요.

그래서 그는 심사숙고한 끝에

천륜을 어기는 그런 역겨운 이야기는

자기 책에 한 줄도 쓰지 않았습니다.

저도 할 수만 있으면 그런 이야기는 피하고 싶습니다.

자, 그러면 오늘 저는 무슨 이야기를 해야 할까요?   90

사람들이 피에리데스라고 칭하는 뮤즈에

저를 비유하는 것은 정말 싫습니다.

『변신』*을 읽어 보시면 무슨 말인지 이해하실 것입니다.

하지만 제가 초서의 발뒤꿈치에도 못 미친다 해도

저는 전혀 개의치 않습니다.

저는 산문으로, 그는 운문으로 이야기하면 되니까요."*

이렇게 말하고 나서 그는 엄숙한 태도로

다음과 같은 이야기를 시작했다.

99 아 가난이여, 증오스러운 해악을 끼치는도다.
목마르고, 춥고, 배고프니 얼마나 고생스러운가!
도움을 청하려니 수치스럽고
도움을 안 청하면 궁색하여 여기저기 상하게 되니
가진 것이 없으면 숨겨졌던 상처가 다 드러나는 법,
아무리 애를 써도, 가난한 처지가 되면
생계를 위해 훔치거나 빌어먹거나 빌리는 수밖에 없으니!

106 그러면 사람들은 그리스도를 비난하거나
하느님께서 현세의 부를 불공정하게 나누셨다고 불평해 댄다.
악하게도 이웃을 비난하면서
자신은 가진 것이 없는데, 그는 모든 것을 가졌다고 말한다.
그러곤 이렇게 말한다. "하느님께서 이 죄를 다 벌하실 거야,
가난한 사람들이 힘든 처지에 있을 때 돕지 않았으니
뒤꽁무니가 숯불 속에 타들어 가는 날이 올 거라고."

113 그러나 현명한 사람들이 하는 말을 들어 보라.
"가난하게 사느니 죽는 것이 낫다."
"네 이웃은 너를 경멸하리라."
네가 가난하면 너에 대한 존중, 그것과는 이별이지!
하지만 현명한 자에게 가서 그의 충고를 받으라.
"가난한 자의 하루하루는 늘 고통스럽다."
그러니 네가 거기까지 이르기 전에 조심하라!

네가 가난하면 형제들도 너를 싫어하고　　　　　　　　　　　120

네 친구들도 모두 너를 피할 것이다.

오 부유한 상인들이여, 너희는 정말 복도 많구나,

아, 이렇게 부자가 되다니, 고귀하고 사려 깊은 자들이여,

너희의 가방은 더블 에이스가 아니라

이기는 숫자로 가득 차 있구나.*

크리스마스가 되면 너희는 신나게 춤을 추겠지!

너희는 돈을 벌기 위해 육지와 바다를 두루 돌아다닌다.　　　127

너희는 아는 것이 많아서

외국의 돌아가는 상황을 모두 안다.

너희는 평화와 전쟁, 모든 것의 소식을 전하는 자들이다.

여러 해 전에 제게 이야기를 가르쳐 주었던

상인이 없었더라면

아마 저는 지금

여러분에게 해 드릴 이야기가 하나도 없었을 것입니다.

자, 이제 이야기를 들어 보십시오.

법정 변호사의 이야기

옛날 옛적 시리아에 부유한 상인들이 있었습니다.　　　　　134

이들은 믿을 만하고 진실한 사람들로서

그들의 향료, 금실로 짠 옷감, 화려한 색채의 새틴 천을

멀리까지 보냈는데
상품이 품질도 매우 좋고 진기해서
사람들은 그들과 거래하고 싶어 했고
또 자기들의 상품을 팔고 싶어 했습니다.

141   그러던 어느 날, 이 상인들의 우두머리들이
로마로 여행 갈 준비를 했습니다.
사업 때문인지, 놀기 위해서인지
어떤 다른 사신도 미리 파견하지 않은 채
몸소 로마로 왔습니다. 요약하면 그렇다는 말입니다.
그들은 자기들 목적에 알맞아 보인다고 생각하는 곳에
숙소를 잡았습니다.

148   상인들은 자신들이 원하는 대로
일정 기간 이 도시에 체류했는데
어쩌다 황제의 따님 콘스탄스 아가씨의
드높은 명성을 조목조목 세세하게
이 시리아 상인들이
날마다 날마다 듣게 되었으니,
제가 그 이야기를 해 드리겠습니다.

155   이것이 모든 사람들의 공통된 의견이었습니다.
"로마의 우리 황제께서는, 오 하느님, 그를 굽어살피소서,

따님 한 분을 두고 계시는데, 이 세상이 생긴 이래
성품으로 보나, 외모로 보나
이 따님과 견줄 만한 분을 찾을 수는 없을 것입니다.
하느님께서 따님의 명성을 계속 유지시켜 주시고
온 유럽의 왕비가 되게 하셨으면 좋겠습니다.

대단한 미모를 지녔지만 잘난 척하지 않으시고   162
나이가 어린데도 미숙하거나 어리석은 면이 없으십니다.
늘 덕행만 행하시고 겸손하시니
포악이라곤 전혀 찾을 수 없으십니다.
그녀는 모든 예의범절의 모범이시지요.
마음에는 거룩함이 깃들어 있고
손으로는 넉넉히 자선을 베푸신답니다.”

하느님께서 진실하시듯, 이 의견들 모두 진실이었습니다.   169
그런데 이제 이야기의 초점으로 돌아가야겠습니다.
상인들은 배에 물건을 새롭게 싣고
이 복되신 아가씨를 본 다음에
아주 기쁘게 고국 시리아로 돌아갔는데
예전에도 그랬듯이 자기 사업을 잘하고
풍요롭게 살았습니다. 그 이상은 말씀드리지 않겠습니다.

그런데 공교롭게도 이 상인들은   176

시리아 술탄의 총애를 받는 자들이었습니다.

그들이 외국에서 돌아오면

술탄은 자비롭게

이 상인들을 대접하고

이들이 여러 나라에서 가져온 소식들을 듣고

그들이 보고 들은 신기한 것들을 알고 싶어 했습니다.

183   수많은 것들 중에서도 특히

상인들은 콘스탄스 아가씨에 대해 이야기했습니다.

그녀의 훌륭한 자질들을

어찌나 열심히 조목조목 설명했는지

술탄은 그녀의 모습을 마음속에 간직하게 되었고

그가 살아 있는 한, 그녀를 사랑하는 것만이

그의 욕망과 뜨거운 관심이 되어 버렸습니다.

190   사람들이 하늘이라 부르는 그 큰 책에는

사람이 태어날 때 그의 운명이 별에 다 쓰여 있다고 하는데

술탄은 아마도 자기의 사랑 때문에 죽을 운명이라고

기록되어 있었을 것입니다. 아!

왜냐하면 하느님께서 알고 계시듯, 누구라도 읽을 수만 있다면,

별에는 유리보다 더 분명하게

각자의 죽음이 확실히 쓰여 있기 때문입니다.

그때보다 훨씬 전 헥토르와 아킬레우스,   197
폼페이우스와 율리우스가 태어나기도 전에
그들의 운명이 별에 다 쓰여 있었습니다.
테베의 분쟁, 헤라클레스,
삼손, 투르누스, 소크라테스의 죽음도 다 쓰여 있었습니다.
하지만 인간은 너무 우둔해서
그 운명을 제대로 읽어 내는 사람이 아무도 없습니다.

술탄은 이 문제를 속히 처리하기 위하여   204
추밀원을 불러 모아
자신의 의도를 밝히며
만약 빠른 시간 내에 콘스탄스를 데려오지 못한다면
자기는 죽은 목숨이나 다름없다고 말했습니다.
그리고 어서 빨리
자신의 생명을 살릴 방책을 마련하라고 지시했습니다.

각양각색의 사람들이 자기 나름의 의견을 말했습니다.   211
그들은 논쟁도 하고 이리저리 궁리도 해 보았습니다.
그리고 묘책을 내놓기도 하고
마법과 속임수에 대해서도 이야기해 보았습니다.
하지만 마침내 다다른 결론은
결혼 이외에는 그 어떤 방식으로도
좋은 방법을 찾을 수 없다는 것이었습니다.

218   그런데 아주 명료하게 설명하자면

두 나라의 종교가 너무나 달라서

결혼한다는 것은 정말 힘들다고 생각하여

"어떤 기독교 군주도

우리의 선지자 무함마드께서 가르쳐 주신

우리의 소중한 종교를 갖고 있는 나라에

자기 딸을 결혼시키진 않을 것"이라고 술탄에게 말했습니다.

225   그러자 술탄이 말했습니다. "콘스탄스를 얻지 못한다면

차라리 내가 기독교의 세례를 받을 것이니라.

나는 그녀의 몸. 나는 어느 누구도 선택하지 않을 것이니라.

그대들에게 명하노니 이제 논쟁을 그만하라.

그리고 내 생명을 보존할 수 있도록

나의 생명 줄인 그녀를 데려오는 데 힘을 쏟도록 하라.

지금처럼 마음이 힘들면 나는 오래 살 수 없을 것이로다."

232   무슨 말이 더 필요하겠습니까?

조약을 맺고 협상을 하고

교황이 중재도 한 끝에

우상 숭배를 파괴하기 위하여

그리고 그리스도의 고귀하신 법도를 널리 전파하기 위하여

온 교회, 모든 기사들은

다음과 같은 내용에 동의하였습니다.

술탄과 귀족들 그리고 봉신들은   239
모두 세례를 받아야 하고
결혼하여 콘스탄스를 얻게 되면서
결혼을 보증할 정도로 충분한 금을 받는다는 것이었습니다.
다만 그 금이 어느 정도의 양인지 저는 잘 모르겠습니다.
이 조약에 양쪽이 모두 맹세했으니 오 아름다운 콘스탄스여,
전능하신 하느님께서 그대를 인도하시길!

아마도 몇몇 분들께서는   246
고귀하신 황제께서
딸의 결혼을 위해 준비했던 것들을
모두 말해 주기를 기대할지 모르겠지만
사람들이 잘 아는 것처럼
그토록 중요한 혼사를 위해 마련한 모든 것을
간략하게 전달하기란 불가능합니다.

그녀와 함께 갈   253
주교들, 귀족들과 귀부인들, 명망 있는 기사들
그리고 다른 많은 사람들이 정해졌습니다.
또한 그리스도께서 이 결혼을 기쁘게 받으시고
혼인 여정에 복을 주시도록
온 도시의 사람들이
경건하게 그리스도께 기도하라고 선포되었습니다.

260 그녀가 떠날 날이 다가왔습니다.

슬픈 운명의 날이 온 것입니다.

더 이상 지체할 수 없어

그들은 모두 함께 떠날 채비를 하였고

콘스탄스는 슬픔에 짓눌리고 낯빛이 완전히 창백해진 채

일어나서 갈 준비를 했습니다.

달리 어쩔 도리가 없음을 잘 알고 있었기 때문입니다.

267 그토록 소중하게 그녀를 지켜 주던 친구들을 떠나

낯선 나라로 보내져

어떤 사람인지도 알지 못하는 사람에게

복종하며 구속되어 살아야 하다니

그녀가 구슬프게 우는 것이 어찌 이상하겠습니까?

남편들은 다 좋은 사람들이고 예전에도 늘 그랬습니다.

아내들은 그것을 다 아니 이 문제는 더 거론하지 않겠습니다.

274 그녀가 말했습니다. "아버지, 당신께서는 불쌍한 자식

당신의 어린 딸 콘스탄스를 이제껏 고이 길러 주셨습니다.

그리고 어머니, 하늘에 계신 그리스도를 제외하면

그 무엇보다 제게 큰 기쁨이셨던 어머니,

당신의 딸 콘스탄스는 이제 시리아로 가게 되었으니

이렇게 인사 올립니다.

이제 다시는 살아생전 두 분을 뵙지 못할 테니까요.

아, 제가 이교도의 땅으로 가게 되었습니다,   281
그것이 두 분의 뜻이시니 말입니다.
하지만 우리 구원을 위해 죽으신 그리스도께서
제게 은혜를 주셔서 그분의 뜻을 다 이루시기를!
보잘것없는 여인인 저야 죽는들 어떻습니까!
여자들의 운명이란 복종하고 고행하며
남자의 다스림을 받으며 사는 것인데요."

일리오스가 활활 타오르기 전   288
피루스가 테베의 성벽을 무너뜨릴 때에도
또한 로마에 한니발 장군이 쳐들어와
로마를 세 번 함락시킬 때에도
콘스탄스가 떠나기 전 그녀의 방에서 들려온 흐느낌은,
그런 애처로운 울음소리는 들어 본 적이 없었을 것입니다.
하지만 그녀가 울건 웃건 그녀는 떠나야 했습니다.

오, 첫 번째 운행이여!' 잔인한 천궁(天宮)이여!   295
네가 매일 움직이면서,
자연스럽게 반대편으로 가는 것들을
동쪽에서 서쪽으로 계속 밀며 내동댕이치는구나,
너의 추진력으로 하늘의 운행 방향을 정하는 바람에
이 위험한 항해의 시작부터
잔인한 군신 마르스가 결혼을 망쳐 버리는도다.

302 불길하게도 비스듬히 올라가던 별자리에서
별이 맥을 못 추고 떨어지더니
원래 각도에서 벗어나 가장 운 나쁜 별자리로 들어가는구나!
오 마르스 신이여, 이 사건을 지배하는 별이여!
오 연약한 달이여, 그대 발걸음 불행하도다!
그대는 환대받지 못할 곳에서 합류하고
잘 지낼 곳에서는 밀려났도다.

309 아, 경솔한 로마 황제여!
그대가 사는 곳에는 점성술사도 없단 말인가?
이번 사건에서 더 길한 시간은 없었단 말인가?
이렇게 고귀한 신분의 사람들이 떠나는 항해에
더 좋은 때를 찾을 수는 없었단 말인가?
태어난 일시를 정확히 몰랐단 말인가?
아, 우리는 너무 무지하거나 아둔하도다!

316 엄숙하게 모든 예식 절차를 마치고
슬픔에 잠긴 아름다운 아가씨는 배로 인도되었습니다.
"그리스도께서 여러분과 함께하시기를." 그녀가 말했고
"편안히 가십시오"라는 말만 오갔습니다.
그녀는 기쁜 표정을 지으려고 애를 썼습니다.
이제 그녀가 이런 식으로 항해하도록 남겨 둔 채
저는 처음의 주제로 되돌아가겠습니다.

만악(萬惡)의 근원인 술탄의 어머니는   323
자신의 아들이 예로부터 이어져 온 희생제를 저버리려는
분명한 의도를 알아차리고
즉시 자신의 자문단을 소집했습니다.
그들은 그녀의 의도를 알기 위해 모였습니다.
자문단이 모이자
그녀는 자리에 앉아 다음과 같이 말했습니다.

"경들이여, 그대들 모두 아시다시피   330
나의 아들이
신의 사자 무함마드에게서 받은
우리 코란의 법도를 저버리려 하고 있습니다.
그러나 위대하신 신에게 맹세하나니
무함마드의 법이 내 마음에서 떠나기 전에
내 생명이 육체에서 떠나는 쪽을 택할 것입니다.

이 새로운 종교에서 나올 것이라고는   337
우리 몸의 노예가 되어 고행하는 것 외에 무엇이 있겠습니까?
그러고는 우리가 무함마드에 대한 신앙을 저버렸으니
지옥으로 끌려가는 일만 남지 않겠습니까?
그러나 경들이여,
나의 가르침에 동의하겠다고 약조하시겠습니까?
그러면 내가 우리 모두 영원한 구원을 얻도록 하겠습니다."

344 그들은 한 명 한 명 모두 그녀와 생사를 같이하고
그녀와 한편이 되겠노라 맹세하고 동의했습니다.
그리고 각자 모두 힘닿는 한 최선의 방식으로
그녀에게 힘을 보탤 동지들을 찾아내겠다고 말했습니다.
이제 그녀는 이 모든 기획을 통솔하면서
제가 이제 말하려는 것처럼
그들에게 즉시 다음과 같이 이야기했습니다.

351 "일단 우리는 기독교인을 받아들이는 척합시다.
차가운 세례수가 주는 슬픔이 크지는 않을 것입니다.
그러면 나는 성대히 연회를 베풀고 흥을 돋우어
술탄에게 대가를 치르도록 할 것입니다.
그의 부인이 세례를 받아 더할 수 없이 새하얗다 하더라도
그 붉은 피를 다 씻어 내리려면
성수를 아무리 가득하게 채워 가져와도 모자랄 것입니다."

358 오 술탄의 어머니, 악의 뿌리여!
남자의 직분을 찬탈한 여자여, 제2의 세미라미스'여!
여자의 탈을 쓴 독사여!
지옥 깊은 곳에 묶여 있는 뱀과 같구나.
오, 본성을 감추는 여자여! 네 안에 품은 사악함으로
덕성과 순결을 모두 파괴할 수 있는 자여!
만악의 소굴이여!

천국에서 추방당한 그날부터   365
늘 시기심으로 가득했던 사탄이여!
너는 옛날부터 여자를 속이는 방법을 알고 있구나!
너는 이브를 통해 우리를 노예로 만들더니
이번에는 기독교인의 결혼을 망가뜨리려 하는구나.
아, 어쩌란 말이냐, 네가 속이려 들 때에는,
너는 이렇게 여자를 도구로 삼는구나.

이처럼 제가 비난하고 저주하는 이 술탄의 모후는   372
남몰래 그녀의 자문단을 돌려보냈습니다.
이 이야기를 왜 제가 이렇게 질질 끌겠습니까?
어느 날 그녀는 말을 타고 술탄에게 가서
그녀도 자신의 신앙을 버리고
그녀가 오랫동안 믿어 온 이교 신앙을 참회하며
사제의 손에서 기독교 세례를 받겠다고 말했습니다.

그리고 기독교인들에게 잔치를 베풀 수 있는 영광을   379
자신에게 달라고 술탄에게 간청했습니다.
"그들을 대접하는 데 힘을 다하겠습니다."
그러자 술탄이 "저는 어머님 뜻에 따르겠습니다"라면서
그녀 앞에 무릎을 꿇고 감사함을 표했습니다.
술탄은 너무 기뻐 무슨 말을 해야 할지 모를 정도였습니다.
그녀는 아들에게 입을 맞춘 후, 자기 궁전으로 갔습니다.

(제1부는 여기서 끝나고, 제2부가 이어진다.)

386   기독교인들은 위용을 갖추어
시리아 땅에 도착했습니다.
술탄은 곧바로 사신을
자신의 어머니에게 가장 먼저 보냈고
온 영토에 자신의 부인이 왔음을 알렸습니다.
그리고 왕국의 번영을 위해 왕비를 맞아 달라고
어머니에게 청했습니다.

393   많은 사람들이 모여들었고
시리아와 로마 사람들이 만났을 때 위용이 대단했습니다.
술탄의 모후는 호화스럽게 차려입고
세상 그 어느 어머니보다 더 반가워하며
며느리를 기쁨으로 맞이하였고,
그들은 느릿느릿 장엄하게
가장 가까운 도시를 향하여 행진해 갔습니다.

400   루카누스가 그렇게 떠벌리며 설명했던
율리우스 황제의 개선 행진이
기쁨에 찬 이 무리보다
더 성대하고 화려했으리라고는 믿을 수 없습니다.
그러나 이 전갈, 이 사악한 영혼, 술탄의 모후는

겉으로는 살랑살랑 비위를 맞추어 주고 있었지만
가면 뒤에서는 치명적인 독침을 계획하고 있었습니다.

조금 뒤 술탄도   407
놀라울 정도로 위풍당당하게 나타나
기쁨과 환희에 찬 모습으로 그녀를 환영했습니다.
이제 저는 그들이 기쁨에 찬 모습으로 남아 있도록 하고
이 이야기의 핵심적인 부분을 말하겠습니다.
때가 되자, 사람들은 잔치를 멈추고
쉬러 가는 것이 좋겠다고 생각했습니다.

때가 되자, 이 늙은 술탄의 모후는   414
제가 이야기했던 그 연회를 베풀었고
연령 고하를 막론하고 기독교인들은 연회로 향했습니다.
이곳에서 그들은 상다리가 부러지도록 펼쳐진 잔칫상에
말로 설명할 수 없는 고급 음식들이 차려진 것을 보았습니다.
하지만 이들은 식탁에서 일어서기 전에
그에 대한 대가를 너무도 비싸게 치러야 했습니다.

아, 갑자기 닥쳐오는 슬픔이여!   421
세상의 기쁨 뒤에는 늘 쓰라림이 따라오는구나.
우리가 사는 세상의 기쁨은 결국 쓰라림으로 끝나는구나!
우리의 기쁨 뒤에는 슬픔이 자리 잡고 있으니

그대의 안위를 위하여 이 충고에 귀 기울일지어다.
기쁜 날에는 이것을 명심하라,
예기치 못한 슬픔이나 해악이 뒤따라온다는 것을.

428 그 이유를 한마디로 요약하자면
술탄과 기독교인들은 모두 다
식탁 앞에서 칼에 찔려 조각조각 잘렸기 때문입니다.
예외는 단 한 사람, 오직 콘스탄스만이 살아남았습니다.
망할 놈의 할망구, 이 늙은 술탄의 모후는
자신의 동지들과 이런 저주스러운 짓거리를 벌였는데
이는 자신이 나라를 통치하고 싶어 했기 때문이었습니다.

435 또한 술탄의 뜻을 알고
그 뜻을 받들어 기독교인으로 개종한 시리아 사람 중에
산산조각으로 칼부림질 당하지 않은 자가 없었습니다.
그러고 나서 그들은 곧장 콘스탄스를 끌고 가
조종간이 없는 배에 태운 뒤
그녀에게 배를 몰아 시리아에서 벗어나
이탈리아로 돌아가라고 말했습니다.

442 그녀는 상당한 양의 보물을 그곳으로 가져왔는데
진실을 말하자면,
그들은 꽤 많은 식량을 그녀에게 주었고

또한 옷도 주었습니다.

그리고 그녀는 짠내 나는 바다를 건너가게 되었습니다.

오 선하디선한 콘스탄스, 황제의 소중한 어린 딸,

운명의 주인인 그분께서 그대의 조종간이 되어 주시기를!

콘스탄스는 성호를 긋고, 참으로 애절한 목소리로   449

그리스도의 십자가에 이렇게 기도했습니다.

"오, 빛나는 복되신 제단이여,

동정심이 가득한 어린 양의 피로 붉게 물든 거룩한 십자가여,

오래전 죄악으로부터 세상을 정결하게 하신 십자가여,

제가 이 깊은 곳에서 물에 빠져 죽게 되는 그날

악마와 그의 발톱으로부터 저를 지켜 주시옵소서.

진실한 신도들을 보호하시는 승리의 십자가여,   456

고결한 그대만이

갓 상처 입은 하늘의 왕을 짊어질 수 있도다!

팔을 뻗으시어

사람들에게서 악마를 몰아내시는

창으로 찔리신 순백의 어린 양이여,

저를 지켜 주소서. 그리고 제게 살 힘을 주옵소서."

날이 가고 해가 가도록   463

이 여인은 자신의 운명대로 그리스 바다에서

지브롤터 해협을 지나가며 둥둥 떠다녔습니다.

얼마나 많은 끼니를 수심에 차서 먹었겠습니까.

거센 파도에 떠밀려

육지에 이를 때까지

이제 죽었구나 생각한 것도 한두 번이 아니었습니다.

470   사람들은 아마도 물어보겠지요.

어째서 그녀만 살아남았는가? 누가 그녀를 지켜 주었는가?

그러면 저는 이렇게 대답하겠습니다.

다니엘만 빼놓고 주인이건 종이건

모두 도망치지 못하고 사자에게 잡아먹혔을 때

그 무서운 동굴에서 다니엘을 살려 주신 분이 누구였나요?*

그가 모시던 하느님 말고 누가 이런 일을 하셨겠습니까?

477   하느님께서는 우리가 그의 능력의 역사를 볼 수 있도록

그녀에게 놀라운 기적을 베풀기 원하셨습니다.

학자들이 잘 알고 있듯이,

모든 악의 치료자인 그리스도께서는 종종 어떤 수단을 통해

인간의 이해력으로는 헤아릴 수 없는 일을 행하십니다.

우리의 무지로 인하여

하느님의 신중하신 섭리를 이해하지 못할 뿐입니다.

484   그녀가 잔치에서 살해당하지 않았으니

바다에 빠지지 않게 그녀를 지키신 분은 누구시겠습니까?
물고기가 니느웨에서 요나를 토해 낼 때까지
물고기 배 속에서 그를 지키신 분은 누구셨습니까?'
아마도 사람들은 그분 외에는 없다는 걸 알 것입니다.
히브리 민족이 바다를 건널 때 물에 빠지지 않고
마른땅을 건널 수 있도록 지켜 주셨던 그분 말입니다.'

동쪽과 서쪽, 남쪽과 북쪽에서   491
육지와 바다를 괴롭힐 힘을 가진
폭풍의 네 천사에게 "바다도 육지도 어떤 나무도 해하지 말라"
이렇게 명할 분은 누구십니까?
진실로, 그렇게 명령하셨던 분이 바로,
그녀가 자거나 깨어 있거나
그녀를 폭풍에서 지켜 주셨던 그분이십니다.

3년이 넘는 세월 동안   498
이 여인이 어디에서 물과 음식을 구할 수 있었을까요?
그녀의 비축된 식량이 어떻게 지속될 수 있었을까요?
동굴이나 사막에서 이집트의 마리아를 먹인 분은 누구시죠?
의심할 바 없이 오직 그리스도뿐이십니다.
오병이어의 기적'이야말로 크나큰 기적이었습니다.
하느님은 사람들이 궁핍할 때 풍성하게 주셨습니다.

505 그녀는 거친 바다를 통해 우리의 대양으로 밀려 나와
마침내는
제가 이름을 알지 못하는, 멀리 노섬벌랜드에 있는 성으로
파도에 밀려오게 되었습니다.
모래사장에 그녀의 배가 콕 틀어박혀
썰물 시간 내내 꼼짝 못 하고 있었으니
그녀가 거기에 머물러 있으라는 하느님의 뜻이었습니다.

512 그 성의 성주는 난파선을 보기 위해
내려와 배 안을 샅샅이 살펴보다가
근심으로 가득한 이 지친 여인을 보게 되었습니다.
그는 또한 그녀가 가져온 보물들도 발견했습니다.
그녀는 자기 나라 말로 자비를 구하며
제발 자신을 죽여 달라고
그래서 고통에서 벗어날 수 있게 해 달라고 간청했습니다.

519 그녀가 사용한 언어는 일종의 라틴어 방언이었는데
그럼에도 불구하고 사람들은 그녀의 말을 이해했습니다.
더 이상 배를 뒤질 생각이 없던 성주는
이 불쌍한 여인을 육지로 데려왔습니다.
그녀는 무릎을 꿇고 하느님의 역사에 감사드렸습니다.
하지만 자기가 누구인지에 대해서는
죽는 한이 있더라도 절대로 밝히지 않으려 했습니다.

그녀는 자신이 바다에서 너무 놀라는 바람에   526
기억을 잃어버렸다고 말했습니다.
성주와 그의 부인은 그녀를 너무 가엾게 여겨
하염없이 눈물을 흘렸습니다.
그녀는 게으름이라곤 전혀 없이 부지런히
그곳 사람들의 시중을 들고 마음을 즐겁게 해 주어
그녀 얼굴을 본 사람들은 모두 그녀를 아꼈습니다.

성주와 그의 부인 허멘길드는   533
이교도였고, 그 지역 사람들 모두 그러했습니다.
하지만 허멘길드는 그녀를 자기 생명만큼 사랑했고
콘스탄스는 그곳에 살면서 오랫동안
비통하게 눈물을 흘리며 기도하여
마침내 예수님께서는 그의 은총으로
성주의 부인 허멘길드가 기독교로 개종하게 만드셨습니다.

그곳에서는 어떤 기독교인도 감히 집회를 할 수 없었고   540
바다로나 육지로나
북쪽 해안 지방을 모두 정복했던 이교도들 때문에
기독교인들은 그 나라에서 도망간 상태였습니다.
이 섬에서 살던 옛 브리턴 사람들 중
기독교인들은 웨일스로 도망을 가
당시에는 그곳이 피난처가 되었습니다.

547   하지만 브리턴의 모든 기독교인이 나라를 떠난 것은 아니어서
　　　이교도들 몰래 은밀히 그리스도에게 예배하며
　　　이교도들을 속이는 사람들이 몇몇 있었는데
　　　그 성 근처에도 그런 기독교인이 세 명 있었습니다.
　　　그중 한 명은 맹인이어서 앞을 보지 못했습니다.
　　　그런데 사람이 맹인이 되면
　　　마음의 눈으로 볼 수 있게 되는 법입니다.

554   그 여름날 태양이 밝게 빛나
　　　성주와 그의 부인 그리고 콘스탄스는
　　　산책도 하고 바람이나 쐴 겸
　　　성에서 1~2마일 떨어진 바다를 향하여
　　　똑바로 가고 있었습니다.
　　　그렇게 걷다가 이들은 이 맹인을 만났는데
　　　그는 몸이 구부정한 데다 늙었고, 눈은 꽉 감겨 있었습니다.

561   이 맹인 브리턴 사람이 "허멘길드 마님, 그리스도의 이름으로
　　　제가 다시 볼 수 있게 하소서"라고 외쳤습니다.
　　　이 말을 들은 성주 부인은
　　　자기가 예수 그리스도를 믿은 것 때문에
　　　남편이 자기를 죽일까 봐 두려워했습니다.
　　　그러나 콘스탄스는 그녀에게 용기를 북돋아 주며
　　　그리스도의 교회의 딸로서 그의 뜻을 행하라고 말했습니다.

이 광경을 본 성주는 당황하여   568
"이것이 무슨 일이란 말인가?" 하고 물었습니다.
"성주님, 사람들을 마귀의 덫에서 풀려나도록 하는 것이
그리스도의 능력입니다"라고 콘스탄스는 대답했습니다.
그녀가 기독교 신앙을 아주 잘 설명한 덕분에
저녁이 되기 전에 성주도 개종하여
그리스도를 믿게 되었습니다.

이 성주는 그가 콘스탄스를 발견했던   575
제가 지금 말한 지역의 영주는 아니었고
노섬벌랜드 지방의 왕이던 알라왕 치하에서
여러 해 동안 이 지역을 지키고 있는 자였습니다.
알라왕은 매우 현명한 사람이었으며
스코틀랜드인에 맞서 용맹스럽게 싸우던 자였습니다.
하지만 저는 다시 제 주제로 되돌아가겠습니다.

늘 우리를 속일 기회를 엿보고 있는 사탄은   582
콘스탄스가 모든 면에서 완벽한 것을 보면서
그녀에게 어떻게 복수할 것인지 궁리하다
그 지역에 살고 있던 한 젊은 기사가
추악한 욕정에 차서 그녀를 뜨겁게 사랑하도록 만들었습니다.
그는 그녀에 대한 자기 뜻을 이룰 수 없다면
죽어 버리겠다고 생각했습니다.

589 그러곤 그녀에게 사랑을 고백했으나 소용이 없었습니다.
   그녀는 어떤 일이 있어도 죄를 범하려 하지 않았습니다.
   그러자 그는 사악하게도
   그녀에게 치욕적인 죽음을 안기려는 음모를 꾸몄습니다.
   그는 성주가 나가 있는 때를 기다렸다가
   어느 날 밤 몰래, 그녀가 자고 있는 동안
   허멘길드의 침실로 숨어들었습니다.

596 기도하다가 지쳐
   콘스탄스와 허멘길드는 곤히 잠들어 있었습니다.
   사탄의 유혹에 넘어간 기사는
   살금살금 침대로 가서
   허멘길드의 목을 두 동강 내고
   피 묻은 칼을 콘스탄스 곁에 두고 도망쳤습니다.
   하느님이시여, 이놈에게 천벌을 내리소서!

603 그 후 얼마 안 있어 성주가 집으로 돌아왔습니다.
   그 나라의 왕인 알라도 함께하고 있었습니다.
   그는 자기 부인이 참혹하게 살해된 것을 보고는
   슬피 울고 땅을 치며 슬퍼했습니다.
   그러고는 침대에서 콘스탄스 옆에 놓인
   피 묻은 칼을 보았으니 아, 그녀가 무슨 말을 할 수 있겠습니까?
   너무 기가 막혀 그녀는 혼절했습니다.

이 모든 불행한 사건이 알라왕에게 보고되었습니다.　　　　　610
또한 콘스탄스가 발견된 시간과 장소,
어떻게 발견되었는지 등
제가 앞에서 말한 것과 같은 내용 역시 보고되었습니다.
왕은 그토록 선량한 사람이
이 모든 어려움과 고통을 겪게 된 것을 보고
안타깝고 마음이 아팠습니다.

마치 죽을 자리로 끌려가는 양처럼　　　　　617
결백한 콘스탄스는 왕 앞에 섰습니다.
모든 음모를 꾸민 이 거짓된 기사는
그녀가 이 모든 일을 행했다고 허위 증언을 했습니다.
그럼에도 불구하고 사람들은 모두 엉엉 울며
그녀가 그런 끔찍한 일을 저질렀다는 것은
상상도 할 수 없다고 말했습니다.

사람들은 그녀가 늘 덕성스러웠으며,　　　　　624
허멘길드를 자기 목숨만큼 사랑한 것을 알기 때문입니다.
그 집에 속한 모든 이들이 이와 같이 증언했으나
자기 칼로 허멘길드를 죽인 자만 아니라고 말했습니다.
고귀한 왕은 이러한 증언들에 깊이 감동받아
진실을 알기 위해
이 문제를 더 깊이 조사해야겠다고 생각했습니다.

631 아, 콘스탄스, 그대를 위해 싸워 줄 기사가 그대에겐 없구나!
아! 그렇다고 스스로 싸울 수도 없으니!
우리의 구원을 위해 죽으시고 사탄을 속박하신 그분께서
(아직도 사탄은 그곳에 이제까지 묶여 있다!)
오늘 그대를 구해 줄 강한 기사가 되어 주시리라!
그리스도께서 만방에 기적을 드러내지 않으신다면
그대는 죄도 없이 곧바로 죽게 되지 않겠는가.

638 그녀는 무릎을 꿇고 말했습니다.
"수산나의 누명을 벗겨 주신 영원하신 하느님,
그리고 성 안나의 따님이시며
천사들이 호산나 찬양하는 분의 어머니가 되시는
자비로운 동정녀 마리아여,
제가 이 죄를 범한 것이 아니라면
제 구원자가 돼 주소서, 그렇지 않으면 저는 죽을 것입니다!"

645 여러분은 혹시 사형 집행 유예를 전혀 받지 못한 채
죽음을 향해 끌려가는 자의 창백한 얼굴을
군중 가운데 본 일이 있습니까?
그의 안색은 너무 창백하여
군중의 모든 얼굴들 중에서도
괴로움에 찬 그 얼굴을 알아볼 수 있을 것입니다.
지금 콘스탄스가 그러하니, 그녀는 주변을 둘러보았습니다.

오, 영화를 누리며 사는 왕비마마들이시여,   652
공작 부인들이시여, 그리고 귀부인들이시여,
곤고한 처지에 놓인 그녀를 불쌍히 여기시옵소서!
황제의 따님이 홀로 서 계십니다.
그녀는 도움을 청할 사람 하나 없습니다.
왕족의 혈통이 이처럼 두려운 상황에 서 있게 되다니,
도움이 이토록 필요할 때 그대 친구들은 멀리멀리 있구나!

고귀한 마음에는 동정심이 가득한 법이니,   659
알라왕 역시 그녀를 불쌍히 여겨
눈에서 눈물이 주르르 흘러내렸습니다.
"자, 서둘러 책을 가져오라.
그리고 그녀가 성주 부인을 죽였다고 기사가 맹세하면
그녀에게 어떤 벌을 내릴지 잘 생각해 보자"라고
그는 말했습니다.

사람들은 복음서가 수록된 브리턴 책을 가져왔고   666
기사는 이 책 위에 손을 얹었더니
곧바로 그녀가 범인이라 맹세했습니다.
그러자 즉시 어떤 손이 그의 목뼈를 탁 내리쳤습니다.
그는 이내 돌처럼 뻗어 버리고
두 눈이 얼굴에서 튀어나왔습니다.
그 자리에 있던 사람들 모두 이 광경을 보았습니다.

673   그곳의 모든 사람들이 한 음성을 들었습니다.

"너는 죄 없는 거룩한 교회의 딸을

지존하신 하느님 앞에서 중상모략하였도다.

네가 이런 일을 범했는데도 내가 가만히 있을 줄 알았느냐!"

이러한 기적 앞에 사람들은 두려움에 휩싸였습니다.

콘스탄스 한 명을 제외하고는 모든 사람들이

신의 징벌이 두려워 어쩔 줄 몰라 하며 서 있었습니다.

680   축복받은 결백한 여인 콘스탄스를

부당하게 의심하던 사람들은

너무나 두려워하면서 크게 회개했습니다.

결론적으로, 이러한 기적 덕분에

그리고 콘스탄스를 통해

왕과 그 자리에 있던 많은 사람들이

개종하였으니, 오, 하느님의 은혜에 감사할지어다!

687   이 거짓된 기사는 거짓을 고하였으므로

알라왕은 즉시 그를 죽이라는 판결을 내렸습니다.

그러나 콘스탄스는 그의 죽음을 매우 안타까워했습니다.

그 사건 이후에 자비로우신 예수께서는, 알라왕이

눈부시게 빛나고 아름다운 이 거룩한 처녀와

매우 성대하게 결혼하도록 이끄셨습니다.

그리스도께서는 콘스탄스를 왕비로 만드셨던 것입니다.

하지만 진실을 말하건대 694
이 결혼을 슬퍼하는 자가 있었으니
바로 포악함으로 가득한 왕의 어머니 도네길드였습니다.
그녀의 가증스러운 마음은 둘로 쪼개질 것만 같았습니다.
그녀는 자신의 아들이 그러지 않기를 바랐습니다.
그녀는 아들이 배우자로 낯선 이방 여인을 맞이하는 것은
모욕적인 일이라고 느꼈습니다.

저는 쭉정이나 지푸라기는 다 걸러 내고 701
꼭 필요한 알맹이만 이야기하려고 합니다.
그 결혼식에 어떤 왕족들이 참석했고, 어떤 음식이 나왔는지
누가 트럼펫을 불고, 누가 호른을 불었는지
이런 이야기를 제가 왜 하겠습니까?
이야기의 핵심을 말하자면
그들은 먹고 마시고 춤추고 노래하며 즐겁게 시간을 보냈습니다.

마땅히 그래야 하듯이 그들은 침대로 향했습니다. 708
비록 아내들이 매우 경건하더라도,
자신에게 결혼반지를 끼워 준 남자들에게 쾌락을 주기 위해
필요한 그런 종류의 행위를
인내하며 받아들여야 합니다.
그들의 거룩함을 당분간 살짝 옆에 내려놓아야 하지요.
그보다 더 나은 일은 없습니다.

715　콘스탄스는 곧 아들을 잉태하게 되었습니다.

　　　왕은 적을 찾아내기 위해 스코틀랜드로 가게 되었을 때

　　　주교와 성주에게 자기 부인을 돌봐 달라고 부탁했습니다.

　　　너무나 겸손하고 유순하며 아름다운 콘스탄스는

　　　만삭이 되었으므로

　　　그리스도의 뜻을 따르며

　　　조용히 자신의 방에서 기거했습니다.

722　때가 되어 그녀는 아들을 낳았습니다.

　　　그 아들은 모리스라는 세례명을 갖게 되었습니다.

　　　성주는 사신을 부른 후

　　　알라왕에게 편지를 써서

　　　이 기쁜 소식과

　　　그 외 다른 유용한 소식들을 전했습니다.

　　　사신은 편지를 가지고 길을 떠났습니다.

729　이 사신은 사익을 취하고자 무엇인가를 하기 위해

　　　왕의 어머니에게 재빨리 달려갔습니다.

　　　그리고 그녀에게 매우 공손히 인사를 올렸습니다.

　　　"마마, 기뻐하시옵소서,

　　　하느님께 천만번 감사를 올리옵나이다.

　　　우리 왕비께서 왕자를 낳으셨으니

　　　온 나라에 경사스러운 일입니다.

이 일을 알리기 위해 봉인된 서신이 여기 있사오니   736
이것을 가장 빨리 제가 가져다 드려야 합니다.
마마께서도 왕에게 혹시 전하실 것이 있으시면
밤이든 낮이든 제가 당신의 명을 행하겠나이다."
도네길드가 말했습니다. "지금은 특별히 전할 것이 없다.
하지만 이곳에서 하룻밤을 푹 쉬거라.
내일이면 내가 하고 싶은 일을 이야기하겠노라."

사신은 맥주와 포도주를 실컷 마셨고,   743
그가 돼지처럼 쿨쿨 자는 동안 그의 상자에서
왕에게 갈 편지가 남몰래 도둑맞았습니다.
그리고 아주 사악하게도
이 문제에 관해 성주가 왕에게 전하는 편지가
매우 교묘하게 다른 편지로 위조되어
다음과 같은 내용으로 전달되었습니다.

그 편지에 따르면, 왕비는   750
악마 같은 흉측한 아이를 출산하여
성안에 그 누구든 잠시라도
그 아이 곁에 있으려는 이가 없다는 것이었습니다.
또한 우연이건, 마법 때문이건
그 아이의 어미는 악령임이 분명하여
사람들이 그녀와 있기를 꺼린다는 것이었습니다.

757 편지를 보았을 때 왕은 큰 비탄에 잠겼으나
자신의 아픔과 슬픔을 아무에게도 말하지 못한 채
친필로 다음과 같은 답장을 썼습니다.
"나는 그리스도의 가르침을 받은 자이니
그분의 영원하신 섭리를 감사하나이다.
주님께서 원하시고 기뻐하시는 것을 감사히 받아들이오니
제 마음은 오직 당신만을 따르옵니다.

764 아이가 아름답건 추악하건 내가 돌아갈 때까지
이 아이를 잘 지키고, 또한 나의 부인도 잘 지키거라.
그리스도께서 허락하신다면 이 아이보다 더 내 마음에 드는
후계자를 내게 보내 주시리라 믿는다."
남몰래 울면서 그는 이 편지를 봉했고,
편지는 곧 사신에게 전달되었습니다.
사신은 떠났습니다. 더 이상 할 일이 없었지요.

771 오, 술에 찌든 사신이여,
네 숨결은 독한 냄새가 나고 팔다리는 흐느적거리는구나.
너는 모든 비밀을 누설하는구나.
너는 정신을 못 차린 채 참새처럼 재재거리고
네 얼굴은 완전히 딴사람처럼 변해 버리는구나.
술에 떡이 되도록 취하면
어떤 비밀도 숨기지 못하는 법이로다.

오 도네길드여, 네 악독함과 포악함을   778
제대로 묘사할 말을 찾지 못하겠도다.
너를 악마에게 맡기는 수밖에 없구나.
악마더러 네 음모를 써 보라고 해야겠다.
에잇, 여자가 남자처럼 행하다니! 아니, 아니 말을 잘못했네.
너는 악령 같다고 말하는 게 맞겠구나,
너는 이 세상을 걸어 다니지만, 네 영혼은 지옥에 있도다!

사신은 왕에게서 다시 돌아오는 길에   785
왕의 모후의 궁전으로 와 말에서 내렸고
그녀는 사신을 보고 아주 기뻐하면서
최선을 다해 그를 대접했습니다.
그는 벨트 아래가 빵빵해질 정도로 술을 퍼마시고
잠들었습니다.
그러고는 동이 틀 때까지 드르렁드르렁 코를 골았습니다.

이번에도 그의 편지는 도둑맞았고   792
다음과 같이 위조되었습니다.
"왕이 명하노니 무슨 일이 있어도 성주는
콘스탄스가 그의 왕국에서
사흘 세 시간 이상 머무르게 해서는 안 되며
이를 어길 시에는 엄중한 재판을 받고
교수형에 처해질 수도 있을 것이니라.

799 그녀가 발견되었던 바로 그 배에
     그녀와 그녀의 아들과 모든 그녀의 짐들을 갖다 놓아라.
     이후 그녀를 육지에서 떠나게 하고
     다시는 이곳으로 돌아오지 못할 것을 명하노라."
     오 나의 콘스탄스, 그대 영혼이 두려움에 떨고 있구나.
     도네길드가 이 모든 계략을 꾸미고 있을 때
     그대는 자면서도 얼마나 고통스러운 꿈을 꾸고 있겠는가.

806 사신은 아침에 잠이 깬 후
     가장 **빠른** 지름길을 통해 성으로 가서
     성주에게 편지를 전해 주었습니다.
     성주는 이 끔찍한 편지를 읽으며
     "세상에, 이런 일이!"라고 계속 탄식했습니다.
     "주 그리스도시여, 이토록 많은 자들에게 죄가 넘치니
     이 세상이 어떻게 지속될 수 있나이까?

813 오, 능력 많으신 하느님, 당신은 공정한 재판관이시온데
     만약 그것이 당신의 뜻이라면
     어떻게 이 결백한 자들이 죽도록 내버려 두시고
     사악한 인간들은 번성하며 통치하게 하신단 말입니까?
     오, 착한 콘스탄스, 내가 당신을 괴롭히는 자가 돼야 하다니
     정말 내 처지가 기막히구나. 하지만 이를 거부하면
     내가 치욕스럽게 죽어야 하니, 어쩔 수가 없구나."

왕이 이런 저주스러운 편지를 보내자   820
그곳에 있던 이들은 젊은이나 노인이나 모두 울었습니다.
콘스탄스는 곧 죽을 사람처럼 창백한 얼굴로
넷째 날, 배로 향했습니다.
하지만 그녀는 하느님의 뜻을 굳게 믿었으므로
바닷가에서 무릎을 꿇고 말했습니다.
"주여, 당신의 뜻에 언제나 순종하겠나이다.

이곳에서 지내는 동안 제가 죄를 뒤집어쓰게 되었을 때   827
지켜 주셨던 주님께서, 짠내 나는 저 바다에서도
제가 다치거나 치욕을 당하지 않도록 구해 주실 것입니다.
어떤 방법으로 하실지는 모르지만 말입니다.
하느님은 이전에도 강대하셨듯이 지금도 강대하십니다.
그분을, 그리고 그의 귀하신 어머님을 제가 믿습니다.
성모 마리아께서는 저의 돛대이시며 저의 조종간이십니다."

그녀의 어린 아들이 그녀 팔에 안겨 울고 있었는데   834
무릎을 꿇은 채 그녀는 안타까워하며 말했습니다.
"아가야, 울지 말거라. 네게 해를 끼치지 않을 거야."
그 말을 하고 그녀는 자신의 머리를 감싼 스카프를 벗어
아기의 작은 눈 위에 얹었습니다.
그녀의 팔에 안겨 아이가 쌔근쌔근 잠이 들자
그녀는 하늘을 향해 눈을 들었습니다.

841 "어머니이시면서 빛나는 동정녀이신 마리아여,
　　여자의 유혹으로 인류가 죄를 범하고
　　영원히 저주를 받게 되었고
　　그로 인하여 당신의 아들이 십자가에 매달리셨습니다.
　　복락이 가득한 당신의 눈으로
　　아들의 고통을 친히 보셨으니
　　당신의 고통은 어느 누구의 고통에도 견줄 수 없을 것입니다.

848 당신께서는 아드님이 죽는 것을 눈앞에서 보셨사오나
　　제 아이는 이렇게 살아 있나이다!
　　빛나는 마리아여, 모든 슬픈 자들이 당신께 나아와 웁니다.
　　여성의 영광이신 아름다운 동정녀여,
　　피난할 항구가 되시며 빛나는 별이 되신 마리아여,
　　제 아이를 불쌍히 여기소서, 고귀한 분이시여,
　　비탄에 빠진 모든 불쌍한 자들을 긍휼히 여기소서.

855 아가야, 아직 한 번도 죄를 범한 일이 없는데
　　네 잘못이 무엇이란 말이냐?
　　어째서 너의 엄한 아버지는 너를 죽이라 하신단 말이냐?
　　오 성주님, 제발 이 아이는 여기 남아 있게 해 주십시오.
　　만약 벌 받을까 두려워 이 아이를 구하지 못하시겠다면
　　아이 아버지의 이름으로 한 번만이라도
　　아이에게 입 맞춰 주십시오!"

이렇게 말한 후 그녀는 육지 쪽을 돌아보며 말했습니다.   862
"잔인한 남편이여, 안녕히 계십시오!"
그녀는 일어나서 바닷가로 내려가 배로 향했습니다.
모든 사람들이 그녀를 따라왔습니다.
그녀는 우는 아기를 계속 달래면서
작별 인사를 하고 경건하게 성호를 그은 뒤
배 안으로 들어갔습니다.

다행히 배에 식량은 풍부하게 마련해 놓아   869
그녀가 오래 항해할 수 있을 만큼 충분했습니다.
그녀가 혹시 필요로 할 만한 다른 것들도
넉넉했습니다. 하느님의 은혜 찬양하나이다!
바람과 날씨를 주관하시는 전능하신 하느님이시오니
그녀를 고국으로 데려다주옵소서!
그녀가 표류했다는 말 외에 제가 무슨 말을 더 하겠습니까.

(제2부는 여기서 끝나고, 제3부가 이어진다.)

알라왕은 이후 곧   876
제가 말했던 그 성으로 와서
자신의 부인과 아이가 어디에 있는지 물었습니다.
성주는 덜덜 떨리는 마음으로
여러분이 들은 대로 자초지종을 다 들려주었습니다.

저는 그 이야기를 더 잘 전하지 못하겠습니다.

그는 왕에게 그의 봉인과 편지를 보여 주었습니다.

883   그리고 말했습니다.

"주군이시여, 당신이 죽을 각오로 하라고

명하신 대로 저는 분명히 행했습니다."

사신을 고문했고 마침내 그가

이 밤 저 밤 어느 곳에서 잤는지 숨김없이 털어놓았습니다.

그리하여 신중하고 세밀하게 심문해 보니

누가 이 모든 나쁜 짓을 꾸몄는지 추론할 수 있었습니다.

890   글씨의 주인이 누구인지도 밝혀졌고

이런 천인공노할 짓을 벌인 악독한 자도 드러났습니다.

다만 어떻게 알게 되었는지는 잘 모르겠습니다.

아무튼 그 결과는 다음과 같습니다. 알라왕은

모친을 죽였습니다. 사람들은 분명 책에서 읽을 수 있습니다.

왜냐하면 그녀가 충성 서약을 어겼기 때문입니다.

도네길드는 이렇게 끝을 맞았습니다. 빌어먹을 년!

897   알라왕이 자신의 부인과 아이 때문에

밤낮으로 얼마나 슬퍼했는지 이루 다 말로 옮길 수가 없습니다.

자, 이제는 콘스탄스에게 가 보지요.

그녀는 고통과 슬픔 속에

5년 넘는 세월을 바다에 떠 있다가
그리스도의 섭리에 따라
그녀의 배는 육지에 도착했습니다.

마침내 그녀는 어떤 이교도의 성 옆에 오게 되었는데   904
그 성의 이름은 제가 읽은 책에는 나오지 않습니다.
아무튼 바다는 콘스탄스와 아이를 그 성으로 인도했습니다.
모든 인류를 구원하시는 전능하신 하느님께서
콘스탄스와 아이를 돌아보소서.
제가 곧 이야기하겠지만
그녀는 또다시 이교도의 손에 죽기 일보 직전까지 갔습니다.

성에서 많은 사람들이 내려와   911
배와 콘스탄스를 쳐다보았습니다.
그런데 어느 날 밤 성에서
우리 신앙을 저버렸던 도둑놈인 영주의 청지기가
— 하느님, 이놈에게 벌을 내리소서 —
배로 와서 자기가 그녀의 애인이 되겠다고 말했습니다.
그녀가 원하든 말든 상관없이 말입니다.

이 불쌍한 여인은 참담하기 이를 데 없었습니다.   918
그녀의 아이도 울고, 그녀도 애처롭게 울었습니다.
하지만 그때 복되신 마리아께서 그녀를 도와주셨으니

이 도둑놈이 그녀와 몸싸움을 심하게 하다가
갑자기 갑판에서 굴러떨어져
물에 빠져 죽는 벌을 받았던 것입니다. 이처럼 그리스도께서는
콘스탄스가 더럽혀지지 않도록 지켜 주셨습니다.

925 아, 더럽고 음란한 정욕이여, 너의 종말을 보아라!
너는 인간의 마음을 혼미하게 만들고 몸까지 망가뜨리는구나.
네가 하는 일의 결과는, 혹은 너의 눈먼 욕망의 끝은
불행뿐이도다.
얼마나 많은 사람들이 그 행위를 저지를 때뿐 아니라,
죄를 지으려 마음만 먹어도
죽거나 파멸에 이르게 되는지!

932 어떻게 이 연약한 여인이
이런 악당과 싸워 스스로를 지킬 힘이 생겼는가?
오! 그 키를 젤 수 없을 정도로 거대한 골리앗을
그토록 어리고 무기도 갑옷도 없는 다윗이
어떻게 물리칠 수 있었단 말인가?
어떻게 너의 무시무시한 얼굴을 똑바로 쳐다볼 수 있었을까?
그것은 바로 하느님의 은혜임을 많은 이들이 알 수 있도다.

939 유디트에게 용기와 담대함을 주셔서
홀로페르네스를 그의 막사 안에서 죽이게 하시고

하느님의 백성을 곤고한 처지에서 구하신 이는 누구입니까?
제가 말하노니, 그의 목적을 이루시기 위하여
하느님께서 용맹스러운 마음을 그들에게 주시고
불행에서 구원하신 것처럼
하느님은 콘스탄스에게 힘과 용기를 주신 것입니다.

그녀가 탄 배는 지브롤터와 모로코 사이 해협을 지나   946
때로는 서쪽으로, 때로는 북쪽과 남쪽으로
때로는 동쪽으로
여러 날 동안 정말 힘들게 떠다녔습니다,
그러다가 한없이 선하신 그리스도의 어머니께서,
— 오, 마리아여, 항상 복되시도다 —
그녀의 이 모든 슬픔을 끝내도록 일을 도모하셨습니다.

이제 콘스탄스 이야기는 잠시 멈추고   953
로마 황제에 대해 이야기해 보겠습니다.
그는 시리아에서 온 편지를 통해 기독교인들이 살육되었고
자신의 딸이 치욕을 당한 것을 알게 되었습니다.
그리고 그것이 거짓된 배신자, 즉 사악한 술탄의 모후가
잔치에서 신분 고하를 막론하고
모두 죽였기 때문인 것도 알게 되었습니다.

이로 인해 황제는   960

원로원 의원이 황제의 군사들과 많은 귀족들을 이끌고
시리아로 가서 복수를 행하도록 명했습니다.
그들은 여러 날 동안
불을 지르고 죽이며 그들을 비참하게 만들었습니다.
하지만 간단히 요약하자면
이들은 로마 본국으로 돌아올 준비를 하고 있었습니다.

967 원로원 의원은 승전고를 울리며
위용을 갖추어 로마를 향해 항해하고 있었습니다.
그런데 전해 오는 이야기에 따르면, 도중에 배를 만났는데
그 안에는 콘스탄스가 애처로운 모습으로 앉아 있었답니다.
그녀가 누구인지, 왜 그런 상황에 처했는지 알 수가 없었습니다.
그녀가 죽는 한이 있더라도
자신의 신분을 밝히지 않았기 때문입니다.

974 원로원 의원은 그녀와 그녀의 아들을
로마로 데려와 자기 부인에게 맡겼습니다.
그녀는 그 집에 살게 되었으니
이렇게 성모께서는 비참한 처지에 있던 콘스탄스뿐 아니라
다른 많은 사람들을 곤경에서 벗어나게 하십니다.
그리하여 그녀는 그곳에서 오랫동안 머물렀고,
하느님께서 주신 은총을 따라 거룩한 일을 행하며 살았습니다.

원로원 의원의 부인은 콘스탄스의 고모였지만   981
그녀는 콘스탄스가 누구인지 결코 알지 못했습니다.
이에 대해서는 더 이상 이야기하지 않겠습니다.
콘스탄스는 원로원 의원 집에서 보살핌을 받도록 하고
대신, 저는 앞서 말했듯이
자신의 부인 때문에 슬피 울며
탄식하던 알라왕 이야기로 돌아가겠습니다.

아주 간략하고 단순하게 이야기하자면,   988
어머니를 살해했던 알라왕은
어느 날, 깊이 통회하는 심정이 되어
속죄하기 위해 로마로 향했습니다.
그리고 그는 모든 것을 교황께서 명하시는 대로 맡기고
자신이 지은 끔찍한 일들에 대해
그리스도께서 용서해 주시기를 빌었습니다.

알라왕이 순례길에 나섰다는 소식이   995
그가 오기에 앞서 숙소를 준비하는 전령들에 의해
이내 로마 전역에 퍼졌습니다.
관습에 따라 원로원 의원은
자신의 가문에 속한 많은 자들과 함께
의전을 갖추어 왕을 영접하고, 또 자신의 위엄을 보여 주고자
그를 맞이하러 나갔습니다.

1002   이 지체 높은 원로원 의원은
       알라왕에게 큰 우의를 표했고 알라왕도 마찬가지였습니다.
       일행들은 상대편에게 서로 크게 경의를 표했습니다.
       그러고는 하루 이틀 지난 후
       원로원 의원은 알라왕이 베푸는 연회에 초대받았습니다.
       그리고 거짓말 안 하고 짧게 이야기하자면
       콘스탄스의 아들도 원로원 의원과 함께 가게 되었습니다.

1009   어떤 사람들은 원로원 의원이
       콘스탄스의 청으로 아이를 연회에 데려갔다고 말하는데
       저는 그 구체적인 정황은 말할 수 없습니다.
       어찌 되었든, 그는 연회에 참석했습니다.
       그런데 진실은 이렇습니다.
       식사 중에 아이는 어머니의 말씀을 따라 알라왕 앞에서
       왕의 얼굴을 바라보며 서 있었습니다.

1016   알라왕은 아이에 대해 매우 의아해하며
       원로원 의원에게 즉시 물었습니다.
       "저기 서 있는 잘생긴 저 아이는 어느 댁 자제입니까?"
       이에 원로원 의원은 "하느님께 맹세코, 성 요한에게 맹세코
       저 아이는 어머니는 있는데,
       제가 아는 한, 아버지는 없습니다"라고 말하며
       어떻게 아이를 발견했는지 알라왕에게 말해 주었습니다.

그리고 원로원 의원은 덧붙여 말했습니다.   1023
"그러나 하느님께서 아시지만
세상 여인들 중에 아가씨건 부인이건
그 여인처럼 덕 있는 사람을 본 적도 들은 적도 없습니다.
그녀는 나쁜 짓을 범하느니
차라리 자기 가슴에 칼을 꽂을 사람입니다.
그녀가 악한 일을 하도록 만들 사람은 아무도 없습니다."

사람이 저렇게 닮을 수 있을까 싶을 정도로   1030
아이는 콘스탄스와 너무나도 꼭 빼닮아서
알라왕은 아이를 보며 콘스탄스의 얼굴을 떠올렸고
혹시라도 이 아이의 엄마가
자기 부인이었던 그녀는 아닐까 하고 생각에 빠졌다가
아무도 모르게 한숨을 내쉬고는
할 수 있는 대로 빨리 식탁에서 일어났습니다.

그는 생각했습니다. '합리적으로 판단해 보면   1037
저 짠내 나는 바다에서 내 아내가 죽었다고 믿어야 하는데.
내 머릿속이 망상으로 가득한 것 같아.'
그리고 곧 그는 자기 생각을 뒤집었습니다.
'그리스도께서 바다에서 아내를 우리 나라로 보내 주신 것처럼
이번에도 바다에서 그녀를 이곳으로 보내 주셨을지
누가 안단 말인가?'

1044 정오가 지난 뒤에 알라왕은 원로원 의원과 함께

이 믿을 수 없는 우연을 확인하고자 집으로 향했습니다.

의원은 알라왕을 극진히 대접했고

서둘러 콘스탄스를 부르러 사람을 보냈습니다.

하지만 그녀는 왜 불렀는지 이유를 알면서도

춤추는 자리에 오고 싶어 하지 않았습니다.

사실 그녀는 제대로 서 있지도 못할 지경이었습니다.

1051 콘스탄스를 본 알라왕은 그녀에게 인사하고

너무 울어서 보는 사람의 가슴이 찢어졌습니다.

왜냐하면 그녀를 보자마자

그는 자신의 아내라는 것을 알아보았기 때문입니다.

그녀 역시 슬픔에 겨워 아무 말도 못 하고 서 있었습니다.

천륜을 저버릴 정도로 잔인하게 굴었던 일을 기억하자

그녀는 너무 괴로워 가슴이 쿵 내려앉았기 때문입니다.

1058 알라왕을 보고 그녀는 두 번이나 정신을 잃었습니다.

그는 울면서 애절하게 용서를 구했습니다.

"하느님 그리고 영광스러우신 성인들이시여,

제 영혼에 자비를 베풀어 주옵소서.

당신이 이렇게 고생한 것은 내 탓이 아니오.

이는 당신을 꼭 닮은 모리스가 내 아들인 것만큼 진실이오.

내 말이 거짓이라면 당장 악마가 나를 데려가도 괜찮소!"

그들의 슬픔이 누그러질 때까지 1065
오랫동안 흐느껴 울고 고통스러워하며
울부짖는 소리를 듣는 것만으로도 가슴이 아팠습니다.
그들이 울부짖을수록 애통함은 더욱더 커져만 갔습니다.
여러분께서 제 수고를 조금 덜어 주시기를 빕니다.
내일까지 말해도 그들의 아픔을 다 이야기하지 못할 것 같네요.
슬픈 이야기를 계속하려니 지치는군요.

하지만 마침내 그녀가 겪은 고통에 대해 1072
알라왕은 잘못이 없다는 것이 밝혀졌을 때
그들은 수백 번 입을 맞추었고, 두 사람이 얼마나 기뻐했는지
영원한 희락(喜樂)을 제외하고는
그들이 누린 기쁨을
이 세상 어느 누구도 본 적이 없고
이 세상이 존재하는 동안, 앞으로도 보지 못할 것입니다.

그러고 나서 그녀는 1079
자신이 겪은 오랜 고통을 위로받을 수 있도록
어느 날 알라왕과 함께 식사하는 것을 허락해 주시기를
자신의 아버지에게 특별히 청해 달라고
남편에게 겸손한 태도로 부탁했습니다.
그녀는 또한 어떤 일이 있어도 자신의 아버지에게
자기에 대해 한마디도 하지 말아 달라고 부탁했습니다.

1086   어떤 사람들은 아들 모리스가

        황제에게 가서 이 메시지를 전했다고 말하는데

        제 생각으로는

        기독교인들에게 꽃과 같고 그토록 존경받으시는 분에게

        아이를 보낼 만큼 알라왕이 무모했다고는 생각하지 않습니다.

        아마 자신이 직접 갔다고 믿는 편이 나을 것입니다.

        그것이 합당하니 말입니다.

1093   만찬에 와 주십사 하는 청을 들었을 때 황제는

        기품 있게 수락했습니다.

        그리고 제가 책에서 읽은 바에 따르면, 황제는

        아이를 물끄러미 쳐다보다가 자신의 딸을 떠올렸습니다.

        알라왕은 숙소로 돌아가 마땅히 그래야 하듯이

        이 연회를 위해 힘닿는 대로 최선을 다해

        모든 면에서 정성껏 준비했습니다.

1100   아침이 되자 알라왕은 채비를 갖추기 시작했고

        그의 아내 역시 황제를 맞이할 준비를 했습니다.

        그들은 기쁜 마음으로 말을 타고 나갔습니다.

        거리에서 자신의 아버지를 보자

        그녀는 말에서 내려 그의 발 앞에 엎드렸습니다.

        그리고 말했습니다. "아버지, 당신의 어린 딸 콘스탄스는

        이제 아버지의 기억에서 완전히 잊혔겠지요.

저는 그 옛날 아버지께서 시리아로 보내셨던   1107
당신의 딸 콘스탄스입니다.
아버지, 저는 짠내 나는 바다에 홀로 버려져
죽을 운명이었습니다.
자애로운 아버지, 이제 아버지께 빕니다!
다시는 저를 이교도의 나라로 보내지 말아 주시고
여기 있는 제 남편의 자애로움에 고맙다고 해 주십시오."

이렇게 이들이 만나게 되었으니   1114
그 애절한 기쁨을 어느 누가 말할 수 있겠습니까?
하지만 저는 이야기의 끝을 맺겠습니다.
하루가 빨리 가니 더 이상 지체하지 않겠습니다.
기쁨에 젖은 이 사람들이 차려 놓은 연회장으로 가서
제가 말할 수 있는 것보다 천배 이상
기뻐하며 행복을 누리도록 내버려 두겠습니다.

어린아이 모리스는 나중에   1121
교황에 의해 황제로 책봉되어 기독교인으로 살았습니다.
그는 그리스도의 교회에 크게 공헌했습니다.
하지만 그의 이야기는 넘어가기로 하고
저는 특히 콘스탄스 이야기를 하려고 합니다.
옛 로마 역사서를 보면 아마도 모리스 전기를
찾을 수 있겠지만 저는 기억이 잘 안 납니다.

1128 알라왕은 때가 되자
자신의 경건하고 사랑스러운 부인 콘스탄스와 함께
영국으로 직행하여
그곳에서 기쁘고 평온하게 잘 살았습니다.
그러나 제가 장담하건대
이 세상 기쁨이라는 것은 오래가지 못하는 법입니다.
시간은 멈춰 있지 않기 때문입니다.

1135 아무리 즐거워하며 살아도 양심에 찔리는 일이 없거나
분노, 욕망 그리고 어떤 두려움도 없는 날이 있겠습니까?
질투, 오만, 격정 그리고 누군가의 기분을 상하게 하는 일
이런 것들부터 하루라도 자유로울 수 있습니까?
제가 이런 이야기를 하는 것은 결론을 맺기 위해서입니다.
즉 알라왕이 콘스탄스와 함께 행복하게 지내는 시간이
오래가지 않았다는 것입니다.

1142 지위가 높든 낮든 죽음이라는 대가를 치러야 하니
1년쯤 지났을 때
죽음이 덮쳐 알라왕을 이 세상에서 잡아가 버렸습니다.
콘스탄스는 알라왕을 잃고 슬픔이 가득했습니다.
하느님께서 그의 영혼에 복을 내려 주시기를 빕니다!
마지막으로 말하자면, 콘스탄스는
로마를 향해 길을 떠났습니다.

이 거룩한 사람은 로마에 와서 1149
자신의 친구들이 잘 지내고 있음을 알았습니다.
이제 그녀는 모든 험한 일에서 다 벗어났습니다.
그녀가 자신의 아버지를 만났을 때
그녀는 땅에 무릎을 꿇었습니다.
다정다감한 그녀는 눈물을 흘리며
하느님을 수백 번 수천 번 찬양했습니다.

그들은 덕을 행하며 거룩하게 자선에 힘쓰며 살았고 1156
결코 헤어지지 않았습니다.
죽음이 갈라놓을 때까지 그들은 이렇게 살았습니다.
자, 이제 안녕! 제 이야기는 끝났습니다.
이제 예수 그리스도께서 힘을 주셔서
슬픔 뒤에 기쁨을 주시고, 은총으로 우리를 다스려 주시기를
그리고 이 자리에 있는 우리 모두를 지켜 주시기를! 아멘.

(여기서 법정 변호사의 이야기는 끝난다.)

에필로그

우리의 숙소 주인이 즉시 말등자에 서서 말했다. 1163
"여러분 모두 들으십시오.

이번 이야기는 지금 같은 경우에 딱 좋은 이야기였습니다.

자, 우리의 교구 신부님, 제기랄,

아까 약속하셨으니 이야기를 하나 들려주시지요.

제가 볼 때 신부님은 학식이 있으시니, 씨팔,

좋은 이야기를 많이 아실 것 같습니다."

1170   교구 사제가 대답했다. "원 참 세상에!

도대체 뭐가 잘못되었기에 그렇게 욕을 하는 건가요?"

숙소 주인이 대답했다. "오호, 잰킨 아저씨'가 여기 있나?

아무래도 롤라드' 냄새가 난단 말이지.

자, 여러분 제 얘기 좀 들어 보세요.

하느님의 수난을 걸고 맹세컨대, 이번엔 설교를 들을 것 같네요.

롤라드파 사람들은 우리에게 설교를 늘어놓거든요."

1178   선장이 말했다.' "우리 아버지를 걸고 맹세하는데

그건 절대 안 되지. 설교는 절대 안 되고말고.

이 자리에서는 성서를 풀어 설명해도, 가르쳐서도 안 돼.

우리는 모두 위대하신 하느님을 이미 믿고 있단 말이야.

저 사람은 우리의 깨끗한 알곡 위에

뭔가 어려운 씨앗을 심거나

잡초 같은 것을 뿌려 놓을 거야.

그러니 주인 양반, 내가 미리 경고하겠는데

나의 이쁘장한 몸뚱어리가 이야기를 하나 해 보지.

내가 아주 재미난 종을 딸랑딸랑 울려 줄게.

그러면 우리 패거리가 다 잠이 깰 거야.

하지만 내 얘기는 철학도 아니고, 법률 사건도 아니고,
괴상망측한 법률 용어도 아니야.
내 밥통에는 라틴어 따위는 없으니 말이야."

제3장

바스에서 온 부인의 이야기

비록 이 세상의 어떤 권위 있는 책도   1
결혼의 고통에 관해 쓰지 않았더라도,
저는 경험만으로도 충분합니다.
왜냐하면 여러분, 저는
영원히 살아 계신 하느님 덕분에
열두 살 이후 교회 문 앞에서 맞은 남편이 다섯이었으니까요.
비록 제가 여러 번 결혼을 하기는 했지만
남편들 모두 나름 다 훌륭한 사람들이었답니다.
그런데 얼마 전 누군가 제게 말하더라고요,
그리스도께서 결혼식에 가신 것은
갈릴리의 가나의 혼인 잔치 단 한 번뿐이니
이 같은 선례를 볼 때
저도 단 한 번만 결혼했어야 한다고요.
신이시자 인간이신 예수님께서는   14

우물가에서 사마리아 여인을 꾸짖으며

얼마나 매섭게 말씀하셨는지 들어 보세요.

"네게는 다섯 명의 남편이 있었다.

그런데 지금 너와 함께 사는 사람은

네 남편이 아니구나"라고 분명히 말씀하셨단 말이죠.

이게 도대체 무슨 뜻일까요, 저는 알 수가 없네요.

하지만 저는 묻고 싶답니다.

"왜 다섯 번째 남편이 그 여인의 남편이 아니란 말이죠?

결혼해서 몇 명의 남편을 가질 수 있는 건가요?

저는 살면서 숫자를 똑 부러지게 들어 본 적이 없거든요.

26 사람들은 이러쿵저러쿵 추측도 하고 주석도 붙이지만

저는 정말 확실히 알고 있어요.

하느님께서는 저희에게 생육하고 번성하라고 명하셨어요.

그 귀한 말씀을 저는 잘 알고 있답니다.

또 하느님께서는

제 남편에게 아버지와 어머니를 떠나

저를 얻으라고 말씀하셨다는 것을 저는 알고 있어요.

그렇지만 두 명인지 여덟 명인지 몇 명이랑 결혼하면 되는지

하느님은 숫자는 전혀 말씀하지 않으셨거든요.

그런데 왜 사람들은 그것을 악하다고 하는 거지요?

35 여기 현명하신 솔로몬왕을 한번 생각해 보세요.

제가 알기로, 그분은 부인이 한 명 이상 있었거든요.

제가 솔로몬의 절반 정도라도

새로운 사람을 만나 놀 수 있다면 얼마나 좋을까요!

그가 그토록 많은 마누라를 데리고 살 수 있었다니,　　　　　39

얼마나 큰 하느님의 선물인가요?

이 세상 어느 누구도 그런 선물을 받은 자가 없지요.

하느님께 맹세컨대, 제가 판단해 볼 때

이 고귀하신 임금님은 각 여자들과 첫날밤,

아주 뻑 가게 놀아나셨을 것 같아요.

한평생 그는 즐겁게 사셨던 거죠.

저도 다섯 명과 결혼했으니, 하느님 정말 감사합니다!　　　44

[저는 그들에게서 제일 좋은 것만 쏙쏙 뽑아냈지요.　　　　44a

아래쪽 주머니와 돈주머니 양쪽에서요.

여러 학교를 다니다 보면 완벽한 학자가 되듯

다양한 일을 하며 온갖 실습을 하다 보면

진짜 완벽한 장인이 되는 법이죠.

그런데 저는 다섯 남편이라는 학교를 마쳤답니다.]　　　　44f

자, 여섯 번째 남편이 나타나면 대환영입니다.　　　　　　45

진짜로, 저는 수절할 생각은 털끝만큼도 없답니다.

제 남편이 세상을 떠나면

기독교인과 곧바로 결혼할 거예요.

하느님을 걸고 맹세컨대 사도께서도 말씀하셨어요,

제가 하고 싶으면 결혼할 자유가 있다고 말이죠.

사도께서는 결혼하는 것이 절대 죄가 아니며,

욕정에 타오르느니 결혼하는 게 낫다고 말씀하셨지요.

53 빌어먹을 라멕이 두 번 결혼했다고
    사람들이 욕을 하든 말든 제가 신경이라도 쓰겠냐고요?
    아브라함이 경건한 분이었고
    야곱도 그렇다는 것을 잘 알고 있지만
    그분들 모두 부인을 두 명 이상씩 두었잖아요.
    그리고 다른 많은 경건한 분들도 그러셨고요.
    도대체 과거 어느 때
    높으신 하느님께서 명시적으로 결혼을 반대하신 적이 있나요?
    어디 말씀 좀 해 보시라고요.
    도대체 어디서 동정을 지키라고 하느님께서 명령하셨죠?

63 여러분이나 저나 분명히 알다시피
    사도께서 동정을 이야기할 때
    어떤 계율을 갖고 계시지는 않았어요.
    사람들이 여자들에게 동정을 지키라고 권고할 순 있지만
    권고는 권고일 뿐, 절대로 명령이 아니지요.
    사도께서는 그것을 우리 판단에 맡기셨다고요.
    만약 하느님께서 동정을 명령하셨다면
    결혼도 저주하셨어야지요.
    그리고 말이야 바른말이지만, 만약 씨를 안 뿌리면
    동정은 어디에서 자랄 수 있나요?
    아무튼 자신의 주인께서 명령하시지도 않은 것을
    사도 바울이 감히 명령할 수는 없지요.
    동정을 지킨 자에게 상이 걸려 있으니

누구든 받으라지요, 누가 가장 빨리 달렸는지 보자고요.

하지만 그 말씀은 모든 사람에게 해당되는 것이 아니고,   77

하느님이 그 말씀을 주고 싶은 사람에게만 해당된답니다.

사도께서 동정이셨다는 것은 저도 잘 알아요.

그분께서는 모든 사람이 자기처럼 되기를 원한다고

글도 쓰고 말씀도 하셨지만,

그럼에도 불구하고

동정으로 살라는 것은 단지 권고일 뿐이에요.

제가 결혼하는 것을

그분은 너그러이 용납하셨다고요.

그러니 제 짝꿍이 죽는다면,

제가 결혼한다고 비난해선 안 되죠.

재혼이 어쩌고저쩌고하며 반대하면 안 된단 말이에요.

여자는 안 만지는 것이 좋다고 사도께선 말씀하셨는데   87

침대나 소파 위에서 그렇다는 뜻이지요.

활활 타는 불과 리넨 천을 함께 두면 위험하니까요.

이 비유가 무슨 뜻인지 여러분은 아시죠.

그러니까 결론은 이거예요,

인간이 연약하여 결혼하는 것보다는

동정의 삶이 훨씬 완벽하다고

사도께서는 생각하신다는 거예요.

남자든 여자든 일생 동안 동정을 지킬 수 없다면,

저는 그걸 연약함이라고 부른답니다.

95 맞아요, 인정합니다.
    동정으로 사는 것이 두 번 결혼하는 것보다 더 낫다 해도
    저는 전혀 부럽지 않아요.
    그분들은 그렇게 몸과 영혼이 정결하게 살라고 하세요.
    제 처지를 뽐내는 것은 아니지만요,
    여러분도 잘 아시는 것처럼 영주라고 해서,
    그 집 안에 있는 그릇이 모두 금그릇은 아니란 말이에요.
    어떤 것은 나무 그릇이지만 제 몫을 해내지요.
    하느님께서는 다양한 방식으로 사람을 부르셨고
    사람은 하느님에게서 각기 합당한 은총을 받았답니다.
    어떤 사람은 이렇게, 어떤 사람은 저렇게,
    하느님께서 원하시는 대로 만드셨지요.
105 동정은 참으로 완벽의 경지입니다.
    경건한 금욕의 삶도 그렇지요.
    하지만 완벽함의 근원 되시는 그리스도께서는
    모든 사람들에게
    가서 자신의 재물을 모두 팔아 가난한 자들에게 주고
    그리스도를 본받아 그의 발자취를 따르라고 하지 않으셨어요.
    그분은 완벽하게 살려는 사람들에게만 그리 말씀하셨지요.
    여러분, 단언컨대 저는 그런 사람이 아닙니다.
    저는 제 인생에 꽃피는 시기를
    부부 생활의 행위와 열매에 몽땅 바칠 거예요.
115 또 말씀 좀 해 주세요,

생식기라는 것은 도대체 무슨 목적으로,

그렇듯 완벽하게 만들어졌을까요?

그냥 만들어 놓지는 않았다는 것 다 아시잖아요.

누가 주석을 달고 이러쿵저러쿵 말하건 간에

생식기라는 것은 소변을 보라고 지어졌고,

또한 우리 몸의 그 자그마한 물건은

남녀를 구별하라고 지어졌어요.

그런데 다른 이유는 없을까요? 없다고 말씀하실 건가요?

경험해 보면 그게 아니라는 것을 알 수 있지요. 124

학자 양반들께서 제게 노여워하지 않으신다면

저는 이렇게 말씀드리겠어요.

그것은 두 가지 목적으로 만들어졌다고요.

즉 소변과 쾌락을 위해서라고요.

우리가 하느님의 뜻을 거스르지만 않는다면

생식의 쾌락이라는 목적을 위해서 말이에요.

그렇지 않다면 남자는 부인에게 빚을 갚아야 한다는 말을

왜 책에 써 놓았겠어요?

그 멋진 도구를 써먹지 않는다면

남자가 뭘로 부인에게 빚을 갚는단 말인가요?

그러니 생식기는

소변을 보려고, 또 자손을 보려고 만들어진 거란 말입니다.

그렇다고 해서 제가 말씀드렸듯이 135

그 연장을 갖춘 사람이면 누구나 가서

생식을 위해 그 연장을 써야 한다는 것은 아닙니다.

그러면 사람들은 정절에는 아무 관심이 없겠지요.

그리스도께선 동정이셨고 남자의 몸으로 태어나셨습니다.

그리고 세상이 생긴 이래로 많은 성인들도 그러했죠.

그들 모두 완벽하게 동정을 지키며 살았어요.

저는 동정의 삶이 하나도 부럽지 않답니다.

142 그 사람들은 고운 밀로 만든 빵이 되라고 하세요.

우리 같은 마누라들은 보리빵이라 부르라고요.

하지만 마가가 말씀하시기를, 그 보리빵으로

예수님께서는 많은 사람들을 먹이셨다 하더라고요.

하느님께서 우리를 부르신 처지대로 저는 버텨 볼래요.

저는 별나게 까다로운 사람이 아니거든요.

저는 아내로 살면서 제 창조주께서 주신 대로

제 도구를 맘껏 써먹겠어요.

151 제가 인색하게 군다면, 주여 제게 천벌을 내리소서!

제 남편이 와서 빚을 갚고 싶다면야

밤이든 아침이든 언제라도 할 수 있을 거예요.

전 남편을 얻을 거예요, 멈추지 않을 거라고요.

남편은 저의 채무자이자 저의 노예가 되겠지요.

제가 아내가 되면 남편 몸이 좀 고단할 거예요.

제가 사는 동안은

그 사람 몸에 대해 권력을 가진 사람은 저이고,

그 사람이 아니니까요.

사도께서는 제게 이렇게 말씀하셨고

남편들에게 우리를 잘 사랑해 주라고 명령하셨어요.

이 모든 말씀 하나하나가 저는 정말 좋아요.

면죄부 판매인이 벌떡 일어나 말했다.　　　　　　　　　　163

"아주머님, 아이고 하느님 맙소사!

아주머니는 정말 대단한 설교자입니다요.

저도 하마터면 결혼할 뻔하지 않았습니까, 원 참.

그런데 내가 왜 내 몸이 그렇게 고되게 갚아야 하냐고요?

올해에는 아내를 얻으면 절대 안 되겠네요."

그녀가 말했다. "잠깐만요, 저는 아직 시작도 안 했어요.　　169

제가 이야기를 끝내기 전에 아마

댁은 또 다른 술통에서 술을 들이켜게 될 거예요.

그런데 그 술맛이 에일 맥주보다 더 고약할 텐데 어쩌나.

제가 결혼 생활의 괴로움을 말씀드리고 나면—

그 분야는 제 인생 통틀어 제가 전문가라고 할 수 있는데—

다시 말하면 제가 채찍 역할을 했거든요—

그러면 아마 댁은 제가 따 놓은 술통에서

술을 마실지 말지 택하실 수 있을 거예요.

하지만 이 술에 너무 가까이 가지 않도록 조심하세요.

왜냐하면 제가 열 가지 이상의 예를 말씀드릴 거라서요.

'다른 사람들 본보기를 보며 경고받지 못하는 자들은

다른 사람들에게 경고를 주는 본보기가 될 것이다.'

이런 말씀을 프톨레마이오스가 쓰셨어요.

『알마게스트(*Almagest*)』에서 찾을 수 있을 거예요.”

184 “아주머니, 부탁드리는데요, 이야기를 시작하실 거면
어떤 남자도 신경 쓰지 말고 마음 놓고 말씀하세요.
그리고 아주머니가 어떻게 하셨는지 한 수 가르쳐 주세요”
라고 면죄부 판매인이 말했다.

188 “그러고말고요, 원하신다면 말이죠.
하지만 여기 계신 분들에게 미리 양해를 구할게요.
제가 만약 제 맘 가는 대로 이야기하더라도
기분 나빠 하지 말아 주셨으면 좋겠어요.
그저 재미있자고 하는 것이 제 의도이니까요.

193 자 여러분, 이제 제 이야기를 시작하겠습니다.
제가 포도주를 마시건 에일 맥주를 마시건
저는 진실만을 말씀드릴 겁니다.
제가 결혼했던 남편들 가운데
세 명은 착했고 두 명은 나쁜 놈이었지요.
그 세 명은 착하고 돈도 많고 나이도 많았어요.
그들은 저에게 갚아야 할 빚을
갚을 능력이 거의 없었습니다.
제 말이 무슨 뜻인지 다 아시죠, 어휴, 환장하죠!
그러니 어쩌겠어요,
밤이면 남편들을 얼마나 진땀 흘리게 만들었는지
그 생각을 하면 절로 웃음이 나오네요.
하지만 제게 그건 별로 중요하지 않았어요.

그들은 저한테 땅도 주고 재산도 주었으니까요.   204
저는 남편 사랑을 얻기 위해 애쓸 필요도 없었고
존경할 필요도 없었어요.
하느님을 두고 맹세컨대, 그들은 저를 정말 사랑했거든요,
하지만 저는 그들의 사랑 같은 거 털끝만큼도 관심이 없었어요.
똑똑한 여자인데 사랑받지 못하고 있으면
남자에게 사랑받아 보겠다고 이리저리 계속 분주하겠지만
저는 이 남편들을 완전히 제 손아귀에 쥐고 있는 데다
남편들은 이미 자기 땅을 전부 제게 줬단 말이죠.
그런데 뭐 하러 그들을 기쁘게 해 주려고 신경 쓰겠어요?
더 얻을 이득도 쾌락도 없는데요.
저는 이 남편들을 어찌나 힘들게 만들었는지
이들은 숱한 밤 '아이고 내 팔자야'라며 신세타령했지요.
에식스의 던모에선   218
금슬 좋은 부부에게 베이컨을 상으로 준다는데
제 남편들은 그 상을 한 번도 받아 보지 못했어요.*
저는 제 나름의 법칙에 따라 남편들을 아주 잘 다스려서
그들 한 사람 한 사람 아주 행복했고
장터에서 신기한 것들을 열심히 제게 사다 주었답니다.
제가 그들에게 상냥하게 말하면 그들은 행복해했답니다.
왜냐하면 제가 아주 으르렁대며 욕을 퍼부었거든요.
자, 제 말귀를 알아들을 수 있는 똑똑한 부인들,   224
이제 제가 어떻게 처신했는지 들어 보세요.

여러분은 이렇게 이야기하며 남편들을 마구 탓해야 돼요.

여자의 절반만큼이라도 대담하게

욕하고 거짓말할 수 있는 남자는 없거든요.

저는 현명한 주부들에겐 이런 이야기를 하지 않는답니다.

이미 알고 계실 테니까요.

자기에게 무엇이 최선인지 아는 똑똑한 아내는,

어머 어머, 저 소가 미쳤나 봐 하며 남편을 속여야 해요.

그리고 자기편을 들어 줄 하녀를 증인으로 내세우는 거예요.

제가 어떻게 이야기를 했는지 한번 들어 보세요.

235 '이 늙은 영감탱이야, 이거 당신 짓이지?

옆집 여편네가 왜 저렇게 기분이 좋은 거야?

저 여자는 어딜 가든 대접을 받지,

나는 집에만 처박혀 있는 데다 옷도 변변치 않아.

당신은 옆집 가서 뭘 하는 건데?

그년이 예뻐? 당신이 그렇게 인기가 많아?

또 하녀하고는 뭐라고 속닥거리는 거야? 아이고 세상에!

이 늙은 바람둥이야, 제발 철 좀 들어!

그런 주제에 만약 내가 친한 친구나 아는 사람이 있어서

그 집에 가서 놀기라도 하면

내가 잘못한 게 없어도 당신은 악다구니로 생난리를 치지.

246 당신이 쥐새끼처럼 왕창 취해서 집에 오면

의자에 앉아 설교나 해 대고 말이야, 망할 놈의 영감탱이!

가난한 년이랑 결혼하면

돈 들어 못 살겠다 그러고
여자가 부자이거나 지체 높은 집안 출신이면
콧대도 높고 화도 잘 내서
참는 게 고역이라고 말하지.
당신 같은 나쁜 놈들은, 여자가 예쁘면
온갖 바람둥이들이 다 그 여자랑 자고 싶어 안달이라
사방에서 공격을 해 대니
그 여자가 정절을 오래 지키기는 어렵다고 말하지.
당신들은 또 이렇게 말하지, 어떤 놈들은 우리가 부자라서   257
어떤 놈들은 우리 몸매 때문에, 어떤 놈들은 우리가 예뻐서
또 어떤 놈들은 우리가 노래를 잘하거나 춤을 잘 춰서
어떤 놈들은 집안이 좋아서, 그리고 애교가 넘쳐서
어떤 놈들은 우리가 손이 예쁘고 팔이 가늘어서
우리한테 침을 흘린다고 말이야.
당신 말대로라면 우리 모두 다 악마한테 가게 될 거야!
온 사방에서 오랫동안 성을 공격하면
성을 지키기 힘들다고 당신이 말하니까.
못생긴 여자는 자기를 데려갈 남자를 찾을 때까지   265
보는 놈마다 탐을 내다가
아무 남자 무릎에나 강아지처럼 폴짝 뛰어 올라간다고
당신들은 말하지.
또 호수의 칙칙한 회색 거위도
다 짝은 있다고도 말하지.

그러면서 아무도 탐내지 않는 것을
휘어잡기란 진짜 힘들다고 말하지.
게다가 이 악당 놈아, 당신은 자러 가면서 이렇게 말하지,
현명한 사람은 결혼할 필요가 없고
천당에 가고 싶은 사람도 마찬가지라고 말이야.
우르르 쾅쾅 천둥 치고 불벼락이 내리쳐
당신 주름진 모가지가 똑 부러져 버려라!

278   당신은 말하지, 집에서 물이 새거나 연기가 나거나
여편네가 잔소리를 하면 남자들은 자기 집에서 도망간다고!
으이구, 내 팔자야,
영감탱이가 도대체 왜 그렇게 잔소리를 해 대는 거야?

282   우리 아내들은 못된 성품을 숨기고 있다가
우리가 결혼해서 꽉 붙들리면
그때 비로소 본성을 드러낸다고 당신은 말하지.
그거야말로 악당다운 말씀일세!

285   당신은 말하지,
황소, 노새, 말 사냥개 같은 것들은 여러 차례 시험해 본다고.
물통, 세숫대야도 사기 전에 시험해 보고
숟가락과 걸터앉을 의자, 살림살이,
물 주전자, 옷 그리고 장신구들도 다 그렇다고 말이야.
그리고 당신은 말하지,
여자들은 결혼할 때까지 시험해 보질 못하는데,
결혼한 다음에야 우리의 못돼 먹은 성질을 드러낸다고.

아이고, 이 늙어 빠진 주책바가지, 영감탱이야,

당신은 또 말하지, 293

당신이 나한테 예쁘다고 칭찬하지 않거나,

당신이 내 얼굴을 지그시 바라보면서

어딜 가든 '예쁜 마나님'이라고 불러 주지 않거나,

또 당신이 내 생일날 축하해 주고

나를 행복하게 만들어 주지 않으면,

또 내 유모나 내 방 하녀에게

그리고 우리 친정 식구들에게

극진히 대접해 주지 않으면

내가 기분 나빠 한다고 말이야.

이 거짓말쟁이 사기꾼, 지랄하고 자빠졌네!

그리고는 우리 집에서 일하는 도제공 잰킨이 303

금처럼 반짝반짝 빛나는 곱슬머리라서

그리고 내가 어디를 가든 세심하게 챙겨 준다고 해서

당신은 말도 안 되는 의심을 하잖아.

나는 잰킨 싫어, 당신이 내일 죽는다 해도 싫다고.

그런데 당신 말 좀 해 봐, 이 망할 놈의 인간아, 308

왜 당신 금고 열쇠를 나한테서 숨기는데?

그건 당신 재산이면서 내 재산이기도 하다고.

뭐야, 당신은 집의 안주인을 바보 취급하는 거야?

성 야고보에게 맹세하는데,

당신이 아무리 화가 나서 미쳐 날뛰어도

내 몸하고 내 재산 둘 다 가질 수는 없어.

당신이 뭘 어떻게 하든 그중 하나는 포기해야지.

나에 대해 캐묻거나 염탐질을 해 봤자 무슨 소용이지?

당신은 나를 당신 금고 속에 가둬 버리고 싶겠지.

당신은 이렇게 말해야 돼.

'여보, 가고 싶은 대로 다 돌아다녀.

놀고 싶으면 놀라고. 나는 소문 같은 것 하나도 안 믿어.

난 당신이 진실하다는 걸 알거든, 사랑스러운 앨리슨.'

우리는 우리가 어딜 가는지 알려 하고 감독하려는 남자 싫어해.

우리는 하고 싶은 대로 할 거야.

323 지혜로운 천문학자인 프톨레마이오스는

모든 남자들 가운데 정말 복 받을 만한 분이야.

그분은 『알마게스트』에서 이렇게 말씀하셨어.

'누가 세상을 다스리든 전혀 신경 쓰지 않는 자가

모든 남자들 중에서 가장 지혜롭도다'라고 말이야.

이 말씀을 당신도 새겨들으라고.

당신도 충분히 잘 살면서,

다른 사람들이 얼마나 재미있게 지내는지 왜 신경 쓰냐고?

분명히 말하겠는데 말이야, 이 노망든 주책바가지야,

당신은 밤에 충분히 내 거기를 가질 수 있잖아.

다른 사람이 내 등잔에 불을 붙여 봤자

내 불빛이 약해지는 것도 아닌데

촛불을 밝히지 못하게 한다면

그놈은 정말 지독한 구두쇠지.

당신이 충분히 누릴 수 있으면 불평하지 말아야지.

당신은 또 이렇게 말하지, 337

만약 우리가 이쁘게 옷을 차려입고 보석으로 꾸미면

정절이 위험해진다고 말이야.

예끼, 이 썩어 죽을 놈아! 그러곤 그 말에 힘을 보태려고

사도의 이름으로 성서 구절도 읊어 대잖아.

'여자들은 정절과 염치의 옷으로 자신을 꾸밀 것이고

땋아 올린 머리나 진주처럼 반짝이는 보석으로

혹은 금이나 값비싼 옷으로 꾸미지 말지니라'라고.

당신이 읊어 대는 성서 구절, 당신이 들이대는 주석,

이런 것 따위 나는, 개뿔, 하나도 신경 안 써.

당신은 이렇게 말하지, 내가 고양이 같다고. 348

고양이 털이 연기에 그을리면

고양이는 집에만 박혀 있는데

고양이 털이 자르르 윤기가 돌고 매끈하면

고양이는 반나절도 집에 있지 않고

동트기도 전에 나가서

자기 털을 자랑하러 야옹야옹 하며 싸돌아다닌다고.

이 나쁜 놈아, 그러니까 내가 옷을 멋지게 차려입으면

내가 옷을 자랑하러 뛰쳐나간단 말이지.

이 늙은 멍청이, 당신이 감시한들 무슨 소용이 있는데? 357

1백 개의 눈을 가진 아르고스에게

어떻게든 나를 감시해 달라고 당신이 빌어 봤자

아르고스가 막을 순 없어! 나는 나 하고 싶은 대로 할 테니까,

당신이건 아르고스이건 나는 다 속여 먹을 수 있단 말이야.

362 당신은 또 이렇게 말하지,

이 땅을 괴롭히는 것이 세 가지가 있는데

네 번째 것까지 견딜 자는 아무도 없다고. 망할 놈.

예수님, 저 원수 같은 인간, 어서 빨리 데려가시라고요!

그러고 나서 당신은 설교를 늘어놓으며

악독한 여편네가 이러한 괴로움 중 하나라고 떠들어 대지.

세상에 하고많은 것 중에 비교할 게 그리도 없어

불쌍한 마누라를 그중 하나로 꼽느냐고?

371 당신은 또 여자의 사랑을 지옥에 비유하거나

물 한 방울 없는 메마른 땅에 비유하지.

타오르면 타오를수록

태울 수 있는 것은 몽땅 태워 버리는,

그리스의 불'에도 비유하지.

당신은 말하지, 벌레가 나무를 야금야금 갉아 먹듯이

아내도 남편을 그렇게 망가뜨린다고.

아내에게 잡혀 있는 자들은 이걸 다 안다는 말도 했지.

379 나리들, 여러분이 지금 들으신 것처럼

저는 늙은 남편들을 제 손바닥에서 갖고 놀았답니다.

남편들이 술 취했을 때 그렇게 말했다고 하면서요.

물론 그건 다 거짓말이죠,

하지만 저는 잰킨과 제 조카를 증인으로 내세웠어요.
오 주님, 그 사람들은 정말 잘못한 것도 없는데
제가 얼마나 그들을 고통스럽고 힘들게 했는지요!
저는 말처럼 물고 뜯고 바락바락 따졌답니다.
사실 제가 잘못한 게 있어도 저는 되레 성질을 냈지요.
안 그랬으면 저는 여러 번 폭삭 망했을 거예요.
방앗간에 먼저 온 사람이 곡식을 먼저 빻는 법이니
빠른 놈이 임자라고 불평도 제가 먼저 했지요.
그래야 저희 싸움이 끝나니까요.
남편들은 자기들이 잘못한 게 전혀 없는데도
미안하다고 금방 사과하면서 엄청 기분 좋아했답니다.
남편은 아파서 제대로 서지도 못하는데
남편이 여자들과 놀아났다고 제가 다그쳐 댔거든요,
뻔히 아닌 줄 알면서도 말이에요.
남편은 제가 자기를 엄청 사랑한다고 믿으면서   395
몹시 우쭐해했답니다!
저는 남편이 어떤 년들하고 놀아나는지 감시하기 위해서
제가 밤에 돌아다니는 거라고 말했어요.
그리고 그걸 구실 삼아 신나게 놀았지요.
이런 지혜는 저희가 태어날 때부터 있었답니다.
속여 먹기, 울기, 옷감 짜기, 이런 것을
하느님께서 여자에게 일평생 주셨지요.
제가 한 가지는 정말 자랑할 수 있어요.   403

결국은 만사에 제가 주도권을 잡았다는 점이지요.

속여 먹고 힘도 쓰고

끊임없이 불평하고 투덜대고 이런저런 수를 써서 말이죠.

특히 침대에서 남편들은 불행했지요.

침대에서 저는 남편을 구박할 뿐,

절대 기쁘게 해 주지 않았거든요.

남편이 제 옆구리에 팔이라도 얹으면

그가 자기 몸값을 치를 때까지는

잠자리에 들어가지 않았어요.

몸값을 치르면,

그가 원하는 짓거리를 마음대로 하도록 내버려 두었고요.

그러니 모든 분들께 말씀드릴게요.

모든 것을 팔 수 있으니 누구나 이익을 남길 수 있다고요.

415   빈손으로 매를 유인할 수는 없지요.

이익을 얻기 위해 저는 그의 욕정을 다 참아 주곤 했습니다.

그리고 저도 욕구가 있는 척했지요.

하지만 그 늙어 빠진 몸뚱어리랑은 조금도 재미를 못 느꼈어요.

그래서 항상 그들에게 짜증을 부렸지요.

교황님과 같이 식사하는 자리라도

맹세컨대 저는 한 번도 넘어가 주지 않고

말 한마디 한마디 다 되받아쳤거든요.

423   전능하시고 진실하신 하느님을 두고 맹세하는데

제가 지금 이 자리에서 유언장을 쓰더라도

남편이 한 말은 하나도 빠짐없이 되갚아 줬다고 자신합니다.

제가 얼마나 머리를 굴려 일을 꾸몄는지

결국 그들은 두 손 두 발 다 들어야 했지요.

그렇지 않으면 평화가 오지 않으니까요.

남편이 사나운 사자처럼 굴어 봤지만

자기가 원하는 걸 얻지는 못했답니다.

그러면 저는 이렇게 말하곤 했어요.   431

'자기야, 우리 양 윌킨이

얼마나 순한지 한번 좀 봐요.

여보, 이리 와요, 볼에다 키스해 줄게.

당신은 늘 인내심 많은 욥에 대해 설교했잖아요,

그러니 당신도 늘 인내하고 온순하고

자상한 성품을 지니셔야 해요.

당신이 그렇게 잘 설교하시듯, 항상 참고 견디세요.

그렇지 않으면,

아내를 그냥 가만히 두는 게 낫다는 걸 가르쳐 드릴게요.

우리 중 한 사람은 분명히 굽혀야 하는데

여자보다는 남자가 더 이성적이니

당신이 참아야 하지 않겠냐고요.

어머, 어디가 괴로워서 그렇게 툴툴거리고 신음하시나요?

제 거기를 당신 혼자 차지하고 싶어서 그런가요?   444

다 가지세요, 남김없이 다 가지시라고요.

성 베드로에 맹세코, 당신이 거기를 제대로 사랑해 주지 못하면

욕을 바가지로 퍼부을 테니까!

만약 내가 내 예쁜 거기를 팔고 싶으면

저는 한 송이 장미꽃처럼 산뜻하게 나돌아 다닐 수 있어요.

하지만 저는 오직 당신만 즐길 수 있도록 잘 간직할 거예요.

아휴, 당신이 잘못했네! 진짜라고!'

451 저희는 뭐 이런 이야기만 잔뜩 하고 살았지요.

자, 이제는 제 네 번째 남편 이야기를 해 드릴게요.

453 제 네 번째 남편은 술꾼이었어요.

즉 말하자면 애인이 있었지요.

저는 젊은 데다 노는 걸 좋아했고

고집도 세고 성격이 강했고 까치처럼 명랑했지요.

달콤한 포도주를 한 잔 들이켜고 나면

작은 하프 반주에 맞추어 춤을 얼마나 잘 추었다고요.

그 어떤 나이팅게일보다 노래도 잘했어요.

그 빌어먹을 돼지 같은 놈 메텔리우스는

아내가 술을 좀 마셨다고

몽둥이로 아내를 죽였다는데,

제가 만약 그의 아내였으면

그가 아무리 겁줘도 제가 술을 끊게 하지는 못했을 거예요.

술을 마시고 나면 저는 비너스를 생각하게 되더라고요.

추워지면 우박이 오듯이

입에 술이 들어가면 꼬리가 음란해진단 말이죠.

여자가 술에 취하면 다 내주게 되거든요.

바람둥이들은 이걸 경험으로 알고 있죠.

하지만 주 그리스도시여!   469

제 젊었던 시절, 그 즐겁던 시절을 생각하면

제 마음은 지금도 온통 설렌답니다.

지금도 제가 한창때 얼마나 잘나갔는지 생각하면

기분이 좋아져요.

하지만 아, 모든 것에 독이 되는 나이,

그것이 제 미모도 정력도 다 앗아 갔어요.

그래 가거라, 잘 가라고. 에잇, 빌어먹을 놈의 나이!

꽃이 져 버렸어요. 무슨 말을 더 하겠어요.

그래도 저는 최선을 다해 쭉정이라도 팔아 보렵니다.

어떻게든 즐겁게 살아 볼 거예요.

이제 네 번째 남편에 대해 이야기해 볼게요.

이 남자가 딴 여자랑 놀아났다는 게,   481

저는 정말 화가 났어요.

그러나 하느님과 성 조스를 두고 맹세하는데,

저는 그 남자한테 복수를 했지요.

똑같은 수법으로 그 남자 속을 뒤집어 놓았거든요.

더럽게 제 몸을 갖고 그런 것은 아니지만요,

아무튼 분명히 저는 딴 남자들하고 놀아나는 척해서

남편이 질투심으로 화가 머리끝까지 치솟아

지글지글 속이 끓어오르게 만들었으니까요.

하느님 맙소사, 그 남자에겐 제가 연옥이었답니다.

이제는 그의 영혼이 영광 중에 거하기를 바랄 뿐입니다.

491 하느님도 아시지만,
그는 신발 때문에 발이 아픈 사람처럼
자꾸 주저앉아 아이고 아이고 고통스러워했지요,
제가 얼마나 가지가지로 남편을 괴롭히고 쥐어뜯었는지
하느님과 남편 외에는 아무도 모를 거예요.
제가 예루살렘에서 돌아왔을 때 그가 죽었고
지금은 교회 십자가 밑에 묻혀 있어요.
아펠레스가 다리우스 황제 묘를 솜씨 좋게 꾸몄듯이
그렇게 정성스레 그의 무덤을 꾸미지는 않았어요.
그를 호사스럽게 묻어 주는 것은 돈 낭비에 불과하니까요.
여보, 잘 가세요. 하느님, 그의 영혼에 안식을 주옵소서.
그는 지금 그의 무덤, 그의 관에 누워 있답니다.

503 자, 이제는 다섯 번째 남편에 대해 이야기하겠습니다.
하느님, 그 사람 영혼은 절대 지옥에 보내지 말아 주세요!
하지만 저에게는 가장 성질 더러운 놈이었어요.
제 갈비뼈 하나하나가 다 그놈의 성질을 느끼고 있고
제가 죽는 날까지 그럴 거예요.
하지만 침대에서 그는 너무나 팔팔하고 재미났어요.
게다가 그는 제 '예쁜 것'을 갖고 싶을 때면
말로 하도 잘 구슬려서 제가 혹 넘어가게 했지요.
그래서 그가 제 뼈 마디마디를 두들겨 팬 다음에도
곧 다시 저는 그와 사랑을 나누었답니다.

저는 그 남자를 제일 사랑했던 것 같아요.

왜냐하면 그 남자의 사랑을 얻기가 힘들었거든요.

진실을 말씀드리자면, 저희 여자들은 515

이 점에 대해서는 묘한 환상 같은 것이 있어요.

뭐든 우리가 쉽게 얻지 못할 것 같으면

종일 울면서 그것을 갖고 싶어 하죠.

우리한테 뭘 하지 말라고 하면 우리는 그걸 원한답니다.

우리한테 바짝 쫓아오면, 우리는 도망가지요.

우리는 쬐끔쬐끔씩 아껴 가면서 우리의 상품을 펼쳐 놓지요.

시장에 사람이 많으면 물건값이 올라가고

공급이 넘치면 물건 가치가 떨어지니까요.

똑똑한 여자들은 이것을 다 알고 있답니다.

제 다섯 번째 남편, 하느님, 그의 영혼을 굽어살피소서. 525

제가 그 남자를 택한 것은 돈이 아니라 사랑 때문이었지요.

그는 원래 옥스퍼드 대학생이었는데

학교를 떠나 고향으로 돌아와

저희 동네에 사는 제 친구 집에서 하숙하고 있었어요.

하느님, 그 친구 영혼을 살펴 주소서.

친구 이름은 앨리슨이었는데

그녀는 제 속마음, 제 비밀을 잘 알고 있었지요.

저희 동네 본당 신부님보다 훨씬 더 많이요. 그렇고말고요.

그녀에게는 제 모든 비밀을 털어놓았어요.

제 남편이 담벼락에 소변을 보거나

목숨을 잃을 뻔한 일을 했다는 둥

그 친구에게, 그리고 또 다른 훌륭한 부인에게

그리고 제가 정말 사랑했던 조카에게

남편 비밀을 남김없이 다 들려주었죠.

맹세코, 정말 자주 얘기해 주었어요.

남편은 너무 창피해서 여러 번 얼굴이 시뻘겋게 달아올라

제게 그렇게 큰 비밀을 괜히 이야기했다면서

자책하곤 했지요.

543   그러다가 사순절 어느 날이었어요.

저는 놀기를 좋아하는 성격이라

제 친구 집에 자주 가곤 했어요.

3월, 4월 그리고 5월에는

이 집 저 집 돌아다니면서

잡다한 이야기를 듣기도 했지요.

학생 잰킨과 제 친구 앨리슨

그리고 저는 들판으로 나갔어요.

제 남편은 사순절 기간 내내 런던에 있었지요.

덕분에 저는 신나게 놀면서

섹시한 남자들을 보기도 하고

그 남자들에게 제 모습을 보여 줄 절호의 찬스였거든요.

553   제 행운이 어디로 향할지, 어디에 있을지

제가 어떻게 알 수 있겠어요?

그래서 저는 축일 전야 축제에도, 축일 행진에도,

설교 모임과 이런 순례길에도 다 갔지요.

기적극 공연이나 결혼식에도 갔고요.

그리고 예쁜 진홍색 옷을 입었어요.

벌레나 좀벌레들은 절대로 제 옷을 갉아 먹지 못했어요.

왠지 아세요? 제가 하도 자주 입고 다녔기 때문이에요.

이제 제게 무슨 일이 있었는지 이야기해 드릴게요.   563

우리는 들판으로 산책을 다녔죠.

그러다 이 학생과 연애질이랄까 뭐 좀 그러고 놀았거든요.

저는 앞날을 준비한다는 차원에서 그 남자에게 말했어요.

혹시라도 내가 과부가 되면 나랑 결혼해야 된다고요.

왜냐하면 분명히

— 이걸 뭐 자랑삼아 말씀드리는 건 아니지만 —

저는 결혼이든 뭐든 간에

뭐든지 다 반드시 미리미리 예비를 해 놓는답니다.

도망갈 구멍이 하나밖에 없는 쥐 새끼는

그 구멍이 막히면 완전히 죽은 목숨이 되니

그런 쥐는 먼지만큼의 값어치도 없단 말이죠,

저는 그 남자에게 홀딱 빠졌다고 그에게 말했어요.   575

어머니께서 그런 수법을 제게 가르쳐 주셨지요.

그리고 밤새도록 그 사람 꿈을 꾸었다는 이야기도 했지요.

제가 반듯하게 누워 있는데 그가 나를 죽이려 해서

제 침대가 온통 벌겋게 피투성이가 되었다고요.

'하지만 저는 당신이 제게 행운을 가져다줄 거라 생각해요,

왜냐면 피는 황금을 상징한다고 배웠거든요'라고 말했어요.

그런데 다 거짓말이었어요. 그런 꿈은 꾼 적도 없거든요.

하지만 저는 이것뿐 아니라 다른 것들도

늘 어머니가 가르쳐 주신 대로 했답니다.

585 잠깐, 내가 뭘 이야기하려 했더라.

아이고, 내가 못 살아! 다시 하려던 이야기로 돌아갈게요.

587 제 네 번째 남편이 관에 누워 있을 때

저는 계속 울면서 슬픈 척했어요.

관습대로 아내들이 마땅히 해야 하는 대로 했지요.

그리고 머릿수건으로 제 얼굴을 가리고 있었지요.

하지만 저는 이미 짝을 마련해 놓았기 때문에

확실히 말씀드리는데, 많이 울게 되지는 않더라고요.

593 아침에 남편이 성당으로 실려 갈 때

이웃들이 조문하며 따라왔고,

우리의 학생 잰킨도 그런 사람 중 하나였어요.

그런데 하느님, 어쩌면 좋습니까, 관을 따르는 그를 보며

잰킨 다리랑 발이 정말 매끈하게 잘빠졌다는 생각이 들었고

제 마음은 온통 그 사람 생각뿐이었답니다.

제가 알기로 그는 스무 살이었고,

진실을 말씀드리자면 저는 마흔 살이었어요.

하지만 저는 껑충껑충 망아지처럼 욕정이 넘쳤답니다.

비록 제 잇새가 많이 벌어졌지만 그것도 제겐 잘 어울렸지요.

제게는 성 비너스의 흔적*이 있답니다.

하느님께 맹세코 저는 정력이 차고 넘쳤어요.

저는 예쁘장한 데다 돈도 많고, 젊었고, 또 운도 좋았어요.

사실, 제 남편들이 얘기해 주었는데

제 거기가 정말 '명기'라 하더라고요.

분명히 제 감정은 비너스의 영향을 강하게 받았고   609

제 성질은 마르스의 영향을 받았어요.

비너스는 제게 욕정과 음탕한 끼를 주었고요,

마르스는 저를 다부지고 대담하게 만들었지요.

제가 태어날 때 황소자리가 중천에 떠올랐는데

그 안에 마르스를 품고 있었대요.

아, 그러니 어쩌겠어요. 언제나 사랑이 죄란 말이죠.

저는 태어날 때 하늘의 별자리가 주신

기질에 따라 살아왔어요.

그래서 멋진 남자가 나타나면

저는 비너스의 방에서 물러나지 못해요.

하지만 마르스 신의 자국이 제 얼굴에도 있고

또 다른 제 은밀한 곳에도 있어서,

오, 지혜가 풍성하신 하느님 절 도우소서,

저는 도대체 절제라고는 못 하고

항상 제 욕망을 따라가야 한답니다.

그 남자의 키가 작건 크건, 흑발이건 금발이건,

그 남자가 저를 즐겁게만 해 준다면

아무리 가난해도, 또 지위가 무엇이건 상관없어요.

627   그달 말쯤, 어떻게 됐는지 아세요?

그렇게도 멋지고 재기발랄한 학생 잰킨과 저는

아주 격식을 갖춰 결혼했답니다.

그런 다음 저는 그때까지 제가 받았던

땅과 재산을 몽땅 그에게 주었지요.

그러고 나서 엄청 후회했어요.

이 남자는 제가 원하는 것을 하나도 허락해 주지 않았으니까요.

기가 막히죠, 한번은 자기 책 한 장을 제가 찢어 버렸다고

제 귀를 때리기까지 했어요.

그렇게 때리는 바람에 제 귀가 먹었지 뭐예요.

저는 암사자처럼 고집이 세고

진짜 수다쟁이여서 혀가 쉬지 않고 재잘거리거든요.

저는 예전에 그랬듯이

이 집 저 집으로 놀러 다니곤 했어요.

비록 그는 저한테 절대로 그러지 말라고 했지만요.

그것 때문에 그는 제게 설교를 늘어놓고

옛날 로마 시대 이야기를 제게 가르치곤 했어요.

가령 심플리키우스 갈루스가,

자기 부인이 하루는 얼굴을 다 드러내고

자기 집 문에서 밖을 내다보았다는 이유 때문에

일평생 자기 부인을 내쳤다고 이야기했어요.

647   그는 또 다른 로마 사람 이름도 말했어요.

그는 자기 부인이 남편에게 알리지 않고

한여름 밤 축제에 나갔다는 이유로 그녀를 내쫓았다나요.
그러고는 또 성서를 뒤적거리더니
남자는 자기 부인이 밖에 나돌아 다니지 못하도록
엄하게 금지해야 한다는 구절을 「전도서」에서 찾아냈어요.
그러고는 제게 다음과 같은 이야기도 했지요.
'자기 집을 작은 나뭇가지로 짓거나   655
눈먼 말을 들판으로 몰고 나가거나
자기 아내가 순례길을 가도록 내버려 두는 자는
교수형에 처하는 것이 마땅하도다.'
하지만 그래 봤자 무슨 소용이에요.
저는 그가 읊어 대는 속담이나 옛 말씀 따위는
털끝만큼도 신경 쓰지 않았거든요.
그 사람 때문에 제 행실을 고칠 생각도 없었고요.
제 잘못을 지적질하는 인간은 정말 꼴도 보기 싫어요.
아마 우리 누구나 그렇지 않을까요.
그랬더니 남편이 길길이 뛰며 생난리를 쳤죠.
어쨌든 저는 이 남자 성깔을 참을 생각이 없었으니까요.
자, 이제 성 토머스를 걸고   666
제가 왜 그 사람 책에서 한 장을 찢어 버렸는지
그것 때문에 그 남자가 저를 얼마나 심하게 때리는 바람에
결국 제 귀가 먹게 된 사연을 말씀드릴게요.
그가 밤낮으로 언제나 신이 나서   669
재미있게 읽는 책이 있었어요.

『발레리우스와 테오프라스토스』였는데

그 책을 읽으며 그는 항상 껄껄껄 웃곤 했지요.

673 또 로마의 학자이며 추기경이었던 성 히에로니무스란 분이

조비니아누스를 반박하며 쓴 책도 있었어요.

그 책에는 테르툴리아누스, 크리시포스, 트로툴라,

파리에서 멀지 않은 곳의 수녀원 원장이었던 엘로이즈,

그리고 솔로몬의 잠언, 오비디우스의『사랑의 기술』,

그 외에도 많은 책들이 있었는데

이 책들은 모두 한 권으로 묶여 있었어요.

다른 세속 업무를 보다가 짬이 나고 시간만 있으면

매일 밤낮으로 이 책에서

사악한 부인들 이야기를 읽는 것이 그의 습관이었습니다.

그는 성서에 나오는 선한 여인들보다는

악한 여인들 일대기를 훨씬 많이 알고 있었어요.

사실 말이지, 성인전을 빼고는

어떤 학자라도 그 밖의 여자들에 대해

좋게 말하는 것은 불가능하지요.

692 사자 그림을 그린 것은 누구죠?

누군지 한번 말해 보시라고요.

말이야 바른말이지,

마치 학자들이 서재에 틀어박혀 이야기를 쓰듯이

여자들이 이야기를 썼다면

아담의 자손들이 다 달려들어도 도저히 고칠 수 없을 만큼

남자의 악행에 대해 주야장천 이야기를 썼을 거예요.

머큐리의 자손인 학자들과

비너스의 자손인 연인들은

완전히 정반대로 행동하지요.

머큐리는 지혜와 학문을 좋아하고

비너스는 떠들며 노는 것과 돈 쓰는 것을 좋아하니까요.

그리고 성향이 이렇게 다른 까닭에

한쪽이 올라가면 나머지 한쪽은 내려가게 되어 있어요.

그러니까 하느님도 아시다시피,

비너스가 올라가면 머큐리는 물고기자리에서 힘이 없고

머큐리가 올라가면 비너스는 밑으로 내려오거든요.

그래서 학자가 여자를 칭찬하는 일이 없는 거예요.   706

학자가 나이를 처먹어서

낡아 빠진 신발 한 짝 값만큼도

비너스에 속한 일을 할 수 없는 지경이 되면

그는 털퍼덕 주저앉아 노망이 들어 글을 써 대지요,

여자들은 결혼해서 정절을 지킬 수가 없다는 둥 하면서요!

자, 이제 핵심으로 들어가 보겠습니다.   711

제가 어쩌다 책 때문에 얻어맞았는지 말이에요.

어느 날 밤, 우리 집 가장 되시는 잰킨께서

화롯가에서 책을 읽고 있었지요.

먼저 이브에 대한 이야기였어요. 그녀의 악함 때문에

어떻게 온 인류가 비참한 나락에 떨어졌는지

그것 때문에 예수 그리스도가 죽임을 당하셨고
그분 심장의 피로 우리를 회복시켜 주신 이야기 말이에요.
그러니 자, 여자가 온 인류의 타락의 원인이라는 것을
여기서 분명히 알 수 있다는 거지요.

721 그는 삼손이 머리카락을 잃게 된 사연도 읽어 주었어요.
삼손이 자는 동안 그의 애인이 가위로 머리를 자르고 배신해서
삼손이 두 눈을 다 잃게 되었다는 이야기요.
그리고 헤라클레스와 데이아네이라 이야기도 읽어 주었지요.
그녀가 헤라클레스의 몸에 불이 붙게 만들었다면서요.

727 잰킨은 또한 소크라테스가 두 아내 때문에 겪었던
근심과 고통도 낱낱이 이야기했어요.
크산티페가 그의 머리 위로 어떻게 오줌을 부었는지도요.
이 불쌍한 남자는 죽은 듯이 가만히 있다가
머리를 쓱 닦고는 다른 말은 하지 않고
'천둥이 멈추기 전에 비가 오는 법이지'라고만 말했다나요.

733 크레타 여왕 파시파에 이야기도 있는데,
그 여자가 진짜 악독했기 때문에
잰킨은 그 이야기를 특히 재미있어 했어요.
기가 막혀! 그 여자의 끔찍한 욕정이나 쾌락은 해괴망측하니
더 이상 이야기하지 마세요.

737 욕정 때문에 남편을 죽인
간통녀 클리타임네스트라 이야기도 있죠.
그는 이 이야기를 아주 몰두해서 읽었어요.

그는 또한 어떻게 하다가   740
테베에서 암피아라오스가 목숨을 잃었는지도 말해 주었어요.
제 남편은 그의 아내 에리필레의 일대기를 알고 있었어요.
그녀는 황금 브로치가 탐나서 자기 남편의 은신처를
그리스 사람들에게 몰래 알려 주었고
그 때문에 암피아라오스는 목숨을 잃었다는 이야기죠.
리비아와 루시아에 대해서도 그는 이야기했어요.   747
두 사람 다 남편을 죽였는데
하나는 사랑해서, 다른 한 명은 미워해서라네요.
리비아는 남편이 원수였기 때문에
어느 늦은 저녁 남편을 독살했답니다.
반면 욕정이 넘치는 루시아는 남편을 너무 사랑해서
남편이 자기 생각만 하게 하려고
남편에게 사랑의 묘약을 주었는데
다음 날 아침도 되기 전에 남편이 죽었다는 겁니다.
그러니 이래저래 남편만 불쌍하다는 거였어요.
그러고 나선 라투미우스라는 사람 이야기도 해 주었어요.   757
그는 친구 아리우스에게 한탄을 했더랍니다.
자기 집 정원에 나무 한 그루가 있는데
자기 부인 세 명이 악독한 마음을 견디지 못하고
그 나무에 셋 다 목을 매달아 죽었다고요.
그러자 아리우스가 '아, 내 좋은 친구야.
그 복 받은 나무에서 가지 하나만 내게 줘.

우리 집 정원에도 심어야겠어'라고 했다는군요.

765 더 후대의 아내들 이야기도 읽었답니다.

어떤 아내는 남편을 침대에서 죽인 뒤

남편 시체가 바닥에 똑바로 누워 있는 상태에서

자기 간통남이랑 온밤을 놀며 지새웠다는 이야기,

어떤 아내는 남편이 자는 동안

머리에 못을 박아 죽였다는 이야기,

어떤 아내는 남편 마실 물에 독을 타서 죽였다는 이야기 등등요.

772 그는 상상조차 하기 어려운 험한 이야기들을 했습니다.

그리고 이 문제에 관해 그는

이 세상의 풀이나 약초 가짓수보다 더 많은 격언들을 알았어요.

그는 말했지요. '잔소리하는 여자와 사느니

사자나 사나운 용과 함께 사는 것이 낫도다.'

'집 안에서 화내는 아내와 함께 있느니

지붕 위로 올라가 지내는 것이 낫도다.

그들은 너무 사악하고 청개구리 같아서

남편이 좋아하는 것은 항상 다 싫어하느니라.'

그는 말했어요. '여자는 속옷을 벗을 때 수치심도 벗는다.'

게다가 이 말도 덧붙였어요.

'정절을 지키지 않는 예쁜 여자는

암퇘지 코에 걸린 금반지와 같다.'

그러니 제 마음이 얼마나 괴롭고 고통스러웠을지

그 누가 알아주겠고, 그 누가 생각이나 할 수 있겠어요?

그가 밤새도록 이 망할 놈의 책을   788

쉬지 않고 계속 읽으리란 것을 알고는,

그가 책을 읽던 바로 그때

저는 그의 책에서 세 장을 확 잡아채 찢어 버렸지요.

그리고 제 주먹으로 그 남자 뺨을 후려쳤더니

그는 화로 곁에서 뒤로 확 넘어졌어요.

그러자 그는 포악한 사자처럼 벌떡 일어나

주먹으로 제 머리를 쾅 내려쳤고

저는 죽은 사람처럼 바닥에 벌렁 나자빠졌어요.

제가 얼마나 안 움직이고 누워 있는지 지켜보더니

그는 얼굴이 새파랗게 질려 도망가려 했어요.

때마침 제가 기절했다가 깨어났어요.

그리고 말했죠. '이 날강도 놈아, 네가 날 죽였지?

너, 내 땅 때문에 날 죽인 거지?

그래도 내가 죽기 전에 당신에게 키스해 줄게.'

그러자 그는 다가와서 공손히 무릎을 꿇고 말했어요.   803

'사랑하는 여보 앨리슨'

아, 하느님 살려 주세요, 다시는 안 때릴게.

내가 그렇게 한 건 다 당신 탓이야.

그래도 용서해 줘. 내가 이렇게 당신한테 빌잖아!'

하지만 저는 즉시 그 남자 뺨을 후려쳤죠.

그리고 말했어요. '이 날강도야, 자, 이제 복수했다.

이제 곧 죽나 보다, 더 이상 말할 수가 없네.'

그러나 결국 여러모로 근심하고 애쓰다가

우리는 둘 사이에 합의를 보았어요.

집과 땅의 관리권,

그의 혀와 손에 대한 관리권,

이 모든 통제권을 그는 제 손에 갖다 바쳤습니다.

저는 바로 그 자리에서 그의 모든 책을 다 태우게 했어요.

817　모든 통제권, 주도권을 제게 넘긴 후

그는 말했지요. '나의 진실한 아내,

한평생 당신 하고 싶은 대로 하며 살아요.

당신의 명예를 지키고, 또 내 사회적 위치도 지켜 줘요.'

그날 이후 저희는 한 번도 싸우지 않았답니다.

하느님께 맹세코

덴마크에서 인도까지 다 뒤져 봐도

저만큼 상냥하고 진실한 아내를 찾을 수는 없을 거예요.

남편도 저한테 그랬고요.

위엄 가운데 좌정하신 하느님께 비옵나니

그의 영혼에 복을 내려 주옵소서.

자, 이제 제 이야기를 시작하겠습니다."

(법정 소환인과 수사 사이에 말다툼이 일어나다.)

829　이 모든 이야기를 듣더니 수사가 웃음을 터뜨리며

"아주머니, 이야기가 재미있고 유쾌하기는 해도

이야기의 서두치고는 꽤 기네요!"라고 말했다.

수사가 투덜거리는 소리를 법정 소환인이 듣고 말했다.

"이런, 빌어먹을!

수사는 어디든 남의 일에 끼어드는구먼!

여러분, 보시라고요, 파리 새끼하고 수사는

그릇마다 들어가고 이야기마다 끼어듭니다요.

서두가 길건 말건 자네가 왜 말이 많아?

뭐라고? 너야말로 기거나, 뛰거나, 조용히 있거나,

아니면 가서 앉아 있으라고!

자네가 흥을 다 깨고 있잖아."

수사가 말했다. "소환인 양반, 이렇게 나오시겠다는 건가?　　　840

여러분, 장담하건대 제가 가기 전에

이 자리에 계신 모든 분들이 신나게 웃으실 만한

법정 소환인 이야기를 한두 개 꼭 해 드리겠습니다."

법정 소환인이 말했다. "안 그러면 이 수사놈아,　　　844

네놈 낯짝에 저주나 내렸으면 좋겠다.

시팅번에 도착할 때까지

네놈이 울고불고할 수사 이야기를 내가 두세 개 못 한다면

내 손에 장을 지진다.

나는 네놈 인내심이 바닥날 거라는 걸 잘 알지."

우리 숙소 주인이 소리를 질렀다. "그만들 하세요!　　　850

저 아주머니가 말씀 좀 하시게 놔두자고요,

당신들은 지금 술 취한 놈들처럼 행동하고 있다고.

자 아주머니, 말씀 계속하세요. 그게 제일 좋을 것 같네요."

854 "네, 저는 준비 완료예요. 여러분이 원하시는 대로,

그리고 이 훌륭하신 수사님께서 허락해 주신다면 이야기하죠."

856 "그러시죠 아주머니, 말씀하세요. 듣겠습니다."

(여기서 바스에서 온 부인의 서문이 끝난다.)

바스에서 온 부인의 이야기

(여기서부터 바스에서 온 부인의 이야기가 시작된다.)

857 브리턴 사람들이 크게 숭상하던

옛날 아서왕의 시대에

이 나라는 요정들로 가득했습니다.

요정 여왕은 즐거운 요정들과 함께

이곳저곳 푸른 풀밭에서 춤을 추곤 했어요.

제가 읽은 책을 보면

몇백 년 전에는 사람들이 그렇게 믿었다고 하더군요.

하지만 요즘은 요정을 전혀 볼 수가 없어요.

왜냐하면 일정 구역을 다니는 탁발 수사들과 거룩한 수사들이

햇살에 떠 있는 빼곡한 먼지 알갱이들처럼

온 땅과 물가를 헤집고 다니면서

공동 모임 장소, 개인 방, 부엌과 침실,

도시, 마을, 성, 높은 성탑,

동네, 헛간, 마구간, 목장 할 것 없이 다 돌아다니며

자비도 베풀고 기도도 해 주는 바람에

모든 요정이 사라졌기 때문이랍니다.

요정들이 걷던 곳에   873

이제는 구역 지정 탁발 수사가

이른 아침이건 늦은 아침이건 걸어 다니며

자기에게 지정된 구역에서

아침 기도를 하고, 또 축복 기도를 해 주고 있으니까요.

여자들은 마음 놓고 이리저리 다닐 수 있게 되었지요.

이제는 나무 덤불이나 나무 밑에 악령은 없고

오직 여자를 덮칠 수사만 있으니 말입니다.

그런데 이 아서왕 궁정에   882

혈기 왕성한 젊은 기사가 있었는데

그가 하루는 매사냥을 한 후 말을 타고 가고 있었어요.

마침 그는, 옆에 아무도 없이 혼자 있었는데

자기 앞을 걷고 있는 아가씨를 보게 되었지요.

그러고는 아가씨가 온 힘을 다해 거부하는데도 곧바로

폭력으로 그녀의 처녀성을 앗아가 버렸지 뭡니까.

그 일에 대한 원성이 너무 자자해서

이 기사에게 사형 선고를 내려야 한다는

요구가 아서왕에게 올라갔고

법에 따라 그 기사는 사형을 받게 되었답니다.

아마도 당시의 법이 그랬던 것 같아요.

그런데 여왕과 귀부인들이 아주 오랫동안

왕에게 자비를 베풀어 달라고 간청하여

왕은 마침내 그 자리에서 기사에게 생명을 허락하고

그 사람을 살릴지 죽일지를

왕비가 결정할 수 있도록 그의 목숨을 왕비에게 맡겼습니다.

899   왕비는 왕에게 지극히 감사를 올렸습니다.

그런 후 어느 날 왕비는 기회를 보아

기사에게 다음과 같이 말했어요.

"네가 살 수 있을지 없을지는 아직 알 수 없는 상황이니라.

만약 여자들이 가장 원하는 것이 무엇인지

네가 내게 말할 수 있다면 너를 살려 줄 것이니라.

정신을 똑바로 차려 도끼가 네 목에 떨어지지 않게 하라.

네가 그 해답을 지금 당장 말할 수 없다면

돌아다니며 이 문제에 대한 흡족한 답변을 얻을 수 있도록

1년의 시간을 주겠노라.

하지만 네가 떠나기 전에

꼭 이리로 다시 돌아오겠다는 맹세를 해야 할 것이니라."

913   기사는 비탄에 빠져 슬퍼하며 탄식했습니다.

그러나 어쩌겠는가!

만사를 자기 마음대로는 할 수 없는 것을.

마침내 그는 떠났다가

정확히 한 해가 지난 뒤에

하느님께서 그에게 예비해 주실 답을 가지고

다시 돌아오기로 했답니다.

그리고 작별을 고하고는 자기 길을 떠났습니다.

그는 여자들이 가장 원하는 것이 무엇인지 알기 위해   919

방방곡곡 집집마다 돌아다녔습니다.

하지만 그 어떤 곳을 가도

이 문제에 대해 단 두 사람도 대답이 일치하지 않았습니다.

어떤 사람들은 여자는 돈을 제일 좋아한다 말했고,

어떤 사람들은 명예라고, 어떤 사람들은 재미라고 말했고,

어떤 사람들은 화려한 옷,

또 어떤 사람들은 침대에서의 쾌락이라 말했고

여러 번 과부가 되고 재혼하기를 원한다는 대답도 있었습니다.

어떤 사람들은 남들이 자기에게 듣기 좋은 말을 하며

비위를 맞추어 줄 때 가장 기분이 좋다고도 말했습니다.

거짓말 하나도 안 하고 말씀드리자면,

그는 거의 정답 근처에 갔다고 할 수 있지요.

우리 여자들을 칭찬해 주는 남자에게 우리는 혹 넘어가고

세심하게 보살펴 주면 우리는 예외 없이 꽉 붙잡힌답니다.

또 어떤 사람들은 말하지요,   935

우리 여자들은 하고 싶은 대로 하도록 내버려 두고,

우리가 나쁘다고 비난하지 않고,

오히려 우리가 매우 지혜롭고 전혀 멍청하지 않다는 말을

제일 좋아한다고요.

사실 우리 중 그 어느 누구도,

우리의 아픈 곳을 찔러 대면,

그게 아무리 진실이라 하더라도

발끈하지 않을 사람은 없을 거예요.

한번 시험해 보세요.

정말이라는 것을 아시게 될 테니까요.

왜냐하면 비록 우리가 속마음은 못돼 먹었더라도

지혜롭고, 정결하다고 여겨 주었으면 하니까요.

945 그리고 어떤 사람들은 말하지요,

우리가 한결같이 믿을 만하고 진중하고 늘 변함이 없으며,

남자들이 우리에게 알려 준 비밀을 잘 지킨다고 생각해 주면

우리 여자들이 가장 좋아한다고요.

하지만 그런 것은 어림 반 푼어치도 없는 이야기이지요.

사실 우리 여자들은 아무것도 숨기지 못하거든요.

미다스의 예를 보세요. 그 이야기를 한번 들어 보시겠어요?

952 오비디우스는 많은 이야기 중에 미다스 이야기도 했지요.

미다스란 사람은 긴 머리 밑으로

두 개의 당나귀 귀가 자라고 있었답니다.

그는 온 힘을 다해, 이 흉측한 것을

아주 교묘하게, 사람들의 눈길에서 감추었지요.

그래서 부인을 빼곤 아무도 그 사실을 몰랐다는 거예요.

그는 부인을 몹시 사랑했고, 또한 부인을 믿었지요.

그는 어느 누구에게도
자신의 기형을 절대 말하지 말라고 부인에게 당부했습니다.
온 세상을 다 준다 해도   961
"절대 안 할 거예요"라고 그녀는 맹세했어요.
남편이 그런 오명을 갖게 만들다니
그런 수치와 죄악을 행하지 않겠다면서요.
자기에게도 창피한 일이니 말할 수 없다고 했어요.
하지만 그럼에도 불구하고,
그 비밀을 계속 숨긴다면 그녀는 죽을 것 같았습니다.
그녀 가슴이 너무나 고통스럽게 부풀어 올라
기어코 뭔가 말을 할 것 같았던 거죠.
그렇다고 어느 누구에게도 그 말을 할 수는 없으니
그녀는 근처 늪으로 달려갔습니다.
그곳까지 가는 동안에도 그녀 마음은 불덩이 같았어요.   971
그리고 마치 왜가리가 진흙탕에서 왝왝거리듯
그녀는 물속에 입을 담그고 말했습니다.
"물아, 소리 내서 나를 배신하면 안 돼.
네게만 이야기하고 어느 누구에게도 말을 안 했단 말이야.
우리 남편 귀는 당나귀 귀란다!
아, 이제야 살 것 같네. 드디어 내뱉었어!
정말 더 이상은 못 참겠어, 말을 해야지."
여기서도 여러분이 보시는 것처럼
우리가 잠시는 비밀을 지킬 수 있지만

결국에는 말을 해야 하고 비밀을 숨기지 못한답니다.

이야기의 나머지가 궁금하시면

오비디우스를 읽어 보세요. 그럼 아실 거예요.

983   특히 제 이야기의 주인공 기사는,

여자들이 무엇을 가장 원하는지

알 수 없으리라는 것을 알게 되자

마음속에는 슬픔이 가득 찼습니다.

그러나 그는 돌아가야 했어요. 더 이상 지체할 순 없었지요.

그가 고향으로 가야 하는 날이 왔을 때,

수심에 가득 차서 숲 쪽으로 말을 타고 가다가

그는 우연히 스물하고도 네 명,

아니, 그보다 많은 숙녀들이 춤추는 것을 보았답니다.

뭔가 지혜를 얻을 수 있기를 바라면서

그는 그쪽으로 열심히 다가갔는데

글쎄, 그가 거기에 제대로 가 보기도 전에,

춤추는 이들이 사라지고 어디로 갔는지도 알 수 없었습니다.

997   생명을 지닌 것은 아무것도 보이지 않고

풀밭 위에 한 부인이 앉아 있는 것만 보였는데—

그녀보다 더 추한 사람은 상상할 수 없을 만큼 추했습니다.

그녀가 일어나 기사를 향해 말했습니다.

"기사 양반, 여기서부터는 길이 없어요.

뭘 찾고 있는지 어디 한번 말해 보세요.

이런 나이 든 사람들은 많은 걸 알고 있으니,

아마도 그편이 나을 거요."

"할머니, 여자들이 가장 원하는 게 무엇인지 말을 못 하면   1005
저는 죽은 목숨이나 다름없답니다.

제게 그 대답을 알려 주신다면 은혜를 꼭 갚겠습니다."

할머니는 "그러면 내 손을 잡고 맹세하세요,   1009

기사 양반이 할 수 있는 일이라면

제가 그다음에 요구하는 것을 하겠다고 말입니다.

그러면 밤이 되기 전에 답을 알려 드리죠"라고 말했답니다.

기사는 "네, 서약합니다. 그렇게 하겠습니다"라고 말했어요.   1013

"그러면 이제 기사님 목숨은 안전합니다.

제가 장담하지요. 제가 지켜 드릴 테니까요.

제 목숨을 걸고 맹세코 왕비마마도 저와 똑같이 말하실 거예요.

머리에 스카프를 하고 머리 장식 망사를 쓴 사람들 중에

내가 기사님께 알려 드린 것을 감히 부인할 정도로

거만한 자가 있는지 어디 한번 두고 보자고요.

더 이야기할 것 없이 어서 갑시다."

그리고 할머니는 그의 귀에 뭔가를 속삭이며,

이제 기뻐하고 두려워하지 말라고 했습니다.

그들이 궁정에 왔을 때,   1023

기사는 약속대로 날짜를 지켰고,

문제에 대한 답도 가져왔다고 말했습니다.

똑똑하다고 이름난 많은 귀부인들과 아가씨들, 과부들이

그의 대답을 듣기 위해 모여들었고

왕비는 심판관이 되어 앉았습니다.

그러고 나서 기사는 부름을 받아 그들 앞에 나타났습니다.

1031 모든 사람들은 침묵하라는 명이 떨어졌습니다.

그리고 기사는 모든 사람들이 듣는 가운데

여성이 무엇을 가장 좋아하는지 이야기해야 했습니다.

기사는 말 못 하는 짐승처럼 조용히 있지 않고

궁정 사람들이 모두 들을 수 있도록

남자다운 목소리로 그 질문에 곧 대답했습니다.

1037 "왕비마마, 일반적으로 여성은

사랑에서나 남편에 대해 주도권을 갖고 싶어 합니다.

그리고 남자 위에서 통제권을 갖고 싶어 합니다.

여성이 가장 원하는 것은 이것입니다.

마마께서 저를 죽이신다 해도 어쩔 수 없사옵니다.

이제 제 목숨은 마마님께 달려 있사오니 뜻대로 하옵소서."

궁전에 있는 어떤 부인이나 아가씨나 과부도

그의 말에 반대하는 사람이 없었고

모두 그의 목숨을 살려 주어야 한다고 말했습니다.

1045 이 말을 듣자, 기사가 만난

풀밭에 앉아 있던 노파가 벌떡 일어나 말했습니다.

"왕비마마, 자비를 베풀어 주옵소서.

마마께서 법정을 떠나시기 전에

제게 정의가 이루어지게 하옵소서.

제가 기사에게 이 대답을 알려 주었습니다.

그리고 그 대가로 그는 맹세하기를

제가 그에게 첫 번째로 요구하는 것을

자기 힘닿는 일이라면 해 주겠다고 했습니다.

그러니 기사님, 이 법정에서 청합니다.

저를 기사님의 아내로 삼아 주세요.

기사님도 아시듯, 제가 기사님 목숨을 살려 드렸으니까요.

제가 틀린 말을 했으면 아니라고 맹세해 보세요."

기사는 대답했습니다. "세상에, 이 무슨 끔찍한 일인가!   1058

내가 약속했다는 것을 잘 알고 있소.

하지만 제발 다른 것을 요구해 주시오.

내 재산을 다 가져가도 좋으니 내 몸만은 놓아주시오."

"그건 안 되지요. 그렇다면 우리 둘 다를 저주하겠어요.   1062

비록 제가 못생겼고, 나이도 많고 가난하기는 하지만,

땅속에 묻혀 있거나 땅 위에 나와 있는

모든 보물과 금덩어리를 전부 준다 해도 다 필요 없으니

오직 저를 당신의 아내로, 당신의 애인으로 삼아 주세요."

기사는 말했어요. "내 애인이라고? 완전히 망했네!   1067

아, 내 신분의 사람 그 어느 누가

이처럼 끔찍하게 수치를 당하는 자가 있을까!"

하지만 아무 소용 없었지요.

결론은 이렇습니다. 기사는 어쩔 수 없이 그녀와 결혼해

늙은 아내와 함께 잠자리에 들어야만 했답니다.

어떤 사람들은 아마 이렇게 말하겠지요.   1073

제가 게으른 까닭에

그날 결혼식에서 사람들이 기뻐하던 모습과 화려한 차림새를

이야기하려 하지 않는다고 말입니다.

이에 대해 간단히 말씀드릴게요.

결혼 잔치에서 기쁨이라곤 찾아볼 수 없었답니다.

오직 무거운 마음과 엄청난 슬픔뿐이었지요.

그는 사람들 몰래 아침에 결혼식을 올렸고,

하루 종일 올빼미처럼 숨어 있었습니다.

아내가 흉물처럼 생겼으니, 그는 번민이 가득했습니다.

1083 그가 자기 아내와 침대에 단둘이 남았을 때,

기사의 비통함은 이루 말할 수 없었습니다.

그는 몸을 뒤척이며 이리저리 뒹굴었습니다.

그의 늙은 아내는 계속 미소 띤 얼굴로 누워 있다 말했어요.

"사랑하는 여보, 세상에, 이게 웬일이람!

모든 기사들이 다 자기 아내에게 당신처럼 행동하나요?

이것이 아서왕 궁정의 법도인가요?

모든 기사들이 다 이렇게 냉정한가요?

저는 당신의 애인이고 아내예요.

게다가 당신의 생명의 은인이고요.

그리고 제가 당신에게 잘못한 것이 아무것도 없고요.

그런데 왜 첫날밤에 저를 이렇게 대하는 거지요?

당신은 꼭 넋 빠진 사람처럼 굴고 있어요.

제가 잘못한 게 뭐죠? 제발 말 좀 해 보세요.

할 수만 있으면 제가 고칠게요."

기사가 말했어요. "고친다고? 원 참, 안 돼요, 안 된다고!   1098

결코 고칠 수 없을 테니까.

당신은 너무 흉측하게 생겼고, 또 나이도 많아.

게다가 신분도 너무 낮은 집안 출신이고.

내가 이리저리 몸을 뒤척이는 것도 당연하지.

차라리 심장이 터져 버리면 좋겠어!"

"괴로워하는 이유가 그건가요?"라고 그녀가 물었고,   1104

기사는 "물론이지, 당연하고"라고 말했어요.

그녀가 말했어요. "기사 나리, 내가 하려고만 하면,   1106

사흘 안에 이 모든 것을 다 고칠 수 있어요.

당신이 나를 제대로 대접해 주기만 한다면 말이에요.

그런데 당신은   1109

예부터 재산을 물려받은 집안의 고귀한 신분을 논하며

스스로 귀족이라고 말하는데

그런 오만함은 정말 눈곱만큼의 가치도 없어요.

한번 살펴보세요. 누가 가장 덕 있는 사람인지,   1113

누가 최선을 다해 공적으로나 사적으로

훌륭한 일을 하려고 애쓰는지 말이에요.

그런 사람을 가장 고귀한 귀족으로 생각하셔야 해요.

그리스도께서는 자신에게서 고귀함을 요청하라 하셨고,

조상이나 재산 덕에 귀족이라 주장하지 못하게 하셨어요.

조상이 유산을 물려주어

후손들은 자신이 고귀한 혈통이라고 주장하지만,

조상들이 훌륭한 삶까지 물려줄 수는 없는 법이지요.

조상들이 훌륭하게 살았으니 귀족이라 불릴 수 있었고

우리에게 그들을 본받으라고 명할 수 있었을 뿐이죠.

1125 피렌체의 단테라 불리는 시인이

이 문제에 대해 제대로 말을 했지요.

자 보세요, 이렇게 운을 맞추어 단테가 말을 했답니다.

'인간의 고귀함은 작은 나뭇가지에서 자라기가 쉽지 않으니

하느님께선 우리가 그분에게서 고귀함을 청하기를 원하신다.'

우리가 조상에게 물려받는 것은 일시적인 것들뿐이고

그것은 인간에게 악이 될 수 있답니다.

1133 그리고 당신이나 저나 모두 다 알듯이

만약 고귀함이라는 것이

집안의 혈통을 따라 자연스럽게 대물림된다면

자손들은 공사 막론하고 고귀함에 따라 본분을 다하겠지요.

상스러운 짓이나 악행은 범하지 않을 테고요.

1139 횃불을 밝혀 이곳과 코카서스산 사이에 있는

가장 어두운 집에 가져간다고 해 봅시다.

그리고 문을 닫고 사람들을 멀리 가게 한다고 해 봐요.

그래도 불은 찬란히 빛나고 타올라서

수만 명의 사람이 볼 수 있을 거예요.

제 목숨을 걸고 맹세하죠,

불이 꺼질 때까지 불은 자기 본연의 본분을 다합니다.

당신도 여기서 아실 거예요, 1146
고귀함과 재산이 붙어 있지 않다는 것을요.
불은 본성을 따라 행하는데
사람들은 항상 본분대로 행동하지 않지요.
하느님께서 알고 계시듯, 사람들은
귀족 자손이 수치와 악을 행하는 것을 종종 보지요.
그러니 선조가 고귀하고 덕을 쌓은 귀족 집안에 태어나
귀족 혈통을 가졌다고 칭송받는 사람이
돌아가신 선조들의 본을 따르지 않고
본인은 어떤 고귀한 행위도 하지 않는다면
그 사람이 공작이건 백작이건,
그런 사람은 결코 귀족이라고 할 수 없지요.
상스러운 짓을 했으면 상놈이니까요.
귀족 신분이라는 것은 1159
조상의 선한 행실로 얻은 명성에 불과하고,
본인과는 아무 상관이 없으니까요.
사람의 고귀함은 하느님께로부터만 나오는 것이랍니다.
진짜 귀족은 하느님의 은총에서 나오는 것이지
신분으로 물려받는 것이 아니라고요.
발레리우스가 말하듯 1165
가난한 처지에서 그토록 높은 귀족 신분으로 올라간
툴리우스 호스틸리우스야말로 얼마나 고귀한 자인지요.
세네카도 읽어 보시고, 보에티우스도 읽어 보시고요.

그 책들을 보면 고귀한 행동을 하는 자가 고귀하다는 것을
분명히 아실 거예요.
그러니 사랑하는 여보, 제 결론은 이렇답니다.
비록 제 조상이 비천한 신분이었어도,
높으신 하느님께서 제가 덕을 행하며 살도록
은총을 주시기를 바란답니다.
제가 덕을 행하며 살고 죄를 멀리한다면
저도 귀족이니까요.

1177 그리고 제가 가난하다고 책망했는데,
우리가 믿는 높으신 하느님께서는
자원해서 가난한 삶을 택하기까지 하셨어요.
그리고 남녀노소가 다 알고 있듯이
하늘의 왕이신 예수님께서
악하게 사는 쪽을 택하셨을 리 없지 않겠어요.
가난하면서도 기쁘게 사는 것은 값진 일이에요.
세네카나 다른 학자들이 이렇게 말하죠.
옷 한 벌 제대로 없어도 자기 가난에 만족하면
그는 부유한 사람이고
자기가 가질 수 없는 것을 탐내는 사람은 가난한 자라고요.

1189 가진 것이 없어도 아무것도 탐내지 않는다면
사람들이 아무리 그를 상놈으로 취급해도
그 사람은 부자이지요.
진실한 가난에는 노래가 있답니다.

유베날리스는 가난에 대해 이렇게 말했어요.
'가난한 자는 길을 가다 도둑을 만나도
노래하고 즐거워할 수 있다.'
제가 보기에 가난은 밉지만 유익하고   1195
사람을 근심에서 벗어나게 해 주지요.
그리고 가난을 인내하며 받아들이는 자에게는
지혜를 가져다줍니다.
가난은 비참하게 보일지는 모르지만
아무도 빼앗아 갈 수 없는 소유물이에요.
사람이 가난하여 비천한 처지에 있을 때   1201
사람은 종종 하느님과 자기 자신을 더 잘 알게 되지요.
가난은 눈에 끼는 안경과 같습니다.
그것을 통해 진짜 친구를 가려낼 수 있으니까요.
그러니 여보, 제가 당신에게 해를 끼친 것도 아닌데
제가 가난하다고 탓하지 마세요.
그리고 당신은 제가 늙었다고 화를 내고 있지요?   1207
그런데 분명히 비록 어떤 책에도 쓰여 있지 않더라도
명예를 중시하는 당신 귀족들은
노인을 공경하라고 말하더군요,
또 귀족 체면 때문에라도 노인들을 아버님이라 부르지요.
제 생각엔 그렇게 써 놓은 책들을 찾을 수 있을 거예요.
그리고 당신은 내가 늙고 못생겼다고 말하는데,   1213
덕분에 내가 나가서 바람피울 염려가 없지요.

분명히 알다시피 못생기고 늙게 되면
정숙을 지킬 수밖에 없으니까요.
하지만 당신이 뭘 좋아하는지 잘 알고 있으니,
당신의 세속적인 욕망을 채워 드릴게요."

1219　그녀가 말했어요. "이제 둘 중 한 가지를 선택하세요.
내가 죽을 때까지 늙고 못생긴 대신에
당신에게 진실하고 겸손한 아내가 되어
평생 당신 마음을 거스르는 일이 없기를 원하세요?
아니면 내가 젊고 아름다워서
저로 인해 집이나 다른 곳 어디에서든
많은 사람들이 몰려오는 쪽을 원하시나요?
이제 당신 마음에 드는 대로 선택해 보세요."

1228　기사는 곰곰이 생각한 후 고통스럽게 한숨을 쉬었답니다.
그러나 마침내 다음과 같이 말했지요.
"나의 귀부인, 나의 연인 그리고 사랑하는 아내여,
이 문제를 당신의 현명한 판단에 맡기리다.
당신과 나에게 가장 영예롭고 가장 기쁨이 될 만한 것을
당신이 직접 골라 봐요.
둘 중 어느 것이건 나는 상관없고,
당신 마음에 들면 나도 좋아요."

1236　"내가 원하는 대로 선택하고 결정하라니,
그렇다면 내가 당신에 대한 지배권을 갖게 되었네요."

1238　"물론이죠, 내가 보기에는 그게 제일 좋을 것 같아요."

"그럼 내게 키스해 줘요. 우린 더 이상 화낼 필요가 없어요.　　　1239
왜냐하면 제가 두 가지가 다 되어 드릴 테니까요.
즉 예쁘기도 하고 착하기도 할 거예요.
이 세상이 생긴 이래 있었던 그 어떤 아내보다
제가 더 착하고 진실된 아내가 되지 못한다면
차라리 제가 미쳐 죽게 해 달라고 하느님께 기도할 거예요.
그리고 제 얼굴이 내일 아침에
이 세상 동서남북
그 어느 나라의 귀부인, 황후, 왕비보다 더 예쁘지 않다면
제 목숨을 살리든 죽이든 당신 뜻대로 하세요.
커튼을 열어젖히고 어떻게 되었는지 한번 보세요."
참으로 기사가 바라보니　　　1250
그녀가 너무나 아름답고 젊어
그는 기쁨에 겨워 부인을 두 팔로 꽉 껴안았습니다.
그의 마음은 희락으로 흠뻑 젖었지요.
그는 수천 번쯤 그녀에게 키스했고
그녀는 남편을 기쁘게 하고 즐겁게 해 줄 수 있는
모든 일을 다 하면서 그에게 복종했답니다.
이리하여 이들 두 사람은 죽을 때까지　　　1257
가장 행복하게 살았답니다.
예수 그리스도께서 우리에게
온순하고 젊고 침대에서 쌩쌩한 남편들을 주시기를,
또 우리가 남편들보다 더 오래 살 수 있는 은총을 주시기를.

그리고 예수님께 기도하옵나니

아내의 지배를 받지 않는 남편들은 빨리 죽게 해 주옵소서.

그리고 늙었으면서 돈도 안 쓰는 구두쇠들에게는

역병을 내려 주옵소서!

수사의 이야기

서문

탁발 구역이 지정된 훌륭한 수사, 이 고귀한 수사께서는   1265
언제나 법정 소환인을 노려보는 표정을 짓고 있었지만
예의범절을 차리느라 아직 험한 소리를 하지는 않았다.
그러나 마침내 그가 바스에서 온 부인에게 말을 걸었다.
"사모님, 하느님께서 복 주시기를 빕니다.   1270
제가 보기에 사모님께서는
매우 어려운 학문적인 문제를 다루셨어요.
여러 가지 이야기를 잘 말씀하셨다고 생각합니다.
하지만 사모님, 권위 있는 학자들 이야기는
설교할 때나 대학에서 하라고 맡겨 두고
우리가 길을 가는 동안에는
재미나는 이야기만 하면 어떨까요?

1278   여러분께서 허락해 주신다면

제가 법정 소환인에 대한 재미난 이야기를 하나 해 보겠습니다.

젠장, 여러분은 법정 소환인이라는 이름만 들어도

좋은 얘기가 나올 게 없다는 것을 금방 아실 겁니다.

그러니 불쾌해하실 분이 없으시기를 바랄 뿐입니다.

법정 소환인이란 자는 간통죄에 대한 소환장을 들고

이 동네 저 동네 돌아다니다가

마을 끝에 다다르면 흠씬 두들겨 맞는 자이니까요."

1286   그때 우리 숙소 주인이 말했다. "어이 여보세요,

수사님 신분에 맞게 공손하고 예의 바르셨으면 합니다.

우리 일행끼리 싸우는 일은 없어야 합니다.

이야기를 하시되, 법정 소환인 이야기는 하지 마세요."

1290   그러자 법정 소환인이 말했다. "그럴 것 없어요,

저 작자가 마음대로 지껄이게 내버려 둬요,

내 차례가 오면 까짓것 나도 모조리 되갚아 주면 되니까.

감언이설하는 탁발 구역 지정 수사라는 것이

얼마나 대단한 영광인지 나도 말해 줄 거요.

그가 저지르는 온갖 나쁜 짓거리를

지금 말할 필요는 없지요.

그가 어떤 일을 하고 다니는지, 내가 꼭 이야기할 거예요."

1298   우리 숙소 주인이 말했다. "자, 조용히, 이제 그만합시다."

그리고 수사에게 다음과 같이 말했다.

"자, 우리 친애하는 수사님, 말씀하시지요."

수사의 이야기

(여기서부터 수사의 이야기가 시작된다.)

옛날에 우리 지역에 높은 지위를 가진   1301
부주교가 살고 있었습니다.
그는 간통죄, 마법, 뚜쟁이질,
명예 훼손, 간음, 교회 기부금 횡령,
유언 불이행, 결혼 서약 무효, 성사(聖事) 불이행,
고리대금, 성직 매매 등을
엄한 벌로 다스렸습니다.
하지만 그는 특히 음란한 자에게   1310
가장 가혹했습니다.
그런 자들이 잡히면 그들은 고통의 비명을 질러야 했습니다.
또 만약 어느 본당 신부라도
어떤 자가 십일조를 제대로 하지 않는다고 불평하면
그들을 엄하게 처벌했고,
그들은 벌금형을 피할 길이 없었습니다.
십일조를 조금 내거나 봉헌물이 변변치 않으면
부주교는 그들이 고통스러운 비명 소리를 내도록 만들어
주교가 그들을 갈고리로 잡아가기 전에
그들의 이름이 부주교의 장부에 올랐습니다.
부주교는 자신의 치리(治理) 구역 내에서

그들에게 벌을 줄 권한을 갖고 있었으니 말입니다.

부주교는 주변에 항상 법정 소환인을 대기시켜 놓았는데

잉글랜드 전체에 걸쳐

그 법정 소환인보다 더 교활한 악당은 없었습니다.

그는 뭔가 이득을 볼 만한 곳을 알려 주는

스파이들을 교활하게 좍 깔아 두고 있었습니다.

1325 그는 음란한 자 중 한두 명을 눈감아 준 다음에

나가서 스물넷을 잡아 오도록 만들었습니다.

이 법정 소환인이 들토끼처럼 미쳐 날뛰고 다녔지만

저는 그가 해 처먹은 일들을 남김없이 이야기하겠습니다.

우리는 그의 권한 밖에 있으니 말입니다.

그들은 우리 수사들에 대해서는 치리권이 없고

모든 생명이 사라지는 마지막 날까지도 그럴 테니 말입니다.

1332 "아, 성 베드로시여, 하기는 창녀촌 여자들도

우리 치리권 밖에 있지" 하고 법정 소환인이 말했다.

1334 "제발 조용히 좀 해요! 이런 빌어먹을 인간 같으니라고!

저 사람이 말 좀 하게 둬"라고 숙소 주인이 말했다.

"법정 소환인이 아무리 난리를 쳐도

우리 수사님, 뭐든지 하고 싶은 대로 다 말해 보세요."

1338 수사는 이야기를 다시 시작했다.

이 사기꾼 같은 도둑놈인 법정 소환인은

마치 매가 온 영국에서 사냥감을 꾀어 오듯

언제나 매춘 알선업자를 수하에 두고 있어서

자기들이 아는 비밀을 그에게 알려 주곤 했습니다.

그들을 알고 지낸 것이 하루 이틀이 아니었기 때문입니다.

그들은 그의 은밀한 하수인이었고

이런 식으로 그는 크게 이익을 보았습니다.

그의 상관도 그의 수입을 항상 알지는 못했습니다.

실제로 법정에서 소환하지 않았는데도   1346

그는 무식한 사람을 파문하겠다고 위협하며 소환했고

그러면 그들은 기꺼이 이자의 지갑을 채워 주면서

술집에서 거하게 대접했습니다.

마치 유다가 사도들의 쌈짓돈을 가로채며 도둑질한 것처럼,

이자가 바로 그런 도둑놈이었습니다.

그의 상관은 자기가 받을 몫의 절반 정도나 얻었습니다.

그의 칭찬을 한번 해 보자면

그는 도둑놈이자 법정 소환인이고 매춘업자였습니다.

그는 수하에 창녀들을 거느리고 있어서

로버트 경, 휴 경 혹은 잭이나 라우프, 그 누구건 간에

누가 창녀와 함께 잤는지 다 그의 귀에 속삭여 주었습니다.

이처럼 창녀와 그는 한통속이어서   1359

그는 법정 통지문을 위조해

창녀와 그 남자를 부주교의 법정으로 소환한 다음

남자는 거덜 내고, 여자는 풀어 주었습니다.

그러고는 "친구여, 내가 당신을 생각하여
여자 이름은 기록에서 없애 버렸으니
앞으로 이 문제로 속 썩을 일은 없을 거요.
난 당신 친구니까 도와줄게"라고 말하곤 했습니다.
참으로 그는 두 해가 걸려도 이야기를 다 못 할 만큼
다양한 방법으로 뇌물을 받아먹었습니다.
이 세상에 어떤 사냥개가 아무리
다친 사슴과 건강한 사슴을 잘 구별한다 하더라도,
이 법정 소환인이
약삭빠른 호색한, 간통한 자 그리고 첩을 식별하는 것보다
더 잘할 수는 없을 것입니다.
그리고 그것이 그의 수입의 노른자위여서
그는 거기에 온 관심을 기울였습니다.

1375　그러던 어느 날
이 법정 소환인이 먹잇감을 찾아 기다리고 있다가
나이 든 과부 할머니를 소환하러 갔습니다.
그는 뇌물을 받으려고 그녀에게 사건이 있는 척했습니다.
그런데 마침 그는 말을 타고 나가기 전에
숲가에서 멋지게 차려입은 하급 관리인 한 명을 만났는데
그는 활과 반짝반짝 빛나는 날카로운 화살을 갖고 있었습니다.
그는 초록색 짧은 재킷을 입고
머리에는 까만 술이 달린 모자를 쓰고 있었습니다.

1384　"안녕하십니까"라고 법정 소환인이 말했습니다.

"안녕하세요"라고 그도 대답했습니다.   1385

"이 푸른 숲을 지나 어디로 가시나요? 멀리 가시나요?"

법정 소환인이 말했습니다. "아니요, 이 근처로 갑니다.   1388

우리 어르신이 받아야 할 돈이 좀 있어서요."

그러자 그가 말했습니다. "아, 영지 관리인이시군요?"   1392

법정 소환인은 창피하고 부끄러워서

차마 자기가 법정 소환인이라는 말을 할 수가 없었습니다.

하급 관리인이 말했습니다. "맙소사, 형님.   1395

형님은 영지 관리인이신가 본데 저도 마찬가지랍니다.

저는 이 동네를 잘 모르는데

형님하고 잘 알고 지냈으면 좋겠습니다.

그리고 형 동생 사이가 되면 좋겠어요.

제 금고에는 금과 은이 많지요.

저희 동네로 오실 일이 있으면

모든 것을 형님 마음껏 하실 수 있게 해 드리겠습니다."

"정말 고맙네!"라고 법정 소환인이 말했습니다.   1403

서로는 죽는 날까지 의형제가 되기로

손을 잡아 굳게 맹세하고

즐겁게 이야기를 나누면서 길을 갔습니다.

법정 소환인은 실없는 말만 잔뜩 하는 듯 보였지만   1407

사실은 때까치처럼 독기를 가득 품은 채

이것저것 계속 물었습니다.

"동생, 내가 다음에 찾아가 보려는데

자네 사는 곳은 어디지?"

그러자 하급 관리인은 공손히 대답했습니다.

1413 "형님, 저는 저 멀리 북쪽 동네에 살아요.

그곳에서 형님을 한번 뵙고 싶군요.

우리 집을 못 찾는 일이 없도록, 헤어지기 전에

잘 가르쳐 드릴게요."

1417 법정 소환인이 말했습니다. "동생, 우리 둘 다 영지 관리인이니

말을 타고 가는 동안

속여 먹는 비결 있으면 하나 알려 줘 봐.

우리 직업 세계에서 어떻게 하면 돈을 가장 많이 벌 수 있는지

자세히 좀 알려 주게.

양심이니 죄니 이런 거 신경 쓰지 말고

우리는 형제 사이이니 자네는 어떤 식으로 하는지 말해 봐."

1424 그러자 그가 대답했습니다. "형님, 맹세코

제가 사실대로 하나 이야기해 드릴게요.

제 월급은 정말 아주 보잘것없어요.

우리 영주는 제게 가혹하고 인색하게 굴지요.

그런데 제가 하는 일은 힘들거든요.

1429 그러니 저는 남의 것을 빼앗아 살 수밖에 없지요.

사실 말씀드리자면 저는, 사람들이 주는 것은 다 받아요.

속여 먹거나, 폭력을 쓰거나 모든 방식으로

매년 돈벌이를 하지요.

더 이상은 말씀드릴 수가 없네요."

법정 소환인이 말했습니다. "사실 말이지, 나도 그래.   1434
하느님이 알고 계시는데, 너무 무겁거나 뜨겁지만 않으면
나는 어떤 거라도 꺼리지 않아.
내가 남몰래 은밀하게 받을 수 있는 것에 대해
양심의 가책이니 뭐니 이런 건 난 조금도 느끼지 않아.
내가 강제로 뺏어 오지 않으면 난 살 수가 없어.
고해 성사 할 때 그런 속임수 따위는 절대 말을 안 하지.
동정이니 양심이니 이런 거 난 하나도 몰라.   1441
고해 신부 이런 사람들 다 개나 가져가라 그래.
하느님과 성 야고보를 걸고 맹세하는데 우린 잘 만난 거야.
하지만 동생, 동생 이름 좀 말해 주라."
그러자 하급 관리인은 슬며시 미소 지었습니다.
그가 말했습니다. "형, 정말 내 이름을 알고 싶어?   1447
나는 악마야. 내가 사는 곳은 지옥이지.
여기서 나는 가져갈 만한 것이 있나
사람들이 나한테 뭐든 좀 주려나 알아보려고 돌아다니지.
내가 가져가는 것이 내 수입의 전부니까.
형은 어떻게 이익을 얻을지는 상관하지 않고
단지 이익을 얻기 위해 돌아다닌다고 했지,
나도 마찬가지야. 나도 먹잇감을 찾으러
땅끝까지라도 달려가거든."
법정 소환인이 말했습니다. "아이고 맙소사, 뭐라고?   1456
나는 네가 진짜 하급 관리인인 줄 알았어.

너도 나처럼 사람 형상을 하고 있는데

그러면 너는 지옥에서도 평소

이렇게 형상을 입고 있는 거야?"

1461 그가 말했습니다. "그건 아니야. 거기서는 형체가 없지.

하지만 우리가 원하면 형상을 취할 수도 있고

우리가 형상이 있는 것처럼 보이게 할 수도 있어.

어떤 때는 사람 형상, 어떤 때는 원숭이 형상,

또 천사처럼 말을 타고 가거나 걸어갈 수도 있지.

그렇다고 뭐 신기한 일은 아니야.

형편없는 마법사라도 너 정도는 쉽게 속여 넘길 수 있지.

속임수라면 맹세코, 내가 마법사보다 더 많이 알고 있지."

1469 법정 소환인이 말했습니다.

"그러면 왜 너는 항상 똑같은 형상을 하지 않고

계속 형상을 바꾸면서 돌아다니는 거지?"

1471 악마가 말했습니다. "왜냐하면 우리는

먹잇감을 가져가기 가장 적당하게

형상을 취하기 때문이지."

1473 "그렇게 열심히 일하는 이유가 도대체 뭔데?"

1474 "이유야 많지, 우리 친애하는 법정 소환인님.

하지만 모든 일에는 때가 있지.

낮이 짧은데 벌써 아침 9시가 넘었네.

그런데 오늘 나는 얻은 게 없어.

그러니 가능한 한 내가 얻을 이익에만 집중하고

왜 이렇게 하는지 설명하는 것은 그만하겠어.

우리 형님, 내가 설명을 해 드려도

형님 머리가 안 따라 줘서 이해하지 못할 거야.

하지만 왜 일을 하냐고 물으니까 말인데,　　　　　　　　1482

우리가 때로는 하느님의 도구로서

그분의 명령을 행하는 도구가 되지.

하느님께서 어떤 피조물에 대해 원하는 것이 있으실 땐

이런저런 방법을 쓰고, 또 다양한 형상을 취하거든.

그분이 안 계시면, 그분이 우리를 대적하시면

사실 우리는 아무 힘도 없어.

그런데 때로 우리가 간청을 드리면　　　　　　　　　　1489

사람의 영혼은 안 돼도, 몸은 괴롭힐 수 있도록 허락해 주셔.

우리가 괴롭혔던 욥의 예를 생각해 봐.

그리고 때로는 몸이랑 영혼 양쪽에 대해 힘을 갖기도 해.

그리고 때로는 사람을 괴롭히면서

영혼은 괴롭히고 몸은 괴롭히지 못하도록 허락을 받기도 해.

이 모든 것은 유익한 일이야.

만약 사람이 우리의 유혹에 견디면

그건 그 사람이 구원의 원인이 되거든.

우리는 사람의 구원을 원하지 않고

그를 잡아가는 것을 원하지만 말이야.

또 우리가 던스턴 대주교님의 하인이 되었던 것처럼

사람의 하인이 되기도 하지,

나는 사도들에게도 하인 역할을 했었거든."

1504 법정 소환인이 말했습니다. "그럼 사실대로 말해 줘.

너희는 자연의 구성 요소들로 새로운 육체를 만드는 거야?"

악마가 말했습니다. "아니.

어떤 때는 우리는 그냥 그런 척하기도 하고,

어떤 때는 죽은 몸을 빌려서 여러 모습으로 나타나기도 해.

그리고 사무엘이 엔돌의 마녀에게 했던 것처럼

그럴듯하게 번드르르하게 이야기하기도 해.

(어떤 사람들은 그게 사무엘이 아니었다고도 말하는데

당신네들 신학 같은 것에 나는 관심 없어.)

1513 하지만 한 가지는 경고하지. 이건 거짓말이 아니라고.

우리가 어떻게 형상을 갖는지 형씨가 꽤 알고 싶어 하는데,

형씨는 나에게 배울 필요가 없는 곳으로 곧 가게 될 거야.

왜냐하면 형씨 스스로의 경험으로

이 문제에 관해서

생전의 베르길리우스나 단테,

어느 전문가 못지않게 가르칠 수 있게 될 테니까.

자, 이제 빨리 가자고.

왜냐하면 나는 형씨랑 동행할 생각이거든.

당신이 나를 버릴 때까지."

1523 법정 소환인이 말했습니다. "안 돼, 그건 절대 안 돼!

다들 아는 것처럼 나는 수행원이야.

이번 경우에는 내가 약속을 지킬게.

비록 네가 악마 사탄이라 하더라도

우리가 의형제로 맹세를 했으니

형으로서 이번 약속을 꼭 지킬게.

우리 둘 다 뭐 얻을 것이 있나 찾으러 가 보자고.

사람들이 네게 무엇을 주든 간에 너는 네 몫을 챙겨.

나는 내 몫을 챙길게. 이렇게 우리 둘 다 해 보자고.

그리고 우리 중 어느 누가 상대방보다 더 많이 갖게 되면

그 사람은 그것을 상대방과 나눠 갖는 거야."

악마가 말했습니다. "좋아, 그렇게 하지."   1535

그렇게 이야기하고 그들은 길을 갔습니다.

그리고 법정 소환인이 가려고 마음먹었던

바로 그 마을 입구에서

마부가 건초 더미를 가득 실은 마차를 몰며

길을 가고 있는 것을 보았습니다.

그런데 마차가 진흙에 빠져 옴짝달싹 못 하고 있었습니다.

마부는 미친 사람처럼 난리를 치며 고래고래 소리 질렀습니다.

"이랴, 이랴, 브록, 스콧, 이놈들아,

돌이 있다고 끌지를 않으면 어떡해?

악마가 와서 네놈들 몸이고 뼈고 몽땅 가져갔으면 좋겠다.

니놈들 때문에 내가 웬 고생이냐고.

악마야, 와서 말이고 마차고 건초고 싸그리 가져가 버려라!"

법정 소환인이 말했습니다. "이거 재미있겠는걸."   1548

그러고는 악마에게 다가가 마치 아무 일도 아니라는 듯

아주 은밀하게 그의 귀에 속삭였습니다.

"어이 동생, 저 마부가 하는 이야기 들었지?

저자가 네게 다 주겠다고 했으니 저걸 몽땅 가져 버려.

건초 더미, 마차 그리고 세 마리 말까지 말이야."

1555 악마는 말했습니다. "아냐, 맹세코, 그건 절대 안 되지.

저 사람 진심은 그게 아니야. 내 말을 믿어.

그리고 정 못 믿겠으면 직접 가서 물어봐.

아니면 잠깐만 기다려 봐. 그러면 알게 될 테니."

1559 마부는 말 엉덩이를 찰싹 때렸습니다.

그러자 말들이 마차를 끌어당기기 시작했습니다.

"이랴, 이랴, 얘들아, 잘했다.

예수 그리스도께서 너희에게 복을 주실 거야.

그리고 그가 지으신 크고 작은 모든 것들에도 복을 주시기를!

잘 끌었어, 우리 이쁜 새끼야.

하느님이 지켜 주실 거야. 아, 하느님 감사합니다.

자, 이제 진흙탕에서 나왔네"라고 마부가 말했습니다.

1566 악마가 말했습니다. "자, 봤지? 내가 뭐라고 했지?

우리 형씨, 여기서 알 수 있을 거야.

저 사람은 말은 이렇게 해도 생각은 다르거든.

우리 좀 더 길을 가 보자고.

여기 있는 저 마차에서는 얻을 게 없어."

1571 그들이 마을에서 나온 지 얼마 안 되어

법정 소환인이 악마에게 속삭였습니다.

"동생, 여기에 자기 재산에서 한 푼이라도 내놓느니

차라리 목을 내놓을 노파가 하나 살고 있어.

이 할멈이 미쳐 날뛰더라도

나는 12펜스를 받아 낼 거야.

아니면 법정으로 소환해야지.

그런데 하느님도 아시지만 그 할머니가 저지른 잘못은 없어.

하지만 이 동네에서 너는 번 것이 없으니

내가 하는 것을 보고 이익을 좀 챙겨 봐."

법정 소환인이 과부 집 문을 두들기며 말했습니다.   1581

"이 할망구야, 나와 봐!

지금 어떤 수사나 신부님이랑 같이 있다는 거 다 알아."

"문을 두드리는 사람 거 누구요? 어머 세상에, 하느님 맙소사,   1584

무슨 좋은 일이 있어 오신 거예요?"라고 할머니가 말했습니다.

그가 말했습니다. "내가 소환장을 갖고 있지.   1586

파문의 고통을 당할 생각이 아니라면

내일 아침까지 부주교님 앞으로 출두해서

몇 가지 일들에 대해 답변해야 해."

그녀가 말했습니다. "아이고 주여,   1590

예수 그리스도시여,

제발 저를 도와주세요. 저 못 가요.

저는 여러 날 동안 앓아서

그렇게 멀리 가지도 못하고 말도 타지 못해요.

죽지만 않았을 뿐, 옆구리가 너무나 쑤셔요.

그런데 소환인 어른, 그 고소장을 좀 볼 수 있을까요?

그리고 사람들이 제게 고소한 것들에 대해

저 대신 대리인을 보내 대답하게 하면 안 될까요?"

1598 법정 소환인이 말했습니다. "좋아, 그럼 당장 돈을 내.

어디 보자, 나한테 12펜스를 내면 사면해 주지.

그래 봤자 내가 얻는 건 거의 없어.

우리 상관이 돈을 받지 내가 받는 게 아니란 말야.

서둘러. 그러면 나도 빨리 갈 테니,

나한테 12펜스를 주면 더 이상 여기서 지체하지 않겠어."

1604 그녀가 말했습니다. "12펜스라고요? 아이고 성 마리아여,

저를 이 역경과 죄악에서 도와주소서.

이 세상을 내가 다 가진다 해도

내 수중에 12펜스는 없어요.

제가 가난하고 늙었다는 건 나리도 다 아시잖아요.

이 불쌍한 늙은이에게 자비를 베풀어 주세요."

1610 "그건 안 되지"라고 그가 말했습니다.

"비록 할망구가 죽더라도

내가 당신을 용서한다면 더러운 악마가 나를 잡아갈 거야!"

1612 그녀가 말했습니다. "아이고, 기가 막혀라.

제게 죄가 없다는 건 하느님이 아세요."

1613 그가 말했습니다. "나한테 돈을 내.

아니면 자애로우신 성 안나를 걸고 말하는데

예전에 당신이 남편 몰래 바람을 피웠을 때

내가 법정에서 당신 벌금을 대신 내주는 바람에

당신이 나한테 빚을 진 일이 있으니

그 대가로 당신 새 냄비를 집어 가겠어."

"이 거짓말쟁이야"라고 그녀가 말했습니다.   1618

"내 구원을 두고 맹세코

내가 과부가 되어서든 그전이든

내 평생 법정이라는 곳에 불려 가 본 적이 없어.

그리고 내 몸은 한 번도 더럽혀진 적이 없고.

시커멓고 흉측한 악마가 와서

네놈 몸뚱어리랑 내 냄비랑 다 가져가 버려라!"

그녀가 무릎을 꿇고 이렇게 저주하는 것을 듣더니   1624

악마가 이와 같이 말했습니다.

"사랑하는 메이블리 할머니,

지금 말씀하신 것이 진심이죠?"

그녀가 말했습니다. "저놈이 회개를 안 하면,   1628

저놈 죽기 전에 냄비랑 저놈을 다 같이 데려갔으면 좋겠어."

법정 소환인이 말했습니다. "이 늙은 할망구야,   1630

내가 너한테 뺏어 간 그 어떤 것에 대해서도 절대 후회 안 해.

나는 네가 지금 입은 옷과 너의 모든 옷까지 다 가져갈 거야."

"형씨, 화내지 말아요"라고 악마가 말했습니다.   1634

"당신 몸과 이 냄비는 모두 내 거야.

너는 오늘 밤 나랑 지옥으로 가는 거야.

그곳에서 너는 우리 비밀을

신학 박사님보다 더 잘 알게 될 거야."

이렇게 말하며 흉물스러운 악마가 그를 붙잡았습니다.

그의 몸과 영혼 모두 악마와 함께

법정 소환인들이 대대손손 물려받는 그곳으로 갔습니다.

그의 형상을 따라 인간을 지으신 하느님께서

우리 모두를 한 사람 한 사람 지키시고 인도해 주시기를,

그리고 법정 소환인들이 선한 인간이 되게 하여 주옵소서!

1645 여러분, 이 법정 소환인이 제게 시간을 좀 더 주었더라면

아마 그리스도와 바울 그리고 요한

그리고 교회의 다른 많은 박사님들의 말씀을 따라

여러분이 벌벌 떨 그런 고통에 대해 말씀드렸을 것입니다.

제가 수천 년 이야기를 하더라도 저주받은 지옥의 고통을

어떤 필설로도 묘사하진 못하겠지요.

1653 하지만 그런 저주스러운 곳에 가지 않도록 깨어 있고,

유혹자 사탄에게서 우리를 지켜 달라고

예수님의 은총을 구하는 기도를 드리십시오.

이 말씀을 듣고, 이와 같이 조심하십시오.

"사자가 할 수만 있으면 죄 없는 자를 죽이려고

항상 숨어 기다리고 있느니라."

여러분을 종으로 삼고 노예로 만들려는

악마에 맞설 수 있도록 여러분의 마음을 살피십시오.

그리스도께서 여러분의 수호자와 기사가 되어 주시니

악마가 여러분을 유혹하지는 못할 것입니다.

그리고 악마가 잡아가기 전에 법정 소환인들이
자신들의 악행을 회개하도록 기도해 주십시오.

법정 소환인의 이야기

서문

1665   법정 소환인은 말등자를 딛고 당당하게 서 있었다.
수사 때문에 그는 너무 화가 나서
사시나무 잎사귀 떨듯 분노로 몸을 부들부들 떨었다.

1668   그가 말했다. "여러분, 제가 바라는 것은 한 가지입니다.
이 사기꾼 수사의 거짓말을 들으셨으니
이제 제가 이야기할 수 있도록 허락해 주시기를 청합니다.
부디 여러분께서 제 청을 들어주시기를 바랍니다.
이 수사는 자기가 지옥을 안다고 떠벌리는데
하느님께서도 아시듯, 조금도 이상한 일이 아닙니다.
수사하고 악마는 다를 바가 거의 없으니까요.
왜냐하면, 제기랄, 여러분도 몇 번 들으셨을 텐데요.
수사가 한번은 꿈속에서 영혼이 지옥으로 끌려갔지요.

천사가 그를 여기저기 인도하면서

그곳의 고통을 보여 주었어요.

그런데 그 어느 곳에서도 수사가 안 보이는 겁니다.

다른 사람들이 고통받는 것은 실컷 봤는데 말이지요.

그래서 수사가 천사에게 물었답니다.

'저, 천사님, 수사들은 은혜를 크게 받아서   1683

아무도 이곳에 오지 않은 건가요?'

'아니, 수백만씩 이곳에 왔지!'   1685

그리고 나서 천사는 그를 사탄에게 끌고 내려갔답니다.

그리고 천사가 말하기를 '이 사탄은

커다란 배의 돛보다 더 넓은 꼬리가 있어.

너 사탄아, 네 꼬리를 쳐들어라' 하고 명했답니다.

'네 꽁무니를 보여 주어 수사들의 은신처가 어디 있는지

이 수사가 볼 수 있게 해 주거라.'

그러자 마치 벌통에서 벌들이 떼 지어 나오듯이

악마 엉덩이에서

2만 명쯤 되는 수사들이 떼로 뛰쳐나와서는

지옥 전체를 떼 지어 돌아다니다가

최대한 빨리 다시 돌아와

사탄의 엉덩이로 한 명 한 명 기어 들어갔습니다.

사탄이 꼬리를 착 내리고는 조용히 있었습니다.

수사가 이 괴로운 곳에서 일어나는 고통을   1700

볼 만큼 충분히 보고 나자

하느님께서 은총을 베푸셔서

그의 영혼이 다시 돌아오도록 해 주셨고,

그는 잠에서 깨어났습니다.

하지만 그는 너무 두려워서 아직도 덜덜 떨었고

악마의 엉덩이가 마음에서 떠나지 않았답니다.

수사들이 대대로 물려받는 것이 그 엉덩이라니 말입니다.

저 망할 수사 놈만 빼놓고

하느님께서 부디 여러분 모두 굽어살피시기를!

제 서론은 이쯤에서 끝마치겠습니다."

법정 소환인의 이야기

(여기서부터 법정 소환인의 이야기가 시작된다.)

1709   신사 여러분, 제가 알기로는 요크셔 지방에

홀더니스라 불리는 늪지가 있는데

그곳에는 설교와 동냥을 허가받은 탁발 수사가 있었습니다.

어느 날 이 수사는

자기 식대로 성당에서 설교를 하고 있었는데

무엇보다 특별히 그는

죽은 영혼들을 위해 30일 연도 미사를 드리라고 설교하고

또한 미사를 드릴 성당을 지을 수 있도록

하느님을 위해 봉헌하라고 설교했습니다.

그리고 돈을 낭비하거나 펑펑 써 대는 곳,

혹은 성직록을 받은 성직자들이

편안하고 풍족하게 살 수 있어서 돈을 줄 필요가 없는 곳,

이런 곳에는 헌금을 하지 말라고 설교했습니다.

그는 말했습니다.   1724

"30일 연도 미사를 서둘러 드리면,

나이를 불문하고 여러분 친구들의 영혼을

속죄의 고행에서 구해 줍니다.

그렇습니다,

사제들은 희희낙락 놀고먹다가

기껏해야 하루에 한 번 미사를 드리고 만단 말입니다.

그러니 어서 영혼을 구원하십시오.

몸뚱어리가 갈고리나 송곳으로 할퀴어지거나

혹은 불에 타거나 구워지면 정말 괴롭지요.

그러니 제발 서두르세요!"

이 수사는 자기 하고 싶은 말을 모두 하고 나서

"성부와 함께"라고 기도하고는 가 버렸습니다.

성당 안의 사람들이 마음 내키는 만큼 그에게 헌금하면   1735

그는 자기 갈 길을 가 버렸고, 더 이상 머무르지 않았습니다.

그는 가방과 끝에 장식이 달린 지팡이'를 들고

코트 자락을 벨트 밑에 넣어 치켜올리고는

이 집 저 집 기웃거리며 동냥해서

음식과 치즈, 곡식 등을 얻어 왔습니다.

1740   그의 동료는 뿔 달린 지팡이와

한 쌍의 상아 글씨판을 들고 다녔는데

공들여 광택을 낸 글쓰기 도구였습니다.

수사는 서 있으면서

마치 그들을 위해 기도해 줄 것처럼

자기에게 뭐라도 좋은 것을 준 사람의 이름을

항상 그 위에 썼습니다.

1746   "우리에게 밀이나 몰트 혹은 귀리 한 되를 주십시오.

케이크나 치즈 한 조각도 좋고

아니면 뭐든지 주십시오. 주시는 대로 받겠습니다.

하느님께 드리는 반 페니 혹은 미사 헌금,

혹은 여러분이 혹시 갖고 계시면 고기를 조금 주셔도 좋습니다.

저기 숙녀분, 모직 천을 조금 주셔도 되고요

우리 소중한 자매님, 보세요! 자, 여기 당신 이름을 적습니다.

베이컨이나 소고기, 뭐든 좋습니다."

1754   건장한 건달 하나가 늘 그들 뒤에 따라다녔는데

그는 숙소 주인의 하인으로, 배낭을 메고 다니다가

사람들이 주는 것을 등에 진 배낭에 집어넣었습니다.

그리고 나서 수사는 문밖에 나오자마자

조금 전에 글씨판에 적었던 이름을 싹 지워 버렸습니다.

그는 사람들에게 거짓 이야기를 꾸며

들려주었을 뿐입니다.

"아니야, 이 거짓말쟁이,   1761
너 법정 소환인 이 자식아!"라고 수사가 말했다.
"조용히 해요, 제발 여러분!   1762
계속 이야기해요. 개의치 말고요"라고 숙소 주인이 말했다.
법정 소환인이 말했다. "암요, 하겠습니다."   1764

그는 오랫동안 이 집 저 집 다니다가   1765
마침내 다른 집들 1백 군데보다
더 자신을 따뜻하게 맞아 주곤 하던 집에 도착했는데
그 집의 착한 주인은 병이 들어
침대에서 꼼짝 못 하고 누워 있는 상태였습니다.
"하느님, 이 집에 함께하옵소서, 토머스, 안녕!"   1770
수사가 공손하고 부드러운 말씨로 말했습니다.
"토머스, 하느님께서 이 집을 축복하시기를!
이 의자에 앉아서 나는 여러 번 대접을 잘 받았지.
식사도 즐겁게 하고 말이야."
그리고 그는 의자에서 일어나 고양이를 쫓아내고
지팡이와 모자 그리고 배낭을 내려놓고
사뿐히 앉았습니다.
그의 동료는 자기 하인을 데리고
오늘 밤 머물 숙소가 있는 마을로 가고 없었습니다.
환자가 말했습니다. "수사님, 3월 이후 어떻게 지내셨어요?   1781
지난 보름 넘게 수사님을 뵙지 못했네요."

그가 말했습니다. "하느님께서 아시지만 난 열심히 일했어.

특히 당신 구원을 위해서 정성 들여 기도하고,

친구들을 위해 기도했지. 하느님께서 그들을 축복하시기를!

나는 오늘 성당 미사에 다녀왔는데

내 머리가 우둔하기는 해도 설교를 했어.

성서 말씀만 갖고 설교한 것은 아니야.

그렇게 하면 어려울 테니까.

그러니 성서를 해석해서 가르쳐 줄게.

성서를 해석한다는 것은 정말 영광스러운 일이야.

왜냐하면 학자들이 말하길, 문자는 죽이는 것이라 하거든.

그래서 그곳에서 나는 사람들에게 자비를 베풀고

마땅히 써야 할 곳에 재산을 사용하라고 가르쳤어.

그곳에서 이 댁 사모님도 봤지. 아, 부인은 어디 계시나?"

1798 "저기 마당에 있을 거예요.

곧 올 거예요."라고 토머스가 말했습니다.

1800 "어머, 수사님 오셨어요. 반가워요.

그동안 안녕하셨어요?"라고 토머스의 부인이 말했습니다.

1802 수사는 매우 예의 바르게 일어나서

그녀를 두 팔로 꽉 안아 주고 다정하게 키스한 후

참새처럼 재잘거렸습니다.

"부인, 모든 면에서 부인을 도와 드리려는 자로서

부인께 생명과 영혼을 주신 하느님께 감사를 올립니다.

하느님께 맹세코, 오늘 성당에서

사모님처럼 어여쁜 부인을 보지 못했어요."

그녀가 말했습니다. "하느님께서 제 허물을 고쳐 주시기를!

어쨌든 수사님, 오신 걸 정말 환영해요."

"늘 이렇게 반갑게 맞아 주시니 정말 감사합니다.   1812

그런데 부탁을 하나 드리려고 하는데

언짢아하지 않으셨으면 해요.

제가 토머스와 잠시 이야기를 해야 할 것 같거든요.

여기 보좌 신부들은 아주 게을러서 고해 성사를 할 때

부드럽게 양심을 어루만져 주지 못하는 것 같아요.

저는 설교도 부지런히 하고

베드로와 바울의 말씀도 열심히 공부한답니다.

저는 예수 그리스도에게 드리기 위해

걸어 다니며 크리스천의 영혼을 낚는 어부 역할을 하지요.

그분의 말씀을 전하는 것만이 제 관심사랍니다."

그녀가 말했습니다. "아, 수사님, 그런데 말이죠,   1823

성삼위일체를 걸고 말씀드리는데, 저이 좀 야단쳐 주세요!

남편이 원하는 대로 다 해 주는데도

저 사람은 개미처럼 화를 내거든요.

밤이 되면 이불을 덮어 따뜻하게 해 주고

남편 몸에 제 다리나 팔을 얹어 주어도

저이는 우리 집 돼지우리 속의 돼지처럼 신음 소리를 내요.

저는 남편이랑 재미 하나도 없고요.

제가 뭘 어떻게 해도 남편이 좋아하지 않아요."

1832   "오 토머스, 내가 말해 주겠는데 말이야, 토머스,

그런 행동은 마귀 짓이야. 이건 고쳐야 한다고,

분노, 이것은 높으신 하느님께서 금하신 일이라고.

그에 대해 내가 한두 마디만 하지."

1836   부인이 말했습니다. "수사님, 제가 가기 전에 여쭤 볼게요.

저녁으로 무얼 드시겠어요? 나가서 준비하려고요."

1838   그가 말했습니다. "부인, 분명히 말씀드리지요.

거세한 수탉에서는 간 정도만 있으면 되고요,

이 댁의 부드러운 빵 한 조각,

그리고 구운 돼지 머릿고기만 있으면

소박한 밥상으로는 충분하지요.

아, 저를 위해 일부러 닭이나 돼지를 잡지는 마시고요—.

저는 많이 먹는 사람이 아니거든요.

제 영혼은 성서에서 자양분을 찾고

제 몸은 늘 깨어서 기도하는 데 준비되어 있고 익숙해져서

제 위가 망가졌어요.

부인, 제가 이렇게 사적인 것들을 편하게 말씀드린다고

당황하시지 않았으면 합니다.

맙소사, 이런 이야기는 아무에게나 하지 않는데 말입니다."

1851   그녀가 말했습니다. "수사님, 한 말씀만 드릴게요.

저희 아이가 죽은 지 2주가량 되었어요.

수사님이 마을에서 떠나신 지 얼마 되지 않아서였지요."

1854   "그 아이의 죽음을 저는 계시로 보았습니다.

제 숙소에서였지요.

감히 말씀드리지만, 아이가 죽은 지 반 시간이 되지 않아

하느님께서 저를 인도하셔서, 저는 환상 중에

아이가 천국으로 들려 올라가는 것을 보았습니다.

50여 년을 진실한 수사로 살아왔던

우리 성당 관리인과 환우 관리소장도 마찬가지였지요.

하느님께 감사하옵게도   1861

그들은 희년을 맞아 홀로 돌아다닐 수 있게 되었답니다.'

그리고 저는 우리 수도원 형제들과 함께

뺨에 눈물을 줄줄 흘리며

아무 소리도 내지 않고, 종도 울리지 않고 일어나

하느님께 영광송만을 올려 드렸습니다.

그 외에도, 이런 계시를 주신 것에 대해

오직 그리스도에게 감사 기도를 올렸습니다.

여러분, 제 말을 믿어 주십시오,   1869

저희의 기도는 속인들의 어떤 기도보다 더 효험이 있고

그리스도의 비밀스러운 것들을 더 많이 봅니다.

그 속인이 비록 왕이라 할지라도 말입니다.

우리는 청빈하게 금욕하며 사는 데 비해

속인들은 부유하게 살면서 잘 먹고 잘 마시며

더러운 쾌락에 빠져 있으니까요.

우리는 이 세상 정욕을 경멸합니다.   1876

나사로와 부자 디베스는 각기 다른 삶을 살았고

그래서 보상도 다르게 받았지요.

기도하는 자는 금식하고 정결하니

영혼은 살찌고 몸은 야위어 갑니다.

우리는 사도들께서 말씀하신 대로 살아갑니다.

옷과 음식은 좋은 것이 아닐지라도 저희에게 충분합니다.

우리 수사들이 정결하게 살며 금식하기에

그리스도께서는 저희의 기도를 받으십니다.

1885   모세를 보세요. 그는 40일 밤낮으로 금식한 후

시나이산에서 하느님과 말씀을 나눌 수 있었습니다.

여러 날 금식하여 배 속이 텅 비었을 때

그는 하느님의 손가락으로 쓰신 율법을 받을 수 있었습니다.

그리고 잘 아시는 것처럼 엘리야는 호렙산에서

우리 생명의 치료자 되시는 하느님과 말씀을 나누기 전

오랫동안 금식하며 묵상을 했지요.

1894   성전을 맡고 있던 아론과 다른 제사장들도 모두

그들이 백성을 위하여 기도하고 제사를 바치고자

성전에 들어갈 때

그들은 마시면 취할 어떤 음료도 마시지 않고

오직 금식하며 기도하고

죽지 않도록 깨어 있었습니다.

제가 하는 이야기를 잘 들으십시오.

1902   사람들을 위해 기도하는 이가 맑은 정신이 아니라면

조심해야 합니다. 충분히 말했으니 더 이상 얘기하지 않겠어요.

성서에 쓰여 있는 것처럼

우리 주 예수께서 금식과 기도의 모범을 보이셨으니

우리 탁발 수사들, 우리 축복받은 수사들은

청빈과 금욕, 자비, 겸손, 절제, 의(義)를 이루기 위한 핍박,

애통과 연민 그리고 순결과 결혼했습니다.

그러니 여러분은 우리의 기도를— 　　　　　　　　　　　1911

저는 우리라고 말씀드리겠습니다.

우리 탁발 수사들, 우리 수사들 말입니다 —

높으신 하느님께서 여러분 기도보다 더 들어주신다는 것을

잘 아실 것입니다.

식탁에서 만찬을 즐기는 여러분보다 말입니다.

제가 거짓말하는 것이 아니라면,

태초에 인간은 탐식 때문에 낙원에서 쫓겨났습니다.

낙원에 있을 때 인간은 분명히 순결했지요.

그런데 토머스, 내 말을 좀 들어 봐. 　　　　　　　　　　1918

내가 짐작하건대, 이에 대한 성서 구절은 없지만

나는 이것을 일종의 성서 해석에서 찾아낼 수 있는데,

특별히 우리의 아름다우신 주 예수께서

'심령이 가난한 자는 복이 있도다'라고 하신 것은

수사에 대해 하신 말씀이야.

그리고 모든 복음서에서 자네도 볼 수 있을 거야.

그 말씀이 우리 같은 수사의 삶과 더 비슷한지,

아니면 가진 것을 누리며 사는 사람들과 더 비슷한지를.

그놈들의 거만함과 탐식이란, 퉤퉤, 개나 줘 버리라지!

그들이 뭘 모르고 사니, 나는 그들과 연을 끊고 산다네.

1929 　내가 보기엔 그들이 조비니아누스와 비슷한 것 같아.

고래처럼 뚱뚱하고, 백조처럼 뒤뚱거리고

음식 창고 속의 병처럼 포도주가 꽉 차 있단 말이지.

그들이 죽은 영혼을 위해 「시편」을 읊을 때

그들의 기도는 경건함으로 가득 찬 듯하지만

'아름다운 말이 내 마음에 넘쳐흘러" 하면서

'끅' 트림이 나와 버린단 말이지.

겸손하고 순결하며 청빈한 우리 이외에

하느님 말씀을 따라 그 자취를 좇는 자가 누가 있단 말인가?

또한 하느님 말씀을 듣기만 하는 것이 아니라

그 말씀대로 행하는 자가 우리 말고 또 누가 있단 말인가?

1938 　그러니 매가 날아올라 공중으로 툭 솟구쳐 가듯,

자선을 베풀고 정결하고 바쁘게 일하는 수사들의 기도는

높이 날아올라 하느님의 두 귀에 쏙 들어가게 되는 거지.

토머스, 토머스, 내가 말을 타고 가건, 걸어가건

그리고 성 이브를 걸고 맹세하는데,

네가 우리 형제가 아니었다면 너는 살아 있지도 못할 거야.

우리는 모임에서 밤낮으로

그리스도께서 네게 건강과 힘을 주시고

네 몸이 속히 낫게 해 달라고 기도하고 있거든."

1948 　그가 말했습니다. "저는 그걸 조금도 느끼지 못하겠는걸요.

그리스도시여, 저를 도와주소서.

요 몇 년 동안 저는 여러 수사들에게 돈을 엄청 썼어요.

하지만 전혀 좋아지지 않는걸요.

저는 제 재산을 거의 다 썼어요.

나의 황금이여, 안녕, 금이 전부 다 없어지다니!"

수사가 대답했습니다. "오 토머스, 정말이야? 1954

무엇 때문에 여러 수사가 필요했는데?

완벽한 의사를 가진 사람이 왜 다른 의사를 찾고 있는 거지?

네가 한결같지 않아서 이 꼴이 된 거야.

너는 나와 수도원 사람들이 널 위해 기도하는 것으로는

충분하지 않다고 생각한 거야?

토머스, 그런 수를 쓰려고 해 봤자 어림 반 푼도 없어.

네가 아픈 이유는 우리에게 너무 조금 주었기 때문이야.

아, 이 수도원에 귀리 네 말을 바쳐라!

아, 저 수도원에 4펜스를 보내고! 1965

아, 저 수사에게는 1페니를 주어 가시게 하고!

아냐 아냐, 토머스, 그러면 절대 안 된다네.

한 푼을 열둘로 나누면 뭐가 되겠어?

보라고, 뭐든 하나로 뭉쳐 놓으면,

다 흩어졌을 때보다 훨씬 강력하거든.

토머스, 나한테 좋은 소리를 듣지는 못할 것 같네.

너는 우리의 노동을 공짜로 얻으려 하고 있어.

온 세상을 지으신 하느님께서 말씀하시기를 1972

일꾼은 품삯을 받아야 한다고 하셨거든.

토머스, 네 재산 어느 것도 내 차지로 만들려는 게 아니야.

우리 수도원 전체가 너를 위해

항상 열심히 기도하기 때문이고

또 그리스도의 교회를 짓기 위해서이지.

1978   토머스, 교회 건축을 위해

무슨 일을 해야 할지 알고 싶다면

인도의 토머스 성인전을 읽어 봐.

그러면 그게 얼마나 좋은 일인지 알게 될 거야.

악마가 네 마음에 불을 붙이는 바람에

너는 지금 누워서 화를 내고 성질을 부리면서

불쌍하고 순진한 네 아내,

그토록 순하고 참을성 많은 네 부인을 달달 볶고 있어.

1985   그러니 토머스, 되도록 내 말을 좀 믿어 봐,

자네 스스로를 위해 아내와 싸우지 말게.

그리고 이런 일에 관해선 현자들께서 하신 말씀을

제발 잘 새겨들어 봐.

'네 집에서 사자처럼 굴지 말지어다.

네 아랫사람들을 억압하지 말며

네 지인들이 도망가게 하지 말지니라.'

1992   그리고 토머스, 또 하나 이야기해 줄게.

네 가슴속에서 잠자고 있는 분노를 조심해야 해.

너무나 간교하게 풀 위를 살금살금 기어 다니다가

교활하게 독을 쏘는 독사를 조심하라고.

토머스, 내 말을 유념하고 끝까지 들어 봐,

수많은 남자들이 자신의 연인이나 아내와 다투다가

자기 목숨을 잃었단 말이지.

토머스, 자네는 그토록 경건하고 온순한 아내가 있는데

도대체 왜 싸우는 거야?

꼬리를 밟힌 독사가 아무리 잔인하거나 사납다 해도

화난 여자에 비하면 절반도 못 미치지.

그렇게 되면 그들은 오직 복수만 바라거든.

분노는 일곱 가지 중죄 중 하나이고   2005

하늘에 계신 하느님 보시기에 가증스러운 죄야.

그리고 본인까지 망쳐 놓고 말이야.

분노가 살인을 불러일으킨다는 것은

아무리 무식한 교구 신부라도 다 알고 있지.

말하자면, 분노는 교만의 집행자라 할 수 있지.

분노가 빚어낸 슬픈 사연이 얼마나 많은지

아마 내일까지라도 계속 이야기할 수 있을 거야.

그래서 나는 밤낮으로 기도하지.

하느님, 분노하는 자는 기운이 없게 하소서! 하고 말이야.

분노하는 자를 높은 지위에 세우는 것은

아주 해롭고, 참으로 딱한 일이지.

옛날 옛적에 쉬이 화를 내는 군주가 살았다네.   2017

세네카가 말하기로는, 그가 다스리던 시절,

하루는 두 명의 기사가 길을 나섰는데

우연의 여신이 그렇게 되기를 바라서였는지

그중 한 명은 집으로 오고 나머지 한 명은 오지 못했다네.

재판관은 그 기사를 불러 다음과 같이 말했다네.

'너는 네 동료를 죽였으니 너를 사형에 처하노라.'

그리고 또 다른 기사에게 그가 명했지.

'내가 명하노니 그를 끌고 가서 죽이거라.'

그래서 그를 죽일 장소로 그들이 가고 있는데

죽었다고 생각했던 기사가 돌아온 거야.

2030 사람들은 둘 다 재판관 앞에 다시 데려가는 것이

가장 좋겠다고 생각했지.

사람들이 '재판관님, 저 기사는 동료를 죽이지 않았습니다.

그가 멀쩡히 살아서 여기에 서 있습니다'라고 말했어.

그러자 재판관이 말했어.

'맹세컨대, 너희들은 죽어야 하느니라.

다시 말하면, 하나, 둘 그리고 세 명 다!'

재판관은 첫 번째 기사에게는 이렇게 말했지.

'내가 이미 판결을 내렸으니 너는 사형이다.

두 번째 기사, 네 목도 떨어져야 하는데

너로 인해 네 동료가 죽기 때문이다.

왜냐하면 너 때문에 네 동료가 죽으니 말이다.'

그리고 세 번째 기사에게는 다음과 같이 말했어.

'너는 내가 명한 것을 행하지 않았도다.'

이렇게 해서 그는 세 명 모두를 죽여 버렸다네.

늘 화를 내던 캄비세스왕은 술고래인 데다   2043

항상 난동을 부리곤 했어.

그에게 속한 귀족 중에

덕행을 쌓으며 살던 이가 있었는데

왕과 단둘이 있게 된 어느 날 다음과 같이 말했지.

'왕이 악독하면 망할 것이고,

술에 취하면 누구라도 오명을 얻게 되는데

특히 왕은 더욱더 그렇습니다.

왕을 보는 눈도 많고 귀도 많지만

왕은 어디에서 자기를 살펴보는지 알지 못합니다.

제발 절제하면서 술을 드십시오.

포도주는 비참하게 이성을 잃게 만들고

사지도 못 쓰게 만듭니다.'

'지금 바로 정반대를 보여 주마'라고 왕이 말했다네.   2056

'술이 사람에게 그런 해를 끼치지 않는다는 것을

네가 몸소 체험하게 해 주마.

내게서 손발의 힘, 시력을 빼앗아 갈 포도주는 없어.'

그러고는 분이 나서 그는 이전보다

백배는 더 술을 마셔 댔어.

그리고 화가 난 이 망할 놈의 인간은,

그 기사의 아들을 즉시 데려오게 해서

자기 앞에 서라고 명령한 후,

갑자기 손에 활을 들고

활의 줄을 자기 귀까지 끌어당긴 다음

화살로 그 아이를 바로 그 자리에서 죽여 버렸어.

'자, 내가 손을 제대로 쓸 수 있는지 아닌지 말해 보거라.

나의 힘과 이성이 없어졌느냐?

포도주가 내게서 시력을 앗아 갔느냐?'

그 기사의 대답을 굳이 내가 말해야겠어?

자기 아들이 죽었는데 더 할 말이 없지.

그러니 왕을 대할 때는 조심해야 해,

가난한 자에게 말할 때가 아니면,

'힘닿는 데까지 하겠습니다'라고 줄곧 노래해야 하는 법이지.

가난한 자에게는 악행을 지적해도 되지만

왕이 지옥에 가는 한이 있어도, 왕에겐 그러면 안 된다고.

2079   페르시아의 화 잘 내는 키루스왕을 보라고.

그가 바벨론을 공격하러 가는데

자기 말 한 마리가 긴데스강*에서 빠져 죽었다고

그 강을 어떻게 파괴했는지 말이야.

그가 강을 하도 작게 만들어 버려

여자들도 아무 데서나 강을 건널 정도가 되었다더군.

잘 가르치시던 그분이 뭐라고 말씀하셨지?

'후회하지 않으려면, 화내는 자와 친구가 되지 말고

분노한 자와 동행하지 말라.'

더 이상은 이야기하지 않을게.

그러니 친애하는 형제 토머스, 분노를 그쳐야 해.   2087
너는 목수들이 쓰는 직각자만큼이나
내가 진실하다는 것을 알게 될 거야.
악마의 칼을 항상 네 마음에 품고 다니지 마.
네가 화를 내니까 그렇게 아픈 거야.
그러지 말고 내게 고해를 해 봐."
환자가 말했습니다. "성 시몬에게 맹세코, 안 해요.   2094
저는 오늘 우리 보좌 신부님께 고해하며
제 모든 상태를 죄다 이야기했어요.
겸손한 마음으로 우러나오지도 않는데
더 이상 할 필요가 없어요."
"그러면 수도원 지을 돈을 좀 내"라고 수사가 말했습니다.   2099
"다른 사람들이 편안하게 즐기며 살 동안
우리는 수도원을 짓기 위해 홍합하고 굴만 먹으며 살았어.
하지만 하느님 맙소사, 아직 기초 공사도 끝나지 않았고
건물 바닥에 깔 타일 한 장 없는데도
석재 비용으로 40파운드나 빚을 지고 있어. 에휴.
토머스, 지옥을 정복하신 그분을 위해 우리를 도와줘.   2107
안 그러면 우리는 책을 팔아야 할 판이야.
그러면 우리가 설교를 못 하게 되니
온 세상이 나락에 빠질 거야.
우리를 이 세상에서 앗아 가는 자는,
오 하느님, 제발 구원하소서,

이 세상에서 태양을 앗아 가는 놈이라고.

2114 그렇게 되면 누가 우리처럼 가르치고 일을 하겠냐고?

그건 요즘만 그런 게 아니라고.

하느님께 감사하옵게도

엘리야나 엘리사 선지자 때부터

수사들은 자선 사업을 해 왔어.

그렇게 책에 쓰여 있다는 것을 내가 알고 있거든.

그러니 토머스, 거룩한 자선 사업에 도움을 주길 바라네!"

수사는 그러면서 즉시 무릎을 꿇었습니다.

2121 환자는 화가 머리끝까지 치솟아 돌 지경이 되었습니다.

그는 이렇게 거짓말을 꾸며 대는 이 수사가

확 불에 타 죽어 버렸으면 좋겠다고 생각하며 말했어요.

"제가 가진 것은 드릴 수 있지만, 없는데 드릴 수는 없지요.

그런데 제가 수사님 형제라고 말씀하셨지요?"

2127 수사가 말했습니다. "물론이지, 내 말을 믿어 줘.

우리 수도원 인장이 찍힌 편지를 나는 부인에게 드렸어."

그가 말했습니다. "그럼 제 생명이 붙어 있는 동안

제 소유 얼마쯤을 수사님의 거룩한 수도원에 바칠게요.

수사님 손에 그걸 지금 바로 드릴 텐데

한 가지 조건이 있어요, 다른 조건으로는 안 되고요.

즉 우리 친애하는 형제 수사님께서

그것을 다른 수사들과 똑같이 나눈다는 조건이에요.

속이거나 트집 잡지 말고 수사로서 서약해 주세요."

수사가 말했습니다. "내 신앙을 걸고 맹세할게!"   2137

그는 자기 손을 토머스의 손에 얹으며

"자, 저의 신앙을 걸고 굳게 맹세합니다"라고 말했습니다.

"그럼 이제 수사님 손을 제 등에 얹은 다음   2140

아래쪽으로 죽 더듬어 가 보세요"라고 그가 말했습니다.

"그러면 엉덩이 밑에 제가 몰래 감추어 놓은 것을

찾으실 수 있을 거예요."

수사가 생각했습니다. '오호라, 이제 그건 내 거다.'   2144

그리고 선물을 찾으려는 희망에 차서

그의 사타구니 쪽으로 손을 가져갔습니다.

환자는 자기 항문 주변에서

수사 손이 이리저리 더듬는 것을 느끼자

수사 손바닥에 방귀를 뀌었습니다.

아마 마차를 끄는 그 어떤 말이 방귀를 뀌어도

그렇게 큰 소리가 나지는 않았을 것입니다.

수사는 미친 사자처럼 벌떡 일어나서   2152

"야 이 새끼야, 빌어먹을 놈,

너 분풀이로 일부러 그런 거지!

이렇게 방귀 뀐 것에 대해

톡톡히 대가를 치르게 해 줄 테다!"라고 말했습니다.

소동을 들은 하인들이 뛰어 들어와   2156

수사를 밖으로 내쫓았습니다.

무지막지하게 화가 난 수사는 가서

자기가 동냥한 물건을 갖고 있던 동료를 데려왔습니다.

그는 날뛰는 멧돼지처럼 보였고,

분에 겨워 이를 박박 갈았습니다.

그는 발걸음을 재촉하여

자신이 늘 고해를 들어주던

아주 영예로운 분이 살고 있는 장원으로 향했습니다.

이 훌륭한 사람은 그 고을의 영주였습니다.

수사가 마치 미친 사람처럼 들어갔을 때

영주는 식탁에 앉아 식사를 하고 있었습니다.

수사는 말 한마디도 제대로 하지 못하고 있다가

겨우 말했습니다. "하느님께서 영주님을 돌봐 주시기를."

2170　영주가 수사를 쳐다보고 말했습니다.

"세상에! 존 수사님, 이게 무슨 일이오?

대체 뭐가 어떻게 된 거요?

뭔가 단단히 잘못된 모양이로군.

마치 숲속에 도둑이 우글거리는 것 같은 표정이니 말입니다.

앉아 보세요. 그리고 무슨 일인지 이야기해 보세요.

힘닿는 한 해결을 해 드리리다."

2176　수사가 말했습니다. "제가 오늘 모욕을 당했습니다.

영주님 마을에서요.

하느님께서 영주님을 보살펴 주시기를.

이 세상에서 제일 가난한 하인 녀석이라 하더라도

제가 영주님 마을에서 당한 일을 똑같이 겪는다면

토악질이 나올 것입니다.

게다가 머리가 허옇게 센 늙은이가

거룩한 우리 수도원을 모독했으니

그보다 더 참담한 일은 없습니다."

영주가 말했습니다. "선생님, 제발 좀 진정하시고~." 2184

수사가 말했습니다. "선생님이라니요, 2185

제가 학업을 마쳤으니 그럴 자격이 있기는 하지만

저는 하인입니다.

시장이나 영주님의 넓은 홀에서

'랍비여, 선생님이여'라고 우리를 호칭하는 것을

하느님께서는 좋아하지 않으십니다."

"어쨌든, 괴로운 일이 무엇인지 말씀해 보세요." 2189

수사가 말했습니다. "나리, 2190

오늘 저희 교단과 저에게

아주 끔찍한 악행이 저질러졌습니다.

그러니 결국 거룩한 교회의 모든 직급에게 행해진 것이죠.

하느님, 속히 이것을 갚아 주옵소서!"

영주가 말했습니다. "수사님, 뭘 해야 하는지 알고 계시죠. 2194

일단 화부터 푸세요. 수사님은 제 고해 신부님이시잖아요.

수사님은 이 땅의 소금이자 기쁨이시니,

제발 진정하시고 자초지종을 말씀해 주세요."

그러자 그는 곧바로

이제까지 여러분이 들은 이야기를 해 주었습니다.

여러분은 그 내용을 잘 알고 계실 것입니다.

2200 수사의 말을 다 듣고 나서

늘 조용히 앉아 있던 영주 부인이 말했습니다.

"어머나, 복되신 동정녀, 성모 마리아여, 도우소서,

그런데 그게 전부인가요? 정말로 말씀해 주세요."

2204 "마님, 이 일을 어떻게 생각하시는지요?"

2205 "제가 어떻게 생각하냐고요? 하느님 맙소사,

천한 사람이 천한 짓을 했네요.

무슨 말을 더 하겠어요?

하느님, 그에게 천벌을 내리소서!

머리가 아프다더니 돌았나 보네요.

그 사람 정신 줄이 나갔나 봐요."

2210 "마님, 맹세코, 참말로,

만약 제가 이 원수를 갚지 못한다면

저는 어디 가서 이야기할 때마다

이 못된 신성 모독자 욕을 하고 다닐 것입니다.

나눌 수 없는 것을 사람들에게 똑같이 나누어 줘야 한다고

이놈이 제게 옥박질렀거든요.

망할 놈의 인간 같으니라고!"

2216 영주는 홀린 듯 멍하니 조용히 앉아 있었습니다.

그는 머릿속으로 이 생각 저 생각 했습니다.

'어떻게 그 천한 자가

수사에게 그런 문제를 낼 정도의 머리가 있단 말인가?

이런 문제는 여태껏 들어 본 적이 없어.

악마가 그놈 머릿속에 심어 준 게 분명해.

이제까지 그런 문제는 어떤 산술학에서도

아무도 본 적이 없어.

방귀 소리나 냄새 같은 것을

모두 똑같은 몫으로 가졌다고

누가 논증할 수 있겠어?

아, 기발한 생각을 해낸 거만한 놈 같으니라고.   2227

그놈 상판대기를 처박아 놓고 싶네.'

영주가 말했습니다. "에잇, 망할 놈의 새끼!

여봐라, 이전에 이 비슷한 얘기를 들어 본 자가 있느냐?

모든 사람에게 똑같이라고? 내게 방법을 말해 보거라.

이건 불가능해, 불가능하고말고.

에잇, 약아빠진 놈, 하느님, 그놈에게 벌을 내리소서!

방귀의 뿡 소리,

그뿐 아니라 모든 소리는 공기의 진동에 불과하고

조금씩 조금씩 없어지지 않는가.

맹세컨대, 그게 똑같이 나누어졌는지 판단할 자가 없어.

어쩌란 말인가, 내 수하에 있는 자가 나의 고해 신부님께

얼마나 교활하게 말했단 말인가!

그놈은 악마에 씐 것이 틀림없어.

자, 이제 식사하세요, 그놈은 제멋대로 굴게 놔두세요.

악마의 이름으로 제 목을 매달게 내버려 둡시다!"

(영주의 수습 기사이자 고기 자르는 자가 방귀를 열두 개로
나누는 문제에 대해 발언한 내용)

2243   이때 식탁 앞에 영주의 수습 기사가 서 있었는데
        영주의 고기를 자르면서
        제가 여러분에게 이야기한 내용을
        한마디 한마디 다 들었습니다.
        그는 "영주님, 영주님께서 언짢아하지 않으시고,
        제게 겉옷 한 벌 지을 천을 주신다면,
        그리고 수사님이 노여워하지 않으신다면
        수도원 사람들에게 똑같이 방귀를 나누어 줄 방법을
        말씀드릴 수 있을 것 같습니다"라고 말했습니다.

2251   영주는 "말해 보거라, 하느님과 성 요한께 맹세코
        옷 한 벌 지을 천을 즉시 줄 터이니" 하고 말했습니다.

2253   그가 말했습니다.
        "영주님, 날이 맑고 바람도 없고 공기도 요동하지 않을 때
        이 홀 안으로 마차 바퀴를 가져오게 하십시오.
        그런데 마차 바퀴는 받침살이 모두 다 있어야 합니다.
        보통 마차 바퀴는 받침살이 열두 개지요.
        그리고 제게 열두 명의 수사를 보내 주십시오.
        이유를 아시겠습니까?
        제가 알기로는 수도원에 열세 명의 수사님이 계십니다.
        그리고 여기에 영주님의 고해 신부님이 계시고요.

그러니 수도원 사람 수가 모두 채워지는 셈이지요.

그러고 나서 그들이 모두 함께 무릎을 꿇고

이런 식으로 각각의 받침살 끝 쪽에 앉아

자기 코를 받침살 위에 꽉 대는 겁니다.

영주님의 고해 신부님께선   2265

― 아 하느님, 도우소서 ―

바퀴 중간축에 코를 대시고요.

그런 다음 북처럼 배가 팅팅 부풀어 오른

이 나쁜 놈을 여기로 데려오는 겁니다.

그리고 그놈더러 이 마차 바퀴 중간축에 서서

방귀를 뀌라 하고요.

그러면 모두 아시겠지만, 제 생명을 걸고 맹세하건대,

논리적인 증명에 의해

그 방귀 소리며 그 고약한 냄새 또한

받침살 끝까지 똑같이 퍼질 것입니다.

다만 훌륭하신 고해 신부님께서는   2275

가장 영광스러운 분이시기 때문에

합당하게도, 방귀의 첫 열매를 갖게 되실 것입니다.

수사님들의 고귀한 관습에 따르면

가장 고귀한 자가 가장 먼저 대접받아야 하니까요.

그러니 마땅히 그렇게 대접받으셔야지요.

이제까지 수사님은 설교단에 서서 설교를 통해

저희에게 매우 유익한 말씀들을 가르쳐 주셨습니다.

그러므로 수사님께서 방귀의 첫 냄새를 맡으셔야 한다고
감히 말씀드리고 싶습니다.
아마 수도원 분들도 모두 동의하시리라 믿습니다.
수사님은 너무나 훌륭하고 거룩하게 살아오셨으니까요."
2287 수사를 빼고 영주와 그 부인 그리고 모두가 이구동성으로
유클리드나 프톨레마이오스 못지않게
잰킨이 이 문제에 관해 잘 이야기했다고 말했습니다.
그들은 그 나쁜 놈에 관해서는,
그는 멍청한 것도 아니고, 악마에 씐 것도 아니며,
영악하고 꾀가 많아 그런 말을 할 수 있었다고 말했습니다.
그리고 잰킨은 새 겉옷을 얻어 입었습니다.
제 이야기는 끝났습니다. 이제 마을에 거의 왔나 보네요.

제4장

대학생의 이야기

서문

(여기서부터 옥스퍼드 대학생의 서문이 시작된다.)

우리 숙소 주인이 "어이, 옥스퍼드 대학생" 하고 불렀다.　　　1
"학생은 갓 결혼해서 식탁에 앉은 새색시처럼
수줍고 얌전하게 길을 가고 있구먼.
나는 오늘 학생 입에서 말 한마디 나오는 걸 듣지 못했어.
어떤 철학적 궤변이라도 생각하고 있나 보군.
하지만 솔로몬왕께서도
'모든 것에는 때가 있느니라'라고 말씀하셨지 않나.
제발 좀 표정을 풀게.　　　7
지금은 공부할 때가 아니라고.
그리고 어디 한번 재미나는 이야기 좀 해 보게.

게임을 하기로 했으면

게임의 규칙을 반드시 따라야 하는 법이니 말일세.

하지만 사순절 때 수사님들처럼

우리 죄 이야기를 해서 우리를 울게 만들거나,

졸린 이야기는 하지 말라고.

15   뭔가 좀 신나는 모험담을 해 봐.

그리고 당신들이 쓰는 전문 용어나 비유, 수사법 같은 것은

임금님께 고상한 문체로 글을 올릴 때 쓸 수 있게

아껴 두고 말이야.

지금은 학생이 하는 말을 우리가 알아들을 수 있도록

쉽게 이야기해 보게."

21   그러자 이 훌륭한 학생은 공손히 대답했다.

"어르신, 저는 당신의 뜻에 따르겠습니다.

지금은 어르신께서 우리를 다스리는 위치에 계시니,

합리적인 범위 내에서는

얼마든지 당신 말씀을 따르겠습니다.

이제부터 저는 파도바에서

말씀과 행동 모두 훌륭하다고 인정받던

학자에게 배운 이야기를 하겠습니다.

그분은 이제 돌아가셔서 못 박힌 관 속에 계십니다.

하느님께서 그분께 안식을 허락하시기를 빕니다!

31   이 학자는 페트라르카라고 불리는 계관 시인입니다.

그분은 아름다운 수사법을 구사하셔서

온 이탈리아의 시에 빛을 비추셨습니다.

그것은 마치 리니아노가 철학이나 법학,

혹은 다른 학문 분야에서 업적을 이룬 것과 비슷합니다.

그러나 눈 깜빡할 정도의 시간 동안만

우리가 이곳에 머물 수 있도록 허락하는 죽음이

그 두 분을 데려갔습니다. 아마 우리도 그렇게 되겠지요.

이야기를 시작하면서 우선,   39

제게 이 이야기를 가르쳐 주신

이 고귀한 분에 대해 말씀드리자면,

그분은 이야기의 본론을 쓰기 전에

고상한 문체로 서론을 먼저 쓰셨습니다.

서론에서 그는 피에몬테와 살루초 지방,

특히 롬바르디아 서쪽 지역과 베술루스산의 경계를 이루는

높은 아펜니노산맥을 묘사했지요.

비소산의 작은 우물에서 첫 번째 샘과 원천을 이루고

동쪽으로 에밀리아, 페라라 그리고 베네치아를 향해 가며

물줄기가 점점 커진다는 것을 묘사했는데

그것까지 말하면 너무 이야기가 길어질 듯합니다.

그가 자신의 주제를 소개하고 싶어 했다는 점을 빼면,

제 판단으로는 이 이야기와 별 상관이 없을 듯합니다.

지금부터 들으실 이야기가 바로 그의 이야기입니다.”

(여기서 옥스퍼드 대학생의 서문이 끝난다.)

대학생의 이야기*

제1부

57   이탈리아의 서쪽,
　　　추운 비소산 기슭에는
　　　양식이 풍부한 비옥한 평야가 있습니다.
　　　그곳에서는 옛 선조들이 세운 많은 성과 마을,
　　　그리고 여러 아름다운 광경들을 볼 수 있는데
　　　이 지역 이름은 살루초였습니다.

64   그 지역 영주는 훌륭한 선조들처럼 후작이었죠.
　　　신하들은 신분 고하를 막론하고
　　　모두 그에게 순종하고 언제나 그의 명령을 잘 따랐습니다.
　　　운명의 여신의 총애 덕택에
　　　그는 오랫동안 즐겁게 살았고
　　　귀족들과 평민들은 그를 사랑하고 또 두려워했습니다.

71   게다가 그는 롬바르디아의 누구보다 고귀한 혈통이었습니다.
　　　준수한 용모에 용맹스러운 청년이었는데
　　　칭송이 자자했고 예의범절에 모자랄 것이 없었습니다.
　　　몇 가지 비난받을 일을 제외하면
　　　그는 매우 현명하게 나라를 다스렸는데,

이 젊은 영주의 이름은 월터였습니다.

그가 비난받을 일이란 이것이었습니다.   78
즉 미래에 닥칠 일을 심각하게 생각하지 않고
온 사방을 다니며 매사냥을 하는 등
현재의 쾌락만 생각한다는 점이었습니다.
그는 다른 모든 염려를 제쳐 놓았고, 정말 최악인 것은
하늘이 두 쪽 난다 해도 결혼할 생각이 없다는 점이었습니다.

백성들은 이 점을 매우 심각한 문제로 여겨   85
하루는 사람들이 우르르 떼 지어 그에게 갔습니다.
그중 가장 학식이 뛰어난 사람,
혹은 백성들의 뜻을 말하면 영주가 쉽게 동의해 줄 사람,
혹은 이런 문제를 어떻게 말해야 하는지 잘 아는 사람이
다음과 같이 후작에게 말했습니다.

"고귀하신 후작님, 당신이 관대한 분이신 줄 알기에   92
어쩔 수 없을 때에는 번번이 영주님께 이렇게
저희 염려를 담대히 아뢸 수 있사옵니다.
영주님, 당신께 은혜를 구하옵니다.
저희가 애통하는 마음으로 청하오니
저희 목소리에 귀 기울여 주옵소서.

99　여기 모인 사람들 중 아무도 관여할 바가 아니지만
　　존경하는 영주님께서
　　늘 제게 은혜를 베푸시고 어여삐 여기셨사오니
　　제가 감히 영주님께 말씀을 올리옵니다.
　　잠깐 시간을 내어 저희가 올리는 간청을 들어주옵소서.
　　그런 다음 영주님 뜻대로 하시옵소서.

106　영주님께서는 늘 자애로우셨고, 업적 또한 훌륭하므로
　　백성 된 저희가 어떻게 더 이상 기쁨을 누리며 살 수 있을지
　　상상할 수도 없을 정도입니다.
　　그러나 단 한 가지, 영주님 청하옵나니,
　　제발 결혼하시기를 저희가 바라나이다.
　　그래야 당신의 백성들이 안심하며 살 수 있을 것입니다.

113　부디 사람들이 혼례 혹은 혼인이라 칭하는 그것,
　　굴종의 멍에가 아닌 행복한 멍에에 머리를 숙이소서.
　　영주님은 지혜로운 분이시니,
　　우리 사는 날이 얼마나 빨리 지나는지 생각해 보옵소서.
　　사람이 자나 깨나, 어슬렁거리거나, 말을 타고 가나,
　　세월은 쏜살같고 시간은 아무도 기다리지 않습니다.

120　영주님께선 지금 파릇파릇한 젊음을 꽃피우고 계시지만,
　　나이는 돌덩이처럼 조용히 늘 살금살금 기어 들어옵니다.

죽음은 나이 불문 사람을 위협하고, 어떤 신분도 강타합니다.
이렇듯 죽음은 아무도 피할 수 없고, 우리 모두는 죽습니다.
그런데 죽음이 언제 우리에게 다가올지
그날은 아무도 모릅니다.

한 번도 영주님의 말씀을 거역해 본 일 없는   127
저희의 진실된 뜻을 받아 주옵소서.
만약 영주님께서 동의하신다면,
저희가 최대한 빨리 신붓감을 고르겠습니다.
저희가 판단하기에 하느님과 영주님께 영광을 돌리도록
이 땅에서 가장 고귀하고 지위가 높은 가문의 아가씨를요.

제발 저희가 이처럼 계속 두려워하지 않도록 해 주옵시고,   134
높으신 하느님을 위하여 부인을 맞으십시오.
그런 일은 없어야 하겠지만,
혹시라도 영주님께서 돌아가시고 가문의 대가 끊긴다면
낯선 자가 영주님의 유산을 받고 후계자가 되지 않겠습니까.
그런 일은 너무 끔찍하니 서둘러 아내를 맞으십시오.”

그들이 겸손하게 간청하고 애절한 태도를 보이자   141
후작의 마음이 움직여 동정심을 품게 되었습니다.
그가 말했습니다. “나의 친애하는 백성들이여,
그대들은 내가 한 번도 생각해 보지 않던 것을 하게 만드는구나.

결혼 생활에서는 찾기 어려운 자유를 나는 즐겨 왔도다.
나는 자유로웠는데, 이제는 속박을 받게 되었구나.

148　하지만 그대들의 진심을 알겠고 그대들의 판단을 믿노라.
그러므로 나는 나의 자유로운 의지를 따라,
가능한 한 빨리 결혼하라는 그대들의 뜻에 따르겠노라.
또 그대들은 내게 부인을 선택해 주겠다고 제안했으나,
그대들이 선택해야 하는 부담은 덜어 주고자 하니
그러한 제안을 멈추기 바라노라.

155　왜냐하면 하느님께서 아시듯,
자녀들이 그들의 선조와는 다른 경우가 있기 때문이다.
모든 선한 것은 하느님께로부터 오는 것이지
그들이 태어난 가문에서 오는 것이 아니다.
나는 나의 결혼, 신분과 안식을
하느님께 맡기겠노라. 그분께서 뜻대로 하시리라 믿는다.

162　그러니 나 혼자 나의 부인 될 여자를 찾게 해 달라.
그 책임은 내가 지고 가겠노라.
하지만 내가 청하고, 또 그대들의 목숨을 놓고 명하노니
내가 어떤 부인을 맞이하건,
그녀 일생 동안, 말로나 행실로나 그 어느 곳에서나
황제의 따님인 것처럼 그녀를 잘 모시겠다고 약속하라.

그리고 한 가지 더,   169
내 선택에 대해 불평도, 반대도 하지 않겠다고 맹세하라.
나는 그대들의 청을 받아들여 내 자유를 포기하는 것이니
뭐라 해도, 내가 원하는 부인을 얻겠노라.
이러한 나의 뜻에 동의하지 않는다면
결혼 문제는 더 이상 내 앞에서 이야기하지 말라."

사람들은 온 맘으로 이 모든 것에 맹세하고 동의했습니다.   176
아무도 반대하지 않았습니다.
그들은 물러가기 전에, 영주께서 은혜를 베푸셔서
가능한 한 빨리 결혼 날짜를 잡아 주십사 요청했습니다.
사람들은 영주가 혹시 결혼을 안 하면 어쩌나
여전히 두려워하는 마음이 있었기 때문입니다.

그는 확실하게 자기가 원하는 결혼 날짜를 알려 주었습니다.   183
그리고 이 모든 것이 그들의 요청 때문이라고 말했습니다.
그들은 황송해하면서 지극히 공경하는 마음을 담아
공손히 무릎 꿇고 영주에게 감사의 인사를 드렸습니다.
이렇게 하여 그들은 자신들이 원하던 대로 결론을 맺고
집으로 돌아갔습니다.

그 후 영주는 신하들에게 결혼 준비를 시켰습니다.   190
그리고 가솔 기사들과 시종들에게

각각 알맞게 할 일을 지시했습니다.
그들은 영주의 분부에 따라
영광스러운 잔치가 되도록 각자가 온 힘을 다해
부지런히 일했습니다.

제2부

197   영주의 결혼 준비가 이루어지는
웅장한 궁궐에서 멀지 않은 곳에
풍광이 아름다운 작은 마을이 있었습니다.
그 마을에는 짐승을 키우면서
자기 손으로 일하고 땅의 소산물로 생계를 유지하는
가난한 사람들이 살고 있었습니다.

204   이곳의 가난한 사람들 중에서도
가장 가난하다고 여겨지는 사람이 있었습니다.
하지만 외양간 같은 곳에도 하느님은 은총을 베푸십니다.
동네 사람들은 그를 재니쿨라라고 불렀는데
이 노인에게는 아름다운 용모를 지닌 딸이 있었으니
그 처녀의 이름은 그리셀다였습니다.

211   그녀의 고결한 미모에 관해 말하자면,
그녀는 태양 아래 그 누구보다 아름다웠습니다.

가난하게 자란 탓에
마음속에 감각적 쾌락에 대한 욕망이 깃든 적이 없었습니다.
포도주보다는 우물물을 마셨고, 덕성에 따라 살려 했으므로
열심히 일했고 빈둥거리며 편하게 사는 법을 몰랐습니다.

아가씨는 비록 나이는 어렸지만   218
순결한 가슴속에는
성숙하고 곧은 심지가 담겨 있었습니다.
그녀는 극진한 정성과 사랑으로 늙은 아버지를 모셨습니다.
베틀을 돌리면서, 밭에서 몇 마리 양도 길렀고
잘 때까지 빈둥거리는 법이 없었습니다.

집으로 돌아올 때에는 틈틈이 나무뿌리나 풀을 캐어   225
다지고 삶아서 양식을 삼았고
부드러운 것이라곤 전혀 없는 딱딱한 잠자리에서 잠을 잤습니다.
언제나 한결같이 모든 일에 순종하며 부지런했고
자식이 부모에게 할 수 있는 공경을 다 바쳐
아버지를 극진히 모셨습니다.

사냥을 가던 길에 영주는   232
이 가난한 처녀 그리셀다를 우연히 보고
여러 차례 눈길을 주게 되었습니다.
그런데 영주가 그녀를 보았을 때

그는 어리석은 음탕한 눈길로 쳐다본 것이 아니었습니다.
오히려 그는 그녀의 행실을 진지하게 생각하곤 했습니다.

239   그녀의 행실뿐 아니라 여성스러움 그리고 덕성이
그녀 나이 또래의 누구보다 뛰어나서
그는 마음으로 그녀를 칭찬하고 있었습니다.
다른 사람들은 내면의 덕성을 제대로 보지 못했지만,
영주는 그녀의 훌륭한 성품을 꿰뚫어 보고
결혼을 해야 한다면 그녀와 하겠다고 생각했습니다.

246   결혼 날짜가 다가왔지만,
부인이 누가 될지 아는 사람은 아무도 없었습니다.
그래서 많은 사람들이 궁금해하며 자기들끼리 있을 때
"우리 영주님은 헛된 생각을 못 버리시는 게 아닐까?
영주님은 결혼을 안 하시겠다는 걸까? 아, 이 일을 어쩌나!
그분은 본인과 우리 모두를 다 속이시려나?"라고 말했습니다.

253   하지만 영주는 그리셀다를 위하여
금과 청금석과 보석으로
브로치와 반지를 만들게 했습니다.
그리고 그녀와 키가 비슷한 하녀를 골라 치수를 재어
그녀의 옷도 만들었고,
결혼식에 어울리는 다른 장식들도 다 만들게 했습니다.

결혼식을 올리기로 한 날　　　　　　　　　　　　　　260
아침 9시가 다가왔습니다.
궁전의 연회장 홀과 모든 방들은
각각 다 격식에 맞게 꾸며 놓았고,
창고에는 이탈리아 가장 먼 곳까지 가서 찾아온
진귀한 음식들로 빼곡하게 쟁여 놓았습니다.

호화롭게 차려입은 이 위엄 있는 후작은　　　　　　　267
결혼식에 초대한 귀족들, 귀부인들과 함께
자기 수하에 있는 기사들을 거느리고
여러 가지 곡조에 맞추어
위엄 있는 행차를 이루며
앞서 이야기했던 그 동네로 곧장 향했습니다.

원 참 세상에, 이 모든 장대한 행렬이　　　　　　　　274
자기를 위해 이루어지고 있다는 것을 모르는 그리셀다는
우물로 물을 길으러 갔다가
될 수 있는 한 빨리 집으로 돌아오고 있었습니다.
그날 영주가 결혼식을 한다는 이야기를 들었기 때문에
가능하면 그녀도 구경하고 싶었기 때문입니다.

그녀는 생각했습니다. '나도 다른 친구들과 같이　　　281
우리 집 문가에 서서 영주님의 아내 될 분을 구경해야지,

그러려면 될 수 있는 한 집안일을 빨리 해야겠다.
그래야 영주님 부인께서 성으로 갈 때
이 길로 지나가신다면
짬을 내서 볼 수 있을 테니까.'

288   그런데 그녀가 막 문지방을 넘으려 할 때
영주가 다가와 그녀를 불렀습니다.
그녀는 재빨리 물 단지를 외양간 문지방에 놓고
무릎을 꿇었습니다.
그리고 영주님의 분부를 들을 때까지
진지한 표정으로 아무 말 없이 무릎을 꿇은 채 있었습니다.

295   생각이 깊은 후작은 매우 진지하게 물었습니다.
"그리셀다, 네 아버지는 어디 있느냐?"
그녀는 존경심을 담아 겸손한 태도로 대답했습니다.
"영주님, 아버지는 지금 이곳에 계십니다."
그러고는 지체하지 않고 들어가
아버지를 영주 앞으로 데려왔습니다.

302   영주는 노인의 손을 붙잡고 이렇게 말했습니다.
"재니쿨라, 난 더 이상
내 마음의 진짜 소원을 숨기지 못하겠어.
만약 그대만 허락한다면

지금 내가 어떻게 해서든
자네 딸을 데려가 죽을 때까지 아내로 삼으려 하네.

자네가 나를 사랑한다는 것을 난 알고 있네.   309
또 자네가 나의 충성스러운 백성으로 태어났으니,
내가 좋아하면 자네도 좋아할 것이라 생각하네.
그러니 내가 조금 전에 했던 질문에 대답해 보게.
나를 자네의 사위로 받아 달라는
내 제안에 자네가 동의하는지 말이야."

갑자기 이런 일을 겪은 노인은 너무 놀라   316
얼굴이 새빨개지고 당황하여 몸을 바들바들 떨며 서 있다가
간신히 입을 뗐습니다. "영주님의 뜻이 제 뜻입니다.
제가 어찌 당신의 뜻을 거스를 수 있겠습니까.
당신은 저의 소중한 영주님이시오니
원하시는 대로 이 문제를 처리하소서."

후작이 부드럽게 말했습니다. "자네 방에 들어가   323
자네와 나, 그녀가 함께 이야기를 하고 싶네.
자네 딸이 내 아내가 되려는지,
그리고 내 결정에 따르려는지 그녀 뜻을 묻고 싶어서야.
나는 이 모든 것을 자네 앞에서 행할 것이고
자네가 없는 곳에서는 아무 말도 하지 않겠네."

330　그리하여 이들이 방 안에서
　　　여러분이 앞으로 듣게 될 결혼 조건에 관해 열중할 때
　　　사람들은 집 밖으로 다가와서 보고는
　　　그녀가 얼마나 성심껏 자기 아버지를 모셨는지 감탄했습니다.
　　　이런 광경을 전에 한 번도 본 적이 없는 그리셀다는
　　　놀라움을 감출 수 없었습니다.

337　귀빈들이 자기 집에 온 것을 보고
　　　그녀가 놀란 것은 당연했습니다.
　　　그녀는 그런 손님들에 익숙지 않아 얼굴이 창백해졌습니다.
　　　하지만 이 문제를 속히 진행시키기 위해
　　　후작이 이 상냥하고 진실한 처녀에게 했던 이야기를
　　　이 자리에서 전하겠습니다.

344　그가 말했습니다. "그리셀다, 나와 네 아버지 모두
　　　너와 나의 결혼에 기뻐하고 있음을 알리라고 믿는다.
　　　그리고 일이 이렇게 된 것을 너도 기뻐하리라 생각한다.
　　　하지만 서둘러 이 일을 이루어야 하므로
　　　이 질문을 먼저 하겠다.
　　　너는 동의하느냐, 아니면 무슨 다른 생각이 있느냐?

351　또 말하노라. 너는 내가 원하는 것을 기꺼이 따르겠느냐?
　　　내가 마음대로 너를 웃게 만들거나, 고통스럽게 하더라도

밤이건 낮이건, 너는 전혀 불평하지 않을 수 있겠느냐?
또 내가 '그렇다'고 하는데 '아니요'라고 말한다거나
찡그리는 표정을 짓는 일이 없도록 할 수 있겠느냐?
이것을 맹세하면 나도 우리의 성혼을 맹세하겠다."

이 말에 놀란 그리셀다는 두려움에 떨며 말했습니다. "영주님,　　358
저는 영주님께서 베푸시는 영광을 누릴 자격이 없습니다.
하오나 영주님께서 원하시면 저도 그것을 원하옵니다.
맹세하오니, 비록 제가 죽음을 원하지는 않지만,
죽는 한이 있더라도, 행동이나 생각으로
영주님의 뜻을 절대로 거스르지 않고 따르겠나이다."

"나의 그리셀다, 그것으로 충분하다"라고 말하고　　365
영주는 매우 엄숙한 표정으로 문밖으로 나갔고
그리셀다는 그 뒤를 따랐습니다.
그는 사람들에게 "여기 서 있는 이 사람이 나의 부인이니라.
나를 사랑하는 자는 그녀에게 경의를 표하고 충성하라.
이만 말을 마치겠노라"라고 말했습니다.

그녀의 옛 소유물들은　　372
하나도 궁전으로 가져갈 수 없었으므로
영주는 바로 그 자리에서
그리셀다의 옷을 모두 벗기도록 명했습니다.

궁정 여인들은 그녀가 입던 옷을 만지는 걸 꺼렸지만,

여인들은 그녀를 머리끝부터 발끝까지 새 옷으로 입혔습니다.

379   아무렇게나 헝클어졌던 머리도 곱게 빗었고,

그들의 가는 손가락으로 그녀의 머리에 왕관을 얹었습니다.

그리고 갖가지 보석으로 그녀의 옷을 장식했습니다.

그녀의 용모에 대해 더 무엇을 말하겠습니까?

그녀가 화려하게 변신하자 너무 아름다워서

사람들은 그녀를 알아보지 못할 정도였습니다.

386   후작은 결혼반지를 그녀 손에 끼워 준 후

더 지체하지 않고 흰 눈처럼 새하얀 말에 태워

유유히 궁으로 향했습니다.

사람들은 덩실덩실 기뻐하며 길을 인도하고

그녀를 맞이하며 호위했습니다.

그날은 해가 질 때까지 하루 종일 잔치를 벌였습니다.

393   이 이야기를 간단히 말하자면

이 새로운 영주 부인에게

하느님께서는 너무나 큰 은총을 베푸셔서

그녀는 전혀 초가집이나 외양간 같은 비천한 곳에서

태어나거나 자란 것처럼 보이지 않았고

황제의 궁전에서 교육받은 듯 보였습니다.

그녀는 점점 모든 사람들에게 사랑과 존경을 받아   400
그녀가 태어난 곳에서 어릴 때부터 그녀를 알던 사람들도
그녀가 아까 말했던 재니큘라의 딸이었다고
믿을 수 없을 정도였습니다.
(딸이 맞다고 맹세하기는 했겠지만 말입니다.)
아무리 생각해도 그녀가 전혀 딴사람처럼 보였기 때문입니다.

그녀는 원래부터 덕 있는 사람이었지만,   407
고귀한 선량함에 바탕을 둔 선한 자질들이 날로 드러나고
현명할 뿐 아니라 말씨도 곱고,
친절하고 존경스러운 사람이 되었으며
사람들의 마음을 보듬어 주어,
한 번 그녀를 본 사람은 누구나 그녀를 사랑하게 되었습니다.

살루초뿐 아니라 다른 많은 지역에서도   414
그녀의 이름이 알려지고 칭송을 받아
한 사람이 좋게 말하면 다른 사람도 맞장구를 쳤습니다.
그녀의 드높은 덕성은 널리 퍼져서
남녀노소를 가리지 않고
그녀를 보러 살루초에 가 보고 싶어 했습니다.

이렇듯 월터는 초라한 듯 보이지만   421
사실은 운과 명예가 따르는 왕족다운 결혼을 한 셈이 되어

하느님께서 주시는 평화를 누리며 매우 안락하게 살았습니다.
낮은 신분에 종종 덕성이 숨어 있음을 알다니,
사람들은 그가 사려 깊다고 생각했습니다.
사실 그런 통찰력은 참으로 드문 일이기는 했습니다.

428   그리셀다는 타고난 지혜로
아내가 할 일을 매우 잘 처리했을 뿐 아니라,
필요할 경우에는 백성들의 이익도 잘 보살펴서
온 나라에서 어떤 불화나 다툼, 곤란한 일이 생겨도
그녀는 잘 달래며 누그러뜨릴 수 있었고
사람들이 평화롭게 살 수 있도록 지혜롭게 이끌었습니다.

435   그녀의 남편이 잠시 출타 중이더라도,
그 나라의 귀족들이나 다른 사람들 사이에 다툼이 생기면
그녀는 그들이 평화롭게 해결하도록 이끌었습니다.
그녀는 현명하고 사려 깊게 말했고, 일을 공평하게 처리해서
사람들은 자신들을 도와주고 잘못된 일을 해결하기 위해
하느님께서 그녀를 보내셨다고 생각했습니다.

442   그리셀다가 결혼하고 얼마 지나지 않아,
그녀는 딸을 낳았습니다.
아들이라면 더 좋았겠지만, 후작과 백성들은 기뻐했습니다.
비록 딸이 먼저 태어나기는 했으나

그녀가 불임이 아니라는 것이 밝혀졌으니
아마 아들도 곧 태어나리라 생각했기 때문입니다.

제3부

그전에도 이런 일이 여러 차례 있었듯이   449
아기가 젖 먹은 지 얼마 되지도 않았을 때
후작은 자기 부인을 시험해 보고 싶은 충동이 생겼습니다.
그녀가 정말 한결같은지 알기 위해 시험해 보고 싶은 욕망을
도저히 떨치지 못하고, 정말 쓸데없게도,
그리셀다를 겁에 질리게 만들기로 마음먹었습니다.

사실 그는 전에도 여러 번 그녀를 시험해 보았고   456
그때마다 그녀가 한결같이 선량하다는 것을 알았습니다.
어떤 사람들은 이를 교묘한 발상이라며 칭찬할지 모르지만
그녀를 시험하고, 점점 더 심하게 시험할 필요가 있을까요?
제 의견으로는, 쓸데없이 아내를 시험하여
고통을 주고 공포에 질리게 해서는 안 된다고 생각합니다.

그리하여 후작은 어느 날 저녁   463
그녀가 누워 있는 곳으로 굳은 표정을 지으며
매우 고통스러워하는 태도로 혼자 들어와 말했습니다.
"그리셀다, 내가 당신을 그 초라한 옷차림에서 벗어나게 하고

고귀한 자리에 앉혔던 그날 말이오,

그날을 당신은 잊지 않았겠지?

470   그리셀다, 내가 당신을 고귀한 신분으로 올려 주었다 해서,

당신이 천하고 가난한 신분이었다는 걸 잊으면 절대 안 되오.

비록 지금은 모든 것을 누리고 있지만,

당신이 비천한 신분이었다는 것을 잊지는 않았겠지?

자, 지금부터 내가 하는 말을 잘 들어요.

이 말을 들을 사람은 당신과 나 둘뿐이오.

477   당신이 어떻게 이 집에 왔는지 스스로 잘 알고 있을 거요.

그다지 먼 옛날 일이 아니니까.

비록 당신이 내게는 사랑스럽고 소중한 아내이지만

귀족들에게는 그렇지 않소.

그들은 시골 출신인 당신의 신하가 되어 복종하는 것이

매우 큰 치욕이고, 고통이라고 말한다오.

484   특히 당신이 딸을 낳은 다음부터

그들은 분명히 이런 말을 하기 시작했다오.

이전처럼 그들과 평화롭게 살고 싶은 것이 나의 바람이오.

이런 경우 대수롭지 않게 넘기면 절대 안 될 것 같소.

나는 당신 딸에게 최선의 방책을 강구해야 할 것 같소.

내가 아니라 백성들이 원하는 바를 따라서 말이오.

그러나 하느님께 맹세코, 이것은 나도 정말 하기 싫소.   491
하지만 당신 모르게는 아무것도 하지 않겠소.
다만 당신에게 바라는 것은 이것이오.
당신이 이 문제에 동의해 달라는 것이오.
우리가 결혼하던 그날, 당신이 고향에서 내게 맹세한 것처럼
당신의 행동으로 당신의 인내심을 보여 주시오."

이 모든 이야기를 들었을 때,   498
그녀는 말과 표정, 행동에 조금도 변화가 없었고
고통스러워하는 것처럼 보이지도 않았습니다.
"영주님, 모든 것을 당신께서 원하는 대로 하십시오.
저나 제 딸이나 당신 것이니 온 맘으로 당신에게 복종합니다.
살리든 죽이든 당신 것이오니 뜻대로 하십시오.

하느님, 굽어살피소서,   505
당신께서 원하시는데 제가 원치 않을 일은 없습니다.
저는 오직 당신 외에는
갖고 싶어 하거나, 잃을까 두려워하는 것이 없습니다.
이것이 제 마음이고 앞으로도 마찬가지일 겁니다.
세월이 흐르고 죽음이 닥쳐도 제 마음은 변치 않을 겁니다."

그녀의 답변을 들은 후작은 내심 기뻤지만,   512
겉으로는 안 그런 척했습니다.

방을 나갈 때 그의 표정과 기색은 매우 살벌했습니다.

그리고 곧바로 그는 은밀히 사람을 불러

자기 계획을 알려 주고

그를 아내에게 보냈습니다.

519 이런 은밀한 일을 맡은 자는 일종의 심복 같은 자로서

중요한 문제에서 후작이 믿을 수 있고

험한 일도 능숙하게 처리할 수 있는 사람이었습니다.

영주는 그가 자기를 사랑하고 두려워한다는 것을 알았습니다.

그 신하는 영주의 뜻을 알고

아주 조용히 그녀의 방으로 몰래 들어갔습니다.

526 "마님, 제가 명령을 받아 임무를 수행하더라도

저를 용서해 주십시오. 마님은 현명하시니

영주님 명령을 피할 수 없음을 잘 아실 것입니다.

사람들이 통곡하고 원망하더라도

반드시 영주님 뜻에 순종해야 합니다.

저도 마찬가지입니다. 더 드릴 말씀이 없습니다.

533 아기씨를 데려가도록 명령을 받았습니다."

그리고 그는 아무 말도 하지 않은 채,

아이를 무자비하게 움켜잡았고

방에서 나가기도 전에 아이를 죽일 듯한 표정을 지었습니다.

그리셀다는 온순한 양처럼 조용히 앉아 고통을 감내하며
잔인한 심복이 뜻대로 하도록 내버려 두었습니다.

이 사람의 평판은 나빴고, 미심쩍었습니다. 그의 얼굴과   540
말투, 찾아온 시간 등 모든 것이 불길해 보였습니다.
아, 어찌해야 한단 말인가, 그녀가 그토록 사랑하는 딸을
그가 당장 바로 죽일 것처럼 보였습니다.
그러나 그녀는 울지도 않고 한숨도 내지 않고,
후작이 원하는 대로 따르고자 했습니다.

하지만 마침내 그녀는 입을 열어   547
공손히 그에게 부탁했습니다.
당신은 훌륭하고 고귀한 신하이니
아이가 죽기 전에 한 번만 입 맞추게 해 달라고 말입니다.
그리고 무릎에 아이를 놓고 얼굴에는 슬픔이 가득한 채
아이를 축복하고 달랜 뒤 아이에게 입을 맞추었습니다.

그리고 그녀는 자애로운 목소리로 말했습니다.   554
"우리 아가, 잘 가거라. 다시는 널 못 보겠구나.
그러나 오, 복되신 하느님이여,
우리를 위해 피 흘리신 하느님의 성호를 네게 그었으니,
하느님께서 네 영혼을 보살피실 거야.
어미 때문에 네가 오늘 밤 죽는구나."

561　이렇게 애처로운 상황을 본다면
　　　유모라도 견디기 힘들었을 것이고
　　　엄마라면 탄식하며 울부짖었을 것입니다.
　　　하지만 그녀는 심지가 단단해서 이 역경을 참아 냈습니다.
　　　그리고 심복에게 공손히 말했습니다.
　　　"자, 이제 아이를 다시 받으세요.

568　어서 가서 영주님의 명령을 행하세요.
　　　다만 한 가지만 부탁하겠어요.
　　　영주님께서 막으시지만 않는다면, 적어도
　　　아이의 몸을 짐승이 물어뜯지 않을 곳에 묻어 주세요."
　　　하지만 그는 그 부탁에 아무 대답도 않은 채
　　　아이를 데리고 제 갈 길을 갔습니다.

575　심복은 영주에게 다시 돌아와 그리셀다가 했던 말과 태도를
　　　하나하나 빠짐없이 전해 주었습니다.
　　　그리고 그녀의 소중한 딸을 영주에게 넘겨주었습니다.
　　　영주는 살짝 그녀가 불쌍했지만
　　　영주들이 자기 뜻을 이루려 할 때 보통 그렇듯이,
　　　여전히 자신이 품었던 목적대로 행했습니다.

582　그는 심복에게 은밀히
　　　아이를 폭신하게 천으로 감싼 다음 조심조심 주의를 기울여

함이나 강보에 넣어 옮기라 명령했습니다.
하지만 영주의 뜻을 누구도 알아서는 안 되고
언제 어디로 그가 오고 갔는지 아무도 몰라야 하며
그렇지 않으면 그의 목숨이 달아날 거라고 말했습니다.

그리고 당시 볼로냐 백작 부인이던 자신의 누이에게   589
이 아이를 데려가 어찌 된 상황인지 전하고
최선을 다해 가장 고귀하게 길러 달라고 청하라 했습니다.
아울러 어떤 일이 있어도
이 아이가 누구의 아이인지
모두에게 숨겨야 한다고 명했습니다.

심복은 가서 명령받은 임무를 수행했습니다.   596
하지만 이제 다시 후작 이야기로 돌아가겠습니다.
그는 아내가 행동이나 말에 어떤 변화라도 보이는지
매우 주의 깊게 살펴보았습니다.
그런데 그녀는 항상 똑같이
꿋꿋하고 상냥했으며, 어떤 변화도 찾을 수 없었습니다.

모든 면에서 그녀는 여전히 예전과 다름없었습니다.   603
그를 반갑게 맞이하고 겸손하며 부지런히 일했고,
사랑도 변함이 없었습니다.
딸에 대해서는 입도 벙긋하지 않았습니다.

어떤 힘든 일이 있어도, 드러내지 않았고, 농담이건 진담이건,
딸 이름을 단 한 번도 입에 올리지 않았습니다.

제4부

610 이런 상태로 4년의 세월이 흐른 후
하느님의 뜻에 따라 그리셀다는 임신하여
월터의 아들을 낳았는데 용모가 수려하고 준수했습니다.
사람들이 아이 아버지에게 이 사실을 알리자
아버지뿐 아니라 온 나라가 이 아이 때문에 기뻐하며
하느님께 감사드리고 찬양을 올렸습니다.

617 아이가 두 살이 되고, 유모에게 젖을 떼자,
어느 날 후작은, 할 수만 있다면
부인을 시험해 보고 싶은 유혹에 또다시 휩싸였습니다.
도대체 그녀를 시험할 필요가 뭐가 있단 말인가요!
하지만 잘 참는 아내와 결혼하면
그 남편은 도무지 절제를 모르는 것 같습니다.

624 후작이 말했습니다.
"부인, 백성들이 우리 결혼을 꺼린다는 걸 전에도 들었을 거요.
게다가 아들이 태어나면서 그 어느 때보다 상황이 나빠졌소.
백성들의 불평이 내 마음을 찔러 낙담이 되는구려.

그들의 불평이 너무나 예리하게 내 귀를 찌르니
내 마음이 무너져 내리는 것 같소.

'월터 영주님이 돌아가시면 재니큘라의 핏줄이   631
우리 영주가 될 거야. 다른 사람이 없으니까'라고
사람들이 말하는 게 분명하단 말이오.
그런 의견을 내가 두려워하는 것은 절대 아니오만
비록 그들이 내 앞에서 대놓고 그런 말을 하지 않아도,
난 그들의 불만에 주의를 기울여야 하오.

할 수만 있다면 나는 백성들과 평화롭게 지내고 싶소.   638
그래서 나는 결심했소.
아이의 누나에게 한 것처럼 이 아이도 은밀히 처리하려 하오.
너무 갑작스러워서 슬픔으로
당신이 정신을 잃을까 봐 미리 일러두는 것이오.
부디 부탁하건대 잘 참아 주시오."

"저는 이미 말씀드렸고, 앞으로도 마찬가지일 거예요.   645
당신께서 원하는 바가 아니라면
저 역시 아무것도 원하지 않고, 앞으로도 그럴 것입니다.
당신의 명령으로 아들과 딸이 죽더라도 슬프지 않습니다.
저는 그 두 아이로 인해 처음에는 산통을 겪었고
그 후에는 슬픔과 고통을 겪었습니다.

652 당신은 제 주인이십니다. 그러니 당신의 소유물에게
　　당신 뜻대로 행하시고 제 뜻은 묻지 마십시오.
　　제가 집을 떠나 당신께 오면서 제 모든 옷을 두고 왔듯이,
　　전 제 뜻과 제 모든 자유를 두고 왔습니다.
　　그리고 당신이 주신 옷을 입었지요.
　　그러니 원하시는 대로 하십시오. 전 당신을 따르겠습니다.

659 당신께서 말씀하시기 전에 제가 당신 뜻을 미리 알았다면
　　저는 분명히 소홀함 없이 그 뜻에 따랐을 것입니다.
　　하지만 이제 당신의 뜻, 당신이 원하시는 바를 알았으니
　　굳건하고 충실하게, 당신이 기뻐하시도록 행하겠습니다.
　　제가 죽는 것이 당신을 편안하게 한다면,
　　저는 기꺼이 죽을 것입니다.

666 죽음도 당신에 대한 사랑과는 비교할 수 없습니다.”
　　자기 아내가 이렇듯 한결같음을 보며
　　후작은 두 눈을 떨구었습니다.
　　그리고 그녀가 이 모든 일을 이렇게 견뎌 내는 데 놀랐습니다.
　　그는 살벌한 표정으로 방에서 나갔지만,
　　마음은 즐겁기만 했습니다.

673 이 험상궂은 심복은
　　딸을 잡아갈 때처럼, 아니 그보다 더 나쁜 태도로,

수려하게 잘생긴 그녀의 아들을 데려갔습니다.

그녀는 언제나처럼 한결같이 너무나 잘 참아 내며

슬픈 기색도 보이지 않고,

아들에게 입을 맞추고 축복해 주었습니다.

다만 그녀는, 그가 할 수만 있다면, 아들을 땅에 묻어   680

한눈에 봐도 연약한 아이의 보드라운 손과 발을

들짐승과 날짐승이 해치지 않게 해 달라고 부탁했습니다.

하지만 심복은 아무 대답도 하지 않았습니다.

그는 부탁에 전혀 신경 쓰지 않는 듯 방을 나섰습니다.

그러나 사실은 아이를 부드럽게 감싸 볼로냐로 데려갔습니다.

후작은 아내의 참을성에 점점 더 의아해했습니다.   687

만약 이 일이 있기 전에

그녀가 아이들을 온 맘으로 사랑한 것을 후작이 몰랐다면,

그녀가 그토록 침착하게 모든 고난을 참을 수 있는 것은

어떤 속임수가 있거나, 악의가 있거나

아니면 매정하기 때문이라고 생각했을 것입니다.

그러나 영주는 자기 다음으로 그녀가   694

아이들을 가장 사랑했다는 것을 잘 알고 있었습니다.

자, 이제는 여성들에게 묻고 싶습니다.

이 정도로 아내를 시험해 봤으면 충분하지 않은가?

아무리 잔인한 남편이라도 아내의 부덕과 지조를 시험하려고
무슨 다른 방법을 더 생각하고, 계속 잔인하게 굴 수 있을까요?

701 하지만 어떤 목적이 있으면,
마치 말뚝에 묶인 것처럼
자기 뜻을 굽히지 못하는 사람들이 있습니다.
그들은 원래의 자기 목적을 단념하지 못합니다.
후작 역시 처음에 마음먹은 대로
부인을 시험해 보겠다는 목적에 변함이 없었습니다.

708 그는 아내의 말이나 표정에 혹시
마음이 변한 기색이 있는지 계속 살폈지만
어떤 변화도 찾을 수가 없었습니다.
그녀는 마음가짐이나 표정이 한결같았고
오히려 나이가 들수록, 만약 그것이 가능하다면,
그녀는 남편을 더욱 사랑하고, 더욱 정성을 다했습니다.

715 그들 둘 사이에는 오직 한 가지 뜻만 있었으니
월터의 소원이 바로 그녀의 소원이요 기쁨이었습니다.
그리고 하느님께 감사하게도 모든 것이 다 잘 풀려 갔습니다.
세상에서 아무리 힘든 일이 있어도,
남편이 원하는 것 말고 다른 것을 아내가 원하면 안 된다는 것을
그녀는 잘 보여 주었던 것입니다.

월터에 관한 나쁜 소문이 여러 차례, 그리고 널리 퍼졌습니다.　722
가난한 집 딸과 결혼했다는 이유로
자기 아이들을 잔인하게 몰래 죽였다는 소문이었습니다.
이렇게 수군거리는 소리가 사람들 사이에 널리 퍼졌습니다.
그도 그럴 것이, 아이들이 살해당했다는 것 외에는
달리 들은 말이 없었기 때문입니다.

그를 비방하는 말이 돌면서　729
영주를 사랑했던 백성들은 그를 미워하게 되었습니다.
살인자라는 말은 끔찍한 호칭입니다.
하지만 그럼에도 불구하고, 진심으로건 장난으로건,
그는 자신의 잔인한 목적을 굽히려 하지 않고
오직 부인을 시험하고 싶어 했습니다.

딸이 열두 살 되던 해에 그는 자신의 잔인한 목적을 위해　736
교황님의 교서를 얻어 오라고 명하며,
은밀하게 그의 진짜 목적을 사신에게 알려 주면서
그를 로마 궁정으로 보냈습니다.
백성들의 평안을 위해, 교황께서 원하시면,
그에게 재혼하라고 명해 주십사 하는 내용이었습니다.

사실을 말하자면, 그가 명령한 것은　743
백성들과 자신 사이의 불화와 적대감을 해결하기 위해,

교황의 특별 허가로
자신의 첫 부인을 버릴 것을 허락한다는 내용으로
교황님의 교서를 위조해 오라는 것이었습니다.
그리고 교서는 백성들 사이에 널리 공표되었습니다.

750 　놀라운 일은 아니지만,
무지한 백성들은 정말 그런가 보다 하고 완전히 믿었습니다.
하지만 이 소식이 그리셀다에게 당도했을 때
그녀의 마음은 매우 고통스러웠으리라고 나는 생각합니다.
그러나 이 겸손한 자는 변함없이 꿋꿋하게
운명이 주는 모든 역경을 견뎌 내고자 했습니다.

757 　자신의 마음과 모든 것을 바쳤던
남편만이 그녀에겐 진정한 만족의 원천이었으므로
그녀는 오직 그의 뜻과 기쁨을 받들며 살아왔습니다.
하지만 이야기를 요약하자면,
사실 후작은 자신의 의도를 조목조목 밝힌 편지를 써서
몰래 볼로냐로 보낸 것이었습니다.

764 　그는 그때 자기 누이의 남편인 파니크 백작에게
장엄한 행차 속에 모든 이들이 보는 가운데
자신의 두 아이를 고국으로 데려와 달라고 부탁했습니다.
하지만 한 가지 간곡한 부탁은

사람들이 물어 와도 어느 누구에게도
이들이 누구의 아이인지 밝히지 말아 달라는 것이었습니다.

다만 여자아이는 살루초 후작과 곧 결혼할 것이라고   771
이야기해 달라고 부탁했습니다.
백작은 부탁받은 그대로 행했습니다.
살루초로 떠나기로 한 날이 되자
많은 귀족들이 호화로운 차림새로 딸을 호위했고
그녀의 어린 남동생이 그녀와 동행했습니다.

이 청초한 아가씨는   778
결혼 예식에 맞춰 반짝이는 보석으로 단장했고
일곱 살 된 남동생 역시
그에 어울리게 맵시 있게 차려입었습니다.
그리하여 매우 위엄 있고 기쁨에 차서,
살루초를 향한 여행길을 매일매일 나아갔습니다.

제5부

그동안 후작은 평소의 못돼 먹은 습성대로   785
아내를 더욱 시험해서
그녀의 마음을 끝까지 알아내고
여전히 변함이 없는지 알고 싶어 했습니다.

그래서 하루는 사람들이 모인 가운데
매우 거칠게 그녀에게 말했습니다.

792 "그리셀다, 나는 가문이나 재산이 아니라
당신이 선하고 진실하며 순종적이어서
당신을 아내로 맞이하여 마음껏 기쁨을 누려 왔소.
하지만 이제 나는 진실로 확실히 알게 되었소.
내 판단이 옳다면, 위대한 영주로 살아가려면,
따르기 싫어도 따라야 할 일들이 있다는 것을 말이오.

799 나는 평범한 농부처럼 살 수는 없다오.
백성들은 새 부인을 들이라고 압박하며 날마다 소리 지르오.
교황님도 이런 불화를 가라앉히도록 허락하셨소.
그렇게 말할 수밖에 없구려.
그래서 당신에게 진실을 밝히겠는데
지금 나의 새 부인이 이리로 오고 있소.

806 마음을 굳게 먹고 당신 자리를 즉시 비우시오.
그리고 당신이 가져온 지참금은 다시 가져가시오.
너그러이 허락하겠소.
아버지의 집으로 돌아가시오.
사람이 항상 좋은 일만 있을 수는 없으니
평정한 마음으로 운명의 가혹한 시련을 견디기 바라오."

이에 그리셀다는 인내심을 가지고 말했습니다.   813
"영주님의 고귀한 신분과 제 가난한 신분은
감히 비교할 수 없을 정도로 다르다는 것을
저는 늘 새기고 있었습니다. 부인할 수 없으니까요.
저는 제가 당신의 부인은커녕
시녀가 될 자격조차 없다고 늘 생각해 왔습니다.

제 영혼을 보살피시는 높으신 하느님께 맹세코   820
당신이 저를 안주인으로 삼으신 이 궁전에서
저는 한 번도 스스로를 이 집의 안주인으로 여긴 적이 없고
오직 당신의 고귀하심을 받드는 미천한 종으로 여겨 왔습니다.
그리고 앞으로도 계속
세상 그 누구보다 당신을 받들 것입니다.

제게 자격이 없음에도 불구하고 자비로이   827
저를 오랫동안 이렇게 고귀하고 영예롭게 대해 주셨으니
저는 당신과 하느님께 감사드릴 뿐입니다.
하느님께서 당신에게 복 주시기를. 무슨 말을 더 하겠습니까.
저는 기꺼이 아버지 집으로 돌아가
제 생명이 끝나는 날까지 아버지와 함께 살겠습니다.

제가 아주 어릴 때부터 자라 온 그곳에서   834
몸과 마음, 모든 면에서 정결한 과부로

목숨이 다하는 그날까지 살겠습니다.

제 순결을 당신께 드렸고, 당신의 진실한 아내였는데

영주의 부인이던 제가

다른 사람을 짝으로 맞아 살 수는 없지 않겠습니까.

841   당신의 새 부인에 대해 말씀드리자면

하느님의 은총으로 두 분이 행복하게 사시기를 빕니다.

제가 기쁨을 누리곤 했던 자리를

기쁜 마음으로 새 부인께 바치겠습니다.

제 마음의 안식처였던 당신께서 제가 떠나길 원하시니

당신께서 원하시는 때에 가겠습니다.

848   하지만 제가 가져온 지참금을 가져가라 말씀하셨는데,

어느 모로 봐도 누추하고 남루한 옷만 가져왔다는 것을

저는 잘 기억하고 있습니다.

그리고 그 옷이 어디 있는지 이제 찾기도 어렵습니다.

아, 선하신 하느님, 혼인하던 날

당신의 말씀과 용모는 얼마나 다정하고 부드러우셨는지요!

855   사랑이 오래되면 새로 시작할 때와는 다르다는 격언은

참으로 맞는 말이로군요. 제 삶으로 입증이 됩니다.

하지만 영주님, 어떤 역경이 닥치더라도,

심지어 제가 죽는 한이 있더라도

제가 당신께 온 맘을 다 바쳤던 것을
말로나 행실로나 결코 후회하지 않을 것입니다.

영주님, 당신은 기억하시지요?   862
아버지 집에서 제가 입었던 볼품없는 옷을 모두 벗기시고
당신의 은혜로 저를 화려하게 옷 입히셨던 것을요.
제가 당신께 가져온 것이라고는
믿음과 알몸과 순결뿐이었습니다.
여기 당신의 옷과 결혼반지를 돌려 드립니다.

당신이 주신 보석들은 당신 방에 갖다 놓겠습니다.   869
제 아버지 집에서 알몸으로 나왔사오니
알몸으로 돌아가는 것이 마땅합니다.
당신 뜻이라면 기꺼이 따르겠나이다.
하오나 제가 속옷도 입지 않고 당신의 궁전을 떠나기를
당신이 원하지 않으셨으면 합니다.

당신의 아이를 잉태했던 배를   876
제가 걸어가면서
사람들 앞에 훤히 드러내는 치욕을 겪게 하시진 않겠지요.
간청하오니 제가 벌레 같은 꼴로 가지 않게 해 주십시오.
사랑하는 나의 영주님, 제가 자격은 없었지만
당신 부인이었음을 기억해 주소서.

883   그러니 제가 가져왔고, 이제는 다시 가질 수 없는
제 순결에 대한 보상으로
제가 평소 입던 허름한 옷 한 벌을 주셔서
한때 당신 부인이었던 자의 배를 가릴 수 있도록
허락해 주시기 원합니다.
그러면 당신께 폐를 끼치지 않도록 떠나겠습니다.”

890   “지금 입고 있는 옷을 걸치고 가시오”라고 그가 말했습니다.
하지만 너무 슬프고 부인이 불쌍해서
그는 겨우 이 말만 하곤 밖으로 나갔습니다.
사람들이 보는 앞에서 그녀는 옷을 다 벗고
머리에도 발에도 걸친 것 하나 없이
허름한 옷 하나만 입고 아버지 집으로 갔습니다.

897   사람들이 울면서 그녀가 가는 길을 따라갔습니다.
가면서 그들은 운명의 신을 저주했습니다.
하지만 그녀는 눈물 한 방울 흘리지 않았고
아무 말도 하지 않았습니다.
곧 이 소식을 들은 아버지는
자기가 세상에 태어난 것을 저주했습니다.

904   의심할 바 없이 노인은 늘 이 결혼이 미심쩍었습니다.
영주가 자기 욕망을 채운 뒤에는

비천한 신분의 사람과 혼인한 것이
자신의 지위를 확 떨어뜨린다고 생각하여
할 수만 있으면 빨리 그녀를 버릴 거라고
그녀가 결혼한 그날부터 항상 생각해 왔던 것입니다.

사람들이 떠드는 소리에 그녀가 온 것을 알아차리고   911
그는 황급히 자신의 딸을 맞으러 나갔습니다.
그러고는 슬픔에 겨워 엉엉 울면서
그녀의 옛 겉옷으로 최대한 그녀를 덮어 주려고 했습니다.
하지만 결혼한 지 여러 해가 지나
천은 너무 낡고 해져서 그녀의 몸을 덮어 줄 수 없었습니다.

이리하여 여성의 인내의 꽃이라 할 수 있는 그리셀다는   918
꽤 오랜 기간 아버지와 살았습니다.
말로나 표정으로나, 사람들이 있건 없건
그녀는 마음 상할 일을 겪었다는 내색을 보이지 않았습니다.
또한 그녀의 모습을 보면
자신이 누렸던 높은 신분을 기억도 못 하는 것 같았습니다.

이상한 일도 아닌 것이, 그녀는 높은 신분에 있을 때에도   925
마음만은 겸손했기 때문입니다.
입맛이 까탈스럽지도 않았고, 예민하게 굴지도 않았으며
거만을 떨거나 귀족 행세를 하지도 않았습니다.

참을성 있고 선량하며 신중하고 겸손하며 항상 품위 있고
자기 남편에게 언제나 유순하고 충실했습니다.

932　사람들은 성서의 욥을 거론하며 겸손을 이야기합니다.
학자들은 글을 쓸 때, 특히 남자의 겸손에 대해 쓸 뿐,
여자를 칭찬하는 일은 별로 없습니다.
하지만 남자들은 여자만큼 겸손하지 못한 것 같고
여자의 반만큼도 진실하지 못한 것 같습니다.
혹시 최근에는 달라졌는지 모르겠지만 말입니다.

제6부

939　볼로냐에서 파니크 백작이 오고 있다는 소식이 퍼져
지위 고하를 막론하고 모든 사람들이 듣게 되었습니다.
이제까지 사람들이 한 번도 본 적이 없을 정도로
화려함과 위용을 자랑하며 웅장한 행렬을 지어
롬바르디아 서쪽 지방에서
새로운 후작 부인을 데리고 온다는 소식이었습니다.

946　이 모든 일을 계획했으므로 다 알고 있는 후작은,
백작이 오기 전,
불쌍한 처지의 그리셀다를 부르러 신하를 보냈습니다.
그녀는 마음에 교만함이라고는 전혀 없이

겸손한 마음과 기쁜 낯빛으로 그의 명령대로 와서
무릎을 꿇고 정중하고 공손하게 인사를 올렸습니다.

후작이 말했습니다. "그리셀다, 나는 내일   953
나와 결혼할 아가씨를
내 집에서 가능한 한 성대하게 맞이하고 싶소.
그리고 참석한 모든 사람들을
각자 신분에 맞게 자리를 배정하고
마땅한 예의를 갖추어 최선을 다해 대접하고 싶소.

그런데 궁궐의 방들을 내 맘에 꼭 들게   960
꾸며 놓을 만한 사람이 없소.
그러니 전부터 내 취향을 잘 알고 있는 당신이
이 모든 일들을 맡아 감독해 주면 좋겠소.
비록 당신 차림새가 볼품없기는 하지만,
당신의 의무를 다해 주시오."

그리셀다가 말했습니다.   967
"영주님께서 명하시는 대로 행하는 것은 제게 기쁨입니다.
제 신분에 맞게 영주님께서 기뻐하시도록 섬기겠습니다.
이러한 소망은 줄어들 리 없고 언제나 변함없을 것입니다.
슬프나 기쁘나 언제까지라도
진심으로 당신을 사랑하는 제 마음은 변함이 없습니다."

974 이 말을 마친 그리셀다는 궁궐에 손님 맞을 준비를 하고
식사 준비를 하고 침실을 꾸몄습니다.
그리고 시종들에게 서둘러 쓸고 닦게 하며
온 힘을 다해 수고했습니다.
그 누구보다 싹싹하게 일하며
그녀는 모든 방과 연회장을 준비했습니다.

981 오전 9시경 백작은 고귀한 두 어린이와 함께 도착했습니다.
이들의 화려한 모습을 보기 위해
사람들이 우르르 몰려들어 구경했는데
자기들끼리 있으면서 처음으로 수군거렸습니다.
월터 영주님이 바보는 아니었네.
부인을 바꾸겠다고는 했지만, 새 부인은 정말 잘 골랐어.

988 그들이 보기에 새 부인은 그리셀다보다 더 아름다웠고
나이도 어린 데다 지체 높은 가문 출신이니
월터와 새 부인 사이에 태어나는 자손은
더 아름답고 훌륭할 것 같았기 때문입니다.
새 부인의 남동생도 아주 잘생겨서 사람들은 즐거워하며
후작이 이번에 일을 정말 잘 처리했다고 칭찬했습니다.

995 "아 변덕쟁이 인간들아, 지조도 없고 절개도 없구나!
분별력도 없고 바람개비처럼 수시로 마음이 달라지다니!

새로운 소문에 귀가 쫑긋하고, 달처럼 변덕스럽구나!
항상 한 푼도 쓸데없는 이야기를 떠들어 대다니!
너희의 판단은 잘못되었고 생각은 계속 변하니
너희를 믿는 사람은 정말 한심한 천치로다."

자신들의 도시에 새 영주 부인이 들어오자   1002
뭔가 새롭다는 것 때문에
사람들이 즐거워하며 이리저리 기웃거리는 것을 보고
도시에서 생각이 좀 있는 사람들은 이처럼 한탄했습니다.
이 사람들 이야기는 그만하고 그리셀다에게 돌아가
그녀의 한결같음과 부지런함을 이야기하겠습니다.

혼인 잔치와 관련된 일을 하나하나 챙기느라   1009
그리셀다는 매우 바빴습니다.
그녀는 옷이 매우 누추하고 누더기 같았지만
자신의 차림새를 부끄러워하지 않았습니다.
새 후작 부인을 맞이하기 위해 그녀는 다른 사람들과 함께
기쁜 마음으로 문 앞으로 갔고, 그 후엔 일을 계속했습니다.

너무나 반갑게 손님들을 맞이하고,   1016
너무나 능숙하게 대접해서 아무도 흠을 잡을 수 없었습니다.
사람들은 저렇게 볼품없는 옷을 입은 사람이
저토록 격식에 맞게 예절을 갖추어 손님들을 대접하다니

저 사람은 누구일까 궁금해하며
그녀의 사려 깊음에 칭찬을 아끼지 않았습니다.

1023 이런 와중에도 그리셀다는
인자한 마음에서 우러나와
아가씨와 그녀의 남동생을 온 맘으로 끊임없이 칭찬해서
그보다 더 높이 칭송하는 사람은 찾지 못할 정도였습니다.
마침내 귀족들이 만찬을 위해 자리에 앉자
영주는 연회장에서 바쁘게 일하던 그리셀다를 불렀습니다.

1030 그는 농담하듯 말했습니다. "그리셀다, 내 아내가 어떤가?
그녀의 미모가 마음에 드나?"
"영주님, 부인보다 더 아름다운 분을 본 적이 없습니다.
하느님께서 그녀에게 복을 주시기를 기도합니다.
또한 두 분이 생명이 다하는 날까지
하느님께서 두 분에게 기쁨을 내려 주시기를 바랍니다.

1037 다만 한 가지 간청드리고 싶은 것이 있습니다.
곱디고운 이 아가씨에게는
괴롭히고 힘들게 하지 말아 주십시오.
이분은 훨씬 더 곱게 자랐으니
천한 집에서 자란 저처럼
역경을 견디지는 못할 것입니다."

영주는 자신이 그녀를 자주 괴롭혔음에도 불구하고   1044
그녀가 인내하며, 악의라고는 한 점 없이 기쁨에 차 있고,
담벼락처럼 늘 꿋꿋하고
한결같이 순수하다는 것을 보게 되자
여성의 절개에 감동하여
잔인한 후작도 그녀에게 연민의 마음을 품게 되었습니다.

"나의 그리셀다, 더 이상 두려워 말고, 괴로워하지 마시오.   1051
당신의 신분이 높을 때에든 비천할 때에든
그대가 신실하고 인자한지
그 어떤 여인이 겪은 것보다 더 가혹하게 시험해 보았소.
이제는 당신의 한결같음을 알겠소, 사랑하는 부인."
이렇게 말한 그는 그녀를 팔에 안고 키스했습니다.

그녀는 너무 놀라 어안이 벙벙했고,   1058
그가 그녀에게 무슨 말을 했는지 제대로 듣지도 못했습니다.
마치 자다가 갑자기 깬 사람처럼 정신을 잃고 있다가
그녀가 마침내 정신이 들자 영주는 말했습니다.
"그리셀다, 우리를 위해 돌아가신 하느님께 맹세코
당신만이 나의 아내요. 다른 사람은 없고 이전에도 없었소.

당신이 내 아내라고 생각한 아가씨는 사실 우리 딸이오.   1065
저 사내아이가 내 상속자가 될 거라고 나는 늘 생각했소.

저 아이는 진정 당신의 몸에서 나온 아들이니까.

나는 저 아이들을 비밀리에 볼로냐에서 키웠소.

자, 아이들을 데려가요.

이제 당신은 어느 아이도 잃지 않았다는 걸 알 것이오.

1072   나에 대해 이러쿵저러쿵했던 사람들에게 선언하는데

내가 이렇게 행동한 것은 악의가 있거나 잔인해서가 아니라

여자로서 당신의 덕성을 시험해 보기 위해서였고.

내 아이들을 죽이려 했던 게 아니오. 그건 천벌 받을 일이지!

나는 다만 당신의 인내와 뜻을 알 때까지

아이들을 은밀하고 조용히 키울 작정이었소."

1079   이 말에 그녀는 가련할 정도로 기뻐하더니 까무러쳤습니다.

의식을 잃었다가 깨어난 후 그녀는

어린 두 아이를 곁으로 불러 가슴 아프게 울며

아이들을 두 팔로 품에 껴안고

엄마로서 다정하게 입맞춤을 했으며

그들의 얼굴과 머리는 짜디짠 눈물로 흥건하게 젖었습니다.

1086   그녀가 기절하는 모습을 보거나

겸허한 목소리를 듣는 것은 얼마나 가슴 아프던지요!

"영주님, 감사합니다. 하느님께서 당신을 보살펴 주시기를.

당신이 날 위해 내 사랑하는 아이들을 살려 주셨군요.

당신의 사랑을 받고 은혜를 누렸으니 죽어도 한이 없습니다.
죽어도 상관없고, 제 영혼이 떠나가도 괜찮습니다.

아, 귀엽고 사랑스러운 내 아이들아,   1093
엄마는 너희가 사냥개나 더러운 벌레들의 먹이가 된 줄 알고
슬픔에 겨워 살았단다.
하지만 자비로우신 하느님과 너희 자애로운 아버지께서
너희들을 이렇게 곱게 보호하고 계셨구나."
그리고 순간 그녀는 다시 기절하여 땅에 쓰러졌습니다.

그러나 기절한 상태에서도   1100
그녀는 두 아이를 품 안에 꼭 껴안고 있어서
아주 힘들게 애를 쓰고 나서야
아이들을 겨우 그녀 팔에서 떼어 낼 수가 있었습니다.
그녀 옆에 서 있던 사람들의 얼굴에도 눈물이 쏟아져
그들은 차마 그 자리에 더 머물러 있기가 힘들었습니다.

월터는 그리셀다를 위로했고, 그녀의 슬픔도 누그러졌습니다.   1107
그녀는 실신해 있다가 혼란스러워하며 깨어났는데
사람들이 기뻐하며 축하해 주자 그녀도 평정을 찾았습니다.
월터는 온갖 정성을 다해
그녀를 기쁘게 해 주려 노력해서
다시 만난 두 사람을 지켜보는 것은 즐거운 일이었습니다.

1114   적당한 때가 되자 시녀들은 그리셀다를 방으로 데려가
        그녀의 초라한 옷을 벗기고
        찬란하게 빛나는 금빛 옷을 입히고
        귀한 보석으로 장식된 관을 머리에 씌워 주었습니다.
        그러고 나서 그녀를 연회장으로 모셔 와
        그녀의 지위에 마땅하게 공경했습니다.

1121   이렇게, 비통한 날이 즐겁게 마무리 지어졌습니다.
        모든 남녀가 밤하늘에 별이 빛날 때까지
        흥겹게 즐기며 하루를 보냈습니다.
        모든 사람들이 보기에 이날의 잔치는
        그리셀다가 결혼하던 날의 잔치보다
        더 성대했고 비용도 더 많이 들었습니다.

1128   두 사람은 평안하고 안락하게 오랫동안 잘 살았습니다.
        그리고 그의 딸은 이탈리아 전체에서
        가장 고귀한 자들 중 하나인 영주와 결혼을 시켰습니다.
        또한 그리셀다의 아버지를 궁궐로 모셔 와
        그의 영혼이 몸에서 나갈 때까지
        평안하고 안락하게 모셨습니다.

1135   월터가 죽자, 그의 아들이 평화롭게 아버지의 뒤를 이었고
        좋은 여자를 만나 결혼했지만

아내를 시험하지는 않았습니다.

지금 세상이 오래전 옛날처럼 그렇게 강인하지 않다는 것은

아무도 부인하지 못할 것입니다. 그러니 여러분,

이 이야기에 대한 작가의 말을 들어주십시오.

아내들이 그리셀다의 겸손을 좇아야 한다고 말하기 위해　　　1142

이 이야기를 했던 것이 아닙니다.

아내들이 그렇게 해 보고 싶어도 불가능한 일입니다.

다만 모든 사람들이 그리셀다처럼 자기 삶의 위치에서

한결같은 마음으로 역경을 참아 내야 한다고 말하기 위해

페트라르카는 고상한 문체로 이 이야기를 쓴 것입니다.

한 여자가 인간에게 그토록 큰 인내심을 보였으니　　　1149

하느님께서 주신 역경을 받아들여야 합니다.

하느님께서 자신의 피조물을 시험하시는 것은 당연합니다.

하지만 여러분이 성 야고보의 서신서를 읽어 본다면,

하느님께서는 분명히 사람들을 시험하시기는 하지만

구원받은 자들을 유혹에 빠뜨리지 않으십니다.

그리고 우리의 유익을 위해 자주　　　1156

온갖 날카로운 역경의 채찍으로 맞는 것을 허락하시지만

우리의 뜻을 알기 위해 시험하시는 것은 아닙니다.

왜냐하면 그분께서는 우리의 연약함을 알고 계시며

우리의 최선의 유익을 위하여 다스리고 계시기 때문입니다.
그러니 우리는 덕 가운데 인내하며 살아야 합니다.

1163　하지만 여러분, 제가 가기 전에 한 말씀만 올리겠습니다.
　　　요즘은 온 마을을 뒤져도
　　　그리셀다 같은 사람을 두세 명 찾아내기가 매우 힘듭니다.
　　　요즘 여자들은 놋이 너무 많이 섞인 금화와 같아서
　　　보기에는 번드르르하니 좋을지 모르지만
　　　그런 시련을 당하면 휘어지는 게 아니라 부서질 것입니다.

1170　그러니 바스에서 온 부인의 사랑을 위하여, 하느님께서
　　　그녀를 지키고, 그녀 족속이 지배권을 누리게 하시기를!
　　　그렇지 않다면 얼마나 안타깝겠습니까—
　　　이제 저는 여러분을 즐겁게 해 드리기 위해
　　　힘차고 생기발랄한 노래를 하나 지어 볼까 합니다.
　　　진지한 주제는 이제 끝내겠으니 제 노래를 들어 보십시오.

초서의 결구

1177　그리셀다는 죽었고, 그녀의 인내 또한 죽어
　　　둘이 함께 이탈리아에 묻혔네.
　　　그러니 모두가 들을 수 있게 외치겠소.

결혼한 남자들은 그리셀다를 찾으리라 생각하고
자기 아내의 인내심을 시험하지 마시오.
절대 못 찾을 테니.

오, 아주 신중하고 훌륭한 아내들이여,   1183
겸손 때문에 입에 자물쇠를 채우지 마시오.
참을성 많고 상냥했던 그리셀다 이야기와 같은
경이로운 이야기를
당신에 대해 써 줄 학자는 없을 테니.
키케바케'의 창자 속으로 삼켜질지도 모르오.

침묵하지 않고 항상 말대꾸하던   1189
메아리의 신 에코를 본받으시오.
순진해서 속지 말고
적극적으로 지배권을 잡으시오.
이 교훈을 마음 깊이 새기시오.
모든 이에게 유익할 것이오.

여러분 강력한 마나님들, 전투 채비를 갖추시오.   1195
그대들은 덩치 큰 낙타처럼 강인하니.
남자들이 그대들을 기분 나쁘게 할 때 참지 마시오.
전투에서 연약한 날씬한 아내들이여,
저기 인도호랑이처럼 사나워지시오.

조언하노니, 풍차처럼 그대들의 혀를 계속 돌리시오.

1201   그들을 두려워 말고 공경하지도 마시오.
그대들의 남편이 갑옷으로 무장해도
그대들의 분노에 찬 웅변의 화살이
남편의 가슴 보호대와 목 보호대를 꿰뚫을 것이오.
권하노니, 질투로 남편을 꽁꽁 묶으시오.
그를 메추라기 같은 겁쟁이로 벌벌 떨게 만드시오.

1207   그대가 아름답다면,
사람들이 있는 곳에서 당신 얼굴과 예쁜 차림새를 보여 주시오.
당신이 못생겼으면 돈을 펑펑 써 대시오.
당신 주변에 친구들이 모이도록 열심히 애쓰시오.
보리수 잎사귀처럼 가볍게 행동하시오.
남자가 엉엉 울고 자기 손목을 꼬집으며 울부짖게 만드시오.

숙소 주인의 말

1212a*   이 멋진 학생의 이야기가 끝났을 때 우리 숙소 주인은 말했다.
"젠장, 맥주 한 말을 마시는 것보다 집에 있는 우리 마누라가
이런 이야기를 한 번 들을 수만 있었으면 좋았을 텐데.
제가 하는 말이 무슨 뜻인지 아실지 모르겠지만,

제 경우에 딱 맞는 이야기입니다.

하지만 되지도 않을 일은 잊어야지 어쩌겠습니까."

상인의 이야기

서문

1213 "아침저녁으로 울고불고 슬퍼하며 괴로워하는 삶!
　　　그게 뭔지 제가 정말 잘 알죠"라고 상인이 말했다.
　　　"결혼한 사람이라면 다 비슷할 것 같아요.
　　　저도 그렇거든요. 저도 아내가 있는데 정말 최악이랍니다.
　　　아마 악마가 우리 마누라랑 결혼했어도
　　　우리 마누라는 악마를 이겨 먹었을 거예요. 정말이에요.
　　　그녀의 악독함을 자세히 말해 뭣하겠습니까?
　　　진짜 악처라는 얘기입니다.
　　　그리셀다는 진짜 잘 참는 여자인데
　　　제 아내는 지독하게 잔인하니
　　　두 사람은 정말 천지 차이죠.
1226 제가 이 결혼의 덫에서 벗어날 수만 있다면,

얼마나 좋을까요.

그러면 전 그 덫에 다시는 들어가지 않을 겁니다.

결혼한 남자들은 슬픔과 근심 속에 살지요.

누구든 하고 싶으면 해 보라고 하세요,

제가 인도의 성 토머스를 걸고 맹세하는데

결혼해 보면 제가 진리를 말한다는 것을 알게 될 겁니다.

물론 저는 대다수라고 말했지, 전부라고 하진 않았습니다.

오, 하느님, 그런 일이 없도록 막아 주소서.

숙소 주인 어른, 저는 결혼한 지 두 달밖에 안 되었답니다.   1233

원 참, 그런데 말입니다,

평생을 독신으로 산 사람에게

심장을 찔러 버리겠다고 협박하며

그가 겪은 슬픔을 다 이야기하라 한다 해도

제가 아내 때문에 겪은 이야기에 비할 수는 없을 것입니다."

숙소 주인이 말했다. "하느님께서 복을 내려 주시기를.   1240

상인 양반이 결혼 쪽에 대해 아는 바가 많은 것 같으니,

우리에게 이야기해 주십시오."

"기꺼이 그러죠"라고 상인이 말했다.   1243

"하지만 제 마음이 너무 아파서 제가 겪은 슬픈 사연은

더 이상 말씀드리지 못하겠습니다."

상인의 이야기

1245 옛날 롬바르디아 지방에는
파비아 출신의 훌륭한 기사가 살고 있었답니다.
그곳에서 그는 매우 부유하게 살았으나
60년간 결혼하지 않고,
세상 어리석은 자들이 그렇듯,
욕망이 생기는 여자가 있으면
이 여자 저 여자 자기 육체의 욕망을 따르며 살았습니다.
그는 60세가 넘어서자,
경건해지고 싶었는지,
아니면 노망이 들었는지 그건 모르겠지만,
어쨌든 결혼하고 싶은 생각이 들어
어디로 가면 결혼할 수 있을지 알아보려고
밤낮으로 온갖 것을 시도해 보았지요.

1258 그는 우리 주님에게
부부 사이 복락의 삶을 알 수 있도록 허락해 주셔서
하느님께서 태초에 남녀를 묶어 주셨던
그 거룩한 서약 아래 살 수 있게 해 달라고 기도했습니다.
그는 말했습니다. "그 밖의 삶은 콩 한 알만 한 가치도 없어.
혼인 관계야말로 너무나 안락하고 순결해서
이 세상 안에 있는 천국과도 같아."
나이 든 기사가 이같이 말했으니,

정말로 지당하신 말씀이었죠.

왕 되신 하느님께 맹세코, 1267

아내를 얻는다는 것은 분명 영광스러운 일입니다.

특히 남자가 나이 들어 백발이 되었을 때는 더 그렇지요.

그때는 아내가 그의 가장 귀한 보화입니다.

그때 그가 상속자를 낳아 줄 젊고 예쁜 아내를 얻는다면

그는 기쁘고 즐겁게 살 수 있게 되죠.

반면에 총각들은 연애하다가 힘든 일을 만나면,

"에구, 돌아 버리겠네"라며 탄식의 노래를 부릅니다.

그런데 사실 연애란 애들 장난 같은 것 아니겠습니까,

총각들이 힘들어 하고 슬퍼하는 것은 당연한 일이지요.

그들은 지반이 약한 곳에 집을 짓는 꼴이니

견고함을 기대하는 순간 무너지고 맙니다.

그들은 마치 새나 들짐승처럼

자유롭게 어떤 속박도 받지 않고 산단 말입니다.

반면에 결혼한 자는 자기 소유지에서

결혼이라는 굴레 밑에서

복락을 누리며 질서 있게 삽니다.

아내처럼 순종적인 이가 누가 있겠습니까?

그러니 그의 마음에는 기쁨과 행복이 가득할 수밖에요.

자기 배우자만큼 진실한 자가 또 누가 있겠습니까?

또 건강할 때나 아플 때 그를 챙길 자가 누가 있겠냐고요?

기쁠 때나 슬플 때나 그녀는 남편을 저버리지 않습니다.

남편이 죽을 때까지 침대를 못 벗어나더라도
아내는 남편을 사랑하고 시중드는 것을 지겨워하지 않습니다.

1293 그러나 어떤 학자들은 그렇지 않다고 말을 하는데
테오프라스토스도 그런 자 중 하나랍니다.
그가 거짓말하려 한들 그게 무슨 대수겠습니까?
그는 이렇게 말합니다. "그대 집의 생활비를 줄이고
집안 살림을 잘 꾸려 볼 생각으로 아내를 얻지 말지어다.
그대의 아내보다 진실한 하인이 재산을 더 지켜 줄 것이다.
아내는 일평생 그대 재산의 절반을 요구할 것이다.
또한 그대가 아프면, 아 하느님, 도우소서,
그대의 진짜 친구들이나 하인이 그대를 더 보살펴 줄 것이다.
아내는 항상 그대의 재산을 유산으로 받기만을
학수고대하며 기다려 왔기 때문이다.
만약 그대가 아내를 집안에 들인다면
아내가 바람피우는 꼴을 보게 될 것이다."
이러한 견해뿐 아니라
그 외에도 수백 가지 더 나쁜 이야기를
이 작자는 글로 썼습니다.
이놈의 인간, 뼈다귀를 확 다 분질러 놓고 싶네!
하지만 그런 터무니없는 소리는 신경 쓰지 마십시오.
테오프라스토스 이야기는 제쳐 두고, 제 말을 들어주십시오.

1311 아내는 참으로 하느님의 선물입니다.
토지나 건물, 목장과 공유지 사용권, 개인 재산 등

이 모든 것들은 행운의 여신이 주신 선물이어서

벽 위에 비친 그림자처럼 휙 사라져 버립니다.

그래도 분명히 말하겠으니 절대 의심하지 마십시오.

아내는 계속 있을 것이고,

아마도 당신이 원하는 것보다 더 오래

당신 집에서 살고 있을 것입니다.

결혼이란 참으로 위대한 성사입니다.   1319

아내 없이 산다면 그건 망조가 든 인생이죠.

의지할 곳 없이 황폐하게 살게 된단 말입니다.

아, 물론 이건 속세 속 사람들은 그렇다는 이야기입니다.

제가 이런 말을 괜히 하는 것이 아니라고요,

여자가 어떻게 남자의 배필로 창조되었는지 들어 보십시오.

높으신 하느님께서 아담을 지으셨을 때

아담이 홀딱 발가벗고 외롭게 있는 것을 보시고는

선하신 하느님께서 "우리가 이 사람과 비슷한 자를 만들어

그를 돕는 자가 되게 하자"라고 말씀하셨습니다.

그 후 하느님은 이브를 지으셨지요.

이를 보면

아내란 남자를 돕는 자이며 위로자이고,

남자에게 지상 천국이자 기쁨의 원천임을

분명히 알 수 있지요.

아내는 아주 순종적이고 덕이 넘치니

그들은 하나가 되어 살 수밖에 없단 말이죠.

그들은 한 몸이며,

몸이 하나이니 행복할 때나 슬플 때나 마음도 하나랍니다.

1337 아내라! 아, 성 마리아여, 축복하소서!

아내가 있는데 어떻게 역경을 겪을 수 있단 말입니까?

말도 안 되죠.

부부 사이의 기쁨을

어떤 혀로 말하고, 어떤 머리로 생각할 수 있단 말인가요.

남자가 가난하면 여자는 남자가 일하도록 도울 테고

재산을 잘 지키고, 돈을 허투루 쓰는 일은 없을 것입니다.

남편이 원하면 아내 역시 좋아할 것입니다.

남편이 좋다는데 아내가 아니라고 하는 일은 결코 없지요.

그가 "이렇게 해"라고 말하면 그녀는 "네"라고 말합니다.

1347 오, 복락이 넘치는 소중한 결혼 제도여!

결혼이란 너무 신나는 일이고, 미덕으로 가득하도다.

사람들은 결혼을 찬미하고, 또한 모두 인정하니

스스로 조금이라도 가치 있다 여기는 자는 누구나

살면서 항상 무릎을 꿇고

자신에게 아내를 보내 주신 하느님께 감사드려야 합니다.

그렇지 않으면

생명이 끝나는 날까지 함께할 아내를 보내 주십사 하고

하느님께 기도해야지요.

그러면 그 사람 인생은 탄탄대로입니다.

아내가 충고하는 대로 행동해서

잘못될 일은 없을 것 같으니까요.

그러면 고개를 빳빳이 쳐들고 다닐 수 있습니다.

아내들은 너무나 진실한 데다 현명하기까지 하니.

만약 현명하게 살고 싶다면

여자가 하라는 대로만 하면 된답니다.

보십시오, 야곱은 어머니 리브가의 현명한 조언에 따라   1362

염소 가죽을 목에 두르고

아버지의 축복을 받았다고 학자들이 이야기합니다.

또한 유디트를 보십시오, 전해지는 이야기에 의하면   1366

훌륭한 조언을 받은 유디트는

하느님의 백성들을 보호하고

홀로페르네스가 잠들었을 때 그를 죽였다고 하죠.

또 아비가일은 얼마나 현명한 판단력으로   1369

죽을 뻔한 남편 나발의 목숨을 구했던가요.

또한 에스더를 보십시오. 그녀 역시 현명한 판단력으로

하느님의 백성을 비탄에서 구원하고

아하수에로왕이 모르드개를 고위직에 오르도록 만들었습니다.

세네카가 말하듯, 겸손한 아내보다 나은 것이 없습니다.   1375

카토는 이렇게 명령합니다.

아내의 혀에 복종할지어다.   1377

아내가 명령하면, 너는 그에 따를지어다.

그래도 아내는 예의를 지키려고 그대에게 순종할 것이니라.

아내는 그대 집안을 지키는 자이다.

아내가 없는 자는 아플 때 울부짖고 통곡할 것이다.

그대에게 경고하노니, 현명하게 행동하고 싶다면

그리스도께서 교회를 사랑하신 것처럼 아내를 사랑하라.

그대가 스스로를 사랑한다면, 부인을 사랑하라.

자기 몸을 싫어하는 자가 없고 평생 자신의 몸을 보살핀다.

내가 명하노니 그대의 아내를 아끼라,

그렇지 않으면 그대는 결코 융성하지 못하리라.

아무리 사람들이 농담을 하고 까불어도

남편과 부인은 세상에서 안심하고 길을 갈 수 있도다.

그들은 굳게 맺어져 있어, 어떤 해로운 일도 당하지 않는다.

특히 아내 때문에 해를 입는 일은 없도다.

1393   이런 이유 때문에

내가 앞서 이야기했던 재뉴어리라는 기사는

늘그막에

꿀처럼 달콤한 결혼 생활에서 얻을 수 있는 인생의 즐거움,

덕을 누리는 평안한 삶에 대해 깊이 생각했습니다.

그러고는 어느 날 친구들을 불러

자신의 의향을 이야기했지요.

1399   그는 진지한 얼굴로

자신의 생각을 친구들에게 말했습니다.

"친구들아, 내가 이제 늙어서 머리가 백발이 되었어.

그리고 하느님께 맹세코, 무덤 옆자락까지 온 셈이지.

그러니 내 영혼에 대해 이제 생각을 좀 해야겠어.

나는 내 몸을 한심하게 막 굴려 먹었지 뭐야.

하느님, 이제 고쳐 주옵소서!

단언컨대 나는 이제 결혼을 하겠어.

그것도 할 수 있는 한 가장 서둘러서 말이지.

그래서 너희들에게 부탁하려고!

예쁘장한 어린 아가씨를 골라

내가 결혼할 수 있도록 해 주면 어떻겠니.

미루고 싶지 않으니 즉시 말이야.

나도 누구랑 결혼할 수 있는지 열심히 찾아볼게.

하지만 너희는 여럿이니까

아마 나보다 더 빨리 찾아낼 거야.

또 어떤 여자가 나에게 가장 잘 어울릴지도 잘 알 테고.

그런데 내 사랑하는 친구들아, 한 가지만 경고할게.   1415

나는 나이 든 여자는 정말 싫어.

내 신붓감은 스무 살이 넘어선 절대 안 돼.

생선은 다 자란 놈이 좋고 고기는 어린 것이 맛이 있지.

생선은 잔챙이보다는 큰 생선이 좋지만,

고기는 늙은 소고기보다는 송아지 고기가 더 좋잖아.

서른 살 먹은 여자는 싫어.

말라빠진 강낭콩 줄기에 거친 풀 더미란 말이지.

그리고 맹세하는데, 늙은 과부들도 싫어.

그들은 웨이드*의 배에서 써먹는 온갖 잔재주를 알아서

자기들이 하고 싶은 대로 얼마든지 나쁜 짓을 할 수 있지.

그런 사람들이랑은 결코 평안하게 살 수 없을 거야.

1427 여러 학교를 다니면 똑똑한 학자가 되는 것처럼

여러 학교를 거친 여자도 반쯤은 학자가 다 된 셈이지.

하지만 나이가 어리면 잘 길들일 수 있어.

왁스가 뜨뜻하면 손으로 조물조물 만져서

모양을 만들 수 있는 것처럼 말이야.

1431 그러니 분명히 요점만 말할게.

어쨌든 나는 나이 든 여자랑은 결혼하지 않을 거야.

그렇게 재수 없는 일이 생긴다면,

나는 그 여자에게 아무 즐거움도 느낄 수 없을 거야.

그러면 나는 간음하며 살아갈 테고,

죽어서는 지옥으로 직행하겠지.

그리고 그 여자한테 아이도 얻지 못할 거 아냐.

내 재산이 낯선 놈의 손에 들어가게 만드느니

차라리 개 새끼한테 나를 집어삼키라고 하겠어.

내가 하고 싶은 말은 이것뿐이야.

1441 나는 노망든 게 아니야.

나는 사람들이 왜 결혼하는지 알고 있어.

남자가 왜 결혼해야 하는지

내 하인만큼도 알지 못하면서

많은 사람들이 결혼에 대해

이러쿵저러쿵한다는 것도 알고 있어.

정숙하게 살 자신이 없으면

합법적인 아이를 가져 하느님께 영광을 돌릴 수 있도록

경건한 마음으로 아내를 맞이해야 한다는 사람들도 있지.

결혼은 단지 성욕이나 사랑 때문에 하는 게 아니라는 거야.

결혼하면 음란의 죄를 피하고   1451

결혼한 자가 행해야 하는 부부의 의무를 다해야 하지.

그렇지 않다면 형제자매가 서로에게 해 주듯

힘들 때 서로 도우며

아주 거룩하게 금욕의 삶을 살아야 한단 말이지.

그런데 친구들, 다 알겠지만 나는 그런 사람이 아니거든.

하느님께 감사하게도,

내가 장담하는데

내 팔다리에 펄펄 기운이 넘쳐서

나는 남자가 해야 할 일을 충분히 해낼 수 있단 말이야.

내가 뭘 할 수 있는지는 내가 제일 잘 알고 있어.   1460

비록 내 머리는 허옇게 세었지만,

나는 열매를 맺기 전, 나무에 꽃이 만발한 것과 비슷해.

꽃이 만발한 나무는

메마르지도 않았고 죽지도 않았지.

머리만 허옇고 나머지는 다 멀쩡해.

내 심장과 팔다리는

1년 내내 푸르른 월계수처럼 새파란 청춘이라고.

내 생각을 들었으니

이제 너희들이 동의해 주면 좋겠어.”

1469 여러 친구들이 갖가지로

결혼에 대한 오랜 사례를 그에게 이야기해 주었습니다.

어떤 이들은 결혼을 비난했고, 어떤 이들은 칭송했습니다.

하지만 요약하자면,

친구들 사이에 논박하다가 늘 언쟁이 이어지듯

결국 그의 두 친구 사이에도 분쟁이 생겼는데

그중 한 명은 플라체보, 다른 한 명은 유스티누스였습니다.

1478 플라체보가 말했습니다. "재뉴어리, 나의 소중한 형님,

여기 있는 누구에게도 의견을 구할 필요가 없어 보여요.

형님이 워낙 지혜롭고 신중하시니

솔로몬의 가르침을 어기지 않으려고 물어보신 것뿐이죠?

솔로몬은 이런 말씀을 모두에게 주셨지요.

'모든 일에 조언을 구하고 행하면 후회하지 않을 것이다.'

솔로몬이 그렇게 말씀하시기는 했지만

사랑하는 형님, 나의 영주님,

하느님께 맹세코, 저는 형님 생각이 가장 좋다고 생각해요.

형님, 제 조언은 이것입니다.

제가 한평생 궁정인으로 살아왔는데

하느님께서도 아시지만, 제가 변변치 않음에도 불구하고

매우 고귀한 지위에 계신 귀족들과 함께

높은 자리에 있게 되었습니다.

그런데 저는 그들 중 누구와도 다투어 본 적이 없고,

그들을 거스른 적도 없습니다.

영주님께서 저보다 지식이 많다는 걸 저는 알고 있습니다.

영주님 말씀은 확고하게 진실이라고 믿습니다.

그러니 저도 영주님과 같은 의견이라고 말씀드립니다.　　　　　1500

높은 영예를 지닌 영주님을 섬기면서

감히 자기 생각이 영주님의 판단보다 낫다고 믿는다면

그는 정말로 멍청한 고문관이지요.

맹세코, 영주들 가운데 어리석은 자는 없습니다.

영주님께서는 오늘 훌륭하고 경건한 고견을

이 자리에서 잘 말씀해 주셨습니다.

그래서 저는 영주님 말씀과 의견에 대해

한마디 한마디 모두 동의하고 재청합니다.

참으로 이 도시 전체, 아니 이탈리아를 다 찾아봐도

영주님보다 더 훌륭하게 말씀하실 분은 없습니다.

그리스도께서도 이 의견에 흡족해하실 것입니다.

그렇게 연세가 드시고도　　　　　　　　　　　　　　　　1513

어린 부인을 맞으려 하시다니

참으로 대단한 용기이십니다.

제 아버지를 걸고 말씀드리는데,

형님의 심장은 정말 펄떡펄떡 뛰는 듯합니다.

이 문제에 관해서는 형님 뜻대로 하십시오.

어쨌든 저는 영주님 의견이 정말 좋다고 생각합니다."

조용히 앉아서 듣고 있던 유스티누스가　　　　　　　　　　1519

다음과 같이 플라체보에게 응답했습니다.

"형님, 좀 참아 보시지요.

형님이 말씀하셨으니 이번에는 제 말씀을 들어 보시지요.

세네카가 했던 현명한 말 중에 이런 게 있어요.

사람이 자기 땅이나 재산을 누구에게 줄지

매우 주의 깊게 생각해야 한다고 말이죠.

재산을 넘겨줄 때 주의 깊게 생각해야 한다고 했으니

내 몸을 줄 때에는 누구에게 줄지 더 깊이 생각해야 합니다.

확실히 경고드리겠습니다,

이것저것 따져 보지 않고 아내를 얻는다니요.

이건 애들 장난이 아닙니다.

1532   제 생각엔 여자가 현명한지,

술에 찌들어 사는지 아니면 술기운 없이 사는지

혹은 거만한지 아니면 다른 식으로 잔소리가 많은지

사나운 여자인지, 돈을 팍팍 쓰며 낭비할 사람인지,

가난한지 부자인지

혹은 남자를 밝히는지 등을 먼저 알아봐야 합니다.

1537   사람이건 짐승이건, 사람들이 상상할 수 있는 것들 중에

모든 점에서 완벽한 것을

이 세상에서 찾을 수 없다고들 말하지만

그럼에도 불구하고 나쁜 점보다 좋은 점이 더 많다면

신붓감으로 충분하지 않겠냐는 말이죠.

그런데 이 모든 것을 찾아내려면 시간이 필요합니다.

하느님이 아시는데, 제가 결혼하고 나서

남몰래 얼마나 많이 눈물을 흘렸는지 모릅니다.

결혼해서 사는 게 좋다고 누가 칭송하건 간에

제가 보기에는 분명히

결혼하면 돈 들고, 신경 쓸 일 많고, 의무만 잔뜩 있지

행복감 같은 것은 거의 찾을 수가 없습니다.

그런데도 제 주변 이웃들이나, 특히 수많은 여자들은   1549

제 아내처럼 신실한 사람이 없고, 그녀가

세상에서 제일 온순하다고 한단 말이죠.

하지만 신을 신었을 때 어디가 아픈지는 제가 더 잘 압니다.

그런데 형님, 형님께서 하고 싶은 대로 할 수는 있어요.

다만 형님은 나이가 있으시니

어떻게 결혼 생활을 시작하실지,

더구나 젊고 예쁜 부인을 어떻게 데리고 사실지

잘 생각해 보세요.

물과 땅과 공기를 만드신 분을 걸고 맹세하건대

여기 모인 사람들 중 가장 젊은 사람도

아내를 독차지하려면 엄청 바쁘다는 점을 생각해 보세요.

제 말을 믿어 주세요,   1562

아내가 완전한 쾌락을 누리게 하려면

3년 만족시키기도 쉽지 않을 거예요.

아내는 끊임없이 뭔가 해 줘야 한단 말이지요.

제 이야기 때문에 기분 상하지 않으셨으면 합니다.”

재뉴어리가 말했습니다. “좋아, 이제 다 말한 거지?   1566

세네카 따위 개나 줘 버려, 자네가 말하는 격언들도 똑같아!
학자들의 말 따위는 콩으로 메주를 쑨다 해도 안 믿어.
자네도 방금 들었잖아,
자네보다 똑똑한 사람들이 내 생각이랑 같단 말이야.
플라체보, 자네 생각은 어때?"

1572   "결혼을 방해하는 자는 저주받은 자입니다."
그 말과 함께 그들은 즉시 일어나
재뉴어리가 원하는 때, 원하는 사람과 결혼한다는 것에
모두 동의했습니다.

1577   결혼에 관한 허황된 환상과 호기심이
날마다 재뉴어리의 머릿속에 똬리를 틀고 앉았습니다.
잘빠진 몸매, 예쁜 얼굴들이
밤이면 밤마다 그의 머릿속에 스쳐 지나갔습니다.
마치 반짝반짝 빛나는 거울을 꺼내
사람들이 드나드는 시장 통에 놓은 다음
거울 곁을 지나다니는 많은 사람들의 모습을 보듯
재뉴어리는 자기 집 근처에 사는 아가씨들을
머릿속에서 그려 보았습니다.

1588   그는 그들 중 누구를 골라야 할지 알 수 없었습니다.
이 여자는 얼굴이 예쁜가 하면,
저 여자는 사려 깊고 착하다고 칭찬이 자자하여
사람들 사이에 평판이 좋았습니다.
어떤 여자는 돈은 많은데 평판이 나빴습니다.

그럼에도 불구하고, 장난이건 진심이건   1594
어쨌든 마침내 한 명으로 마음을 정했습니다.
그리고 나머지 사람들은 마음에서 떠나보내고
순전히 자기 판단에 근거하여 그녀를 선택했습니다.
사랑을 하면 눈이 멀어 제대로 보지 못하는 법이니까요.
그는 잠자리에 들면서   1599
그녀의 싱싱한 아름다움과 어린 나이,
그녀의 가는 허리, 길고 가느다란 팔뚝,
현명한 품행, 고상함, 여자다운 몸가짐 그리고 진중함,
이 모든 것들을 마음속에 그려 보았습니다.
그녀로 마음을 정하자,   1605
자기 생각이 더할 나위 없이 좋다고 여겨졌습니다.
다른 사람들의 생각은 다 가치가 없어 보여서
그의 선택에 반박하는 것은 불가능했습니다.
이것이야말로 그의 환상이었지요.
그는 친구들에게 속히 와 자신을 기쁘게 해 달라고 청했습니다.
그는 친구들의 수고를 덜어 주고 싶었습니다.
친구들이 더 이상 돌아다닐 필요가 없어 보였지요.
같이 살 사람을 정했으니 말입니다.
플라체보와 친구들이 곧 왔습니다.   1617
그는 우선 친구들에게
아무도 자기가 정한 목적에
이러쿵저러쿵 논하지 말아 달라고 부탁했습니다.

그는 자신의 결정이 하느님 보시기에 좋은 선택이고,
자신의 행복의 참된 근거가 된다고 말했습니다.

1623   그가 말하기를
자기 마을에 신분은 비록 조금 낮아도
예쁘기로 이름난 아가씨가 있는데
그녀의 젊음과 미모라면 자기에게 족하다고 했습니다.
또 그는 그 아가씨를 아내로 맞이하여
인생을 편안하고 경건하게 살겠다고 했습니다.
더불어 자신이 그녀를 독차지할 테고
어느 누구도 자신의 행복을 나눠 가질 수 없을 것이라며
하느님께 감사를 올렸습니다.
그리고 친구들에게 이 일을 위해 도와 달라고,
꼭 성사되게 주선해 달라고 부탁했습니다.
그러면 자신의 영혼은 쉼을 누릴 수 있다는 말도 했지요.
아울러 그는 말했습니다. "거리낄 것이라곤 하나도 없는데
단 한 가지 양심에 찔리는 것이 있으니
너희들 앞에서 그것을 이야기할게."

1637   그가 말했습니다. "아주아주 옛날에 내가 듣기로는
사람이 두 가지 완벽한 행복을 누릴 순 없다 하더라고.
말하자면 이 땅과 하늘 양쪽에서 말이야.
비록 사람이 일곱 가지 중죄에서 자신을 지키고
죄악의 나무에서 자라는 가지에서 스스로를 지키더라도
결혼을 하게 되면

너무 완벽한 희락에 지극히 안락하고 쾌락이 가득할 테니

지금 내 늙은 나이에

슬픔도 다툼도 없이

그토록 즐겁고 달콤하게 살면서

천국을 이 땅에서 소유하게 될 것 같단 말이지.

진정한 천국은

크나큰 고행을 겪으며 비싼 대가를 치러야 소유할 수 있는데

결혼한 남자들 모두 그렇듯이

아내와 살면서 그렇게 쾌락을 누리던 내가

그리스도께서 거하시는 복락에 어찌 이를 수 있겠어?

내가 두려워하는 건 이것이야.

그러니 너희, 나의 두 친구들이여,

이 문제를 좀 해결해 주게. 부탁이야."

그의 터무니없는 생각을 한심하게 여기던   1655

유스티누스가 그를 비웃으며 곧바로 대답했습니다.

그는 긴 이야기를 짧게 끝내고 싶었기 때문에

어떤 권위 있는 책도 인용하지 않고 이렇게 말했습니다.

"형님께선 그것 외에는 결혼의 방해물이 없다고 하셨지만,

높으신 기적을 행하시고 자비를 베푸시는 하느님께서

형님을 위해 일을 행하실 것입니다.

그래서 형님께서 거룩한 교회의 성사를 치르기 전에

형님이 슬픔도 싸움도 없다고 하신 결혼한 남자의 삶에 대해

후회하게 만드실 겁니다.

오 하느님, 독신남보다 더 자주

결혼한 남자들이 후회하게 되는 은혜를 내려 주옵소서!

따라서 제가 드릴 수 있는 최선의 충고는

절망하지 말고 잘 기억하시라는 것입니다.

어쩌면 그녀는 형님께 연옥 같은 존재가 될지도 몰라요!

아내가 하느님의 도구요, 하느님의 채찍일 수도 있어요.

그러면 활에서 튕겨 나온 화살보다 더 빨리

형님 영혼은 천국으로 휙 튀어 올라갈 수도 있어요.

형님의 구원을 막을 정도로 큰 행복이 결혼에 존재하지 않고

또 앞으로도 결코 없으리라는 점을

이제부터 형님께서 깨치시기를 하느님께 소망합니다.

1678   다만 형님께서 경우에 합당한 대로

아내와의 쾌락을 절제 있게 사용하시고

아내에게 지나치게 색을 밝히시지 말고

형님 스스로 다른 죄악에 빠지지 않도록 하셔야 합니다.

제가 생각이 좀 짧아서, 제 이야기는 이제 끝났습니다.

사랑하는 형님, 이런 것을 두려워하지 마시고

이 문제를 잘 헤쳐 나가 보세요.

형님이 잘 이해하셨는지 모르겠는데,

바스에서 온 부인께서

저희가 지금 거론하는 이 결혼 문제에 대해

짧은 시간 동안 아주 말씀을 잘하셨어요.

그러니 안녕히 계십시오. 하느님께서 은총을 베푸시기를.”

이 말을 하고 나서 유스티누스와 플라체보는   1689
그 집에서 나와 서로 헤어졌습니다.

이제 어쩔 수 없다는 것을 알게 되자

그들은 요령 있고 지혜롭게 합의점을 찾아,

가능한 한 서둘러

메이라는 아가씨와 재뉴어리가 결혼할 수 있도록 했습니다.

제가 만약 그녀가 받게 된 땅과 관련된

모든 법적 서류와 계약을 줄줄이 나열하거나,

그녀의 화려한 옷차림을 말한다면

이야기를 너무 질질 끌게 될 것이라 생각합니다.

아무튼 결국 두 사람이 혼배 성사를 받기 위해   1700

성당으로 가는 날이 왔습니다.

신부님이 목에 사제 스톨을 두르고 나와

그녀에게는 사라와 리브가처럼

결혼하여 지혜롭고 신실하게 살라고 명했고

관례대로 기도를 올렸습니다.

그리고 그들에게 성호를 긋고

하느님께서 축복을 내려 주시기를 빌고

거룩하게 모든 절차를 마쳤습니다.

그들은 이와 같이 엄숙하게 결혼식을 하고   1709

혼인 잔치에서 귀빈들과 함께 상석에 앉았습니다.

궁에는 즐거움과 기쁨이 가득했고

온갖 악기들이 음악을 연주했으며

음식도 이탈리아에서 가장 맛있는 것들로 가득했습니다.

1715 그들 앞에서 연주하는 악기들은

오르페우스나 테베의 암피온도 낼 수 없을 정도로

아름다운 곡조를 들려주었습니다.

음식의 코스마다 우렁찬 음악이 흘러나왔는데

요압'도 그런 트럼펫 소리는 들어 보지 못했을 것이고

테베가 함락될 때 테이레시아스'가 들었던 트럼펫 소리도

지금 연주의 절반 정도 소리밖에 되지 않았을 것입니다.

바쿠스 신이 돌아다니며 와인을 따라 주었고

비너스 신이 모든 이들과 까르르 웃었습니다.

재뉴어리가 비너스 여신의 기사가 되어

자유로운 독신자와 기혼자, 양쪽 입장이 되어

그의 패기를 시험해 보게 되었으니 말입니다.

비너스 여신은 손에 횃불을 들고

신부와 일행 앞에서 춤을 추었습니다.

그리고 제가 감히 말하겠는데

결혼의 신 히멘은 그의 생전에

이보다 더 즐거워하는 신랑을 본 적이 없었답니다.

1732 침묵하라, 너 시인 마르티아누스 카펠라여,

그대는 『문헌학과 수성의 결합』에 대해,

그리고 그때 뮤즈가 불렀던 노래에 대해

우리에게 글을 써 주었지!

이 결혼을 묘사하기에 그대의 펜은 너무 가냘프고,

그대의 혀는 너무 짧도다.

고운 젊음과 굽어져 가는 노년이 결혼하면

차마 다 기록할 수 없는 그런 즐거움이 있는 법.

한번 시도해 보라. 그러면 이 문제에 대해

내가 거짓말을 하는지, 참말을 하는지 알 수 있을 것이다.

다소곳이 앉아 있는 메이를 보면 넋이 나갈 것 같았습니다.   1742

에스더 왕비가 아무리 온화해 보여도

메이와 같은 눈길로 아하수에로왕을 보지는 않았을 것입니다.

메이의 미모를 전부 묘사하는 것은 불가능했습니다.

하지만 이 정도는 이야기할 수 있을 것 같군요.

5월의 빛나는 아침처럼

아름다움과 기쁨으로 가득 차 있었다고 말입니다.

재뉴어리는 메이를 보며 황홀경에 빠져들었습니다.   1750

하지만 마음속으론 벌써부터 그녀를 겁박하기 시작했습니다.

파리스 왕자가 트로이의 헬레네를 껴안은 것보다

훨씬 더 세게 그날 밤 그녀를 꽉 껴안아 주고 싶었습니다.

그러나 한편으로는 그날 밤 그녀를 괴롭혀야 한다니

조금 안쓰럽다는 생각도 들었습니다.

'안타까워라, 이 보들보들한 어린것,

내 모든 욕망을 잘 견뎌 내야 할 텐데.

그게 좀 아프고 힘들 텐데!

제대로 견뎌 낼까 걱정이네.

하느님, 제가 힘을 다 쓰지는 않게 하소서!

그리고 속히 밤이 오게 하시고, 그 밤이 영원히 지속되게 하소서.

사람들이 좀 빨리 갔으면 좋겠는데 말이야.'

마침내 그는 예의에 어긋나지 않는 한도 내에서

자기가 할 수 있는 한 빨리

사람들이 서둘러 저녁 식사 자리에서 일어나도록

남들은 알아차리지 않게 온갖 노력을 기울였습니다.

1768 자리에서 일어나는 것이 마땅한 때가 왔습니다.

사람들이 춤추고 술도 거나하게 마셨으며

온 집안 사람들이 향긋한 케이크를 다 나눠 먹었지요.

모든 사람들이 흥에 겨웠고, 기분이 좋았습니다.

다만 예외가 있었으니, 그것은 기사 앞에서 시중을 들던

다미안이라는 수습 기사였습니다.

그는 자신의 사모님 메이에게 마음이 푹 빠져

그 고통 때문에 거의 미칠 지경이 되었던 거죠.

그는 자기가 서 있는 곳에서 하마터면 정신을 잃을 뻔했습니다.

비너스 여신이 춤을 추며 햇불을 들고 다니다가

그 햇불로 너무 아픈 상처를 주었던 것입니다.

다미안은 서둘러 침대로 갔습니다.

지금은 일단 그에 대해선 더 이상 이야기하지 않겠습니다.

침대에서 실컷 울부짖고 괴로워하도록 두지요.

생기발랄한 메이가 그의 고통을 불쌍히 여길 때까지.

1783 아, 침대 속 지푸라기 안에서 커져 가는 위험한 불길이여!

시중을 들면서 자기 집에 살고 있는 원수여!

배신자 하인이여, 집 안의 거짓 하인이여!
교활한 독사를 가슴속에 품고 있는 것과 같으니
하느님이여, 이런 자들에게서 저희를 지켜 주소서!
오, 결혼의 기쁨에 취해 있는 재뉴어리여,
너의 수습 기사이자 태어날 때부터 네 하인이었던
다미안이 네게 어떻게 해를 끼치려 하는지 살펴보라!
집 안에 있는 너의 적을 볼 수 있도록
하느님께서 허락해 주시기를!
왜냐하면 너의 집 안, 너의 면전에 늘 적이 있다는 것보다
더 끔찍한 재앙은 없기 때문이니라.
태양이 하루 여행을 다 마쳤습니다.   1795
태양은 그 위도의 수평선 위에 더 이상 머물 수 없었습니다.
어둡고 거친 외투를 입은 밤이 지구의 절반을 덮었습니다.
그리하여 즐거워하던 하객들은
사방에서 재뉴어리에게 고맙다고 말하며 자리를 떠나
유쾌하게 말을 타고 각자의 집으로 향했습니다.
각자 원하는 대로 자기 일을 처리하고
때가 되면 쉴 자신의 집으로 말입니다.
마음 급한 재뉴어리는 곧장 침대로 가려고 했습니다.   1805
그는 더 이상 지체하고 싶지 않았습니다.
그는 자신의 성욕을 북돋기 위하여
강하고 달콤한 이포크라스, 보르도산 붉은 포도주,
향료를 섞은 강한 백포도주를 들이마셨습니다.

그리고 그는 질 좋은 최음제를 갖고 있었는데

저주받은 수도사 콘스탄틴이 『성교에 관하여』에 써 놓은

그런 것들이었습니다.

그는 전혀 거리낌 없이 그것을 몽땅 먹어 버렸습니다.

그는 친한 친구들에게 다음과 같이 말했지요.

"제발, 예의 바른 태도로 사람들이 다 나가게 해 줘."

친구들은 그가 해 달라는 대로 해 주었습니다.

1817   사람들은 술잔을 비우고 곧장 휘장을 내렸습니다.

돌처럼 조용히 있는 신부를 침대로 데려왔고요.

신부님께서 침대에 축복하시고, 사람들이 다 나가자,

재뉴어리는 싱싱한 메이, 자신의 천국이자 배필인 메이를

두 팔로 꽉 끌어안았습니다.

그는 그녀를 안심시키면서, 키스를 하고 또 했습니다.

마치 상어 가죽처럼 꺼끌꺼끌한 그의 수북한 수염은

들장미 가시처럼 따가웠습니다.

그가 자기 방식대로 새로 면도를 했거든요.

1827   그는 그녀의 보드라운 얼굴을 이리저리 문질러 댔습니다.

"아, 나의 아내여, 당신을 뚫고 들어가야 하다니!

내가 이 침대에서 내려갈 때까지 당신은 엄청 아플 거야.

하지만 이걸 한번 생각해 봐요,

일을 잘하는 일꾼은 결코 서두르지 않아.

지금 하는 일은 여유를 가져야 완벽하게 할 수 있거든.

얼마나 오래 즐기는가는 중요하지 않아.

우리 두 사람은 진정한 부부의 연으로 맺어졌고
우리를 구속하는 결혼의 굴레는 축복받은 것이어서
우리가 이런 일을 하는 것은 전혀 죄가 아니거든.
사람이 자기 칼로 스스로를 다치게 만드는 일이 없듯이
자기 아내랑 즐기는 것은 죄가 아니야.
우리가 즐기는 것은 합법적으로 허락된 거라고."
그리고 그는 새벽 동이 틀 때까지 혁혁 힘을 썼습니다.
그런 다음에 고급 포도주에 적신 빵을 먹고
침대에 몸을 똑바로 세우고 앉아
우렁차고 낭랑하게 노래를 부르고
아내에게 키스한 후 다시 욕망에 몸을 맡겼습니다.
그는 음탕한 욕망이 가득한 망아지처럼 펄펄 뛰었습니다.   1847
그리고 얼룩 까치처럼 주절주절 말이 많았지요.
그가 노래 부를 때면
목 주위에 축 늘어진 피부가 출렁댔지만
그는 성가를 부르며 꿱꿱거렸습니다.
하지만 그가 셔츠 바람으로 수면 모자를 쓰고
가느다란 목이 쑥 나온 채로 앉아 있는 것을 볼 때
메이가 무슨 생각을 했는지는 오직 하느님만 아실 겁니다.
그녀는 즐겼다는 생각이 눈곱만큼도 들지 않았습니다.   1854
그때 그는 다음과 같이 말했습니다.
"이제 나는 쉬어야겠어.
지금 낮인데, 더 이상은 못 깨 있겠어."

그러고는 바로 머리를 눕히고 9시가 될 때까지 잤습니다.

그 후 때가 되자 재뉴어리는 일어났습니다.

하지만 생기발랄한 메이는 아내들이 지켜야 할 관습에 따라

넷째 날이 될 때까지 방에서 나오지 않았습니다.

모든 노동 뒤에는 쉬어야 하고

그렇지 않으면 오래 버틸 수 없는 법이지요.

다시 말하자면 어떤 살아 있는 생물도

그것이 물고기든 새든, 짐승이든 사람이든 마찬가지입니다.

1866　자, 이제는 슬픔에 차 있는 다미안에게 가 보겠습니다.

앞으로 여러분이 들을 이야기지만

그는 사랑으로 상심해 있었습니다.

그러므로 저는 이런 식으로 그에게 말을 건네려고 합니다.

"오 불쌍한 다미안, 안타깝구나!

이번 일로 내가 하나 묻겠으니 대답해 보거라.

너는 너의 사랑, 생기발랄 메이를 어떻게 할 셈이냐?

네 안타까운 심정을 말할 거야?

그녀는 안 된다고 말할 텐데.

또 네가 말하면 그녀는 네 고통을 다른 사람들에게 알릴 거야.

하느님, 도와주소서. 더 이상은 해 줄 말이 없구나."

1875　비너스의 불길 속에 시름시름 앓던 다미안은

너무나 속이 타들어 가서 욕망 때문에 죽을 지경이었고

자기 목숨까지 걸 정도가 되었습니다.

더 이상은 이런 식으로 견딜 수가 없어

그는 몰래 필기도구를 빌려 와서
슬픔의 시나 노래 형식으로 자기의 심정을 담은 편지를 써
자신의 예쁘고 생기발랄한 연인에게 전해 주려 했습니다.
그리고 셔츠에 걸고 다니던 실크 주머니에 편지를 넣고
자기 심장 근처에 그 주머니를 간직했습니다.
재뉴어리가 생기발랄한 메이와 결혼하던 날   1885
황소자리에서 2도 각도에 있던 달은
이제 게자리로 스르르 들어갔습니다.
모든 귀족들이 지키는 관습에 따르면
신부는 4일 동안, 혹은 최소한 3일 동안
홀에 나와 식사하면 안 되고
자기 침실에서 머물러야 하는데
어느덧 그 4일이 지나갔습니다.
그녀는 이제 잔치에 참석할 수 있게 되었죠.
대미사를 마친 넷째 날,   1893
재뉴어리와 맑은 여름날처럼 생기발랄한 메이가
홀에 앉아 있었습니다.
그런데 이 착한 남자가 갑자기 다미안 이야기를 꺼냈습니다.
"원 참, 다미안이 내 시중을 들어주지 않다니 무슨 일이지?
다미안이 계속 아픈 거야? 이게 어떻게 된 거야?"
그 옆에서 시중을 들던 수습 기사들이
다미안이 아파서 자기 업무를 할 수 없을 뿐
게으름을 부리는 것은 아니라고 변호를 해 주었습니다.

1906 재뉴어리가 말했습니다. "그것참, 안됐는걸.

다미안은 정말 좋은 녀석인데.

다미안이 죽으면 큰일이지. 안타까운 일이고.

다미안은 지혜롭고 사려 깊을 뿐 아니라,

수습 기사들 중 내가 아는 누구보다 신중한 사람이지.

게다가 남자답고, 시중도 잘 들고

아주 능력 있는 친구야.

저녁 먹고 나서 최대한 빨리 다미안한테 가 봐야겠군.

그리고 메이도 같이 가야지.

할 수 있는 모든 위로는 다 해 주어야겠어."

1916 이렇게 말하자 모든 사람들이

자기 수습 기사의 병문안을 간다니 정말 훌륭하다며

그의 선함과 자비로움을 칭송했습니다.

재뉴어리가 말했습니다.

"여보, 저녁을 먹고

당신이 시녀들과 함께 이 홀에서 나와 방으로 가게 되면

다 같이 다미안을 보러 가도록 신경 좀 써 줘요.

다미안이 기운을 차리도록 잘 위로해 줘요. 그는 신사거든.

그리고 나도 좀 쉬고 나서 찾아가겠다고 이야기해 줘요.

어서 서둘러요.

나는 당신이 내 곁으로 와서 잘 때까지 기다릴 테니."

그 말을 마친 뒤, 그는 홀을 책임지는 수습 기사를 불러

자기가 원하는 몇 가지 일을 지시했습니다.

생기발랄한 메이는 시녀들과 함께   1932
곧장 다미안에게 갔습니다.

그녀는 다미안의 침대 옆에 앉아

할 수 있는 한 가장 상냥하게 그를 위로했습니다.

다미안은 기회를 엿보다가

남몰래 자신의 마음을 써 놓은 편지가 들어 있는 주머니를

그녀 손에 쥐여 주었습니다.

더 이상 다른 행동은 못 하고

안쓰러울 정도로 깊고 고통스럽게 한숨만 쉬던 그는

부드럽게 그녀에게 다음과 같이 말했습니다.

"아, 제발 이 일을 아무에게도 말하지 말아 주세요.   1942

이 일이 알려지면 저는 죽습니다."

그녀는 주머니를 가슴팍에 숨기고 자기 방으로 갔습니다.

더 이상은 이야기하지 않겠습니다.

그녀는 재뉴어리에게 와서 침대 옆에 살며시 앉았습니다.   1946

그는 그녀를 껴안고 자꾸자꾸 키스하더니

바로 잠이 들었습니다.

그녀는 누구나 어쩔 수 없이 가야 한다는 것을

우리 모두 알고 있는 그곳으로 가는 척하면서 나왔습니다.

그녀는 편지를 꺼내 읽고 나서 조각조각 찢은 뒤

화장실 변기 속으로 살포시 던져 버렸습니다.

예쁘고 생기발랄한 메이가 얼마나 당황했겠습니까?   1955

늙은 재뉴어리 옆에 그녀는 누웠는데

재뉴어리는 기침을 하다가 잠에서 깨어나더니
바로 그녀에게 옷을 몽땅 벗으라고 했습니다.
그녀와 즐기고 싶은데
그녀의 옷이 거치적거린다며 그가 말했고
그녀는 자기가 원하건 원하지 않건 그 말에 따랐습니다.

1962 점잖으신 분들께서 제게 화를 내실 것 같으니
그가 어떻게 했는지
혹은 그녀에게 그것이 천국이었는지 지옥이었는지
감히 말하기는 어려울 듯합니다.
아무튼 이 두 사람은 저녁 기도 종이 울려 일어나야 할 때까지
자기들 일을 하도록 내버려 두지요.

1967 운명인지 우연인지
별들의 영향력 때문인지 아니면 천운에 의해서인지,
별자리 배치 때문인지, 아무튼
비너스 여신의 일에 관해 청원을 드리기에는
아주 딱 운이 맞는 시간이었습니다.
학자들이 말하듯, 모든 것에는 다 때가 있는 법이니까요.
여자의 사랑을 어떻게 얻는지 저는 잘 모르겠습니다.
하지만 원인 없이 이루어지는 일은 없다는 것을 아시는
하늘에 계신 위대한 하느님께서 모든 것을 판단하시니
저는 입 다물고 조용히 있겠습니다.
하지만 진실은 이렇습니다.
그날, 메이는 아픈 다미안이 얼마나 가여운지

그를 위로해야겠다는 생각을 떨칠 수가 없었습니다.

'이번 일로 누가 기분 나빠 하든 상관없어.

그 남자가 가진 것이 셔츠 한 장밖에 없어도

나는 어느 누구보다 그를 사랑한다는 것을 확인시켜 줄 테야.'

오호라, 고귀한 마음에는 측은지심이 금방 생기는 법이죠!

여기서 여러분은 확인할 수 있을 것입니다.　　　　　　　1987

여자들이 어떤 문제를 아주 골똘히 생각하게 되면

얼마나 놀랄 만큼 마음이 너그러워지는지를 말입니다.

폭군 같은 자들이 많이 있어서 어떤 여자들은

돌덩이처럼 마음이 딱딱하게 굳어

남자에게 은혜를 베풀기보다는

그 자리에서 남자가 죽게 내버려 두고

잔인하게도 잘난 척하며 흐뭇해져서

사람이 죽건 말건 개의치 않지 뭡니까요.

고귀한 메이는 동정심으로 가득 차서　　　　　　　　　1995

그가 원하는 것을 얻도록 은혜를 허락하겠노라는 편지를

자기 손으로 썼습니다.

그의 욕망을 만족시켜 줄 날짜와 장소만 쓰지 않았는데

다미안이 방법을 찾는 대로 따르면 되기 때문이었습니다.

적절한 때를 보고 있다가 어느 날

메이는 다미안을 방문하러 갔고

교묘하게 이 편지를 그의 베개 밑으로 쑤셔 넣었습니다.

그가 원하면 읽을 수 있도록 말입니다.

그녀는 그의 손을 잡은 다음

아무도 눈치채지 못하게 손을 꽉 잡으며

어서 건강을 회복하라고 말했습니다.

그러고는 재뉴어리가 그녀를 찾는다는 전령이 와서

재뉴어리에게 곧바로 갔습니다.

2009 다음 날 아침 다미안은 일어났습니다.

그의 병도 그의 슬픔도 싹 사라져 버렸습니다.

그는 머리를 빗고, 옷을 말쑥하게 차려입고

자신의 연인이 좋아할 만한 것은 모두 해 보았습니다.

그리고 사수와 함께 사냥 다니도록 훈련받은 개처럼

한껏 몸을 낮추고 겸손하게 재뉴어리에게 향했습니다.

그는 모든 사람들에게 싹싹해서

(약삭빠르게 굴 수만 있다면 그게 정말 중요하죠!)

모든 사람들이 그에 대해 좋게 말했고

그는 자기 연인의 마음에 쏙 들었습니다.

이렇게 다미안은 자기 일을 분주하게 하도록 내버려 두고

저는 제 이야기를 진행하겠습니다.

2021 어떤 학자들은 행복은 쾌락에 있다고 주장합니다.

그러니 이 고귀하신 재뉴어리는 분명

온 힘을 다해 기사다운 합법적인 방식으로

관능적인 쾌락을 위해 여러 가지를 갖추어 놓았습니다.

왕의 집이나 옷처럼, 그의 집이나 옷은

자기 신분에 잘 어울리게 만들어져 있었습니다.

그렇게 만들어 놓은 것 중에

돌로 담을 쌓은 정원이 있었습니다.

그보다 더 아름다운 정원을 저는 찾지 못하겠습니다.

왜냐하면 의심할 바 없이

『장미의 로맨스』를 썼던 사람도

재뉴어리의 정원이 얼마나 아름다운지 묘사하지 못하리라고

생각하기 때문입니다.

비록 프리아포스가 정원의 신이기는 하지만

이 정원이 얼마나 아름다운지

그리고 늘 푸르른 월계수 밑의 우물이 얼마나 아름다운지

제대로 말하지 못할 것입니다.

플루톤과 그의 왕비 프로세피나는 요정들과 함께

그 우물 주변에서 노래하고 춤추며 즐거운 시간을 보낸다고

사람들은 말했습니다.

이 고귀한 기사, 늙은 재뉴어리는   2042

정원에서 거닐며 노는 것을 너무나 좋아해서

자기 말곤 다른 사람이 정원 열쇠를 가질 수 없게 했습니다.

그는 작은 출입문을 여는 은 열쇠를 늘 지니고 다니다가

정원에 가고 싶어지면 그 문을 열었습니다.

여름에 아내에게 부부 관계의 빚을 갚고 싶어지면

아무도 못 오게 하고 메이와 단둘이 그곳에 가곤 했습니다.

그리고 침대에서는 못 해 본 것들을

정원에서 이것저것 해 봤습니다.

이런 식으로 재뉴어리와 메이는 행복한 나날을 보냈습니다.

하지만 재뉴어리나 모든 사람에게 다 마찬가지로

세상의 기쁨이 늘 한없이 지속될 순 없는 법이지요.

2057 아, 갑작스러운 사건이여! 아, 늘 바뀌는 운세여!

너는 속임수 가득한 전갈처럼

머리로 아양을 떨면서 독침을 쏘는구나.

독을 품고 있으니 네 꼬리는 죽음을 뜻하도다.

오, 깨지기 쉬운 기쁨이여! 사람을 속이는 달콤한 독이여!

오, 괴물이여! 너는 변함없이 충성스러운 모습이지만,

너무나 교묘하게 네 선물을 뒤로 몰래 감추고 있다가

신분 고하를 막론하고 모두를 속여 먹는구나!

너의 가장 가까운 친구로 받아들였던 재뉴어리를

너는 어째서 이렇게 속였는가?

이제 너는 재뉴어리에게서 두 눈을 앗아 갔구나.

재뉴어리는 너무 슬픈 나머지 죽고 싶었습니다.

2069 아, 이 고귀하고 마음씨 넓은 재뉴어리는

쾌락과 최고의 운을 한창 누리고 즐기다가

시력을 잃게 되었는데, 갑자기 일어난 일이었습니다.

그는 울부짖었고 마음이 짠하도록 통곡했습니다.

이와 더불어, 자기 아내가 유혹에 빠지지는 않을까

질투심의 불길이 마음속에 거세게 타올라

그는 진심으로

누군가 자신과 아내를 죽여 주기를 바랄 정도였습니다.

그는 자기가 죽고 나서, 혹은 그가 살아 있는 동안

아내가 누군가를 사랑하거나

재혼하여 다른 사람의 아내가 되기를 바라지 않았고

짝 잃은 멧비둘기처럼

평생 상복을 입고 외롭게 과부로 살기를 원했습니다.

하지만 마침내 한두 달 정도 지난 후,   2081

진실을 말하자면, 그의 슬픔도 어느 정도 가라앉았습니다.

달리 어쩔 도리가 없다는 것을 알게 되자

그가 자신의 역경을 참으며 받아들였기 때문입니다.

다만 한 가지, 점점 더 질투심이 생겨나는 것은

어떻게 해도 막을 수가 없었습니다.

그 질투심이 걷잡을 수 없을 정도가 되어

홀에서나 집 어디에서나, 또 어떤 다른 곳에 가더라도

그는 항상 그녀 손을 잡고 다녔고

그렇지 않으면 그녀가 말을 타거나 걷게 내버려 두지 않았습니다.

이 때문에 다미안을 사랑하는 메이는 엉엉 울면서

자기가 갑자기 죽어 버리든지

아니면 자기가 원하는 다미안을 꼭 차지하겠다고 했습니다.

그녀 가슴은 곧 터져 버릴 것 같았습니다.

다미안은 세상에서 가장 슬픈 사람이 되었습니다.   2097

밤이나 낮이나

자신의 사랑과 앞으로 하고 싶은 일에 대해

생기발랄한 메이에게 한마디도 할 수 없었기 때문입니다.

재뉴어리는 늘 그녀 손을 잡고 있어

재뉴어리가 듣지 않는 곳이 없었으니 말입니다.

그럼에도 불구하고 어찌어찌 글을 써서 전하기도 하고

비밀리에 신호를 보내, 그는 그녀의 의도를 알고 있었고

그녀 역시 그의 계획을 알고 있었습니다.

2107 오 재뉴어리,

배에 달린 돛처럼 멀리 있는 것을 그대가 볼 수 있다 해도

무슨 소용이 있겠습니까?

눈이 멀어 속는 거나

볼 수 있으면서 속는 거나 매한가지이기 때문이죠.

2111 1백 개의 눈을 가졌던 아르고스를 보십시오.

그는 뚫어져라 쳐다보았어도 결국 속아 넘어갔습니다.

자기는 그렇지 않다고 자신만만한 사람들도 마찬가지죠.

그러니 모르는 게 약입니다. 무슨 말을 더 하겠습니까.

2116 제가 앞서 이야기했던 이 생기발랄한 메이는

재뉴어리가 지니고 다니면서

정원으로 들어갈 때 쓰는 작은 문의 열쇠 모양을

따뜻한 왁스에 본을 떴습니다.

그녀의 생각을 알고 있던 다미안은

몰래 그 열쇠의 복사본을 만들었고요.

이에 대해서는 더 할 말이 없습니다.

하지만 이 열쇠 때문에 신기한 일이 일어날 테니

여러분이 저와 함께한다면,

그 이야기를 들려 드리겠습니다.

오 존귀한 오비디우스여, 하느님께 맹세코   2125

시간이 아무리 오래 걸리고 고통스러워도

사랑은 어떻게든 묘책을 찾아낸다고 했던 당신의 말씀은

참으로 진리입니다.

피라모스와 티스베 이야기를 보면 알 수 있습니다.

그들은 아주 오랫동안 완전히 격리되어 있었지만

벽 틈새로 속삭이며

아무도 상상할 수 없는 곳에서

함께 묘책을 찾아냈습니다.

하지만 이제 원래 이야기로 돌아와 볼까요.   2132

6월 8일이 되기 전

재뉴어리는 아내가 부추기는 바람에

자기 정원에서 단둘이 즐기고 싶다는 욕망이 생겨

아침이 되자 메이에게 말했습니다.

"여보, 나의 사랑, 나의 고귀한 부인, 일어나요,

나의 사랑스러운 비둘기, 밖에서 멧비둘기 소리가 들리네.

궂은비와 함께 겨울이 지나갔어.

비둘기 같은 눈을 가진 당신, 내게 다가와요.

당신 가슴은 포도주보다 더 달콤해.

정원은 사방으로 다 담이 쳐 있어.

백옥 같은 내 아내, 이리 와요.

당신은 정말 내 마음을 아프게 하는구려. 오, 내 아내!

살면서 나는 당신에게서 어떤 흠도 못 찾겠어.

이리 와요, 우리 가서 즐깁시다.

위안을 얻고 싶어 당신을 아내로 골랐으니."

2149 그는 그렇게 케케묵은 멍청한 이야기나 지껄였습니다.

그녀는 다미안에게

열쇠를 가지고 정원에 먼저 들어가라는 사인을 보냈습니다.

다미안은 문을 열고 아무도 눈치채지 못하게

서둘러 안으로 들어가

재빨리 나무 아래 조용히 앉았습니다.

2156 돌덩이처럼 아무것도 보지 못하는 재뉴어리는

메이의 손을 잡고, 다른 사람은 아무도 못 들어가게 하고

자신의 싱그러운 정원으로 들어가

재빨리 문을 닫았습니다.

2160 그는 말했습니다. "여보, 이제 여기는

내가 세상에서 제일 사랑하는 당신과 나 말곤 아무도 없어.

저 위 하늘에 계시는 하느님께 맹세코

나의 소중하고 진실한 아내! 당신을 기분 나쁘게 하느니

차라리 칼을 맞아 죽고 말겠어.

제발, 내가 어떻게 당신을 선택했는지 생각해 봐.

분명히 재물 욕심이 나서가 아니라

당신을 사랑해서 선택했잖아.

내가 비록 나이가 많고 앞은 못 봐도

내게 정절을 지켜 줘요. 왜 그런지 내가 이야기를 해 줄게.

당신이 정절을 지키면 세 가지를 확실히 얻게 된다고.   2170
우선 그리스도의 사랑을 얻게 되고,
당신 스스로에게 영예가 돌아가고,
그리고 내 모든 재산, 땅과 건물들을 다 갖게 되지.
내가 당신에게 다 줄 거야. 당신이 원하면 문서도 작성할게.
하느님께서 내 영혼을 기쁘게 해 주시니
내일 해가 지기 전에 해 줄게.
그런데 먼저 서약의 의미로 내게 키스해 줘.
내가 질투심이 많더라도 나를 비난하지 않았으면 좋겠어.
당신이 내 마음에 너무 깊숙이 새겨져 있어서
내가 당신 미모를 생각하고,
내가 당신에 비해 나이가 많다는 것을 생각하면
내가 비록 죽더라도
당신과 헤어진다는 것을 견딜 수가 없어.
진짜 사랑하니까. 정말이라고.
자, 여보 키스해요. 그리고 주변을 천천히 돌아다니자고."
생기발랄한 메이는 그 말을 듣고   2185
재뉴어리에게 상냥하게 대답하려다가
뜬금없이 엉엉 울기 시작했습니다.
그러고는 말했습니다. "당신과 마찬가지로 저도
제 영혼과 명예를 지켜야 한다고요,
아내로서의 도리도 함께요.
신부님께서 당신에게 제 몸을 혼인으로 묶어 주셨을 때

저는 부덕(婦德)이라는 보드라운 꽃떨기를

당신 손에 바치겠다고 약속했거든요.

2193 그러니 저의 소중한 남편,

당신이 허락하시면 이렇게 말씀드릴게요.

만약 제가 당신 가문에 수치를 안긴다거나,

제가 부정한 여자가 되어 제 명성을 해치면

동트기 전 가장 추악하게 죽게 해 달라고 하느님께 빌겠어요.

제가 만약 그런 일을 범한다면

저를 발가벗기고 자루에 넣어

가까운 강에 빠뜨려 죽여 주세요.

저는 양갓집 여인이지 천박한 여자가 아니에요.

당신은 왜 이렇게 말씀하시는 건가요?

남자들은 항상 바람을 피우면서 늘 여자들만 비난하지요.

제가 알기로는, 남자들은 우리를 믿지 못하고 비난만 할 뿐

믿고 대하신 적이 없어요."

2207 그 말을 하며 그녀는 다미안이 있는 덤불숲 쪽을 보았습니다.

그리고 기침을 하기 시작하면서 손가락으로 다미안에게

열매 가득한 나무 위로 기어 올라가라는 사인을 보냈습니다.

그러자 다미안은 올라갔습니다.

사실 그는 그녀의 계획을 다 알고 있었고

그녀가 하는 모든 사인을

그녀의 남편 재뉴어리보다 더 잘 알고 있었지요.

왜냐하면 이 문제에 관한 모든 것들, 즉 그가 할 일을

그녀가 편지로 알려 주었기 때문입니다.

그러니 저는 다미안이 배나무 위로 올라가 있도록 하고

재뉴어리와 메이는 즐거이 돌아다니게 내버려 두겠습니다.

그날은 날씨가 화창하고 하늘은 푸르렀습니다.   2219

태양의 신 포이보스는 그의 황금 빛줄기를 내려보내

따뜻하게 해 주어 모든 꽃송이들이 기뻐하고 있었습니다.

그때가 태양이 쌍둥이자리에 있는 시간이었던 것 같은데,

목성은 높이 올라갔고 게자리에서 살짝 비껴 있었습니다.

그리고 우연히도 그 빛나는 아침 시간에

정원 저쪽 끝 편으로는

요정 나라 왕 플루톤이 귀부인들과 함께

그가 에트나에서 납치해 온 그의 부인

프로세피나를 따라오고 있었습니다.

프로세피나가 들판에서 꽃을 따고 있을 때

플루톤이 전차 안으로

어떻게 그녀를 납치해 왔는지는

클라우디아누스의 이야기를 읽으면 알 수 있습니다.

요정 나라 왕은 싱그러운 푸른 풀로 만든 벤치에 앉아

다음과 같이 왕비에게 말했습니다.

"부인, 아무도 부인하지 못할 거요.   2237

매일의 경험을 통해

여자들이 어떻게 남자들을 배신하는지 입증하고 있소.

여자들이 지조 없이 유혹에 흔들리는 이야기라면

나는 수십만 가지라도 말할 수 있소.

오, 현명하고 세상에서 가장 부유한

그리고 지혜와 세상 영광이 가득했던 솔로몬왕이시여,

지각과 이성을 갖춘 자들은

당신의 말씀을 소중하게 마음에 기억합니다.

그분은 사람의 선함을 다음과 같이 칭송했소.

'수천 명 남자 중에 선한 남자를 한 명 찾을 수 있으나

선한 여자는 한 명도 찾지 못하겠도다.'

2249   여성의 사악함을 아는 왕은 그렇게 말했소.

시락의 아들 예수'께서도 내가 알기로는

여자들을 칭송하는 말씀을 거의 안 하셨소.

에잇, 오늘 밤 당신네 여자들 몸 위로 산불이 확 덮치거나

썩어 문드러질 전염병이 싹 옮겨붙으면 좋겠네!

저기 명예로운 기사가 눈이 멀고 늙었다고 해서, 에휴,

자기 수하에 있는 사람이랑 자기 부인이

저렇게 바람피우는 꼴을 당하게 되다니!

여자랑 놀아나는 저놈이 나무에 앉아 있는 꼴을 좀 봐요.

저 기사의 부인이 남편을 배신하고 추잡한 짓을 하면

나의 권위로 나는, 이 늙고 눈먼 훌륭한 기사가

시력을 되찾도록 하겠소.

그러면 그는 자기 아내의 창녀 같은 짓거리를 알게 될 거고

그렇게 되면 그 아내와 다른 여자들에게 큰 치욕이 되겠지."

2264   프로세피나가 말했습니다. "오호, 그러시겠단 말씀이죠?

저는 우리 외할아버지 영혼을 걸고 맹세하는데

그녀가 얼마든지 대답할 수 있게 만들어 주겠어요.

그녀 이후의 모든 여자들도 마찬가지고요.

그래서 그들이 죄를 짓다가 걸려도

대담한 얼굴로 변명을 잘 꾸며 내고

자신을 비난하는 사람들을 확 눌러 버리게 해 줄 거예요.

대답할 말이 없어서 죽는 여자들은 아무도 없을 거예요.

심지어 남자가 자기 두 눈으로 현장을 보더라도

우리 여자들은 빤빤한 얼굴로 되받아

울며불며 맹세하고 남자를 영리하게 책망해서

남자들이 거위처럼 멀뚱멀뚱 멋모르고 넘어가게 하겠어요.

당신이 말하는 권위 있는 책들에 제가 신경 쓸 것 같아요?　　　2276

저도 솔로몬이 여자들을 바보 취급했다는 것 잘 알아요.

하지만 그는 착한 여자를 하나도 못 찾았더라도

다른 남자들이

매우 진실하고 선량한 여성들을 많이 찾아냈어요.

그리스도의 집에 거하는 여성들이 증인이지요.

그들은 순교로써 자신들의 한결같은 신앙을 입증했어요.

또한 로마 역사를 봐도

참되고 진실한 부인들을 많이 찾을 수 있지요.

하지만 서방님, 그렇더라도 화내지 마세요.

착한 여자를 하나도 못 찾았다고 그가 말했다 해도

그렇게 말한 진의를 생각하셔야지요.

그가 원래 하려던 말은,

오직 한 분 하느님만이 완전히 선하시다는 뜻이었어요.

2291 유일하고 진실하신 하느님을 걸고 여쭤 보겠는데요,

당신은 왜 그렇게 솔로몬을 중요하게 여기시나요?

그가 하느님의 성전을 건축했기 때문인가요?

그가 부유하고 영광을 얻은 자였기 때문인가요?

그는 우상의 신전도 지었어요.

하느님께서 금하신 일을 그는 어쩌다 하게 됐을까요?

세상에, 당신이 그의 이름을 아무리 미화시켜도

그는 여자를 밝혔고 우상 숭배자였어요.

게다가 나이 들어서는 진실하신 하느님을 저버렸어요.

그리고 책에서 말하는 대로,

하느님께서 솔로몬의 아버지 때문에 눈감아 주지 않았더라면

솔로몬은 아마 금방 왕국을 잃었을 거예요.

당신이 여자의 온갖 악행들을 글로 써 놓았지만,

전 그런 것들은 손톱만큼도 신경 안 써요.

저는 여자예요, 그러니 저는 꼭 말해야겠어요.

그렇지 않으면 억장이 무너져 심장이 터져 버릴 거예요.

우리 여자들이 말이 많다고 솔로몬이 이야기했으니

저도 제 머리카락이 머리에 제대로 붙어 있는 한,

예의 같은 것 차리느라 가만있지는 않겠어요.

여자들을 욕하는 사람은 저도 욕을 한 바가지 해 줘야지요.”

2311 플루톤이 말했습니다. “부인, 이제 그만 화를 풀어요.

내가 잘못했소. 하지만 저자에게 시력을 되돌려 주겠다고

맹세했으니 그 말은 지켜야겠소. 분명히 말해 두겠소.

나는 왕이오. 그러니 거짓말을 할 수는 없소."

그녀가 말했습니다. "그리고 저는 요정 나라의 왕비예요!   2316

저도 말씀드리겠는데, 그녀도 할 말이 있을 거예요.

이제 이 문제에 대해 더 이상 말하지 말기로 해요.

저도 더 이상은 당신 말에 반박하지 않을게요."

자, 이제 우리는 다시 아름다운 메이와 함께 정원에서   2320

"나는 당신을 제일 사랑해. 앞으로도 당신만 사랑할 거야"라고

앵무새보다 더 신나게 노래하는 재뉴어리에게 돌아가 보죠.

오솔길을 한참 가다 보니

다미안이 아주 신나서

푸른 잎들 사이에 높이 앉아 있는

바로 그 배나무 앞까지 재뉴어리가 오게 되었습니다.

반짝반짝 빛나는 생기발랄한 메이가   2328

한숨을 쉬면서 말했습니다.

"아야, 옆구리야! 여보, 무슨 일이 있어도

저기 보이는 배 몇 개를 먹어야겠어요!

그렇지 않으면 죽을 것 같아요.

저 자그마한 배 몇 개를 먹고 싶어 한 지 한참 됐어요.

제발요, 하늘의 여왕 되신 성모 마리아의 사랑을 생각해서요,

여보, 저와 같은 상황에 있는 여자들은 말이죠,

과일이 너무 당기는데 그걸 못 먹으면 죽을 수도 있어요."

2338 그가 말했습니다. "이를 어쩌나, 나는 앞을 못 보는데!
여기엔 저 나무를 기어 올라갈 만한 하인 한 명 없는데!"
그러자 그녀가 말했습니다. "여보, 문제없어요.
당신만 허락해 주신다면
당신 팔로 저 배나무를 잡으세요.
당신이 저를 믿지 못하신다는 것을 제가 잘 아니까요.
그러고 나면 제가 당신 등에 발을 올려놓고
충분히 올라갈 수 있어요."

2346 그가 말했습니다. "물론 그렇게 해도 돼.
당신을 도울 수만 있다면 내 심장의 피라도 내놓을 거야."
그가 몸을 구부렸고, 그녀는 그의 등을 밟고 서서
가지를 잡고 위로 휙 올라갔습니다.
숙녀 여러분, 제발 저에게 화내지 말아 주시기를 빕니다.
저는 돌려 말할 줄 모릅니다. 저는 무식한 놈이니까요.
그리고 다미안은 갑자기 순식간에
치마를 휙 들어 올려 쑥 밀고 들어갔습니다.

2354 플루톤이 이런 엄청난 짓거리를 목격했을 때
그는 재뉴어리에게 시력을 되돌려 주어
재뉴어리가 아주 선명히 볼 수 있게 만들었습니다.
그가 다시 볼 수 있게 되었을 때
더할 나위 없이 행복했습니다만,
가장 보고 싶었던 것은 오직 그의 부인뿐이었습니다.

2360 그는 두 눈을 들어 나무 위를 보았는데

제가 저속하게 말하지 않는다면 차마 표현할 수 없는 작태로
다미안이 자기 아내한테 하고 있는 꼴을 보게 되었습니다.
그러자 마치 아이가 죽게 되었을 때 엄마처럼
그는 난리를 치며 소리소리 질러 댔습니다.
"나가! 이 일을 어째! 세상에!"
그는 고함을 질러 댔습니다.
"이 뻔뻔하고 천한 년, 이게 무슨 짓이야?"
그러자 그녀가 대답했습니다. "여보, 왜 그러세요?   2368
참으시고, 이성을 되찾으세요.
제 영혼을 걸고 말씀드릴게요,
저는 당신이 시력을 되찾게 하려고 그랬던 거라고요.
거짓말이 아니에요.
제가 알기로, 당신 눈을 고치고, 당신이 볼 수 있게 하려면
나무 위에서 남자와 버둥대는 것보다 좋은 게 없다고 했어요.
제가 정말 좋은 의도로 그렇게 했다는 건 하느님이 아세요."
"버둥댄다고?   2376
분명히 그놈 물건이 안으로 쑥 들어갔잖아!
너희 두 연놈들, 동네방네 조리돌림을 당하도록 하겠다!
그놈이 너하고 그 짓을 했잖아, 내가 눈으로 다 봤다고.
그게 아니면 내 목을 내놓는다!"
"그렇다면 제가 약을 잘못 썼나 보네요.   2380
왜냐하면 당신이 볼 수 있다면,
제게 그렇게 말씀하지는 않을 테니까요.

당신은 어렴풋이만 볼 수 있고,

시력이 완전히 회복되지는 않았나 봐요."

2384 "나는 그 어느 때보다 잘 볼 수 있단 말이야!

오 하느님, 감사합니다! 맹세코,

이 두 눈으로 봤을 때, 저놈이 당신한테 그 짓을 한 것 같았어."

2387 "당신이 눈이 부시고 아직 멍한 거예요.

여보, 제가 당신을 보게 했으니 당신은 제게 고마워하셔야지요.

원 참, 세상에! 저는 왜 이렇게 착하게 굴었던 걸까요!"

2390 "여보, 이 모든 것은 그냥 잊자.

사랑하는 우리 여보, 내려와. 내가 만약 말을 잘못했다면

하느님 맙소사, 진짜 미안해.

하지만 우리 아버지 영혼을 걸고 말하는데

당신이 다미안이랑 누워 있고

당신 치마가 그놈 가슴팍 위에 올라간 것을 본 것 같았어."

2396 "그래요, 당신 좋으실 대로 생각하세요.

하지만 여보, 사람이 잠에서 깨어나면

완전히 정신이 들 때까지는

주변을 제대로 신경 쓰지 못하고 완전히 보지도 못하잖아요.

오랫동안 보지 못했던 사람도 마찬가지예요.

시력이 갑자기 정상으로 돌아오는 것은 아니에요.

처음에 시력이 새로 돌아오면

하루 이틀 정도 지나야 제대로 볼 수 있게 되지요.

당신 눈이 어느 정도 자리 잡을 때까지는

헛것이 많이 보이는 법이에요.

여보, 제발 부탁인데,

많은 사람들이 본다고 생각하지만

보이는 것과 진짜는 전혀 다르답니다.

생각을 잘못하면 판단을 그르치게 되고요.”

이 말을 하고 그녀는 나무에서 풀쩍 뛰어내렸습니다.

이 재뉴어리 말고 기쁜 사람이 누가 있겠습니까?　　　　　　　2412

그는 그녀에게 키스하고, 자꾸자꾸 껴안았고

그녀의 배 위를 아주 부드럽게 톡톡 치면서

그녀를 자신의 궁전, 집으로 데려왔습니다.

재뉴어리에 대한 제 이야기는 이렇게 끝나니

하느님과 성모 마리아께서 여러분을 축복하시기를!

(여기서 상인의 재뉴어리 이야기가 끝난다.)

에필로그

“아! 세상에!” 하고 숙소 주인이 말했다.　　　　　　　2419

“하느님, 저한테는 저런 마누라가 오지 않게 해 주십시오!

여자들은 얼마나 잘 속이고 잘 꾸며 넘기는지!

우리 순진한 남자들을 속여 넘기려고

여자들은 항상 벌처럼 분주하지요.

그리고 항상 진실에서 잘도 비껴 나지요.

상인의 이야기가 그걸 잘 입증하는군요.

사실 저도 아내가 있는데요,

그녀는 돈은 없지만 진실한 여자입니다.

하지만 그녀의 혀는 와글와글 떠들어 대지요.

그것 말고 다른 악덕도 엄청 많고요.

어쩌겠습니까. 그런 일들은 다 넘어가지요.

하지만 아세요? 비밀을 말씀드리자면

저는 그 여자에게 묶여서 정말 있는 대로 속이 상합니다.

그녀의 결점을 일일이 세어 본다면,

저는 미련퉁이 같은 놈일 겁니다.

왜냐고요? 여기 계신 분들 중 누군가가

그녀에게 낱낱이 알려 줄 테니까요.

누가 그럴 것이냐, 그것은 밝힐 필요가 없지요.

여자들은 그런 거래를 잘하니까요.

그리고 저도 그녀 결점을 다 말할 정도로 머리가 좋지 않아요.

그러니 제 이야기는 끝났습니다."

제5장

수습 기사의 이야기

서문

"수습 기사 양반, 할 수 있으면 이리 좀 와 보시죠. 1

뭔가 사랑 이야기 하나 해 보시구려.

사랑 이야기라면 누구보다 많이 알 것처럼 보이니."

그러자 수습 기사가 말했다.

"아닙니다. 하지만 그렇게 말씀하시니

그 뜻에 따라 기꺼이 이야기를 하나 해 보겠습니다.

제가 조금 실수하더라도 용서해 주십시오.

저는 좋은 뜻으로 하는 거니까요. 그럼 이야기하겠습니다."

수습 기사의 이야기

(여기서부터 수습 기사의 이야기가 시작된다.)

제1부

9   타르타르 땅 사라이*에

러시아와 전쟁을 시작한 왕이 살고 있었는데,

그 전쟁 때문에 많은 용감한 사람들이 죽었습니다.

이 고귀한 왕의 이름은 칭기즈 칸,

그가 살던 시대에 명성을 크게 떨쳐

모든 면에서 그렇게 뛰어난 군주는 어디에도 없었습니다.

그는 왕의 자질은 어느 것 하나 빠짐없이 다 갖추었습니다.

그가 태어난 곳에서 믿는 종교에 따라

그는 자신이 서약한 법도를 준수했습니다.

게다가 그는 강인하고 현명하고 부유했으며,

동정심이 넘치면서도 정의로워서 항상 공평했습니다.

자신이 한 말을 지켰고 자비로우며 명예를 중시했습니다.

그는 원의 중심처럼 심중이 한결같았고

젊고 기운차고, 힘이 센 데다

궁정의 어떤 기사보다도 무예가 뛰어나기를 원했습니다.

그의 용모는 준수했고, 행운이 따르는 자였으며,

지위에 알맞게 위엄 있게 행동하여

그 어디에서도 그와 같은 사람을 찾기 어려웠습니다.

28   이 고귀한 왕 타르타르의 칭기즈 칸은

부인 엘페타를 통해 두 아들을 얻었는데

큰아들의 이름은 알가르시프였고

다른 아들의 이름은 캄발로였습니다.

이 훌륭한 왕은 딸도 있었는데

그 딸은 막내로 이름은 카나세였습니다.

하지만 그녀의 미모를 묘사하는 것은

저의 말재주나 제 능력을 벗어나는 일입니다.

그런 일은 엄두도 나지 않습니다.

제가 쓰는 영어로는 그 아름다움을 다 담아내지 못합니다.

그녀를 하나하나 묘사하려면

알맞은 비유를 잘 구사하는

탁월한 수사학자여야 할 것입니다.

저는 그런 사람이 못 되니, 제 능력껏 이야기하겠습니다.

칭기즈 칸이 왕관을 쓰고   42

스무 번의 겨울을 보냈을 때

매년 하던 관습에 따라,

그는 자기가 살던 도시인 사라이* 전체에

3월 15일에 생일잔치를 열겠다고 포고령을 내렸습니다.

태양의 신 포이보스는 아주 기쁘게 환히 비추었습니다.

그는 화성 앞에서 가장 높이 솟은 곳 가까이 있었고,

열두 별자리 중에서도

툭하면 화내고 흥분하는 양자리 안쪽에 있었기 때문입니다.

날씨가 따뜻하고 화창해서

밝게 빛나는 태양을 따라 이제 막 파릇파릇해진 계절을 맞은

들짐승들도 우렁차게 사랑을 노래하고 있었습니다.

찌르듯 차갑던 겨울의 칼날에서 이제 보호받을 듯했으니까요.

58 제가 말했던 이 칭기즈 칸은 웅장한 그의 궁전에서
   왕복을 입고 왕관을 쓰고 높은 단 위에 앉아
   이 세상에 그와 같은 것은 다시 찾기 어려운
   장엄하고 호화스러운 연회를 베풀었습니다.
   연회의 모든 차림새를 이야기하려면
   여름날 하루가 다 걸릴 것이니
   그날 식사의 코스를 일일이 묘사할 필요는 없을 것입니다.
   저는 그날 나온 진기한 스튜,
   백조 요리, 어린 왜가리 요리에 대해 말하지 않겠습니다.
   또한 옛 기사들 말로는, 우리 나라에서는 별것 아니지만
   그 나라에서는 아주 별미라고 여기는 요리도 나왔습니다.
   그 모든 것을 다 전해 줄 수 있는 사람은 없을 것입니다.
   벌써 아침 9시이니 더는 이런 이야기를 하지 않겠습니다.
   그것들은 이야기의 핵심이 아니어서 시간 낭비이니까요.
   제가 처음에 말했던 주제로 돌아가겠습니다.

76 세 번째 요리가 나온 후, 왕이 위엄 있게 앉아
   음유 시인들이 그의 앞에서
   감미롭게 연주하는 악기 소리를 듣고 있을 때
   갑자기 그 홀의 문으로
   놋쇠 말을 탄 기사가
   손에 커다란 유리 거울을 들고 나타났습니다.
   그는 엄지손가락에 황금 반지를 끼고 있었고

옆구리에는 칼집에서 빼낸 칼이 매달려 있었습니다.

그는 높은 연단의 주빈석으로 갔습니다.

이 기사를 보고 놀라 홀 전체에 정적이 감돌았습니다.

늙은이나 젊은이나, 뚫어지게 그를 쳐다볼 뿐이었습니다.

이렇게 갑자기 나타난 이 이상한 기사는 89

머리만 제외하고 아주 호사스러운 갑옷을 입고 있었는데

그는 왕과 왕비 그리고 모든 귀족들에게

그들이 홀에 앉아 있는 서열에 따라

매우 예의 바르고 공손하게 인사를 올렸습니다.

태도나 말씨가 매우 훌륭해서

옛 기사도의 대표자 가웨인이

요정 나라에서 다시 살아 돌아오더라도

이 이상한 기사에게 고쳐 줄 말이

하나도 없을 정도였습니다.

높은 주빈석 앞에서 인사를 드린 뒤에 98

그는 남자다운 목소리로 메시지를 전했는데

자기네 나라 말의 형식에 따라

음절이나 글자에서 한 치의 실수도 없었습니다.

또한 그의 이야기가 더욱 잘 전달되도록

말의 내용에 맞추어 표정도 지었습니다.

마치 웅변학에서 학생들에게 가르치는 것처럼 말입니다.

비록 제가 그의 문체를 따라 할 수 없고

그렇게 높은 단계로 갈 수도 없지만

전반적인 의미는 말할 수 있을 것 같습니다.

제가 제대로 기억하고 있다면

그가 하려던 이야기는 이 비슷한 이야기일 것 같습니다.

110 기사는 말했습니다.

"아라비아와 인도의 왕이신 제 주군께서

이 경사스러운 날에 가장 큰 축복을 담아

인사의 말씀을 전하나이다.

그리고 전하의 생신을 축하하기 위해

언제라도 전하의 명령을 따르고자 대령 중인 저를 통해

이 놋쇠 말을 보내셨습니다.

이 말은 하루 동안, 즉 24시간 동안

아주 잘 달릴 수 있습니다.

전하께서 원하시는 곳으로

비가 오나 해가 뜨나 전하의 마음이 동하시는 곳으로

전하에게 어떤 해도 끼치지 않고 갈 수 있나이다.

122 혹시 전하께서

독수리가 솟구쳐 오르듯 대기 속으로 높이 날고 싶으시다면

이 말은 전하를 모시고

전하께서 말 위에서 주무시건 쉬시건

전하께서 원하는 곳에 도착하실 때까지

어떤 해도 끼치지 않고 날아갔다가

말에 달린 핀을 한 번 돌리면 다시 돌아올 것입니다.

이 말을 만든 자는 매우 기묘한 장치들을 잘 알고 있습니다.

그는 말의 장치를 완성하기 전에
많은 별자리를 관찰했고
많은 마법의 봉인들과 통제력을 깨쳤습니다.
제 손에 들고 있는 이 거울 또한   132
특별한 힘을 가지고 있습니다.
만약 전하의 영토에 혹은 전하의 신상에 어떤 역경이 닥치면
사람들은 이 거울 속에서 그것을 볼 수 있고,
누가 전하의 벗이고 적인지 분명히 아실 수 있습니다.
이 모든 것에 덧붙여,   137
만약 어떤 아름다운 여인이 누군가에게 마음을 두고 있는데
그 남자가 배신한다면,
여인은 그의 배신, 그의 새로운 사랑, 그의 모든 속임수를
너무나 분명히 볼 수 있어서 아무것도 감출 수가 없습니다.
이러한 이유로, 저의 주군께서는
사랑하기 좋은 이 봄철에
전하께서 지금 보고 계시는 이 거울과 반지를
전하의 뛰어나신 따님 카나세 공주님께 보내셨습니다.
이 반지가 가진 힘은 다음과 같습니다.   146
공주께서 이 반지를 엄지손가락에 끼거나,
주머니에 간직하시면
하늘 아래 날아다니는 날짐승이 하는 말을
공주께서는 다 이해하실 수 있고
그 뜻을 또렷하고 분명하게 알 수 있으며

그 짐승의 언어로 대답도 하실 수 있습니다.

또한 뿌리를 내리고 자라나는 약초는

그 무엇이든 아실 수 있어서

사람의 상처가 매우 깊고 크더라도

그에게 어떤 약초가 효험을 보일지 아실 수 있습니다.

156 제 옆구리에 찬 이 칼 또한 놀라운 힘을 갖고 있습니다.

전하께서 누굴 내리치시든 이 칼은 갑옷을 뚫고 들어가,

그 갑옷이 가지가 무성한 참나무처럼 두껍더라도

자르고 벨 수 있습니다.

또한 이 칼을 맞아 상처를 입은 사람은

전하께서 은혜를 베푸시어

칼의 넓적한 부분으로 상처 부위를 톡톡 쳐 주시기 전에는

결코 낫지 않을 것입니다.

다시 말씀드리자면

칼의 뭉툭한 쪽으로 상처를 쳐 주셔야 그 상처가 아뭅니다.

이것은 거짓이라곤 눈곱만큼도 없는 진실이옵니다.

전하께서 칼을 갖고 계신 동안 그 힘은 변함없을 것입니다."

168 기사는 자기 이야기를 마친 후

홀 밖으로 나가 말에서 내렸습니다.

빛나는 태양처럼 반짝이는 말은

돌처럼 조용히 궁정에 서 있었고

기사는 방으로 가서 갑옷을 벗고 저녁 식사를 했습니다.

174 선물들, 즉 칼과 거울은 격식을 갖추어 운반되었습니다.

이 일로 임명된 신하들이 그것들을 곧 높은 탑으로 옮겼습니다.

그리고 반지는 식사하던 카나세에게 정중하게 바쳤습니다.

하지만 참으로, 거짓말 하나 안 보태고,

놋쇠로 만들어 움직이지 않는 이 말은

마치 땅에 달라붙은 것처럼 서 있었습니다.

기중기, 도르래, 어떤 수를 써도

아무도 그 자리에서 그 말을 내보낼 수 없었습니다.

왜 그랬을까요? 그들이 기술을 몰랐기 때문입니다.

그래서 기사가 사람들에게 방법을 알려 줄 때까지

그 자리에 말을 내버려 두었습니다.

그 자리에 서 있는 말을 보기 위해   189

많은 사람들이 사방에서 벌 떼처럼 모여들었습니다.

그 말은 키도 크고 몸집이 두툼하고 길었는데

몸이 균형 잡히고 힘이 세서

마치 롬바르디아산 말처럼 보였습니다.

또한 말에게 필요한 미덕은 다 갖추었고 눈썰미도 있어

혈통 좋은 아풀리아산 경주마 같았습니다.

사람들이 보기에, 타고난 면으로나, 가르칠 재주로 보나

머리끝부터 발끝까지

흠잡을 것이 하나도 없어 보였습니다.

하지만 사람들의 가장 큰 궁금거리는   199

이 말이 놋으로 만들어졌는데

어떻게 움직일 수 있을까 하는 것이었습니다.

그 말은 요정 나라에서 온 것처럼 보였습니다.

많은 사람들이 온갖 생각을 하고 있었습니다.

사람 머릿수만큼이나 의견이 제각각 달랐습니다.

그들은 벌 떼처럼 웅성웅성거리며

자기들 상상에 따라 격론을 벌였습니다.

옛날 시를 인용하며

어떤 사람들은 이것이 날개 달린 천마 페가수스 같다 하고,

아니면 옛날 로맨스에서 읽은 것처럼

트로이를 멸망시킨 그리스 사람 시논의 목마라고 했습니다.

212   어떤 사람은 "정말 두렵네, 아무래도 저 안에

우리 도시를 점령하려고 무장한 병사들이 있을 것 같아.

한번 조사해 보는 게 좋을 듯싶어"라고 말했습니다.

어떤 사람은 옆 사람에게 조용히 속삭이며 말했습니다.

"저건 거짓말이에요,

저 말은 마술사들이 큰 연회에서 공연하는 것처럼

마술로 조작한 환상처럼 보여요."

갖가지 억측을 하며 그들은 입방아를 찧었습니다.

무지한 사람들은 자기들이 이해할 수 있는 것보다

훨씬 정교하게 만들어진 것을 보면

온갖 추측을 다 하는 법인데

그러면서 보통은 나쁜 쪽으로 생각하는 경향이 있지요.

225   그리고 어떤 사람들은

가장 큰 탑으로 옮긴 거울에 대해서도

어떻게 그 거울로 그런 것들을 볼 수 있는지 궁금해했습니다.

어떤 사람들은 각도를 잘 조절하고 반사 방법을 배분하면

자연의 원리로 가능하다고 말하며

로마에 그런 것이 있다고 말했습니다.

살면서 기묘한 거울이나 광학 렌즈에 대해 글을 썼던

알하젠, 비텔로, 아리스토텔레스 이야기도 했습니다.

누군가 그들의 책을 읽어 주는 것을 들은 적이 있기 때문입니다.

다른 사람들은 온갖 것을 뚫고 들어갈 수 있다는   236

칼을 궁금하게 여겼습니다.

그러면서 텔로푸스왕에 대해 이야기하고

방금 여러분이 들은 칼과 마찬가지로

사람에게 상처를 입히기도 하고 치료도 하는 창을 갖고 있던

아킬레우스에 대해서도 이야기했습니다.

그들은 금속을 단단하게 하는 여러 방법을 이야기하면서

그때 사용하는 약품들과 최적의 시기 등을 이야기했는데,

적어도 저는, 그런 방법은 모르겠습니다.

그리고 카나세의 반지에 대해서도 이야기했는데   247

한목소리로 그런 반지를 만드는 기술은 정말 신기하다며,

그런 기술에 대해 한 번도 들어 본 적이 없다고 했습니다.

모세와 솔로몬왕은 신묘한 재주가 있다고 알려져 있어

그들만 예외라 할 수 있고요.

사람들은 이렇게 말하며 자기네끼리 쑥덕거렸습니다.

어떤 사람들은 고사리 재로 거울을 만드는 것도 신기하고

거울이 고사리처럼 안 보인다는 것도 신기하다고 말했습니다.
하지만 오래전부터 거울 제조법은 알고 있었기 때문에
그것에 대해 신기해하며 수다 떠는 것은 금방 그쳤습니다.
마치 천둥의 원인이나 조수(潮水)의 움직임, 거미줄과 안개 등
온갖 것에 대해 그 원인을 알기 전까지는
열심히 떠들고 궁금해하는 것과 같은 거죠.
이처럼 사람들이 온갖 수다를 떨며 이런저런
추측을 하고 있는데 마침내 왕이 자리에서 일어났습니다.

263   태양의 신 포이보스는 자오선을 지나갔고
동물의 제왕인 사자자리가 별 알드리안을 거느리고
위로 올라가고 있을 때
칭기즈 칸은 높다란 자리에 앉아 있다가
테이블에서 일어났습니다.
그의 앞으로 주악이 큰 소리로 울려 퍼졌고
천상의 소리처럼 음악이 흘러나오는 알현실에 이르렀습니다.
물고기자리에 비너스 여신이 높이 자리 잡아
다정한 눈길로 자신의 자녀들을 보고 있었으므로
욕정 넘치는 비너스의 소중한 자녀들이 춤을 추었습니다.

275   고귀한 왕은 보좌에 앉았습니다.
외국인 기사는 왕의 앞으로 불려 나와
카나세와 춤을 추었지요.
잔치 분위기가 어찌나 흥겨웠는지
저처럼 머리 둔한 사람은 도저히 묘사를 못 하겠습니다.

여러분을 위해 그런 황홀한 분위기를 묘사하려면
사랑과 연애에 대해 빠삭하게 알고
5월처럼 싱그럽고 생기가 넘쳐야 할 것입니다.
새로운 춤 동작들, 유쾌한 모습, 미묘한 눈길,   283
또 질투심 많은 사람들이 알아채지 못하게 새침 떠는 모습,
이런 것들을 누가 말해 주겠습니까?
오직 랜슬롯 기사만 할 수 있는데 그는 이미 죽지 않았던가요?
그러므로 저는 기쁨에 찬 이 장면은 건너뛰겠습니다.
더 이상 이야기하지 않고
그들이 저녁 먹으러 갈 때까지 즐기도록 내버려 둡시다.
음악이 연주되는 동안 궁정 대신은   291
케이크와 와인을 속히 가져오라 명령했고
수행원들과 수습 기사들이 가서
향긋한 케이크와 와인을 바로 가져왔습니다.
사람들이 먹고 마시다가 이 모든 것들이 끝나자,
마땅히 그러해야 하듯, 신전으로 향했습니다.
예배가 끝나고 사람들은 하루 종일 식사를 즐겼습니다.
그들의 화려함에 대해 무슨 이야기를 더 하겠습니까?
연회에는 지위 고하를 막론하고 모두를 위한 음식이 넉넉하고,
진기하고 맛난 음식이 있다는 것은 누구나 알고 있습니다.
저녁 식사가 끝나자 고귀한 왕은
놋으로 만든 말을 보려고
귀족들, 귀부인들과 함께 일어섰습니다.

305   트로이의 대포위 사건 때

        사람들은 말 때문에 신기해했는데

        그때 이후로 말에 대해 이렇게 신기해한 적은

        이 놋쇠 말이 처음이었습니다.

        마침내 왕은 기사에게

        이 경주마의 힘과 능력에 대해 질문하며

        이 말을 어떻게 다루면 되는지 알려 달라고 청했습니다.

312   기사가 말고삐 위에 손을 얹자

        말은 즉시 팔딱팔딱 뛰고 춤추기 시작했습니다.

        기사가 말했습니다. "전하, 이것이면 됩니다.

        전하께서 어디든 가고 싶으시면

        귀에 꽂힌 핀을 돌리시면 됩니다.

        그 방법은 전하와 저만 있을 때 말씀드리겠습니다.

        어디든 가고 싶으신 장소를 말씀하십시오.

        그리고 원하던 곳에 도착하면,

        핀 안에 이 기기의 작동 원리가 다 담겨 있으니

        말에게 내려가라 명하시고 또 다른 핀을 돌리십시오.

        그러면 말은 전하께서 원하시는 대로 내려가서

        그곳에서 조용히 멈춰 서 있을 것입니다.

        온 세상이 아무리 반대로 움직여 보려 해도

        말을 끌어내거나 다른 곳으로 가게 하지 못할 것입니다.

        혹시 말을 타고 다른 곳으로 가고 싶으시면,

        이 핀을 돌리십시오. 그러면 말은 즉시

이 세상 어느 누구도 볼 수 없는 곳으로 사라졌다가

밤이건 낮이건, 전하께서 부르시면 다시 돌아올 것입니다.

그 방법 역시 전하와 저만 있을 때 알려 드리겠습니다.

원하실 때 타십시오. 그것 외에는 아뢸 말씀이 없습니다."

기사에게 말을 다루는 법에 대한 모든 정보를 얻게 되자   335

이 고귀하고 용감한 왕은 매우 기쁘고 기분이 좋아져서

연회 자리로 돌아갔습니다.

말굴레를 왕의 탑으로 옮겨 보석들 사이에 보관했고

말은 홀연히 사라졌습니다.

어떻게 시야에서 사라졌는지는 저도 모릅니다.

제게 물어보셔도 더는 아실 수가 없습니다.

아무튼 이렇게 흥겨운 분위기 속에 다시 해가 돋을 때까지,

칭기즈 칸이 귀족들을 대접하도록 내버려 두시죠.

제2부

소화를 돕는 유모인 잠이   347

그들에게 윙크하면서

많이 먹고 마시고 놀았으니 이제 쉬라고 알려 주었습니다.

잠은 하품하는 입으로

거기 있는 사람들에게 키스하면서,

이제 체액 중 혈액이 주도권을 잡는 시간이니

자야 한다고 말했습니다.

"혈액은 자연의 친구예요. 그러니 소중히 여겨야 해요."

두세 명씩 사람들은 하품하며 잠에게 고맙다고 말한 뒤

모두 자러 들어갔습니다. 자는 게 좋겠다고 생각했지요.

357 그들이 어떤 꿈을 꾸었는지는 모르겠습니다.

와인을 많이 마셔 머리에 술기운이 가득해서인지

그들은 아무 의미 없는 꿈만 꾸었습니다.

카나세를 제외하고 대부분의 사람들은

아침 9시가 될 때까지 실컷 잤습니다.

카나세는 여자들이 그렇듯 술을 절제했던 것이죠.

저녁이 되자 그녀는 아버지에게 인사하고 쉬러 갔습니다.

그녀는 안색이 초췌해지기를 원하지 않았고,

아침에 기운 없어 보일까 봐 일찍 잠자리에 들었던 거죠.

그리고 첫 번째 꿀잠을 자고 잠에서 깼습니다.

그녀는 이상한 반지와 거울 때문에 기분이 너무 좋아서

스무 번도 넘게 얼굴빛이 바뀌었습니다.

그녀는 거울이 남긴 인상이 깊었으므로

자면서 신기한 꿈을 꾸었습니다.

그래서 태양이 미끄러지듯 높이 올라가기 전에

자기 곁에 있던 보모를 불러

일어나겠다고 말했습니다.

376 그녀의 보모처럼 늙은 여인들은 일반적으로 현명하여

즉시 대답했습니다.

"공주님, 사람들이 아직 모두 잠자리에 있는데

이렇게 일찍 어딜 가시려고요?"
공주가 대답했습니다. "나는 일어나고 싶어,
더 이상 잠이 안 와. 그래서 산책이나 하려고."
보모는 시녀들을 불러 일어나게 했는데
족히 열 명이나 열두 명은 될 겁니다.
상큼한 카나세 역시 일어났습니다.
그녀가 준비되었을 때 그녀 얼굴은
양자리에서 4도 정도 위쪽에서 달리고 있던
젊은 태양처럼 붉은빛으로 찬란하게 빛났습니다.
그녀는 산책을 즐기기 위해
싱그럽고 향기로운 계절에 어울리는 옷을 입고
대여섯 명의 시녀만을 거느린 채
편안하게 걸음을 나서
정원 안의 오솔길로 들어섰습니다.
땅에서 피어오르는 아지랑이 때문에   393
태양은 더 붉고 커 보였습니다.
풍경이 너무 아름다워 마음까지 가벼워지는 듯했습니다.
계절 덕택인지, 새벽녘이어서인지
그녀는 새들의 노랫소리를 듣게 되었는데
듣는 즉시, 그 노래의 의미를 다 알 수 있었습니다.
이야기라는 것은 주된 초점이 있는 법인데,   401
만약 이야기가 계속 지체되어 너무 오래 듣는 바람에
계속 듣고 싶은 마음이 식어 버리면

그 장황함 때문에 이야기의 맛은 스르르 사라지는 법이지요.

마찬가지로 저도 빨리 이야기의 초점으로 나아가

그녀의 산책을 서둘러 끝내야 할 것 같군요.

409 바짝 말라서 백묵처럼 허예진 나무 밑에서

카나세는 산책을 즐기고 있었는데

그녀 머리 위쪽으로 매 한 마리가 높이 앉아

너무 서럽게 울어 온 숲에 그 울음소리가 울려 퍼졌습니다.

매는 너무나 비통해하며

자기 날개로 스스로의 몸을 내리쳐

그녀가 서 있는 나무줄기를 타고

매의 붉은 피가 주르르 흘러내렸습니다.

매는 쉬지 않고 계속 울부짖으며 통곡하고

부리로 자기 몸을 쪼아 대어

산에 살건 숲에 살건, 호랑이건, 아무리 잔인한 짐승이건,

울 수 있는 짐승은 모두 함께 눈물을 흘렸습니다.

목이 터져라 통곡하는 매를 보고 가슴 아팠기 때문입니다.

423 만약 제가 매를 잘 묘사할 수 있다면

깃털의 아름다움, 귀족다운 풍모 등

생각할 수 있는 어떤 면을 살펴봐도

이 매에 견줄 만한 매는 없다고 말할 수 있을 것입니다.

이 매는 타국 땅에서 온 송골매처럼 보였는데

이 암컷 매는 피를 너무 많이 흘려서인지 연거푸 기절했고,

결국 나무에서 떨어졌습니다.

아름다운 카나세 공주는   432
손가락에 그 기묘한 반지를 끼고 있었는데
덕분에 어떤 짐승의 언어로 말을 해도
구절구절 알아듣고 다시 그 언어로 대답할 수도 있었으므로
매의 말을 듣고 너무 안타까워 죽을 지경이 되었습니다.
그녀는 나무 쪽으로 황급히 다가가
마음 아파하며 매를 바라보다가 치마를 활짝 폈습니다.
매가 피를 너무 많이 흘려서 한 번 더 기절하면
나무에서 떨어질 것을 알았기 때문입니다.
공주는 서서 한참을 기다리고 있다가
마침내 매에게 말했습니다.
"네가 왜 이런 처참한 고통을 겪는지 말해 줄 수 있겠니?   447
너는 지옥에서 고통스러워하는 복수의 여신들 같구나."
카나세는 매에게 물었습니다.
"누군가가 죽은 거니? 아니면 사랑을 잃어 슬퍼하는 거니?
내 생각으로는 고귀한 자들이 슬픔에 잠기는 이유가
그 두 가지인 것 같아서 그래.
다른 고통은 말할 필요가 없지.
네가 자꾸 자해하는 것을 보니
이런 미친 듯한 행동을 하는 원인이
분노나 두려움 둘 중 하나인 게 분명하구나.
너를 쫓아오는 다른 동물들이 보이지 않으니 말이야.
제발, 네 몸을 아끼렴.

아니면 어떻게 도와줄 수 있겠니?

동서남북 통틀어

이렇게 스스로를 괴롭히는 새나 짐승을

이제까지 나는 한 번도 본 적이 없어.

네가 그토록 슬퍼하니 이젠 내가 죽겠구나.

정말 안쓰럽구나. 제발 나무에서 내려오렴.

나는 왕의 딸이니

네 슬픔의 이유를 알고, 내가 할 수 있는 범위의 일이라면

밤이 되기 전에 해결해 볼게.

오 자연을 지으신 하느님, 저를 도우소서!

그리고 나는 네 상처를 금방 치료할 수 있는

약초도 얼마든지 찾을 수 있어."

472 그러자 매는 그 어느 때보다 더 애끊게 통곡하더니

곧 땅에 떨어져 죽은 듯이 돌처럼 누워 있었습니다.

카나세는 치마폭에 매를 올려놓고 한참을 기다렸습니다.

실신했다가 깨어난 매는 매의 언어로 이렇게 말했습니다.

"고귀한 자들의 마음에는 동정심이 금방 생기지요.

사람들이 다 알듯이,

그들이 다른 사람의 고통을 자기 일처럼 느낀다는 것은

책이나 사람들의 행동에서 매일 입증됩니다.

고귀한 마음은 고귀한 성품을 드러내지요.

아름다운 카나세 공주님,

자연이 공주님의 천성에 새겨 놓은 여성다운 다정한 성품으로

제 어려움을 동정하신다는 것을 제가 잘 압니다.

상황이 더 나아지리라 기대해서가 아니라

단지 공주님의 너그러운 마음에 보답하고

제 이야기를 통해 다른 사람들이 조심할 수 있도록

— 벌 받는 강아지를 보고 사자가 교훈을 얻는 것처럼 —

바로 그러한 이유와 목적으로

제가 죽기 전, 시간과 기회가 아직 남아 있을 때

저의 아픈 사연을 말씀드리겠습니다."

매가 자신의 슬픈 사연을 이야기하는 동안   495

카나세는 물이 되는 게 아닌가 싶을 정도로 마냥 울었습니다.

결국 매가 그녀에게 고정하시라고 말하면서

한숨을 쉬더니 자신의 사정을 이야기했습니다.

"제가 태어나고 — 아, 태어난 그날! —   499

자랐던 회색빛 대리석 절벽 위에서

저는 아주 곱게 자라 저를 괴롭히는 것은 아무것도 없었고

저는 역경이라는 것이 뭔지 몰랐습니다.

그러다가 저는 하늘 높이 솟구쳐 날아올랐지요.

그때 제 가까운 곳에 수컷 매가 살고 있었는데

그 매는 모든 고결함의 원천인 것처럼 보였습니다.

비록 그 매는 거짓과 음모로 가득했지만

겸손한 행동 밑에 본성을 꼭꼭 숨겨 놓고 있었습니다.

그의 진실한 듯한 외양과 사람을 기분 좋게 하는 태도,

빈틈없는 배려로 인해

그가 사람들을 속이고 있다고는 누구도 생각 못 했습니다.

본색을 숨기고

완전히 다른 빛깔로 감쪽같이 물들여 놓았으니까요.

마치 독사가 베어 물 기회를 얻을 때까지

꽃 속에 몸을 숨기고 있듯

이 사랑의 위선자는 격식을 잘 갖추고, 매우 순종적이어서

겉보기에는 고귀한 사랑의 법도에 맞게

모든 의무를 충실히 이행하는 것처럼 보였습니다.

마치 묘지 위는 아름다우나, 밑에는 시체가 있는 것처럼

그는 뜨거우면서도 차가운 위선자였습니다.

이렇게 그는 자기 목적을 위해 주도면밀하게 행동하여

악마를 제외하고는 아무도 그의 진의를 몰랐습니다.

523 그가 하도 오랫동안 울며 하소연하고

여러 해 동안 저를 받들어 모시는 척하여

마침내 제 마음에 동정심도 생겼고, 또 제가 순진해 빠진 탓에

그가 극도로 사악한 자라는 것을 전혀 알지 못하고

단지 그가 죽을지도 모른다는 생각에 두려운 나머지

그의 맹세와 서약을 믿고

제 명예를 사적으로나 공적으로 늘 보호한다는 조건으로

그에게 사랑을 허락했습니다.

다시 말하면, 그의 행적을 보고

제 온 마음과 생각을 그에게 주었던 것이지요.

하느님이 아시고, 그 수컷 매도 알고 있지만,

안 그랬다면 제 마음을 허락하지 않았을 것입니다.

영원히 제 마음을 주고 그의 마음을 받아들인 것이지요.

하지만 '정직한 자와 도둑놈은 생각이 다르다'라는 옛말이

정말 맞는 말이더군요.

일이 이렇게 진척되어

말씀드렸듯이 제가 그에게 저의 온 사랑을 허락하고,

그가 자기 마음을 제게 다 주겠다고 맹세했듯이

저의 진실한 마음을 다 바쳤다는 것을 그가 알게 되자,

이중인격자, 호랑이 놈 같은 이자는

지극히 공경하는 태도로 겸손하게 무릎을 꿇었습니다.

그 모습은 너무나 부드러운 연인의 태도였고

너무나 기쁨에 휩싸인 듯한 모습이어서

이아손이나 트로이의 파리스 왕자도,

아니, 사람들이 그 옛날 기록했듯이

두 여자를 사랑한 최초의 인간 라멕 이후 그 어떤 이라도

아니, 인간이 최초로 태어난 이래 그 어느 누구도

이자처럼 사람을 속이는 간교한 재주는

이자의 2만분의 1이라도 가진 자를 찾기 어려울 것입니다.

표리부동함이나 가식에 관한 한   555

아무도 그의 발뒤꿈치를 쫓아가지 못할 것이고

그토록 저에게 찬사를 보내던 사람도 다시없을 것입니다.

아무리 현명한 여자도 그의 매너를 보면

천국을 보는 것처럼 황홀할 지경이었지요.

말과 행동, 모든 면에서 멋지게 채색하고

완벽하게 다듬어져 있었으니까요.

저는 그의 순종적인 행동 때문에

또한 그의 마음속에 진심이 있다고 믿었기 때문에

그를 정녕 사랑했습니다.

만약 어떤 일로 그가 힘들어 하면

그게 아무리 하찮은 일이더라도 제가 알았을 때

마치 죽음이 제 심장을 비틀어 놓듯 아파했습니다.

567　요약하자면, 상황이 이렇게 발전하여

제 의지는 그의 의지의 도구가 된 셈이었습니다.

즉 이치에 맞고 제 명예를 지키는 한도 내에서는

저는 모든 일에서 그의 뜻에 복종했습니다.

하느님이 아시지만,

저는 어느 누구도 이 사람보다 사랑한 적이 없고,

이 사람을 사랑한 만큼 사랑한 적도 없었으며

앞으로도 그렇게는 못 할 것입니다.

574　이런 사랑이 한두 해 이상 지속되었고

저는 그 사람을 좋게만 생각했습니다.

그러다가 마침내 운명의 여신은

제가 있던 곳에서 그가 떠나도록 만들었습니다.

제가 슬퍼했는지는 물어볼 필요도 없지요.

저는 도무지 그것을 표현할 수가 없습니다.

한 가지만은 제가 담대하게 말할 수 있지요.

이 경험을 통해 저는 죽음의 고통이 무엇인지 알았습니다.

그가 제 옆에 없게 되자 그런 아픔을 느꼈던 것입니다.

어느 날, 그는 제 곁을 떠났습니다. 584

정말로 저는 마음이 너무 아파서

그도 저와 같은 심정일 거라 생각했습니다.

그의 말을 듣고, 그의 모습을 보며,

저는 그가 너무나도 진실하다고 생각해서

얼마 지나지 않아 곧 다시 돌아오리라 생각했습니다.

또한 그의 명예를 위해서는,

그런 일이 종종 있듯이, 떠나는 것이 합당해 보였습니다.

어쩔 수 없는 일은 받아들여야 하는 데다

또 달리 방법이 없어 저는 그것을 참고 받아들였습니다.

그리고 최선을 다해 저의 슬픔을 감추고

성 요한의 이름으로 맹세하며 그의 손을 잡고

그에게 말했습니다. '보세요, 저는 당신의 것입니다.

제가 당신에게 그래 왔고, 앞으로도 그렇듯이

당신도 저에게 온 몸과 맘을 주세요.'

그가 뭐라고 답했는지 되풀이할 필요가 없겠지요.

그보다 더 번지르르 말하면서 행동은 악한 자가 또 있을까요?

말은 구구절절 잘도 하면서 행동은 제멋대로였던 것이죠.

'악마랑 밥을 먹는 여자는 긴 숟가락을 써야 한다'라는 말을

들은 적이 있습니다.

그렇게 그는 자기 길을 갔습니다.

그는 자기가 가고 싶은 곳으로 날아갔습니다.

그가 쉬겠다고 마음먹었을 때

아마 이 속담을 염두에 두고 있었을 것입니다.

'모든 것은 본래 자기 상태로 돌아올 때 기뻐한다.'

610   남자들은 천성적으로 새로운 것을 좋아하지요,

사람들이 새장에서 키우는 새들처럼요.

우리가 밤낮으로 새들을 돌보고

실크처럼 곱고 부드러운 밀짚으로 새장을 깔아 주고

설탕과 꿀, 빵과 우유를 넣어 주어도

새장 문이 열리자마자

새들은 자기 발로 컵을 박차고 나가

숲으로 가서 벌레를 잡아먹지요.

그들은 천성적으로 신기한 먹이와 신기한 것을 사랑하니

아무리 고귀한 혈통이라도 그들을 막을 수 없습니다.

621   아, 어찌합니까! 이 매는 그렇게 가 버렸습니다.

그가 고귀한 혈통이었고, 싱그럽고 쾌활한 성격에

용모가 수려하고, 겸손하고 너그러운 자였으나

어느 날 솔개가 날아가는 것을 보더니

갑자기 이 솔개에게 빠져

저에 대한 사랑은 깨끗이 사라지고

그의 진실은 거짓으로 바뀌었던 것입니다.

그렇게 저의 연인은 솔개에게 사랑의 봉사를 바쳤으니

저는 치료할 약도 없는 절망감에 버려진 것이지요!"

이 말을 외치고 매는

카나세의 무릎에서 다시 혼절했습니다.

이 매가 겪은 고통스러운 이야기에 632

카나세와 시녀들은 가슴이 미어지는 것 같았습니다.

그들은 어떻게 해야 이 매가 기운을 차릴지 알지 못했습니다.

하지만 카나세는 자신의 옷자락에 매를 안고 집으로 가서

매가 자기 부리로 쪼아 댔던 곳을

조심스레 붕대로 감쌌습니다.

카나세는 다른 일을 제쳐 놓은 채 땅을 파서 약초를 캐고

고운 빛이 도는 귀한 약초로 연고를 만들어

매를 치료하는 데 전념했습니다.

새벽부터 밤까지 그녀는 모든 정성과 힘을 쏟았습니다.

그리고 침대 머리맡에 새장을 만들고

여성들의 진실함을 상징하는 푸른 벨벳 천으로 씌웠습니다.

새장 바깥쪽은 초록색으로 칠했는데

거기에 박새, 매, 부엉이 등

모든 지조 없는 새들을 그려 넣었습니다.

화가 치솟아, 그 새들 옆에는

그들을 꾸짖고 야단치는 까치도 그려 넣었습니다.

이렇게 매를 돌보도록 카나세는 내버려 두겠습니다. 651

그리고 전해 오는 이야기에 의하면

앞서 이야기했던 왕의 아들인 캄발로의 중재로

그 매의 연인이 후회하여

어떻게 그 매가 자신의 사랑을 다시 찾았는지 등

그녀의 반지에 관한 이야기는

말하기 적당한 때가 다시 올 때까지 접어 두고

저는 여러분이 한 번도 들어 보지 못했던 기적이 일어난

놀라운 모험과 전투 이야기로 돌아가려고 합니다.

661 우선 저는 자신이 살던 시절,

많은 도시를 점령한 칭기즈 칸에 대해 이야기하겠습니다.

그런 후 저는 알가르시프가 어떻게

테오도라를 부인으로 얻을 수 있었는지 이야기하겠습니다.

놋쇠 말이 돕지 않았더라면 그녀를 얻으려다가

그의 목숨은 여러 번 위태로웠을 것입니다.

그런 다음, 나는 캄발로의 이야기를 하겠습니다.

그가 카나세를 차지하기 전,

카나세를 놓고 두 형제와 마상 시합을 벌였던 이야기입니다.

그럼 제가 잠시 멈춰 두었던 이야기로 다시 돌아가겠습니다.

제3부

671 아폴로 신은 전차를 빙그르르 돌리며 치솟아 올라가

간교한 머큐리 신의 집으로 향하는데—.

(이때 시골 유지가 수습 기사에게 하는 말과, 숙소 주인이 시골
유지에게 하는 말이 이어진다.)

"수습 기사 양반, 이야기를 아주 잘했어요.　　　　　　　　　673
좋아요. 아는 게 많은 것 같아요"라고 시골 유지가 말했다.
"나이도 어린데 그렇게 감정을 잘 살려 이야기하다니,
정말 대단합니다!
보아하니 여기 계신 분들 중에
수습 기사님보다 더 잘 이야기할 사람은 없을 것 같습니다.
하느님께서 행운을 내려 주시고,
늘 반듯한 사람으로 살 수 있게 해 주시기를 빕니다.
당신 이야기는 정말 재미있었어요.
나는 아들이 하나 있는데, 성삼위일체를 두고 맹세하건대
지금 내 수중에 20파운드짜리 땅을 갖기보다는
내 아들이 당신처럼 분별력 있는 사람이었으면 좋겠어요.
돈이 있으면 뭐 합니까, 사람 됨됨이가 제대로 되어야지.
나는 아들을 야단쳐 봤고 앞으로도 야단을 칠 거예요.
아들이 제대로 살아 볼 생각이라곤 통 없으니 말입니다.
오로지 노름하고 돈 쓰고
자기 재산을 다 잃는 것이 이놈이 하는 짓거리입니다.
고결함을 제대로 배울 수 있는
훌륭한 분과 이야기하는 것보다
하인 놈과 이야기하는 것을 더 좋아하지 뭡니까."
"고결함이라고? 집어치우시오!"라고 숙소 주인이 말했다.　　695
"시골 유지 어른, 아니 왜 이러십니까!
우리 각자 이야기를 최소한 두 개는 하자고 했던 것 기억하시죠?

안 하면 약속을 깨는 것이에요."

699 　시골 유지가 대답했다. "저도 잘 알지요.

내가 이 젊은이에게 한두 마디 이야기 좀 한다고 해서

나를 너무 나무라지 말아요."

"그러면 아무 말씀 마시고 이야기를 하나 해 보세요."

703 　"숙소 주인님 뜻을 기꺼이 따르지요"라고 시골 유지가 말했다.

"자, 제 이야기를 들어주십시오.

제 머리로 할 수 있는 만큼 최선을 다해서

사회자 뜻을 거스르지 않도록 할 거예요.

제 이야기가 사회자 마음에 들어야 할 텐데.

그렇게만 되면 좋겠는데 말입니다."

시골 유지의 이야기

서문

옛날 옛적 훌륭한 브르타뉴 사람들은   709
그들이 살던 시절의 여러 모험담을
자기들이 쓰던 언어로 운율을 맞추어 노래를 만들었습니다.
그들은 악기로 반주하며 그 노래를 부르거나
이야기를 읽으며 즐거워했지요.
그 노래들 중 제가 기억하는 이야기 하나를
최선을 다해 지금 들려 드리겠습니다.
하지만 여러분, 제가 배운 것이 별로 없어   716
이야기를 좀 투박하게 하더라도
부디 이해해 주시기를 먼저 부탁드리겠습니다.
저는 수사학 같은 것은 배우지 못했답니다.
그래서 제 이야기는 꾸밈새도 없고 그냥 평범할 뿐입니다.

저는 파르나소스산에서 자 본 적도 없고

마르쿠스 툴리우스 키케로를 배운 적도 없습니다.

정말 저는 들판에서 자라는 자연 그대로의 색깔,

혹은 염색하거나 그림 그릴 때 쓰는 색깔 정도만 알 뿐,

수사학적 색채 같은 것들은 제게는 아주 낯섭니다.

제 마음이 그런 것들은 도무지 느끼질 못하는 것 같습니다.

하지만 여러분께서 원하신다면 제 이야기를 해 볼까 합니다.

시골 유지의 이야기

729 브르타뉴라고 불리는 아르모리카 지방에 기사가 있었는데,

어떤 귀부인을 사랑하여 온갖 정성으로 그녀를 섬겼습니다.

그는 이 귀부인의 마음을 얻고자

수고를 아끼지 않았고, 기사로서 무공도 쌓았습니다.

그녀는 해 아래 있는 모든 사람들 중 가장 아름다웠고

게다가 지체 높은 가문 출신이어서

이 기사는 두려운 마음이 들어

감히 자신의 번뇌와 고통, 절망감을 말할 수 없었습니다.

738 하지만 그의 고귀함 때문에

다시 말해서 그가 겸손하고 순종하는 태도를 보여 주었으므로

마침내 그녀는 그의 고통을 안쓰럽게 여겨

그를 자신의 남편으로,

그리고 보통 부부 사이에서와 마찬가지로
아내에게 지배권을 갖는 주인으로 받아들이겠다고
은밀히 그와 약속했습니다.
그리고 더 기쁘게 살아갈 수 있도록   744
그는 기사로서 자진해서 그녀에게 맹세했습니다.
평생 동안 밤이나 낮이나
그녀의 뜻에 거슬리게 그녀를 지배하거나,
조금이라도 그녀에게 질투심을 드러내지 않고
마치 연인들이 자신의 사랑에게 행동하듯이
오직 모든 일에 그녀의 뜻을 따르며
그녀에게 복종하고 살아가겠노라는 맹세였습니다.
다만 자신의 신분에 치욕이 되지 않도록
명목상으로는 지배권을 갖기로 했습니다.
그녀는 그에게 고마워하며 매우 공손하게 말했습니다.   753
"여보, 당신은 고결한 마음을 지니고 계셔서
제가 속박에서 벗어날 자유를 주겠다고 하시니,
하느님께서 부디 제 잘못 때문에
저희 두 사람이 다툴 일이 생기지 않게 하시기를 빕니다.
여보, 저는 당신께 겸손하고 진실한 아내가 될게요.
제가 약속드릴게요. 제 가슴이 터져 죽는 그날까지요."
이렇게 두 사람은 화목하고 평화롭게 살았습니다.
그런데 여러분, 제가 자신 있게 말씀드리겠는데요,   761
친구 사이가 오랫동안 지속되려면

서로 복종해야 합니다.

사랑은 지배권에 의해 구속받는 것이 아니니까요.

지배권이 개입하면, 사랑의 신은 즉각 날개를 퍼덕이며

안녕, 하고 날아가 버립니다!

사랑은 영혼처럼 자유롭습니다.

여자들은 천성적으로 자유를 원하고

노예처럼 구속되고 싶어 하지 않습니다.

사실 남자도 마찬가지지요.

771　사랑에서 가장 잘 참는 자가 누구인지 보십시오.

그는 누구보다 가장 유리한 위치에 서게 됩니다.

인내는 참으로 소중한 덕목입니다.

학자들이 말하듯, 엄격함으로는 결코 얻지 못할 것을

인내는 차지합니다.

말 한마디 한마디를 꾸짖거나 불평해서는 안 됩니다.

참는 것을 배워야지요, 그렇지 않으면

제가 장담하건대, 좋건 싫건 결국 인내를 배우게 됩니다.

이 세상에서 실수하지 않는 사람은 아무도 없으니까요.

분노, 질병, 별자리의 움직임,

술, 근심 혹은 체액의 균형의 변화, 이런 것들 때문에

종종 우리는 행동이나 말 실수를 하게 됩니다.

모든 잘못 하나하나에 대해 보복할 수도 없습니다.

자제력을 아는 사람이라면 누구나

경우에 따라 적절히 절제해야 합니다.

그래서 이 현명하고 훌륭한 기사는

평안을 누리며 살 수 있도록 인내하겠노라 약속했고

아내도 그에게 잘못을 저지르지 않겠다고 굳게 약속했습니다.

여기서 사람들은 겸손하고 현명한 합의를 발견합니다.　　　　791

그녀는 자신의 하인이자 주인을 받아들였습니다.

즉 사랑에서는 하인이요, 결혼에서는 주인인 셈이지요.

그러니 그는 주인과 하인 양쪽 자리에 서 있습니다.

하인 자리라고요? 아니, 그게 아닙니다.

그는 사랑과 연인을 동시에 얻었으니 주인 됨이 먼저입니다.

그리고 그는 자신의 사랑을 얻었을 뿐 아니라

사랑의 법에 따라 행동하겠다고 약속한 아내도 얻은 것이지요.

이처럼 행복한 삶을 누리며

그는 아내와 함께 자기 나라로 갔는데

페드마크에서 멀지 않은 곳에 그의 거처가 있었습니다.

그곳에서 그는 행복하게 살았습니다.

결혼해 보지 않은 사람이　　　　803

부부 사이의 기쁨과 평안함과 행복감을 어찌 알겠습니까?

1년 넘게 이렇듯 행복하게 살았을 때

제가 말한 그 기사,

즉 아르베라구스라는 이름의 기사는

전쟁에서 명성을 떨치고 명예를 얻기 위해

브리턴이라고도 불리는 영국에 가서

한두 해 살기로 했습니다.

그는 무공을 얻고 싶은 마음뿐이어서

그곳에 가서 2년을 살았다고 책에서 말하고 있습니다.

814 자, 이제 아르베라구스 이야기는 그만하고

남편을 자기 목숨만큼 사랑한 아내 도리겐 이야기를 해 보지요.

그가 없는 동안 그녀는 눈물짓고 탄식했습니다.

귀부인들은 울고 한숨 쉬고 싶으면 그렇게 하니까요.

그녀는 괴로워하며 잠 못 이루고 울부짖다

끼니도 거르며 한탄했습니다.

남편이 곁에 있었으면 하는 소원이 그녀 마음을 짓눌러

이 넓은 세상이 전혀 의미 없게 느껴졌습니다.

822 그녀의 우울함을 잘 아는 친구들은

최선을 다해 그녀를 위로했습니다.

그들은 그녀에게 일장 훈시를 하기도 하고,

그녀가 의미 없이 스스로를 죽이는 셈이라고

밤낮으로 말해 주었습니다.

친구들은 온 힘을 다해

그녀에게 위로가 될 만한 것들을 해 주었고

그녀를 슬픔에서 벗어나게 해 주려고 애썼습니다.

829 시간이 흘렀습니다. 모두가 알듯

사람이 아주 긴 세월 동안 돌에 무엇인가를 새기면

돌 위에 어떤 형상이 아로새겨지는 법입니다.

친구들이 오랫동안 그녀를 위로한 덕분에

마침내 희망도 생기고 이성도 되찾아

그녀의 마음에는 위로의 흔적이 아로새겨졌고

그리하여 그녀의 큰 슬픔도 누그러지기 시작했습니다.

몸을 못 가눌 정도로 슬퍼하며 계속 살 수는 없으니까요.

또한 아르베라구스도 이를 염려하여 안부를 전하며   837

속히 돌아갈 것이라는 편지를 집으로 보냈습니다.

그렇지 않았으면 슬픔으로 그녀의 심장은 멈췄을 것입니다.

그녀의 슬픔이 다소 가라앉는 것을 보자   841

친구들은 그녀의 우울한 생각을 싹 몰아내기 위해

제발 나와서 함께 산책하자며 무릎 꿇고 간청했습니다.

마침내 그녀도 그것이 좋겠다 생각하여

그들의 청을 받아들였습니다.

그녀가 살던 성은 바닷가에 있었기 때문에   847

그녀는 친구들과 즐겁게 시간을 보내기 위해

바닷가 높은 언덕으로 산책하곤 했습니다.

그곳에서 그녀는 많은 배와 선박들이

목적지를 향해 운항하는 것을 보았습니다.

그때 갑자기 한 가지 근심이 그녀 마음에 스쳤습니다.

그녀는 말했습니다. "아! 이렇게 많은 배들 중에

남편을 집으로 태워 오는 배는 없는 건가?

남편이 온다면 이 쓰라린 고통이 씻은 듯이 나을 텐데."

어떤 때 그녀는 그 자리에 우두커니 앉아 상념에 빠진 채   857

절벽 가장자리에서 아래쪽을 내려다보곤 했습니다.

그러다가 기괴한 시커먼 바위들을 보고 두려움에 휩싸여

심장이 두근거리기 시작해 제대로 몸을 가눌 수 없었습니다.

그녀는 풀밭 위에 앉아 비통하게 바다를 바라보더니

슬픔에 겨워 차가운 한숨을 쉬며 다음과 같이 말했습니다.

865 "영원하신 하느님, 당신은 이 세상을 섭리로 다스리셔서

이유 없이 창조된 것은 없다고 사람들은 말합니다.

하지만 주님, 이 무시무시한 악마 같은 시커먼 바위들은

그토록 완벽하며 지혜로우신 하느님의

아름다운 창조물이라기보다는

추악한 혼돈의 결과처럼 보입니다.

하느님, 어째서 이렇게 합당치 않은 것을 만드셨나요?

동서남북, 사방팔방을 둘러보아도

이것은 사람이나 짐승 어느 것에게도 쓸모가 없습니다.

제가 보기에는 도움은커녕 해만 끼칠 뿐입니다.

주님, 이 바위 때문에 사람이 얼마나 죽었는지요?

그들 이름은 잊혔을지 모르지만

이 암석들은 수십만 명의 사람을 죽였습니다.

하지만 인간은

당신의 형상대로 지을 정도로 아름다운 당신의 피조물입니다.

그래서 주님은 인간을 지극히 사랑하시는 것 같습니다.

그런데 왜 인간에게 아무 도움도 되지 않고 항상 괴롭히며

인간을 죽이는 도구가 되는 이런 것을 만드셨나요?

885 학자들은 자기들 마음 내키는 대로 논증하면서

모든 것은 다 선을 이룬다고 말하지만

저는 도무지 원인을 모르겠습니다.

하지만 바람이 불게 만드신 하느님,

제 남편을 지켜 주옵소서. 그것만이 제 소원입니다.

학자들이 뭐라 논쟁한들 상관없습니다.

다만 하느님, 남편이 안전하게 돌아올 수 있도록

이 시커먼 바위들이 지옥으로 가라앉았으면 좋겠어요!

이 바위들 때문에 두려워서 죽을 지경입니다."

그녀는 애처롭게 눈물 흘리며 이렇게 말하곤 했습니다.

친구들은 바닷가 산책이 그녀를 즐겁게 하기는커녕   895

오히려 마음을 힘들게 한다는 것을 알아차리고

다른 곳에 가서 놀기로 했습니다.

그들은 그녀를 강가나 샘물 곁으로 데려갔고

또 다른 재미있는 곳으로 데려가

춤도 추고, 체스나 백개먼 같은 게임도 하곤 했습니다.

그러던 어느 날,   901

그들은 하루 종일 즐겁게 놀기로 하고

이른 아침에 음식과 다른 준비물을 모두 챙겨

가까운 정원으로 향했습니다.

이때가 5월의 여섯 번째 날 아침이었으니

5월의 부드러운 소나기 덕택에

정원의 꽃과 잎들이 온통 아름다운 빛을 띠고 있었습니다.

사람의 손길도 더해져 이 정원을 아름답게 꾸며 놓아

진짜 천국을 제외한다면

이렇듯 아름다운 정원은 세상에 없었습니다.

꽃향기를 맡고 생기 넘치는 풍경을 보면

중병을 앓고 있거나 슬픔에 짓눌려 낙담한 자만 아니라면

어느 누구의 마음이라도 가벼워졌습니다.

정원은 그토록 아름다워 기분 좋아지게 될 테니까요.

저녁을 마친 그들은 도리겐만 빼고 모두 춤추러 갔습니다.

도리겐은 춤추는 자리에 가 봤자

자신의 남편, 자신의 연인을 볼 수 없으니

그저 계속 한탄하며 괴로워하고 있었습니다.

하지만 일단 견뎌야 하니

그녀의 슬픔이 서서히 흘러가기만을 기다려 보겠습니다.

925 이렇게 춤추는 사람들 가운데

도리겐 앞에서 한 수습 기사가 춤을 추고 있었는데

그는 5월보다 더 생기 넘치고 옷차림도 화사했습니다.

그는 이 세상이 생긴 이래 존재하는 그 어느 누구보다

노래도 잘 부르고 춤도 잘 추었고요,

외모를 보면, 살아 있는 어느 누구보다 잘생겼답니다.

젊고 힘세고 성품 좋고 돈도 많고 지혜로워서

인기도 많고, 평판도 아주 좋았습니다.

사실대로 말하자면,

도리겐은 이 남자를 전혀 몰랐지만

비너스 신을 섬기는 이 건장한 수습 기사는

아우렐리우스라는 이름을 지닌 자로서

마치 자신의 운명인 양 2년 넘게 그녀를 사랑했으면서도

감히 자신의 사랑의 괴로움을 고백하지 못하고 있었습니다.

괴로움에 겨워 그는 술을 벌컥벌컥 들이마셨습니다.　　　　942

절망에 빠진 그는 아무 말도 못 하고

다만 자신의 괴로움을

그냥 사랑 타령처럼, 노래 속에 살짝 내비칠 뿐이었습니다.

그는 자신이 누군가를 사랑하는데

어떻게 해도 그 사랑의 보답을 받지 못해

그것을 짧은 시로, 노래로,

비가로, 서정시로, 후렴 단시로 지었다고 하면서

자신의 슬픔을 감히 말하지 못하지만

지옥에 갇힌 푸리에스 여신처럼 고통스럽다고 말했습니다.

또 나르키소스 때문에 겪는 슬픔을 묻은 채

에코 여신이 죽었듯이,

자신도 죽을 수밖에 없다고 말했습니다.

여러분에게 지금 제가 말하는 방법 외에

그는 자신의 사랑의 고통을 그녀에게 감히 알릴 수 없었습니다.

오직 예외가 있다면,

젊은이들의 연애 관행대로, 우연히 춤추는 자리에서,

남자들이 여성에게 사랑을 구하는 눈길로

그녀의 얼굴을 쳐다보는 정도였습니다.

하지만 그녀는 그의 마음을 전혀 알지 못했습니다.

그런데 그들이 헤어지기 전, 우연히 이런 일이 생겼습니다.　　　　960

그는 그녀 근처에 사는 이웃인 데다가

명예와 명성을 가진 인물이고

그녀 또한 그를 오랫동안 알아 왔기 때문에

그들이 대화를 하게 된 것이었습니다.

게다가 아우렐리우스의 목적에 가깝게 대화가 흘러가

기회가 왔다고 생각한 그는 이렇게 말했습니다.

967 "부인, 이 세상을 지으신 하느님께 맹세하는데

제가 당신을 기쁘게 해 드릴 수 있다는 걸 알았더라면

당신이 사랑하는 아르베라구스가 바다를 건너던 그날,

저도 다시는 돌아올 수 없는 그곳으로 가 버렸을 것입니다.

제 사랑의 봉사가 아무 소용 없다는 걸 잘 알고 있으니까요.

제가 얻는 보상이라곤 산산이 부서진 마음뿐입니다.

부인, 저의 쓰라린 아픔을 불쌍히 여겨 주세요.

당신의 말씀 한마디가 저를 살리고 죽일 수 있습니다.

당신의 발 앞에서 제가 죽어 묻혀 버렸으면 좋겠습니다.

이제 더 이상 무슨 말씀을 드리겠습니까.

아 사랑하는 이여, 제게 자비를 베풀어 주세요,

그렇지 않으면 전 죽어 버릴 것입니다!"

979 그녀가 아우렐리우스를 쳐다보며 말했습니다.

"정말 이게 당신이 바라는 것이었나요?

저는 이제까지 당신 생각을 전혀 몰랐어요.

하지만 아우렐리우스, 이제 당신 마음을 알았으니

제게 영혼과 생명을 주신 하느님을 걸고 맹세컨대

제정신을 갖고 있는 한, 저는 말로든 행동으로든
결코 부정한 아내가 되지 않을 거예요.
저는 저와 맺어진 그분의 소유예요.
이것이 저의 최종 답변이에요."
그러고 나서 그녀는 농담으로 이렇게 말했습니다.
"아우렐리우스, 저 높은 곳에 계신 하느님께 맹세코   989
이렇게 애처로운 당신의 사랑 고백을 들었으니
제가 당신의 연인이 되는 것을 허락할게요.
어느 날이든 좋으니 브리턴의 이쪽 끝부터 저쪽 끝까지
모든 암석과 돌을 하나도 남김없이 다 없애 주세요.
배가 왕래하는 것을 방해하지 못하도록 말이에요.
그러니까 제 말은, 당신이 해변가에서
아무 돌도 보이지 않게 깨끗이 만들 수 있다면,
세상 그 어떤 남자보다 더 당신을 사랑해 드릴게요.
자, 이것이 제가 드릴 수 있는 서약이에요."
"다른 은혜를 베푸실 수는 없나요?" 그가 말했습니다.   999
"저를 지으신 그분을 두고 맹세코, 다른 것은 없어요.   1000
그와 같은 일은 결코 생기지 않는다는 것을 잘 알고 있으니
그런 어리석은 생각 따위는 마음속에서 지워 버리세요.
남편이 원할 때마다 아내의 몸을 차지하고 있는데
어떤 사람이 다른 남자의 아내를 사랑한다면
그 사람 인생에 무슨 기쁨이 있겠어요?"
아우렐리우스는 땅이 꺼져라 한숨을 내쉬었습니다.   1006

그녀의 말을 듣자, 그의 마음은 무너져 내리는 듯했습니다.

슬픔에 겨워 그는 이렇게 대답했습니다.

1009 "부인, 그것은 불가능하겠죠!

그럼 저는 갑자기 끔찍하게 죽을 수밖에 없군요."

이렇게 말하고 그는 즉시 돌아서 나왔습니다.

그때 그녀의 많은 친구들이 나와서

정원 오솔길을 이리저리 산책했는데

친구들은 두 사람 사이에 일어난 일을 전혀 모른 채

해가 질 때까지 다시 즐겁게 놀았습니다.

1017 수평선에서 태양 빛이 사라졌습니다.

이 말은 밤이 왔다는 뜻이 되겠지요.

그들은 흥겨워하며 기분 좋게 집으로 갔습니다.

아! 한 사람 비참한 아우렐리우스만 제외하고 말입니다.

그는 수심에 잠겨 집으로 돌아갔습니다.

그는 죽는 것 외에 달리 방법이 없다고 느꼈습니다.

그는 심장이 차갑게 식어 가는 것을 느꼈습니다.

하늘을 향해 두 손을 치켜올리고 맨무릎으로 꿇어앉아

정신을 잃은 사람처럼 기도를 올렸습니다.

너무나 비통해서 그는 갑자기 정신이 나간 것 같았습니다.

그는 자신이 무슨 말을 하는지도 알지 못한 채

가슴이 찢어지는 심정으로 신들에게 호소했습니다.

그는 우선 태양의 신에게 말했습니다.

1031 "아폴로 신이여, 모든 초목과 꽃들을 다스리는 신이시여,

당신은 황도 12궁에 따라 오르락내리락하시면서

그 높이에 알맞게 계절과 때를 주시오니

죽은 것과 다름없는 이 불쌍한 아우렐리우스에게

자비의 눈길을 보내 주소서.

주여, 보시옵소서! 저는 지은 죄도 없는데

제가 사랑하는 여인은 제가 죽게 될 맹세를 했습니다.

당신께서 자비를 베풀어 주시지 않는다면 말입니다.

제가 잘 아오니, 오 포이보스 신이시여,

당신께서 하시려고만 한다면, 어느 누구보다

제게 가장 큰 도움을 주실 수 있나이다.

당신께서 저를 도우실 수 있는 방법을

제가 말씀드리도록 허락해 주소서.

비록 넵투누스가 바다를 다스리는 신이지만   1045

포이보스 신의 복된 누이이신 찬란한 루키나 여신께서는

넵투누스보다 높은 바다의 여신이며 여왕이십니다.

그런 루키나 여신께서

태양의 신이신 당신께서 불을 붙여 활활 타오르길 원하여

당신을 열심히 따라다니듯,

바다 또한 당연하게도

바다와 크고 작은 강들의 신인 루키나 여신을 따르옵니다.

그러하오니 포이보스 신이시여, 청하오니

이러한 기적을 행하여 주소서.

그렇지 않으면 제 심장이 터져 버릴 것입니다.

다음번에 당신이 사자자리로 가서

당신과 달이 마주 있게 될 때

엄청 큰 밀물이 들어올 수 있도록 달에게 청하여 주옵소서.

그 밀물이 아르모리카 브르타뉴의 가장 높은 암벽보다

최소한 다섯 자 정도 위까지 덮을 수 있게 해 주시고

이 밀물이 2년간 지속되게 해 주소서.

그러면 저는 사랑하는 여인에게 말할 수 있을 것입니다.

'암석들이 다 사라졌으니 약속을 지켜 주십시오'라고요.

1065 포이보스 신이시여, 저를 위해 이런 기적을 행해 주소서.

달에게 당신보다 빨리 가지 말라고 해 주소서.

2년 동안 당신 누이가 더 빨리 움직이지 않게 해 주소서.

그러면 당신과 달이 항상 같은 속도로 움직여

봄의 밀물이 밤낮으로 똑같이 유지될 것입니다.

만약 달의 여신께서 이를 허락하지 않으신다면

플루톤이 살고 있는 지하 암흑의 영토로

모든 암석이 가라앉게 해 달라고 달의 여신께 청해 주소서.

그렇지 않으면 제가 사랑하는 여인을

결코 얻을 수 없나이다.

포이보스 신이시여,

델피에 있는 당신 신전을 맨발로 찾아가리이다.

포이보스 신이시여, 제 뺨에 흐르는 눈물을 보소서.

제 아픔을 헤아려 주소서."

이렇게 말한 후 정신을 잃고 쓰러진 그는

오랫동안 깨어나지 못했습니다.

그의 고통을 아는 그의 형이 1082

그를 일으켜 침대로 데려갔습니다.

이토록 번민하며 절망하고 있으니

시름에 찬 이 사람은 누워 있게 내버려 둡시다.

제가 뭐라 한들, 살지 죽을지는 그가 선택할 일이니까요.

기사도의 꽃, 아르베라구스는 큰 명예를 얻고 1087

건강하게 다른 기사들과 함께 집으로 돌아왔습니다.

너 도리겐아, 자기 목숨처럼 너를 사랑하는 기운찬 남편,

이 생기 넘치는 기사, 용맹스러운 자의 품에 안기니,

얼마나 큰 환희에 젖었겠는가.

그는 자기가 없는 동안 그녀에게 사랑을 고백한 이가 있는지

생각조차 하지 않았습니다. 그는 걱정하지 않았으니까요.

그는 그런 문제 따위는 전혀 신경 쓰지 않고

춤추고 무예 시합을 즐기며 그녀를 기쁘게 해 주었습니다.

이와 같이 그들이 기쁨과 행복을 누리며 살도록 하고

저는 시름시름 앓고 있는 아우렐리우스에게 가 보겠습니다.

지옥 같은 괴로움 속에 고통스러워하며 1101

비참한 아우렐리우스는 땅바닥에 발을 디뎌 보지 못한 채

2년 넘게 몸져누워 있었습니다.

이 기간 동안 학자였던 그의 형만이 위로가 되었습니다.

그의 형은 이 모든 비애와 아픔을 다 알고 있었습니다.

사실 아우렐리우스는 어느 누구에게도

이 문제에 관해 단 한 마디도 말할 수 없었습니다.

그는 팜필루스가 갈라테에게 품었던 사랑보다*

더 은밀히 이 문제를 그의 가슴 깊이 품고 있었습니다.

그의 가슴은 겉보기에는 멀쩡했지만

마음속에는 날카로운 화살이 박혀 있었습니다.

그리고 사람들이 잘 알고 있듯,

그 화살을 뽑지 않은 채 상처를 표면에서만 치료하면

그런 의술은 위험스러운 법입니다.

그의 형은 남몰래 울고 통곡했습니다.

1116   그러다 마침내 어느 날

그는 자기가 젊은 학자로 프랑스의 오를레앙에 있던 시절

비술에 관한 책을 즐겨 읽으며

특수한 지식을 얻고자 구석구석 샅샅이 뒤져 보던 때에

오를레앙의 서재에서

자연의 힘을 이용하는 마술서를 읽었다는 것을 떠올렸습니다.

그것은 당시 법학자였으면서도

또 다른 학문을 배우고 싶어 하던 자신의 동료가

책상에 은밀히 숨겨 둔 책이었습니다.

달에 속한 스물여덟 개의 천궁의 운행 등

우리 시대에 보기에는 눈곱만큼도 가치가 없는

그런 어리석은 것들을 이야기하는 책이었습니다.

우리가 믿는 거룩한 교회의 신앙에서는

환영 따위로 우리를 괴롭히는 걸 허락하지 않기 때문이지요.

그는 이 책을 기억하자 1135

곧 춤이라도 출 것처럼 기뻐하며 혼잣말을 했습니다.

"내 동생이 금방 나을 수 있겠는걸.

이런 교묘한 환영으로 장난질하는 것처럼

사람들이 다양한 환영을 만들어 내는 학문이 있다는 것을

내가 분명히 아니까 말이야.

연회에서 사람들이 하는 이야기를 나는 종종 들었지.

마법사들이 커다란 홀에 물을 채우고 배가 오게 한 다음

그 홀에서 노를 이리저리 저었다고 했어.

어떤 때는 무시무시한 사자가 온 것처럼 보이기도 하고

어떤 때는 마치 들판에 온 것처럼 꽃들이 피어나고

어떤 때는 포도 줄기가 올라와 백포도, 적포도가 열리고

어떤 때는 돌벽에 모르타르까지 바른 성이 나타나고.

그러고 나선 마법사들이 원하는 대로 없어지게 한다지.

모든 사람들의 눈에 그렇게 보인다고 했어.

이제 이렇게 결론을 내릴 수 있겠군. 1152

내가 오를레앙에 가서

달의 천궁이나 혹은 다른 자연의 마법을 연구하던

옛 친구를 찾아낼 수 있다면

그는 내 동생이 사랑을 얻게 해 줄 수 있을 거야.

만약 학자가 환영을 만들 수 있다면 말이지.

즉 사람들 눈에 브르타뉴의 모든 시커먼 암석들이

하나도 남김없이 사라진 것처럼 보이고

해변가로 배들이 오가는 것처럼 보이게 하면서

그런 모양새로 두어 주 정도 지속되게 만든다면

내 동생의 고통은 치료되겠지.

그녀는 반드시 약속을 지켜야 할 것이고,

약속을 어긴다면, 그녀에게는 치욕이 되겠지."

1165 이 이야기를 더 길게 할 필요가 뭐 있겠습니까?

그가 동생에게 오를레앙으로 가자고 용기를 북돋아 주자

동생은 바로 벌떡 일어나

근심이 사라지기를 기대하며 길을 나섰습니다.

1171 그들이 그 도시에 거의 다 도착하여

5~6킬로미터쯤 남겨 놓았을 때

그들은 혼자서 산책하던 젊은 학생과 마주쳤는데

그는 라틴어로 그들에게 정중히 인사하더니

놀라운 이야기를 해 주었습니다.

그는 말했습니다. "여러분이 오신 이유를 알고 있습니다."

그리고 한 걸음도 더 가지 않아

그들의 의중이 무엇인지 그가 다 말했습니다.

1179 브르타뉴의 학자는

자기가 옛날에 알고 지냈던 친구들에 관해 물었고

그들이 죽었다는 답을 듣고는

흐르는 눈물을 감추지 못했습니다.

1183 아우렐리우스는 곧바로 말에서 내려

마법사와 함께 그의 집으로 가서 여장을 풀었습니다.

그들은 좋아하는 음식을 맘껏 먹었습니다.

이렇게 모든 것이 잘 갖추어진 집을

아우렐리우스는 자기 생전에 본 적이 없었습니다.

아우렐리우스가 저녁을 먹으러 가기 전에 1189

마법사는 야생 사슴이 가득한 숲과 공원을 보여 주었습니다.

그곳에서 그는 뿔이 우뚝 솟은 수사슴을 보았는데

이제까지 본 어느 수사슴보다 더 컸습니다.

또 그는 사냥개에 물려 죽은 수백 마리 사슴들도 보았는데

그중 몇 마리는 화살을 맞아 피 흘리고 있었습니다.

사슴들이 사라지자

매사냥꾼들이 매를 풀어

아름다운 강둑에서 왜가리를 사냥하는 것도 보았습니다.

또한 그는 마상 시합을 하는 기사들도 보았습니다. 1198

그다음에 마법사는 귀부인이 춤추는 장면을 보여 주었는데

아우렐리우스도 춤을 추고 있는 것 같아 기분이 좋았습니다.

이런 모든 마술을 행한 마술사는

때가 되었다 판단하고 두 손바닥을 쳤습니다. 그러자, 안녕!

모든 흥겨움이 끝나 버렸습니다.

이 모든 놀라운 광경을 보는 동안

그들은 한 번도 집 밖을 나가지 않은 채

책들이 있는 그의 서재에 꼼짝 않고 앉아 있었고,

그들 세 명 외에는 어느 누구도 없었습니다.

마술사는 자신의 시종을 불러 이렇게 말했습니다. 1209

"저녁은 준비되었나?

이분들을 내 책이 있는 서재로 모시면서

저녁을 준비하라고 자네에게 말한 지

거의 한 시간이 지났군."

1215 시종이 말했습니다. "네 주인님, 말씀만 하시면

언제든 식사하실 수 있도록 준비되어 있습니다.

지금이라도 바로 드실 수 있습니다."

마술사가 말했습니다. "그럼 가서 식사하는 것이 좋겠네.

사랑에 빠진 분들도 때로는 쉬어야 하니까."

1219 저녁 식사를 마친 후, 그들은

지롱드강부터 센강 하구까지 모든 암석을 없애려면

얼마나 보수를 드려야 할지 마술사에게 물었습니다.

1223 마술사는 난제들이 있다는 점을 지적하며

무슨 일이 있어도 1천 파운드 이하로는 어림없다면서

심지어 그 금액을 줘도 마지못해 하는 것이라고 했습니다.

1226 아우렐리우스는 뛸 듯이 기뻐하며

"1천 파운드가 대수겠습니까!"라고 말했습니다.

"사람들은 둥글다고 말하는 이 넓은 세상의 주인이 저라면

이 세상 전체라도 드릴 텐데요.

그러면 거래가 성립된 것으로 약조한 것입니다.

제 명예를 걸고, 보수는 분명히 드릴 것입니다.

하지만 게으름을 부리거나 느긋하게 있으면 안 됩니다.

내일은 여기서 출발해야 하고 더 늦어지면 안 됩니다."

학자가 말했습니다. "그럼요, 제가 서약합니다."   1234

잠이 와서 아우렐리우스는 침대로 갔습니다.   1235

그날 밤 그는 푹 쉴 수 있었습니다.

여행하느라 힘들기도 했고, 기쁨을 누릴 희망이 생기니

고통스럽던 슬픈 마음이 이제 안도할 수 있었던 것이지요.

다음 날 아침, 날이 밝자   1239

그들은 곧바로 브르타뉴로 출발했습니다.

아우렐리우스는 마법사와 함께

그들이 숙박하려던 곳에 도착했습니다.

책에 따르면

이때는 춥고 서리가 내리는 12월이었다고 하더군요.

한여름에는 밝게 반짝이며 황금처럼 불타던 태양이   1245

이제는 나이를 먹어 은회색이 되었습니다.

태양은 이제 창백하게 빛나는

염소자리로 살포시 내려앉았습니다.

살을 에는 서릿발, 진눈깨비와 궂은비는

모든 정원의 푸르름을 파괴했습니다.

양 갈래 수염을 가진 1월의 신 야누스는 화롯가에 앉아

버펄로 뿔로 만든 잔에 와인을 마시고 있었고

그의 앞에는 어금니가 난 멧돼지 살코기가 놓여 있었으며

모든 기운찬 남자들이 "노엘!"을 외치고 있었습니다.

아우렐리우스는 모든 정성을 다해   1256

마술사를 대접하고 공손히 모시면서

자신이 쓰라린 고통에서 벗어날 수 있도록

최선을 다해 달라고 간청했습니다.

그렇지 않으면 칼로 자기 심장을 도려내겠다고 하면서요.

1261 신묘한 재주를 지닌 이 학자는

아우렐리우스가 너무 안쓰러워서

별들의 운행에 관한 계산에 따라

가장 적절한 때를 최대한 빨리 찾기 위해

밤낮으로 일했습니다.

즉 겉모습으로, 혹은 마법사의 속임수로

환영을 만드는 일 말입니다.

저는 점성학 전문 용어는 잘 모르지만,

어쨌든 브르타뉴의 돌이 다 없어졌거나

땅 밑으로 가라앉아 버렸다고

그녀와 모든 사람들이 믿고 말할 수 있도록 말입니다.

1270 마침내 그는 트릭을 써서

그 미신적이고 저주스러운 일을 할 수 있는

시간을 찾아냈습니다.

그는 톨레도의 점성술 판을 가져왔는데,

그것은 계산이 매우 정확했습니다.

또한 도구도 어느 것 하나 부족한 것이 없었습니다.

한 해의 표, 24년 주기의 표, 날짜 계산표,

그리고 별들 간의 거리를 재고 각도를 계산하는 도구들,

천구(天球)의 등분에 따라

별의 운행을 세밀한 부분까지 계산하는 표 등
모든 것을 갖추고 있었습니다.
그는 작업하면서, 제8 천구의 베타 타우리 별이
원래 제9 천구에서 관찰되는 양자리의 머리 위쪽으로부터
얼마나 멀리 밀려났는지 정확히 알아냈습니다.
그는 아주 정밀하게 이 모든 것을 계산해 냈지요.
그가 달의 첫 번째 위치를 발견하면,   1285
점성술 판을 통해 달이 운행할 나머지 위치도 알 수 있었고,
월출 시간도 알 수 있었으며
행성의 위치, 거리, 운행 시간 등 모든 것을 알 수 있었습니다.
또한 계산을 통해 달의 위치도 확실히 알아냈고
이교도들이 사용하던 마법을 행하고 환영을 만들기 위해
다른 것들도 모두 관측을 마쳤습니다.
그는 더 이상 지체하지 않고 마법을 부려서
한두 주 동안 모든 돌들이 사라진 것처럼 보이게 했습니다.
자신이 사랑하는 여인을 얻을지, 아니면 놓치게 될지   1297
아직도 절망 가운데 있던 아우렐리우스는
이 기적이 일어나기만을 밤낮으로 기다렸습니다.
방해가 될 만한 것이 모두 사라지고
돌들이 하나도 남김없이 없어졌다는 것을 알게 되자,
그는 마술사의 발 앞에 무릎 꿇고 말했습니다.
"슬픔에 찬 가련한 자, 아우렐리우스가 당신께 감사드립니다.
또한 죽을 듯한 고통에서 저를 건져 주신

비너스 여신께 감사드립니다."

그리고 사랑하는 여인을 보기 위해 신전으로 향했습니다.

기회가 되자 그는 즉시

두려운 마음으로 공손하게

자신이 가장 사랑하는 여인에게 인사했습니다.

1311 비탄에 찬 아우렐리우스가 말했습니다.

"제가 가장 경외하고, 가장 큰 사랑을 바치는 여인이여,

저는 당신이 꺼리시는 일은 절대로 하지 않을 것입니다.

이 세상 그 누구보다도 더 말입니다.

제가 지금 당신 발 앞에서 죽을 만큼 고통스럽지 않다면

아마 저의 크나큰 괴로움을 말씀드리지 않을 것입니다.

그러나 제 아픔을 말씀드리지 않으면 죽을 것 같군요.

당신은 저를 고통에 빠뜨리시고,

제가 잘못한 것도 없는데 저를 죽이시는군요.

비록 저의 죽음에 동정하지 않으시더라도

당신께서 하셨던 약속의 말씀을 기억하여 주십시오.

1321 제가 당신을 사랑한다고 저를 죽게 내버려 두시기 전에

하늘에 계신 하느님을 두고 뉘우쳐 주십시오.

왜냐하면 부인께선 무엇을 약속하셨는지 아실 테니까요.

제가 당신께 어떤 권리가 있다고 주장하는 것이 아닙니다.

저는 다만 당신의 은혜만을 구할 뿐입니다.

저기 저쪽 정원, 어딘가에서

당신께서 약속하셨던 것 기억하시지요.

제 손을 잡고 저를 가장 사랑해 주겠다고 약속하셨지요.

제가 비록 자격이 없는 사람이지만

당신이 그렇게 말씀하셨다는 것을 하느님이 아십니다.

부인, 제가 지금 이 말씀을 드리는 것은　　　　　　　　　1331

제 목숨 때문이 아니라

당신의 명예 때문입니다.

저는 당신께서 명하신 대로 다 행했습니다.

만약 부인께서 원하시면 가서서 보실 수도 있습니다.

자, 이제 부인께서 원하는 대로 하십시오.

당신께서 하신 약속을 기억해 주세요.

그곳에서 당신은 저를 찾으실 수 있습니다.

제가 살지 죽을지는 이제 당신 손에 달렸습니다.

하지만 바위들이 없어졌다는 것은 확실합니다."

그는 자리를 떠났고, 그녀는 멍하니 서 있었습니다.　　　　1339

그녀 얼굴에는 핏기 하나 없었습니다.

이런 함정에 빠질 것이라고는 상상도 못 했으니까요.

그녀가 말했습니다. "어머나 세상에, 이런 일이 생기다니!

이런 기막힌 일이 생기리라고는 상상도 못 했는데!

이것은 자연법칙과는 어긋나는 일이 아닌가."

그녀는 수심에 가득 차서 집으로 돌아갔습니다.　　　　　1346

너무나 두려워 그녀는 제대로 걷지도 못했습니다.

그녀는 하루 이틀 종일 울고 통곡하고 혼절해서

보기에 딱할 지경이었습니다.

그러나 아르베라구스는 출타 중이었으므로

그녀는 아무에게도 그 이유를 이야기하지 않았습니다.

하지만 그녀는 창백한 얼굴로 슬픔에 겨워하며

혼잣말로 탄식했습니다.

1355 "아, 행운의 여신이여, 저는 당신께 하소연합니다.

당신은 예고도 없이, 당신의 사슬로 절 묶어 버리셨군요.

저는 그 사슬에서 피할 길이 없고,

오직 죽음이나 치욕만 남아 있어

둘 중 하나를 택하는 것 외에 달리 방도가 없습니다.

하지만 수치스럽게도 제 몸이 더럽혀지고

부정한 여자가 되어 오명을 안게 되느니

차라리 죽어 버리겠습니다.

제가 죽으면 비난은 면할 수 있겠지요.

아! 몸으로 죄를 짓느니 차라리 자살을 택했던 여인들이

저 이전에도 많이 있지 않았습니까?

1367 네, 맞아요, 정말로 이 이야기들이 증거가 되겠지요.

극악무도한 30인 참주가

아테네의 연회에서 피돈을 죽인 후

자신들의 더러운 욕정을 채우려고

그의 딸들을 벌거벗겨 자신들 앞으로 끌고 와서

아버지의 피로 물든 연회장 바닥에서 춤을 추라고 명했지요.

하느님, 그들에게 천벌을 내리소서!

그러자 책에서 이야기하기로는

이 불쌍한 처녀들은 두려움에 떨며

자신들의 처녀성을 잃느니

차라리 우물에 뛰어들어 죽었다지요.

또한 메세네 사람들은   1379

음란한 짓거리를 하고 싶어서

스파르타의 처녀 50명을 찾아내려고 샅샅이 뒤졌지요.

하지만 그들 가운데 죽지 않은 여자는 한 명도 없었습니다.

자신의 처녀성을 빼앗기느니

차라리 죽겠노라 굳게 마음먹었기 때문이지요.

그렇다면 저라고 왜 죽기를 두려워하겠습니까?

또 스팀팔리데스를 사랑한   1387

폭군 아리스토클리데스를 보세요.

그녀의 아버지가 한밤중에 살해되자

그녀는 곧바로 디아나 여신의 신전으로 달려가

신상을 두 손으로 꽉 잡고 절대로 움직이려 하지 않았지요.

아무도 그녀 손을 신상에서 떼지 못했고

그녀는 결국 그 자리에서 살해되고 말았습니다.

아가씨들이 남자의 추잡한 욕망에 더럽혀지는 것을   1395

그토록 증오했으니

아내들 역시, 더럽혀지느니 자살하는 것이 나아 보입니다.

카르타고에서 목숨을 끊었던 하스드루발의 아내도 있지요?

로마인들이 성을 점령한 것을 알자

그녀는 모든 자녀들을 데리고 불길로 뛰어들어

로마인에게 능욕을 당하느니 차라리 죽기를 택했습니다.

로마의 루크레티아도 타르퀴니우스 황제에게 강간당한 후

오명 속에 사는 것은 수치라고 여겨

자살하지 않았던가요?

밀레투스의 일곱 처녀 또한

갈라티아 사람들이 그들을 겁탈할까 두려워하다가

자살을 택했지요.

1412   이 주제에 관해서라면

아마도 1천 개 이상의 이야기를 할 수 있을 것입니다.

아브라다테스가 살해되자

그의 사랑하는 아내는 자살했지요.

그녀 피가 아브라다테스의 넓게 벌어진 상처 속으로

흘러 들어가자

그녀가 말했지요. '최소한 그곳에서는

아무도 나의 몸을 더럽히지 못하겠구나.'

1419   자신의 몸이 더럽혀지는 꼴을 피하려고

자살한 사람들이 이렇게도 많은데

무엇 때문에 이에 관한 예를 더 많이 들겠습니까?

이처럼 더럽혀지느니

자살하겠다는 것이 저의 결론입니다.

저는 아르베라구스에게 진실한 아내가 될 것이며

그렇지 못하면

데모키오네스의 사랑스러운 딸이

더럽혀지고 싶지 않아 자살한 것처럼

저도 똑같은 방식으로 제 목숨을 끊겠습니다.

오, 스케다수스여!   1428

비슷한 이유로 자살한 딸들 이야기는 얼마나 애가 타던가요.

니카노르 때문에 목숨을 끊은 테베의 처녀는 또 어떤가요.

또 다른 테베 아가씨도 마찬가지로 죽었습니다.

마케도니아 사람 중 하나가 그녀를 강간하자

그녀는 스스로 목숨을 끊어 자신의 처녀성을 보상했습니다.

비슷한 경우로 자기 목숨을 끊은   1437

니케라테스의 부인에 대해선 무슨 이야기를 하겠습니까?

또한 알키비아데스의 연인은 얼마나 진실한 여인이었던가요?

그녀는 알키비아데스가 땅에 제대로 묻히지 못할까 두려워

차라리 죽는 쪽을 택했습니다.

아, 알케스티스는 얼마나 훌륭한 부인이던가요?

호메로스는 훌륭한 페넬로페를 얼마나 칭송했던가요?

그녀의 정절을 온 그리스가 다 알고 있습니다.

라오도미아에 대해서는 또한 다음과 같이 기록되어 있습니다.

트로이에서 프로테셀라우스가 죽자

그녀는 그보다 단 하루도 더 살려 하지 않았습니다.

고귀한 포르티아에 대해서도 똑같이 이야기할 수 있습니다.

그녀는 자신이 순정을 바쳤던 브루투스 없이 살 수 없었습니다.   1449

아르테미시아의 정절도 온 이교 국가에서 칭송받았습니다.

오, 테우타 왕비의 정절은 모든 아내들의 귀감이 되십니다.

또한 빌리아, 로도구네 그리고 발레리아에 대해서도

똑같이 이야기할 수 있을 것입니다."

1457 도리겐은 이처럼 죽기로 작정하고

하루 혹은 이틀 동안 한탄하고 있었습니다.

하지만 셋째 날 밤, 기사 아르베라구스가 집으로 돌아와

그녀가 그토록 가슴 아프게 우는 이유를 물었지요.

그녀는 울기 시작했는데 울음이 점점 더 격해져 갔습니다.

1463 그녀는 말했습니다. "여보, 저는 도대체 왜 태어났을까요.

제가 이런 말을 한 적이 있어요, 이렇게 맹세했단 말이에요."

앞에서 여러분이 들은 말을 그녀는 모두 해 주었습니다.

여기서 그 이야기를 되풀이할 필요는 없겠지요.

남편은 다정하게 다음과 같이 대답했습니다.

"도리겐, 겨우 이것뿐이오? 다른 것은 없소?"

1470 그녀는 말했습니다. "이것뿐이에요, 오 하느님 맙소사!

하느님의 뜻이라 해도, 이건 정말 너무해요."

1472 그가 말했습니다. "여보, 조용히 일을 해결합시다.

아마 오늘이 좋겠소.

당신은 반드시 약속을 지켜야 해요.

하느님의 자비를 두고 맹세하는데,

당신을 사랑하기에

당신이 서약을 어기는 걸 보느니, 차라리 칼에 찔려 죽겠소.

사람이 약속한 말은 반드시 지켜야 하오."

1480 하지만 이 말을 하며 그는 울음을 터뜨렸습니다.

그리고 말했습니다. "그런데 여보,

죽는 한이 있어도, 당신의 생명과 호흡이 있는 동안

누구에게도 이 일을 이야기해서는 안 돼요.

나도 전력을 다해 내 슬픔을 참고 견디겠소.

그리고 겉으로 슬픈 내색을 해서도 안 됩니다.

사람들이 당신에 관해 나쁜 추측을 하면 안 되니까요."

그러고는 즉시 시종과 하녀를 불러 말했습니다.   1487

"지금 당장 마님과 함께 나가서

어떠어떠한 장소로 모시고 가거라."

그들은 집을 나서 그가 말해 준 길로 향했습니다.

하지만 그들은 그녀가 왜 그곳으로 가는지 몰랐습니다.

그는 아무에게도 자기의 의도를 말하지 않았으니까요.

아마도 여러분 대다수는   1493

자기 부인을 그런 위험에 빠뜨리다니

참으로 어리석다고 생각할지 모르겠습니다.

그러나 이에 대해 고함치기 전, 제 이야기에 귀 기울여 주세요.

여러분이 생각한 것보다 그녀는 운이 좋았던 것 같습니다.

여러분도 제 이야기를 다 들은 후 판단해 보기 바랍니다.

도리겐에게 이토록 연정을 품고 있는   1499

아우렐리우스라는 이름의 수습 기사는,

우연히도 마을의 가장 번잡한 거리 한가운데서,

자신이 약속했던 정원으로 향하던 도리겐을 만났습니다.

그 또한 정원으로 가던 참이었습니다.

그녀가 언제 집에서 나와 어디로 가는지
그는 지켜보고 있었던 것입니다.
하지만 우연인지 행운인지 이렇게 만나게 되어
그는 그녀에게 인사하며 어디로 가냐고 물었습니다.
그러자 그녀는 반쯤 정신 나간 사람처럼
"제 남편이 약속을 반드시 지키라고 해서
정원으로 가는 길이에요, 아, 내 팔자야, 아!"

1514   아우렐리우스는 어찌 된 일인가 생각하기 시작했습니다.
그리고 그녀에 대해 안쓰러운 마음이 들었습니다.
또한 자기 부인이 약속을 어기는 것을 혐오하여
그녀에게 약속을 지키라고 한 기사 아르베라구스에 대해서도
안쓰럽게 느껴졌습니다.
안타까운 마음이 들어
어떻게 하는 것이 가장 좋을지 곰곰이 생각해 보니
너그러운 마음과 고귀한 성품을 마주하여
그토록 막돼먹은 비열한 짓을 하느니
자기 욕망을 거두는 것이 낫겠다는 생각이 들었습니다.
그래서 그는 다음과 같이 몇 마디 이야기했습니다.

1526   "부인, 당신이 제게 했던 약속을 어기느니
차라리 치욕을 감수하겠다고 하다니,
당신을 향한 남편의 사랑이 얼마나 고귀한지 알 것 같군요.
그리고 당신이 얼마나 괴로운지도 알겠습니다.
당신들 두 분의 사랑을 갈라놓느니

차라리 제가 그냥 아픈 마음을 견디며 살아가겠습니다.

부인, 당신이 제게 예전에 하셨던 약속과 맹세

그 한마디 한마디를 모두 면제하여 돌려 드립니다.

어떤 약속에 대해서도 당신을 비난하지 않겠습니다.

이제 여기서 저는

제가 아는 그 누구보다

가장 진실하고 훌륭한 부인께 작별을 고합니다.

하지만 모든 아내들은 약속할 때 조심하라고 하십시오!

도리겐, 최소한 이것만은 기억해 주세요.

기사와 마찬가지로 수습 기사도

고귀한 행동을 할 수 있다는 것을요."

그녀는 무릎 꿇고 그에게 감사를 표한 뒤 집으로 돌아가   1545

여러분이 들은 이야기를 그에게 해 주었습니다.

그리고 당연히도, 그는 뛸 듯이 기뻐했으니,

저는 그 기쁨을 다 글로 옮기지 못하겠습니다.

이 문제에 관해 더 길게 이야기할 이유는 없겠지요?

아르베라구스와 그의 아내 도리겐은   1551

완벽한 행복을 누리며 살았습니다.

둘 사이에 다시는 다툼이 없었습니다.

그는 그녀를 왕비처럼 모셨고

그녀는 그에게 한결같이 진실되게 살았지요.

이 두 사람에 대해서는 더 이상 말하지 않겠습니다.

자기 돈을 다 날려 버리게 된 아우렐리우스는   1557

자기가 태어난 날을 저주했습니다.

그는 말했습니다. "아, 으악, 학자에게

1천 파운드나 되는 순금을 주기로 약속했는데!

어떡한단 말인가?

나는 정말 완전히 망했구나.

내가 물려받은 재산을 팔아야 하니 나는 거지꼴이 되겠구나.

이곳에 살면서 친척들에게 치욕을 줄 수는 없어.

그가 조금이라도 내 사정을 봐주지 않는다면 말이야.

어쨌거나 한번 제안이라도 해 봐야지,

날짜를 정해서 매년 지불하겠다고,

그리고 그의 배려심에 감사하다는 말도 하고.

나는 약속을 지킬 것이고, 거짓말을 하지 않을 테니."

1571   쓰라린 마음으로 돈궤로 간 그는

5백 파운드에 해당하는 금을 꺼내 들고 학자에게 갔습니다.

그리고 그의 고귀한 성품에 호소하며

나머지는 다른 날 갚게 해 달라고 간청했습니다.

그리고 말했습니다. "선생님, 제가 감히 장담하건대

이제껏 약속을 어긴 적이 한 번도 없습니다.

제 옷이 거적때기가 되어 구걸을 하는 한이 있어도

당신께 진 빚은 반드시 갚겠습니다.

당신께서 제 약속을 믿고 3년의 유예 기간을 허락한다고

동의해 주신다면 정말 감사하겠습니다.

안 그러면 저는 물려받은 재산을 다 팔아야 합니다.

더 이상 드릴 말씀이 없습니다."

학자가 그의 말을 다 듣고 나서 1585

냉정하게 물었습니다.

"제가 당신과 한 약속을 지키지 않았나요?"

"아닙니다. 정말로 잘 지켜 주셨지요."

"당신이 원하던 대로 그 여인을 가질 수 있지 않았나요?"

"아니에요, 아니라고요." 그는 탄식하며 말했습니다.

"아니, 이유가 뭐죠? 어떻게 된 건지 말해 보시죠."

아우렐리우스는 이야기를 시작했고 1592

여러분이 아까 들은 이야기를 학자에게 해 주었습니다.

그 이야기를 다시 반복할 필요는 없겠지요.

그는 말했습니다. "아르베라구스는 성품이 고귀해서 1595

자기 아내가 약속을 깨는 신의 없는 사람이 되기보다는

차라리 자기가 힘들어 하다가 죽겠다고 했답니다."

그는 도리겐의 슬픔에 대해서도 이야기해 주었습니다.

정조를 지키지 못하는 것을 그녀가 얼마나 혐오하는지,

그녀는 아마 그날로 목숨을 끊을 것이라든지,

그리고 그녀가 그런 맹세를 했던 것은

전에 환영에 대해 한 번도 들어 본 적이 없어서

무지했기 때문이라든지

이런 이야기들을 학자에게 말해 주었습니다.

"그래서 저는 그 여인이 불쌍해졌습니다.

아르베라구스가 자유롭게 그녀를 제게 보내 준 것처럼

저도 그녀를 그에게 자유롭게 보내 주었어요.

더 이상은 드릴 말씀이 없습니다."

1607 학자가 말했습니다. "소중한 형제여,

당신들은 모두 각자가 서로에게 고귀하게 행동했습니다.

당신은 수습 기사, 그는 기사이지요.

그렇다면 학자라고 해서 당신들처럼

고귀한 행동을 못 할 리는 없겠지요.

1613 저도 당신의 채무 1천 파운드를 면제해 드리겠습니다.

마치 당신이 지금 막 땅에서 기어 나와

나와 전혀 안면이 없는 사람인 것처럼 말입니다.

저의 재주, 제가 했던 수고에 대해서도

한 푼도 받지 않겠습니다.

당신은 제 숙식을 다 지불해 주셨으니

이것으로 충분합니다. 그럼 안녕히 계십시오."

그러고는 말을 타고 자기 갈 길을 떠났습니다.

1621 여러분, 이제 제가 한 가지 질문을 드리겠습니다.

누가 가장 관대한 사람이라고 생각하십니까?

여러분이 더 멀리 가시기 전에 제게 말씀해 주십시오.

저는 더 이상은 모릅니다. 제 이야기는 끝입니다.

(하권에서 계속됩니다.)

10   **서더크** Southwark. 템스강 남안에 있는 지역 이름.

11   **알헤시라스** Algeciras. 지브롤터 해협에 있는 스페인의 항구 도시.

12   **안탈리아** Antalya. 지금의 터키 지역.

      발라트 Balat. 지금의 터키 지역.

13   **플랑드르, 아르투아 그리고 피카르디** 영국 군대가 전투를 벌였던 북프
      랑스 지역들.

20   **로트** rote. 현악기.

21   **태초에** 「창세기」 1장 1절의 첫 구절로서 설교나 훈계를 시작할 때
      이 구절을 많이 사용했다.

22   **미델뷔르흐와 오웰** 미델뷔르흐(Middelburg)는 네덜란드의 항구 도
      시, 오웰(Orwell)은 영국의 해변 도시.

23   **철학자** 여기서 철학자는 연금술을 연구하는 자라는 의미로 사용
      된 것으로 보인다.

      세인트 폴 성당에 종종 가시곤 하던 법관들이 모이던 장소.

      의복도 많았습니다 당시에는 수임료 대신 의복을 보수로 지급하기
      도 했다.

24   **성 율리아누스** St. Julianus. 손님 접대의 수호성인.

26   **블랑망제** blanc-manger. 다진 닭고기에 우유, 옥수숫가루 등을

넣고 럼주나 바닐라 등을 섞어 만든 희고 달콤한 푸딩.

30 **파운드** Pound. 1파운드는 약 453그램.

38 **퀘스티오 퀴드 주리스** Questio quid juris. "문제는 법률 어디에 적용되냐는 것"이라는 뜻의 라틴어 법률 용어이다.

49 **테세우스가 스키티아의 무리를 정복하고~모국에 이르렀을 때** 스타티우스가 지은 『테베사(*Thebaid*)』의 한 구절. 초서의 원문에는 라틴어로 기록되어 있다.

57 **야드** yard. 1야드는 약 91센티미터.

76 **마일** mile. 1마일은 약 1.6킬로미터.

84 **마르스 다음으로 디아나 신을 섬겼습니다** 마르스는 군사의 신, 디아나는 사냥의 여신이다.

93 **피트** feet. 1피트은 약 30센티미터.

95 **키테론산** 비너스 여신이 살았다고 전해지는 키테라(Cythera)섬과 키테론산을 초서는 혼동하고 있다.

96 **키타라** kithara. 기타와 비슷하게 생긴 현악기의 일종.

117 **사랑하는 딸** 중세에는 자손은 전부 아들, 딸로 표현하는 관습이 있었다.

163 **프라이즈와이드** Frideswide. 치료의 능력을 가진 것으로 알려진 성인.

168 **그와 다른 사람들이 얼마나 고생했는지도 들어 보셨지요** 당시 교회에서 노아의 홍수에 대한 연극 공연을 할 때 노아의 아내가 배에 타기를 완강히 거부해서 그녀를 설득하느라 노아가 진땀을 빼는 이야기가 나온다.

183 **썩을 때까지는 익지도 않는단 말이지** 늙어 죽을 때까지 성욕이 그대로 남아 있다는 뜻.

190 **잘 지내셨지유** 원문에서 앨린은 북쪽 지방 사투리를 쓰고 있다.

193 **부셸** bushel. 영국에서 1부셸은 28.1킬로그램.

207 **주사위를 잘 던지는** 노름한다는 뜻.

208 **뉴게이트 감옥에 끌려가기도 했지만 말입니다** 당시에는 소란 피우는 사람을 감옥에 끌고 갈 때에는 노래하는 사람을 앞세워 끌려가는 자의 치욕을 떠들썩하게 알리는 풍습이 있었다.

209 **사실은 몸을 팔아 돈벌이를 하는 여자였습니다** 이야기는 중간에서 이렇게 미완성으로 끝난다.

214 **몰킨이 놀아나다가 처녀성을 잃고 나면** 몰킨(Malkin)은 도덕성이 부족하거나 성적으로 방탕한 여자를 지칭할 때 흔히 사용되는 이름이었다.

217 **변신** 오비디우스가 쓴 책. 사실 여기서 초서는 피에루스왕의 딸과 피에리데스라는 아홉 명의 뮤즈를 혼동하고 있다.

저는 산문으로, 그는 운문으로 이야기하면 되니까요 이렇게 이야기하고 있지만 사실 '법정 변호사의 이야기'는 매우 정교한 운문으로 쓰여 있다. 본 번역에서는 그가 한 것처럼 각운을 맞추어 번역하지는 못했으나 법정 변호사처럼 각 연을 7행씩 맞추었다.

219 **이기는 숫자로 가득 차 있구나** 도박에서 더블 에이스를 뽑으면 지고, 5나 6을 뽑으면 승자가 된다.

227 **첫 번째 운행이여** 중세 천문학에 의하면, 하늘은 아홉 개의 궤도를 갖고 있는데 그중 가장 밖에서 움직이는 것을 첫 번째 운행(primum mobile)으로 지칭한다. 첫 번째 운행에서는 동쪽에서 서쪽으로 움직이고, 나머지 운행에서는 서쪽에서 동쪽으로 움직인다고 믿었다.

230 **세미라미스** Semiramis. 바벨론의 호전적인 여왕인데, 음탕함으로 유명하다.

236 **그 무서운 동굴에서 다니엘을 살려 주신 분이 누구였나요** 구약 성서 「다니엘서」의 이야기.

237 **물고기 배 속에서 그를 지키신 분은 누구셨습니까** 구약 성서 「요나서」의 이야기.

마른땅을 건널 수 있도록 지켜 주셨던 그분 말입니다 구약 성서 「출애굽기」의 이야기.

237 오병이어의 기적 신약 성서의 모든 복음서에 기록된 이야기로서, 떡 다섯 개와 물고기 두 마리로 5천 명의 청중을 배부르게 먹였다는 내용이다.

270 젠킨 아저씨 사제를 경멸하는 호칭.

롤라드 Lollardy. 교회 개혁을 주장하던 초서 당대의 종교 운동을 비하하는 호칭.

선장이 말했다 이 부분부터는 작가가 앞에서 지켜 오던 라임 로열 (rhyme royal) 형식으로 시행을 배열하지 않고 있으므로 7행으로 번역하지 않고 원문처럼 죽 늘어뜨려 번역문을 배열했다.

277 저는 그들에게서 ~ 다섯 남편이라는 학교를 마쳤답니다 학자들은 이 구절들을 포함할지에 대해 두 가지 학파로 나뉜다. 즉 초서가 이 구절을 삭제했다는 설과 나중에 이 구절을 삽입했다는 설이 있다.

285 제 남편들은 그 상을 한 번도 받아 보지 못했어요 에식스의 던모 지방에서는 1년 내내 부부 싸움을 하지 않고 금슬 좋게 지낸 부부들에게 베이컨을 상으로 주었다고 한다.

292 그리스의 불 전쟁 때 사용하는 꺼지지 않는 인화성 혼합물.

302 성 비너스의 흔적 사타구니, 성기, 허벅지 혹은 목 부위에 생기는 출생점.

311 사랑하는 여보 앨리슨 앞에 친구로 나오는 앨리슨과 이름이 같다. 심지어 '방앗간 주인의 이야기'에 나오는 바람피우는 부인 이름도 앨리슨으로 소개된다. 작가가 의도적으로 그렇게 한 듯하다.

355 끝에 장식이 달린 지팡이 그의 권위를 상징한다.

358 문자는 죽이는 것이라 하거든 사도 바울은 "문자는 죽이는 것이고 영 (spirit)은 살리는 것"이라고 말한다. 중세 신학에서는 성서를 문자 그대로 해석해서는 안 되고 알레고리적으로 해석해서 이해해야 한다고 믿었다.

361 홀로 돌아다닐 수 있게 되었답니다 50년 동안 탁발 수사를 한 자들은

짝을 짓지 않고 홀로 돌아다니는 것이 허락되었다.

364 **아름다운 말이 내 마음에 넘쳐흘러** 「시편」 45편의 시작 구절.

370 **긴데스강** Gyndes. 티그리스강의 한 지류.

386 **대학생의 이야기** '법정 변호사의 이야기'처럼 '대학생의 이야기'도 7행으로 한 개의 연을 만드는 라임 로열 형식을 사용하고 있으므로 번역문에서도 연의 형태를 사용한다. 다만 '대학생의 이야기' 번역문에서는 7행 대신 6행으로 한 개의 연을 구성하는 방식으로 번역했다.

435 **키케바케** Chichevache. 인내심 많은 여인을 잡아먹는다는 전설 속의 여윈 소. 이런 여인을 찾을 수가 없어 이 소는 먹을 것이 없었다고 한다.

436 **1212a** 초서는 숙소 주인의 이 말을 썼다가 '상인의 이야기'를 쓰면서 지운 것으로 보인다. '엘리즈미어 수서본' 등 주요 수서본에 이 구절이 포함되어 있다.

447 **웨이드** Wade. 속임수로 유명한 전설적인 게르만족 영웅.

460 **요압** Joab. 다윗의 으뜸가는 군대 장관.
테이레시아스 Teiresias. 그리스 신화에 나오는 테베의 장님 예언자.

473 **장미의 로맨스** 초서 시대에 가장 인기 있던 로맨스 중 하나.

482 **시락의 아들 예수** 성서의 외경인 「집회서」의 저자.

494 **사라이** Sarray. 타르타르는 몽골 제국을, 사라이는 러시아 동남부, 볼고그라드 가까이 있는 차레프를 가리킨다.

540 **팜필루스가 갈라테에게 품었던 사랑보다** 팜필루스와 갈라테는 13세기의 시에 나오는 연인들의 이름.

545 **염소자리로 살포시 내려앉았습니다** 동지(冬至)가 되었다는 뜻.

새롭게 을유세계문학전집을 펴내며

을유문화사는 이미 지난 1959년부터 국내 최초로 세계문학전집을 출간한 바 있습니다. 이번에 을유세계문학전집을 완전히 새롭게 마련하게 된 것은 우리가 직면한 문화적 상황에 적극적으로 대응하기 위해서입니다. 새로운 을유세계문학전집은 세계문학의 역할이 그 어느 때보다 중요해졌다는 인식에서 출발했습니다. 오늘날 세계에서 타자에 대한 이해는 우리의 안전과 행복에 직결되고 있습니다. 세계문학은 지구상의 다양한 문화들이 평등하게 소통하고, 이질적인 구성원들이 평화롭게 공존할 수 있는 문화적인 힘을 길러 줍니다.

을유세계문학전집은 세계문학을 통해 우리가 이런 힘을 길러 나가야 한다는 믿음으로 만들어졌습니다. 지난 5년간 이를 준비하기 위해 많은 노력을 기울였습니다. 세계 각국의 다양한 삶의 방식과 문화적 성취가 살아 있는 작품들, 새로운 번역이 필요한 고전들과 새롭게 소개해야 할 우리 시대의 작품들을 선정했습니다. 우리나라 최고의 역자들이 이들 작품 속 한 문장 한 문장의 숨결을 생생히 전하기 위해 심혈을 기울였습니다. 또한 역자들은 단순히 번역만 한 것이 아니라 다른 작품의 번역을 꼼꼼히 검토해 주었습니다. 을유세계문학전집은 번역된 작품 하나하나가 정본(定本)으로 인정받고 대우받을 수 있도록 최선을 다했습니다. 세계문학이 여러 경계를 넘어 우리 사회 안에서 주어진 소임을 하게 되기를 바라며 을유세계문학전집을 내놓습니다.

을유세계문학전집 편집위원단(가나다 순)
김월회(서울대 중문과 교수)
김헌(서울대 인문학연구원 교수)
박종소(서울대 노문과 교수)
손영주(서울대 영문과 교수)
신정환(한국외대 스페인어통번역학과 교수)
정지용(성균관대 프랑스어문학과 교수)
최윤영(서울대 독문과 교수)

을유세계문학전집

1. 마의 산(상)   토마스 만 | 홍성광 옮김

2. 마의 산(하)   토마스 만 | 홍성광 옮김

3. 리어 왕 · 맥베스   윌리엄 셰익스피어 | 이미영 옮김

4. 골짜기의 백합   오노레 드 발자크 | 정예영 옮김

5. 로빈슨 크루소   대니얼 디포 | 윤혜준 옮김

6. 시인의 죽음   다이허우잉 | 임우경 옮김

7. 커플들, 행인들   보토 슈트라우스 | 정항균 옮김

8. 천사의 음부   마누엘 푸익 | 송병선 옮김

9. 어둠의 심연   조지프 콘래드 | 이석구 옮김

10. 도화선   공상임 | 이정재 옮김

11. 휘페리온   프리드리히 횔덜린 | 장영태 옮김

12. 루쉰 소설 전집   루쉰 | 김시준 옮김

13. 꿈   에밀 졸라 | 최애영 옮김

14. 라이겐   아르투어 슈니츨러 | 홍진호 옮김

15. 로르카 시 선집   페데리코 가르시아 로르카 | 민용태 옮김

16. 소송   프란츠 카프카 | 이재황 옮김

17. 아메리카의 나치 문학   로베르토 볼라뇨 | 김현균 옮김

18. 빌헬름 텔   프리드리히 폰 쉴러 | 이재영 옮김

19. 아우스터리츠   W. G. 제발트 | 안미현 옮김

20. 요양객   헤르만 헤세 | 김현진 옮김

21. 워싱턴 스퀘어   헨리 제임스 | 유명숙 옮김

22. 개인적인 체험   오에 겐자부로 | 서은혜 옮김

23. 사형장으로의 초대   블라디미르 나보코프 | 박혜경 옮김

24. 좁은 문 · 전원 교향곡   앙드레 지드 | 이동렬 옮김

25. 예브게니 오네긴   알렉산드르 푸슈킨 | 김진영 옮김

26. 그라알 이야기   크레티앵 드 트루아 | 최애리 옮김

27. 유림외사(상)   오경재 | 홍상훈 외 옮김

28. 유림외사(하)   오경재 | 홍상훈 외 옮김

29. 폴란드 기병(상)   안토니오 무뇨스 몰리나 | 권미선 옮김

30. 폴란드 기병(하)   안토니오 무뇨스 몰리나 | 권미선 옮김

31. 라 셀레스티나   페르난도 데 로하스 | 안영옥 옮김

32. 고리오 영감   오노레 드 발자크 | 이동렬 옮김

33. 키 재기 외   히구치 이치요 | 임경화 옮김

34. 돈 후안 외   티르소 데 몰리나 | 전기순 옮김

35. 젊은 베르터의 고통   요한 볼프강 폰 괴테 | 정현규 옮김

36. 모스크바발 페투슈키행 열차   베네딕트 예로페예프 | 박종소 옮김

37. 죽은 혼   니콜라이 고골 | 이경완 옮김

38. 워더링 하이츠   에밀리 브론테 | 유명숙 옮김

39. 이즈의 무희 · 천 마리 학 · 호수   가와바타 야스나리 | 신인섭 옮김

40. 주홍 글자   너새니얼 호손 | 양석원 옮김

41. 젊은 의사의 수기 · 모르핀   미하일 불가코프 | 이병훈 옮김

42. 오이디푸스 왕 외   소포클레스 | 김기영 옮김

43. 야쿠비얀 빌딩   알라 알아스와니 | 김능우 옮김

44. 식(蝕) 3부작   마오둔 | 심혜영 옮김

45. 엿보는 자   알랭 로브그리예 | 최애영 옮김

46. 무사시노 외   구니키다 돗포 | 김영식 옮김

47. 위대한 개츠비   프랜시스 스콧 피츠제럴드 | 김태우 옮김

48. 1984년   조지 오웰 | 권진아 옮김

49. 저주받은 안뜰 외   이보 안드리치 | 김지향 옮김

50. 대통령 각하   미겔 앙헬 아스투리아스 | 송상기 옮김

51. 신사 트리스트럼 섄디의 인생과 생각 이야기   로렌스 스턴 | 김정희 옮김

52. 베를린 알렉산더 광장   알프레트 되블린 | 권혁준 옮김

53. 체호프 희곡선   안톤 파블로비치 체호프 | 박현섭 옮김

54. 서푼짜리 오페라 · 남자는 남자다   베르톨트 브레히트 | 김길웅 옮김

55. 죄와 벌(상)   표도르 도스토예프스키 | 김희숙 옮김

56. 죄와 벌(하)   표도르 도스토예프스키 | 김희숙 옮김

57. 체벤구르   안드레이 플라토노프 | 윤영순 옮김

58. 이력서들   알렉산더 클루게 | 이호성 옮김

59. 플라테로와 나   후안 라몬 히메네스 | 박채연 옮김

60. 오만과 편견   제인 오스틴 | 조선정 옮김

61. 브루노 슐츠 작품집   브루노 슐츠 | 정보라 옮김

62. 송사삼백수   주조모 엮음 | 김지현 옮김

63. 팡세   블레즈 파스칼 | 현미애 옮김

64. 제인 에어   샬럿 브론테 | 조애리 옮김

65. 데미안   헤르만 헤세 | 이영임 옮김

66. 에다 이야기 스노리 스툴루손 | 이민용 옮김

67. 프랑켄슈타인 메리 셸리 | 한애경 옮김

68. 문명소사 이보가 | 백승도 옮김

69. 우리 짜르의 사람들 류드밀라 울리츠카야 | 박종소 옮김

70. 사랑에 빠진 여인들 데이비드 허버트 로렌스 | 손영주 옮김

71. 시카고 알라 알아스와니 | 김능우 옮김

72. 변신 · 선고 외 프란츠 카프카 | 김태환 옮김

73. 노생거 사원 제인 오스틴 | 조선정 옮김

74. 파우스트 요한 볼프강 폰 괴테 | 장희창 옮김

75. 러시아의 밤 블라지미르 오도예프스키 | 김희숙 옮김

76. 콜리마 이야기 바를람 샬라모프 | 이종진 옮김

77. 오레스테이아 3부작 아이스퀼로스 | 김기영 옮김

78. 원잡극선 관한경 외 | 김우석 · 홍영림 옮김

79. 안전 통행증 · 사람들과 상황 보리스 파스테르나크 | 임혜영 옮김

80. 쾌락 가브리엘레 단눈치오 | 이현경 옮김

81. 지킬 박사와 하이드 씨 · 존 니컬슨 로버트 루이스 스티븐슨 | 윤혜준 옮김

82. 로미오와 줄리엣 윌리엄 셰익스피어 | 서경희 옮김

83. 마쿠나이마 마리우 지 안드라지 | 임호준 옮김

84. 재능 블라디미르 나보코프 | 박소연 옮김

85. 인형(상) 볼레스와프 프루스 | 정병권 옮김

86. 인형(하) 볼레스와프 프루스 | 정병권 옮김

87. 첫 번째 주머니 속 이야기 카렐 차페크 | 김규진 옮김

88. 페테르부르크에서 모스크바로의 여행 알렉산드르 라디셰프 | 서광진 옮김

89. 노인 유리 트리포노프 | 서선정 옮김

90. 돈키호테 성찰 호세 오르테가 이 가세트 | 신정환 옮김

91. 조플로야 샬럿 대커 | 박재영 옮김

92. 이상한 물질 테레지아 모라 | 최윤영 옮김

93. 사촌 퐁스 오노레 드 발자크 | 정예영 옮김

94. 걸리버 여행기 조너선 스위프트 | 이혜수 옮김

95. 프랑스어의 실종 아시아 제바르 | 장진영 옮김

96. 현란한 세상 레이날도 아레나스 | 변선희 옮김

97. 작품 에밀 졸라 | 권유현 옮김

98. 전쟁과 평화(상) 레프 톨스토이 | 박종소 · 최종술 옮김

99. 전쟁과 평화(중) 레프 톨스토이 | 박종소 · 최종술 옮김

100. 전쟁과 평화(하) 레프 톨스토이 | 박종소·최종술 옮김

101. 망자들 크리스티안 크라흐트 | 김태환 옮김

102. 맥티그 프랭크 노리스 | 김욱동·홍정아 옮김

103. 천로 역정 존 번연 | 정덕애 옮김

104. 황야의 이리 헤르만 헤세 | 권혁준 옮김

105. 이방인 알베르 카뮈 | 김진하 옮김

106. 아메리카의 비극(상) 시어도어 드라이저 | 김욱동 옮김

107. 아메리카의 비극(하) 시어도어 드라이저 | 김욱동 옮김

108. 갈라테아 2.2 리처드 파워스 | 이동신 옮김

109. 마담 보바리 귀스타브 플로베르 | 진인혜 옮김

110. 한눈팔기 나쓰메 소세키 | 서은혜 옮김

111. 아주 편안한 죽음 시몬 드 보부아르 | 강초롱 옮김

112. 물망초 요시야 노부코 | 정수윤 옮김

113. 호모 파버 막스 프리쉬 | 정미경 옮김

114. 버너 자매 이디스 워튼 | 홍정아·김욱동 옮김

115. 감찰관 니콜라이 고골 | 이경완 옮김

116. 디칸카 근교 마을의 야회 니콜라이 고골 | 이경완 옮김

117. 청춘은 아름다워 헤르만 헤세 | 홍성광 옮김

118. 메데이아 에우리피데스 | 김기영 옮김

119. 캔터베리 이야기(상) 제프리 초서 | 최예정 옮김

120. 캔터베리 이야기(하) 제프리 초서 | 최예정 옮김

121. 엘뤼아르 시 선집 폴 엘뤼아르 | 조윤경 옮김

122. 그림의 이면 씨부라파 | 신근혜 옮김

123. 어머니 막심 고리키 | 정보라 옮김

124. 파도 에두아르트 폰 카이절링 | 홍진호 옮김

125. 점원 버나드 맬러머드 | 이동신 옮김

126. 에밀리 디킨슨 시 선집 에밀리 디킨슨 | 조애리 옮김

127. 선택적 친화력 요한 볼프강 폰 괴테 | 장희창 옮김

128. 격정과 신비 르네 샤르 | 심재중 옮김

129. 하이네 여행기 하인리히 하이네 | 황승환 옮김

130. 꿈의 연극 아우구스트 스트린드베리 | 홍재웅 옮김

을유세계문학전집은 계속 출간됩니다.

을유세계문학전집 연표

BC 458 **오레스테이아 3부작**
아이스퀼로스 | 김기영 옮김 | 77 |
수록 작품 : 아가멤논, 제주를 바치는 여인
들, 자비로운 여신들
그리스어 원전 번역
서울대 선정 동서고전 200선
시카고 대학 선정 그레이트 북스

BC 434 **오이디푸스 왕 외**
/432 소포클레스 | 김기영 옮김 | 42 |
수록 작품 : 안티고네, 오이디푸스 왕, 콜로
노스의 오이디푸스
그리스어 원전 번역
「동아일보」 선정 '세계를 움직인 100권의 책'
서울대 권장 도서 200선
고려대 선정 교양 명저 60선
시카고 대학 선정 그레이트 북스

BC 431 **메데이아**
에우리피데스 | 김기영 옮김 | 118 |

1191 **그라알 이야기**
크레티앵 드 트루아 | 최애리 옮김 | 26 |
국내 초역

1225 **에다 이야기**
스노리 스툴루손 | 이민용 옮김 | 66 |

1241 **원잡극선**
관한경 외 | 김우석·홍영림 옮김 | 78 |

1400 **캔터베리 이야기**
제프리 초서 | 최예정 옮김 | 119, 120 |

1496 **라 셀레스티나**
페르난도 데 로하스 | 안영옥 옮김 | 31 |

1595 **로미오와 줄리엣**
윌리엄 셰익스피어 | 서경희 옮김 | 82 |
미국대학위원회 선정 SAT 추천 도서

1608 **리어 왕·맥베스**
윌리엄 셰익스피어 | 이미영 옮김 | 3 |

1630 **돈 후안 외**
티르소 데 몰리나 | 전기순 옮김 | 34 |
국내 초역 「불신자로 징계받은 자」 수록

1670 **팡세**
블레즈 파스칼 | 현미애 옮김 | 63 |

1678 **천로 역정**
존 번연 | 정덕애 옮김 | 103 |

1699 **도화선**
공상임 | 이정재 옮김 | 10 |
국내 초역

1719 **로빈슨 크루소**
대니얼 디포 | 윤혜준 옮김 | 5 |

1726 **걸리버 여행기**
조너선 스위프트 | 이혜수 옮김 | 94 |
미국대학위원회가 선정한 고교 추천 도서 101권
서울대학교 선정 동서양 고전 200선

1749 **유림외사**
오경재 | 홍상훈 외 옮김 | 27, 28 |

1759 **신사 트리스트럼 섄디의
인생과 생각 이야기**
로렌스 스턴 | 김정희 옮김 | 51 |
노벨연구소 선정 100대 세계 문학

1774 **젊은 베르터의 고통**
요한 볼프강 폰 괴테 | 정현규 옮김 | 35 |

1790 **페테르부르크에서 모스크바로의 여행**
A. N. 라디셰프 | 서광진 옮김 | 88 |

1799 **휘페리온**
프리드리히 휠덜린 | 장영태 옮김 | 11 |

1804 **빌헬름 텔**
프리드리히 폰 실러 | 이재영 옮김 | 18 |

1806 **조플로야**
샬럿 대커 | 박재영 옮김 | 91 |
국내 초역

1809 **선택적 친화력**
요한 볼프강 폰 괴테 | 장희창 옮김 | 127 |

1813 **오만과 편견**
제인 오스틴 | 조선정 옮김 | 60 |

1817 **노생거 사원**
제인 오스틴 | 조선정 옮김 | 73 |

1818 **프랑켄슈타인**
메리 셸리 | 한애경 옮김 | 67 |
뉴스위크 선정 세계 명저 10
옵서버 선정 최고의 소설 100
미국대학위원회 선정 SAT 추천 도서

1826 **하이네 여행기**
하인리히 하이네 | 황승환 옮김 | 129 |

1831 **예브게니 오네긴**
알렉산드르 푸슈킨 | 김진영 옮김 | 25 |

1831 **파우스트**
요한 볼프강 폰 괴테 | 장희창 옮김 | 74 |
서울대 권장 도서 100선
미국대학위원회 SAT 권장 도서

디칸카 근교 마을의 야회
니콜라이 고골 | 이경완 옮김 | 116 |

1835 **고리오 영감**
오노레 드 발자크 | 이동렬 옮김 | 32 |
서머싯 몸 선정 세계 10대 소설
연세 필독 도서 200선

1836 **골짜기의 백합**
오노레 드 발자크 | 정예영 옮김 | 4 |

감찰관
니콜라이 고골 | 이경완 옮김 | 115 |

1844 **러시아의 밤**
블라지미르 오도예프스키 | 김희숙 옮김 | 75 |

1847 **워더링 하이츠**
에밀리 브론테 | 유명숙 옮김 | 38 |
서머싯 몸 선정 세계 10대 소설
서울대 선정 동서 고전 200선
미국대학위원회 SAT 권장 도서

제인 에어
샬럿 브론테 | 조애리 옮김 | 64 |
연세 필독 도서 200선
미국대학위원회 SAT 권장 도서
BBC 선정 영국인들이 가장 사랑하는 소설 100선
「가디언」 선정 가장 위대한 소설 100선

사촌 퐁스
오노레 드 발자크 | 정예영 옮김 | 93 |
국내 초역

1850 **주홍 글자**
너새니얼 호손 | 양석원 옮김 | 40 |

1855 **죽은 혼**
니콜라이 고골 | 이경완 옮김 | 37 |
국내 최초 원전 완역

1856 **마담 보바리**
귀스타브 플로베르 | 진인혜 옮김 | 109 |

1866 **죄와 벌**
표도르 도스토예프스키 | 김희숙 옮김 | 55, 56 |
미국대학위원회 SAT 권장 도서
하버드 대학교 권장 도서

1869 **전쟁과 평화**
레프 톨스토이 | 박종소·최종술 옮김 | 98, 99, 100 |
뉴스위크, 가디언, 노벨연구소 선정
세계 100대 도서

1880 **워싱턴 스퀘어**
헨리 제임스 | 유명숙 옮김 | 21 |

1886 **지킬 박사와 하이드 씨·존 니컬슨**
로버트 루이스 스티븐슨 | 윤혜준 옮김 | 81 |

작품
에밀 졸라 | 권유현 옮김 | 97 |

1888 **꿈**
에밀 졸라 | 최애영 옮김 | 13 |
국내 초역

1889 **쾌락**
가브리엘레 단눈치오 | 이현경 옮김 | 80 |
국내 초역

1890 **인형**
볼레스와프 프루스 | 정병권 옮김 | 85, 86 |
국내 초역

에밀리 디킨슨 시 선집
에밀리 디킨슨 | 조애리 옮김 | 126 |

1896 **키 재기 외**
히구치 이치요 | 임경화 옮김 | 33 |
수록 작품 : 섣달그믐, 키 재기, 탁류, 십삼야,
갈림길, 나 때문에

체호프 희곡선
안톤 파블로비치 체호프 | 박현섭 옮김 | 53 |
수록 작품 : 갈매기, 바냐 삼촌, 세 자매, 벚나
무 동산

1899 　**어둠의 심연**
조지프 콘래드 | 이석구 옮김 | 9 |
수록 작품 : 어둠의 심연, 진보의 전초기지,
『청춘과 다른 두 이야기』 작가 노트,
『나르시서스호의 검둥이』 서문
미국대학위원회 SAT 권장 도서
연세 필독 도서 200선

맥티그
프랭크 노리스 | 김욱동·홍정아 옮김 | 102 |

1900 　**라이겐**
아르투어 슈니츨러 | 홍진호 옮김 | 14 |
수록 작품 : 라이겐, 아나톨, 구스틀 소위

1902 　**꿈의 연극**
아우구스트 스트린드베리 | 홍재웅 옮김
| 130 |

1903 　**문명소사**
이보가 | 백승도 옮김 | 68 |

1907 　**어머니**
막심 고리키 | 정보라 옮김 | 123 |

1908 　**무사시노 외**
구니키다 돗포 | 김영식 옮김 | 46 |
수록 작품 : 겐 노인, 무사시노, 잊을 수
없는 사람들, 쇠고기와 감자, 소년의 비애,
그림의 슬픔, 가마쿠라 부인, 비범한 범인,
운명론자, 정직자, 여난, 봄 새, 궁사, 대나무
쪽문, 거짓 없는 기록
국내 초역 다수

1909 　**좁은 문·전원 교향곡**
앙드레 지드 | 이동렬 옮김 | 24 |
1947년 노벨 문학상 수상 작가

1911 　**파도**
에두아르트 폰 카이절링 | 홍진호 옮김 | 124 |

1914 　**플라테로와 나**
후안 라몬 히메네스 | 박채연 옮김 | 59 |
1956년 노벨 문학상 수상 작가

돈키호테 성찰
호세 오르테가 이 가세트 | 신정환 옮김 | 90 |

1915 　**변신·선고 외**
프란츠 카프카 | 김태환 옮김 | 72 |
수록 작품 : 선고, 변신, 유형지에서, 신임 변
호사, 시골 의사, 관람석에서, 낡은 책장, 법
앞에서, 자칼과 아랍인, 광산의 방문, 이웃
마을, 황제의 전갈, 가장의 근심, 열한 명의

아들, 형제 살해, 어떤 꿈,
학술원 보고, 최초의 고뇌, 단식술사
서울대 권장 도서 100선
연세 필독 도서 200선
미국대학위원회 SAT 권장 도서

한눈팔기
나쓰메 소세키 | 서은혜 옮김 | 110 |

1916 　**청춘은 아름다워**
헤르만 헤세 | 홍성광 옮김 | 117 |
1946년 노벨 문학상 및 괴테 문학상 수상 작가

1919 　**데미안**
헤르만 헤세 | 이영임 옮김 | 65 |
1946년 노벨 문학상 및 괴테 문학상 수상 작가

1920 　**사랑에 빠진 여인들**
데이비드 허버트 로렌스 | 손영주 옮김 | 70 |

1924 　**마의 산**
토마스 만 | 홍성광 옮김 | 1, 2 |
1929년 노벨 문학상 수상 작가
서울대 권장 도서 100선
연세 필독 도서 200선
『뉴욕타임스』 선정 '20세기 최고의 책 100선'
미국대학위원회 SAT 권장 도서

송사삼백수
주조모 엮음 | 김지현 옮김 | 62 |

1925 　**소송**
프란츠 카프카 | 이재황 옮김 | 16 |

요양객
헤르만 헤세 | 김현진 옮김 | 20 |
수록 작품 : 방랑, 요양객, 뉘른베르크 여행
1946년 노벨 문학상 수상 작가
국내 초역 『뉘른베르크 여행』 수록

위대한 개츠비
프랜시스 스콧 피츠제럴드 | 김태우 옮김 | 47 |
미 대학생 선정 '20세기 100대 영문 소설' 1위
모던 라이브러리 선정 '20세기 100대 영문학'
중 2위
미국대학위원회 추천 '서양 고전 100'
『르몽드』 선정 '20세기의 책 100선'
『타임』 선정 '20세기 100대 영문 소설'

아메리카의 비극
시어도어 드라이저 | 김욱동 옮김 | 106, 107 |

서푼짜리 오페라·남자는 남자다
베르톨트 브레히트 | 김길웅 옮김 | 54 |

1927 **젊은 의사의 수기·모르핀**
미하일 불가코프 | 이병훈 옮김 | 41 |
국내 초역

황야의 이리
헤르만 헤세 | 권혁준 옮김 | 104 |
1946년 노벨 문학상 수상 작가
1946년 괴테상 수상 작가

1928 **체벤구르**
안드레이 플라토노프 | 윤영순 옮김 | 57 |
국내 초역

마쿠나이마
마리우 지 안드라지 | 임호준 옮김 | 83 |
국내 초역

1929 **첫 번째 주머니 속 이야기**
카렐 차페크 | 김규진 옮김 | 87 |

베를린 알렉산더 광장
알프레트 되블린 | 권혁준 옮김 | 52 |

1930 **식(蝕) 3부작**
마오둔 | 심혜영 옮김 | 44 |
국내 초역

안전 통행증·사람들과 상황
보리스 파스테르나크 | 임혜영 옮김 | 79 |
원전 국내 초역

1934 **브루노 슐츠 작품집**
브루노 슐츠 | 정보라 옮김 | 61 |

1935 **루쉰 소설 전집**
루쉰 | 김시준 옮김 | 12 |
서울대 권장 도서 100선
연세 필독 도서 200선

물망초
요시야 노부코 | 정수윤 옮김 | 112

1936 **로르카 시 선집**
페데리코 가르시아 로르카 | 민용태 옮김 | 15 |
국내 초역 시 다수 수록

1937 **재능**
블라디미르 나보코프 | 박소연 옮김 | 84 |
국내 초역

그림의 이면
씨부라파 | 신근혜 옮김 | 122 |
국내 초역

1938 **사형장으로의 초대**
블라디미르 나보코프 | 박혜경 옮김 | 23 |
국내 초역

1942 **이방인**
알베르 카뮈 지음 | 김진하 옮김 | 105 |
1957년 노벨 문학상 수상 작가

1946 **대통령 각하**
미겔 앙헬 아스투리아스 | 송상기 옮김 | 50 |
1967년 노벨 문학상 수상 작가

1948 **격정과 신비**
르네 샤르 | 심재중 옮김 | 128 |
국내 초역

1949 **1984년**
조지 오웰 | 권진아 옮김 | 48 |
1999년 모던 라이브러리 선정 '20세기 100대
영문학'
2005년 「타임」 선정 '20세기 100대 영문 소설'
2009년 「뉴스위크」 선정 '역대 세계 최고의 명저' 2위

1953 **엘뤼아르 시 선집**
폴 엘뤼아르 | 조윤경 옮김 | 121 |
국내 초역 시 다수 수록

1954 **이즈의 무희·천 마리 학·호수**
가와바타 야스나리 | 신인섭 옮김 | 39 |
1952년 일본 예술원상 수상
1968년 노벨 문학상 수상 작가

1955 **엿보는 자**
알랭 로브그리예 | 최애영 옮김 | 45 | 1955
년 비평가상 수상

저주받은 안뜰 외
이보 안드리치 | 김지향 옮김 | 49 |
수록 작품 : 저주받은 안뜰, 몸통, 술잔,
물방앗간에서, 올루야크 마을, 삼사라
여인숙에서 일어난 우스운 이야기
세르비아어 원전 번역
1961년 노벨 문학상 수상 작가

1957 **호모 파버**
막스 프리쉬 | 정미경 옮김 | 113 |

점원
버나드 맬러머드 | 이동신 옮김 | 125 |

1962 **이력서들**
알렉산더 클루게 | 이호성 옮김 | 58 |

1964   **개인적인 체험**
오에 겐자부로 | 서은혜 옮김 | 22 |
1994년 노벨 문학상 수상 작가

아주 편안한 죽음
시몬 드 보부아르 | 강초롱 옮김 | 111 |

1967   **콜리마 이야기**
바를람 샬라모프 | 이종진 옮김 | 76 |
국내 초역

1968   **현란한 세상**
레이날도 아레나스 | 변선희 옮김 | 96 |
국내 초역

1970   **모스크바발 페투슈키행 열차**
베네딕트 예로페예프 | 박종소 옮김 | 36 |
국내 초역

1978   **노인**
유리 트리포노프 | 서선정 옮김 | 89 |
국내 초역

1979   **천사의 음부**
마누엘 푸익 | 송병선 옮김 | 8 |

1981   **커플들, 행인들**
보토 슈트라우스 | 정항균 옮김 | 7 |
국내 초역

1982   **시인의 죽음**
다이허우잉 | 임우경 옮김 | 6 |

1991   **폴란드 기병**
안토니오 무뇨스 몰리나 | 권미선 옮김
| 29, 30 |
국내 초역
1991년 플라네타상 수상
1992년 스페인 국민상 소설 부문 수상

1995   **갈라테아 2.2**
리처드 파워스 | 이동신 옮김 | 108 |
국내 초역

1996   **아메리카의 나치 문학**
로베르토 볼라뇨 | 김현균 옮김 | 17 |
국내 초역

1999   **이상한 물질**
테라지아 모라 | 최윤영 옮김 | 92 |
국내 초역

2001   **아우스터리츠**
W. G. 제발트 | 안미현 옮김 | 19 |
국내 초역
전미 비평가 협회상 브레멘상
「인디펜던트」 외국 소설상 수상
「LA타임스」 「뉴욕」 「엔터테인먼트 위클리」 선정
2001년 최고의 책

2002   **야쿠비얀 빌딩**
알라 알아스와니 | 김능우 옮김 | 43 |
국내 초역
바쉬라힐 아랍 소설상
프랑스 툴롱 축전 소설 대상
이탈리아 토리노 그린차네 카부르 번역 문학상
그리스 카바피스상

2003   **프랑스어의 실종**
아시아 제바르 | 장진영 옮김 | 95 |
국내 초역

2005   **우리 짜르의 사람들**
류드밀라 울리츠카야 | 박종소 옮김 | 69 |
국내 초역

2016   **망자들**
크리스티안 크라흐트 | 김태환 옮김 | 101 |
국내 초역